Donaugrund

Sonja Silberhorn, Jahrgang 1979, ist in Regensburg geboren und aufgewachsen. Sie arbeitete mehrere Jahre in der Hotellerie, unter anderem auf den Kanaren und in Berlin, doch dann überwog die Liebe zu ihrer Heimatstadt. Heute lebt sie dort mit ihrem Mann und ist im kaufmännischen Bereich tätig. Im Emons Verlag erschienen »Herzstich« und »Regenwalzer«.
www.sonja-silberhorn.de

Dieses Buch ist ein Roman. Handlungen und Personen sind frei erfunden. Ähnlichkeiten mit lebenden oder toten Personen sind nicht gewollt und rein zufällig.

EINS

Der Ernst seiner Lage wird ihm erst bewusst, als er den heftigen Stoß spürt. Er taumelt, versucht, sich abzufangen. Greift ins Leere. Ein zweiter Stoß, der ihn über die Brüstung drängt. Ein dumpfer Schmerz am Oberschenkel. Er verliert das Gleichgewicht. Schreit. Und fällt.

Er ringt nach Luft. Dabei hat er gerade noch gelacht! Das eiskalte Wasser brennt auf seiner Haut. Ja, brennt! Wie absurd das ist, schießt es ihm noch durch den Kopf. Beweg dich, auch wenn der Fluss über dir zusammenschlägt!

Alles schwarz … So schwarz, so schwer. Kämpf dich nach oben! Dort oben ist die Luft, die du so dringend brauchst!

Aber es zieht ihn hinab! Bewegen, bewegen … Sein Geist kämpft gegen die wie gelähmten Glieder. Beweg dich doch! Nach oben, du musst nach oben! Endlich atmen …

Seine Haut wird von eiskalten Nadeln zerstochen, seine Brust zerbirst, es zieht ihn hinab. Der Strudel, denkt er noch. Ungläubig. Der Strudel hat ihn erfasst. Das brennend kalte Nass, das er verschluckt.

Das ihn verschluckt.

***

Mit einem verhaltenen Seufzen stellte Celia Kleingrün die Teetasse ab und wandte sich der unübersichtlichen Excel-Tabelle auf ihrem Monitor zu. Langsam hob sie die Hände und fing an, mit den Mittelfingern behutsam ihre Schläfen zu massieren.

Schon seit ein paar Tagen fühlte sie sich nicht gut und schrammte, wie so oft um diese Jahreszeit, haarscharf an der Klippe zur Erkältung entlang. Gliederschmerzen, die verhassten Kopfschmerzen, dazu eine alles durchdringende Müdigkeit, sodass sie sich den ganzen Tag, solange sie im Büro saß, in ihr kuschliges Himmelbett sehnte. Doch kaum lag sie spätabends darin, wälzte sie sich von einer Seite zur anderen, und wenn sie doch in den Schlaf hinüberglitt, dann schreckte sie nach ein paar Sekunden wieder hoch, weil sie die Zahlenkolonnen und der unter Bergen unerledigter Arbeit ächzende Schreibtisch bis in ihre Träume verfolgten.

»Hilft ja nichts«, murmelte sie leise in die Stille und versuchte, sich noch ein letztes Mal zu konzentrieren. Der Zeiger der Uhr stand mittlerweile auf fünf vor elf, und vor dem Fenster, durch das man tagsüber in den Hinterhof blicken konnte, zeichnete sich nur Schwärze ab. »Komm schon«, versuchte Celia sich selbst zu motivieren. »Zusammenreißen.«

Wenn sie Leo Wollenschläger, der als Marketingchef ihr direkter Vorgesetzter war, die Datei nicht bis spätestens morgen, neun Uhr, zumailte, würde sie in noch größeren Schwierigkeiten stecken als ohnehin schon. Außerdem würde er es sich schon bei fünf Sekunden Zeitverzug nicht nehmen lassen, wie ein Irrer in ihr Büro zu berserkern und lautstark zu wüten. Celia vermied es ohnehin so weit wie möglich, ihm persönlich zu begegnen. Meistens verkehrten sie nur per Telefon oder Mail, und wenn sie sich doch mal auf einem der Flure über den Weg liefen, atmete sie erst auf, wenn er endlich wieder außer Sichtweite war. Zu allem Überfluss hatte er auch noch einen guten Draht zur Geschäftsleitung.

Ein guter Draht zur Geschäftsleitung … Wieder seufzte sie wehmütig. Den hatte sie bis vor Kurzem auch noch gehabt. Genau gesagt, bis sich vor ein paar Wochen fünfzig Prozent der Geschäftsleitung einfach in Luft aufgelöst hatten.

Als draußen auf dem Flur eine Bodendiele knarrte, schreckte sie auf. Sie konnte sich der Gänsehaut auf ihren Unterarmen nicht erwehren. Die Firma HEUREKA war in einem sanierten Altbau im Herzen der Regensburger Innenstadt untergebracht. Dass da der behutsam restaurierte Holzboden knarrte, auch wenn niemand darüberschlich, wusste sie doch eigentlich. Trotzdem lauschte sie mit angehaltenem Atem hinaus auf den Flur, aber alles war still. Kein Wunder, die Kollegen waren schon längst nach Hause gegangen, sogar André, mit dem sie sich das Büro teilte und der normalerweise nie eine Gelegenheit verstreichen ließ, mit ihr allein zu sein. Aber sie selbst saß ja auch nur noch hier, weil man in dieser Firma keine andere Wahl hatte, wenn man gerade diejenige Person war, die auf der topaktuellen Abschussliste ganz oben stand.

Aber sie wollte nicht aufgeben. Vor allem nicht, solange noch ein Funken Hoffnung bestand, dass bald das süße Leben für sie einfach weiterginge wie gehabt. Irgendwo musste er doch schließlich sein!

Entschlossen klickte Celia ein letztes Mal auf »Speichern«, schloss die Excel-Datei und fuhr ihren Computer herunter. Leo würde seine Zahlen pünktlich bekommen, aber heute hatte das keinen Sinn mehr. Sie würde morgen einfach ein bisschen früher anfangen, und wenn sie André jetzt gleich noch eine SMS schickte, würde er sich garantiert auch schon um halb acht hier einfinden, um ihr mit dieser elenden Rechnerei zu helfen.

Wieder knarrte der Boden draußen auf dem Flur, und Celia beeilte sich, ihre Sachen in die Handtasche zu packen und die Schreibtischlampe zu löschen. Sekunden später huschte sie über den Flur in die Empfangshalle, schloss die Glastür auf, hinter sich wieder ab und machte sich durch die schneidend kalte Winterluft auf den Heimweg.

***

Der Haustechniker hatte das Schild neben der Bürotür ausgetauscht, stellte mit einem letzten Blick fest, dass es – der deutschen Gründlichkeit sei Dank – auch wirklich gerade hing, und verabschiedete sich mit einem Nicken.

»Na, dann wollen wir doch mal sehen«, brummte Herbert, kämpfte sich aus seinem Drehsessel empor und schlenderte aus dem Büro. »›Kriminaloberkommissarin Sarah Sonnenberg‹«, las er laut vor und betonte dabei jede Silbe, als würde er mir den Nobelpreis für die Sicherung des Weltfriedens verleihen. »Doch, macht sich gut«, stellte er fest und lächelte mich an, ohne seinen Stolz zu verbergen. »Nur«, fuhr er mit listig blitzenden Augen fort und wandte sich Raphael zu, »dir gefällt das bestimmt nicht so gut. Jetzt hast du nicht mal mehr in der Arbeit die Hosen an.«

»Aber dafür bringt die frischgebackene Frau *Ober*kommissarin jetzt genauso viel Geld nach Hause wie ich«, stellte Raphael fest und strich sich lässig eine aus dem Zopf gerutschte dunkelblonde Strähne aus dem Gesicht. »Nur noch eine Beförderung, dann hat Sarah mich überholt, und ich kann sie endlich heiraten, ihr den Hausmann machen und mich ansonsten aushalten lassen.« Der todernste Blick aus seinen klaren grünen Augen war beängstigend.

Ha! Als wäre ausgerechnet Raphael scharf darauf, seine Tage zwischen drängelnden Supermarkt-Rentnern und sockenfressenden Waschmaschinen zu verbringen und sich von mir runterputzen zu lassen, weil er wieder mal sein ganzes Taschengeld schon Mitte des Monats für neue geblümte Kittelschürzen verprasst hat …

Ja, Sie haben es wohl schon geahnt (oder kennen mich ohnehin längst): Die frischgebackene Frau Kriminaloberkommissarin, das bin ich. Sarah Sonnenberg, neunundzwanzig Jahre alt, seit nunmehr drei Jahren beschäftigt im K1 der Regensburger Kripo, wo ich mir die Zeit mit der Aufklärung von Regensburgs brisantesten Verbrechen vertreibe. Und natürlich damit, mich von Raphael in Angst und Schrecken versetzen zu lassen – das Wort »heiraten« aus seinem Mund befremdet mich nämlich noch ein wenig mehr als das Wort »Hausmann«, muss ich gestehen. Schließlich teilen wir erst seit Kurzem zusätzlich zu den Dramen um die nicht auf natürlichem Wege aus dem Leben Abberufenen auch noch die zuweilen recht spärliche Freizeit miteinander.

Jetzt zwinkert er mir spöttisch zu. Aha, anscheinend hat er meine aufkeimende Panik mal wieder sowohl beabsichtigt als auch von meinem Gesicht abgelesen. Manche Dinge ändern sich wohl nie …

»Ach, Hausmann als Lebensziel?« Herbert tapste zurück zu seinem Schreibtisch. »Wenn du dich weiterhin derartig sparsam um deine Lehrgänge bemühst, dann stehen die Chancen dafür tatsächlich nicht schlecht. Aber du wirst doch nicht schon mit deinen zweiunddreißig Jahren dran denken, den Dienst zu quittieren.« Kopfschüttelnd ließ er sich in seinen Bürostuhl fallen. »Was sollte ich denn da sagen?«

»Jemand, der die Wochen bis zur Pensionierung schon mittels

Strichliste abzählt, braucht dazu gar nichts zu sagen«, erwiderte Raphael. »Wie viele sind es denn noch?«

»Siebenundvierzig«, antwortete Herbert tatsächlich, ohne auch nur eine Sekunde nachdenken zu müssen, und kratzte sich dann doch ein wenig verlegen den nur noch spärlich behaarten Hinterkopf. Just in diesem Moment klingelte sein Telefon. Bedeutend schneller als sonst griff er nach dem Hörer. Klar, jetzt musste er schließlich Motivation vortäuschen.

»Hoffmann«, bellte er den armen Anrufer an und ignorierte unser wissendes Lächeln. Er lauschte gebannt, dann gruben sich Falten in seine Stirn. »Aha … Na dann prost Mahlzeit«, sagte er.

»Entweder seine Frau hat für heute Abend überraschend die Kegeldamen eingeladen …«, raunte Raphael mir zu und lehnte sich an meinen Schreibtisch.

»Oder es gibt Arbeit«, schloss ich. Beim Gedanken daran, das gut geheizte Büro zu verlassen und den kurzen Weg vom Haupteingang zum Dienstwagen zurückzulegen, schüttelte es mich. Draußen war es bitterkalt, und ich hatte jetzt schon das Gefühl, dass dieser Winter einfach kein Ende nahm. Dabei war es erst Mitte Januar. Es würde noch einige Wochen dauern, bis die ersten Halme durch die Schneedecke spitzten.

»Aha … Und wo genau?« Herbert klemmte den Hörer zwischen Schulter und Ohr und suchte seinen in mehreren Schichten vermüllten Schreibtisch fieberhaft nach Zettel und Stift ab.

»Das kann man ja nicht mit ansehen.« Seufzend drückte ich Raphael meinen Kugelschreiber und meinen Block in die Hände. »Bitte hilf unserem Messie mal.«

Pflichtschuldig kam Raphael meiner Bitte nach.

»Aha«, brummte Herbert und riss Raphael den Block aus den Händen. »Mhm. … Ja, hab ich notiert«, sagte er, während Raphael ihm über die Schulter spähte und angesichts von Herberts Geschmier resigniert mit den Achseln zuckte.

»Mhm. … Okay, alles klar. … Ja freilich, ich schick die beiden gleich.« Herbert legte auf und sah uns mit angespannter Miene an.

»Jetzt sag endlich.« Wenn ich schon meinen gemütlichen Platz am Schreibtisch verlassen musste, wollte ich mich wenigstens noch kurz mental darauf vorbereiten.

Mit widerwillig verzogenem Mund kratzte Herbert sich erneut am Hinterkopf. »Ihr müsst nach Kruckenberg. Da hat ein Spaziergänger eine Leiche gefunden.«

»Krucken– was?«

»Kruckenberg.« Herbert sah mich vorwurfsvoll an. »Hinter Bach an der Donau, an der Weinroute. Als eingefleischte Regensburgerin solltest du das aber wissen.«

»Kann ja nicht jedes Kaff kennen«, gab ich zurück. Wenigstens kannte ich nun die grobe Richtung.

»Weinroute?«, fragte Raphael. »Hier?«

»Freilich«, antwortete Herbert und warf sich stolz in die Brust. »Das kleinste Weinbaugebiet Deutschlands. Hast du noch keinen Regensburger Landwein probiert?«

»Sei froh«, sagte ich, als Raphael bedauernd den Kopf schüttelte. »Obwohl … Wenn dir die viele Säure erst mal die Mundhöhle verätzt hat, schmeckt er eigentlich gar nicht mehr so übel.«

»Dann lassen wir das lieber«, antwortete Raphael, nahm seinen Anorak vom Garderobenständer, schlüpfte hinein und hielt mir meine Jacke entgegen. »Herbert, gibt's eigentlich noch ein paar mehr Infos?«

Notgedrungen erhob ich mich aus dem Drehstuhl.

»Ja, also …« Herbert rümpfte die Nase. »Der Spaziergänger war an der Flurbereinigungsstraße unterwegs, die an der Donau entlangführt. Und da hat er die Leiche am Ufer entdeckt. Ist wohl angeschwemmt worden.«

»Eine Wasserleiche?« Unweigerlich beschleunigte sich mein Herzschlag. Leichen waren zwar, meiner bescheidenen Meinung nach, ohnehin selten hübsch anzusehen, aber Wasserleichen gehörten zweifelsfrei zur Spitzenklasse der Grausigkeiten. Speziell dann, wenn sie schon eine geraume Weile im Wasser lagen.

»Ja«, antwortete Herbert zögerlich. »Und zwar anscheinend eine, die schon länger in der Donau vor sich hin dümpelt.«

So viel dazu. Besten Dank auch.

»Bestimmt nicht so tragisch bei der Kälte.« Raphael stupste

mich aufmunternd an. »Ist sicher mehr schockgefrostet als verfault.«

Mein beruflicher und privater *partner in crime* war wirklich ein Optimist, das musste man ihm lassen. Einfühlsame Formulierungen hingegen waren leider nicht seine Stärke.

Mit einem leichten Schlittern lenkte Raphael den Dienstwagen auf die ungeräumte Flurbereinigungsstraße Richtung Donauufer. Der Schnee war längst platt gefahren und knirschte kaum noch unter den Reifen. Natürlich waren die Kollegen von der Dienststelle in Wörth an der Donau, in deren Einzugsgebiet wir uns hier befanden, schneller vor Ort gewesen. Das Gelände war flach, und schon nach kurzer Zeit, in der wir Felder und vereinzelte eingeschneite Bäume passierten, sah ich das Polizeiaufgebot am Donauufer und die großräumige Absperrung. Drei Streifenwagen ließen wie zur Abschreckung ihr Blaulicht rotieren, vom Sprinter des Erkennungsdienstes war noch nichts zu sehen.

»Dann wollen wir mal«, sagte Raphael, als er den Dienstwagen hinter dem letzten Streifenwagen zum Stehen brachte und den Motor abschaltete.

»Von Wollen kann gar keine Rede sein.« Mich schauderte, und das nicht nur wegen der Kälte, die mir durch den Parka, die Jeans und die Moonboots kroch, sobald ich die Beifahrertür öffnete. Sofort schlug uns das wütende Kläffen eines Hundes entgegen. Mit unverminderter Energie trieb vor uns die Donau vorbei, deren Lauf an dieser Stelle weitaus breiter als in Regensburg war.

Neben einer kleinen Bank, von der aus man im Sommer den Blick auf die Fluten sicher genießen konnte, waren zwei uniformierte Beamte damit beschäftigt, die Aussage eines älteren Herrn mit Hut aufzunehmen, der von einer wie besessen an der Leine zerrenden Promenadenmischung abgelenkt wurde. »Jetzt gib endlich Ruhe, sonst frieren wir hier noch genauso fest wie die Leich«, schimpfte der Mann und versuchte verzweifelt, seinen Hund zu bändigen. Wahrscheinlich war es nicht nur die gefundene Leiche, sondern auch der schneidende Wind, der den Hund so in Rage brachte. Ich hätte in jedem Fall auch gern leidend gekläfft.

Der Rest der Kollegen hatte sich auf einer flach in die Donau abfallenden Rampe versammelt, die bei geeigneteren Temperaturen wohl dazu genutzt wurde, Boote zu Wasser zu lassen – wenigstens vermutete ich das angesichts des neben der Schneise stehenden Pollers, an dem Taue befestigt werden konnten.

Einer der Uniformierten sah uns entgegen, beugte sich kopfschüttelnd zu dem neben ihm stehenden Kollegen und kam schließlich schwer atmend auf uns zu. »Hier gibt's nichts zu sehen«, sagte er unwirsch, kaum dass wir die Absperrung erreicht hatten, und wedelte mit der Hand, bevor er seine Polizeimütze mit einer vermeintlich autoritären Geste gerade rückte und schnaufend vor uns stehen blieb.

»Die Einsatzzentrale sieht das offenbar anders«, antwortete Raphael und zückte seinen Dienstausweis. »Kripo Regensburg, Raphael Jordan, und das ist meine Kollegin Sarah Sonnenberg. Und Sie sind …?«

»Sie sind von der Kripo?«, erwiderte der Kollege und quittierte Raphaels verwegenen Drei-Tage-Bart ebenso wie meine – für eine seriöse Beamtin anscheinend unpassende – Bommelmütze mit einem missbilligenden Blick. Für einen Augenblick überlegte ich tatsächlich, ob ich sie abnehmen sollte, aber der eher unsystematisch wirkende fransige Kurzhaarschnitt darunter hätte ihn garantiert nicht versöhnlicher gestimmt.

Statt einer Antwort sah Raphael nur mit reichlich arroganter Miene auf den liebreizenden Kollegen herab und schwenkte seinen Dienstausweis. »Also?«

»Polizeihauptmeister Schwingshackl«, antwortete der Kollege und wischte sich einen gefrorenen Tropfen Wasauchimmer aus seiner grau melierten Rotzbremse. »Sind Sie nur zu zweit?«

»Äh … ja«, antwortete ich. »Wie viele Leute hätten Sie denn erwartet?«

»Um das geht's nicht«, antwortete er. »Ein bisschen erfahrenere Leute wären halt besser gewesen. Immerhin haben wir hier eine Leiche!« Er musterte uns so vorwurfsvoll, als hätten wir den Toten höchstpersönlich auf dem Gewissen.

Ich bedachte ihn mit einem besonders treudoofen Blick. »Ja, das haben wir unserem Chef auch gesagt. Aber der hat gemeint, dass sich seine erfahrenen Mitarbeiter allesamt nicht mehr mit den Kollegen aus Wörth rumschlagen wollen. Also mussten halt doch wir herkommen.«

Mit zuckenden Mundwinkeln setzte sich Raphael wortlos in Bewegung und steuerte die Gruppe Streifenpolizisten auf der Rampe an, während Schwingshackl noch darüber nachzugrübeln schien, ob ich tatsächlich etwas unterbelichtet oder einfach nur unverschämt war.

Wortlos ließ ich ihn stehen und folgte Raphael. Eine Sekunde später hörte ich zu meinem Bedauern schon wieder Schwingshackls Schnaufen hinter mir, unterbrochen von leisen Schimpfsalven, von denen ich nur vereinzelte Wortfetzen verstand – »... und lange Haar hat er auch noch, der arrogante Zipfel ...«, »... so eine damische Ringelmütz'n ...«, »... das hätt's früher alles nicht gegeben ...« –, bevor ich schließlich auf Durchzug schaltete. Meine Energie sparte ich mir lieber für das im wahrsten Sinne des Wortes vor mir Liegende auf.

Der Tote war mit dem Gesicht nach unten auf die flach abfallende Rampe geschwemmt worden. Treibholz, eine Sektflasche, Laub und eine Plastikplane umkränzten seinen Körper und hatten, ebenso wie die Leiche selbst, den Weg aus der Schneise nicht mehr gefunden. Sein Gesicht steckte in angeschwemmtem Geröll und Schneematsch, der Körper war von Wasser umspült und wippte sachte mit der Strömung.

Ich grüßte die zurückhaltend nickenden Kollegen, die neben der Leiche standen, und beugte mich hinab zu Raphael, der bereits in die Hocke gegangen war. In diesem Augenblick war ich sogar dankbar für die Eiseskälte, die beim Einatmen in der Nase stach und so dem Verwesungsgeruch zum Glück kaum eine Chance ließ.

Der Tote hatte dunkles Haar, das verfilzt und gefroren an seinem Kopf klebte. Eine Hand war unter seinem Körper verborgen, die andere lag neben seinem Oberschenkel. Weiß und aufgequollen, schlug die Haut unförmige Wellen und hatte sich an den Spitzen von Zeige- und Mittelfinger bereits abgelöst.

Seine Stoffhose saß tatsächlich noch an Ort und Stelle, hatte aber an Substanz eingebüßt – ausgehend von den Knien zogen sich lange Risse durch das Gewebe und gaben stellenweise den Blick auf die Waden frei. Er musste also einige Zeit am Grund der Donau flussabwärts getrieben sein, das belegten auch die tiefen Schleifspuren, die man selbst in dieser Position um die Knie herum erkennen konnte. Sein Gesicht war kaum zu sehen, und ich war dankbar dafür.

Groteskerweise trug er noch seine Schuhe – einstmals sicher elegante, modische Lederstiefel mit Reißverschluss, deren halbhohe Schäfte sich eng um die Knöchel schlossen. Abgesehen von den Treibspuren und kleinen Rissen unversehrt, wenngleich zum Zerreißen gespannt, wirkte auch der dunkelblaue Anorak. Goretex. Sicher teuer, von sehr guter Qualität, das sah ich, obwohl er vor gefrorener Nässe silbrig schimmerte.

Während Raphael noch die aufgequollene Hand betrachtete, ging ich zum Kopf des Toten. »Autsch.« Direkt über der Stirn war die aufgeweichte Haut vom Entlangschleifen am Grund des Flusses abgeschabt worden – und der Haaransatz locker um zwei bis drei Zentimeter nach hinten versetzt. Schnell wandte ich mich ab und versuchte, das Grauen auf meinem Gesicht zu verbergen. Trotzdem entging mir Raphaels besorgter Blick nicht. Schnell ablenken. »Das könnte der Mann aus Lappersdorf sein, der seit Dezember vermisst wird, oder?«, fragte ich.

»Möglich.« Raphael neigte sich zur Seite und fixierte das, was vom Kopf des Toten noch übrig war. »Auch wenn die Ähnlichkeit mit dem Fahndungsfoto nur noch marginal ist.«

»Wollen wir ihn durchsuchen?«

»Überlassen wir das lieber dem Erkennungsdienst oder dem Melchior. Die müssen ja gleich hier sein.«

Aha. Mein geschätzter Freund hatte also auch keine Lust, an diesem fleischgewordenen Beweis für die Vergänglichkeit des Menschen herumzupfriemeln.

Einer der beiden Kollegen, die mit der Befragung des Hundebesitzers beschäftigt waren, wandte sich schließlich ab und kam auf uns zu. Wahrscheinlich brauchten seine Ohren eine dringende Erholungspause, denn der Hund bellte immer noch lautstark. »Waldi ist vollkommen am Durchdrehen«, tat er überflüssigerweise kund.

»Und was sagt das Herrchen?«

»Nicht viel«, antwortete er. Fast dankbar registrierte ich sein freundliches Augenzwinkern. Anscheinend war er nicht ganz so abgestoßen von Ringelmützen mit Bommel wie sein Kollege Schwingshackl, der Raphael und mich immer noch skeptisch musterte. »Er ist hier spazieren gegangen, dann hat plötzlich der Hund angeschlagen wie verrückt und ihn zur Sliprampe gezerrt. Na ja, und hier hat er eben die Leiche entdeckt und sofort den Notruf gewählt.« Er wies mit dem Kopf auf den Herrn. »Und in sicherer Entfernung auf uns gewartet. Wir lassen ihn gleich gehen, wenn Sie nichts dagegen haben. Seine Personalien haben wir ja.«

Ich nickte zustimmend, fummelte mit trotz der Handschuhe gefühllosen Fingern mein Handy aus der Handtasche und wählte.

»Hallo, Mädel, ich wollt dich gerade anrufen«, dröhnte mir Herberts Bass postwendend entgegen. »Der Melchior hat sich gemeldet, der steht nämlich im Stau. Totalsperre auf der A 3, das kann noch dauern.«

»Auch das noch.« Da Regensburg leider über kein eigenes rechtsmedizinisches Institut verfügte, musste bei jedem nicht natürlichen Todesfall der Rechtsmediziner Dr. Melchior vom Institut der Universität Erlangen-Nürnberg angefordert werden – und das konnte dauern, selbst wenn er nicht im Stau stand. »Ist wenigstens der Erkennungsdienst unterwegs?«

»Ja, der Bauer ist kurz nach euch losgefahren«, beruhigte mich Herbert, der meine Abneigung dagegen, tatenlos in der Kälte vor mich hin zu vegetieren, noch aus den Zeiten kannte, in denen wir uns beide gemeinsam im Außendienst die Beine in den Bauch gestanden hatten. Bevor er es sich dauerhaft am Schreibtisch bequem gemacht hatte, dieser Verräter. »Ist die Leiche schon identifiziert?«

»Noch nicht. Männlich«, antwortete ich knapp und warf einen schnellen Blick auf die Stiefel. »Vermutlich mittleren Alters, dunkelhaarig. Da war doch dieser Vermisstenfall, der Mann aus Lappersdorf – kannst du da mal genauere Infos einholen?«

»Hab ich alles schon angefordert in der Zwischenzeit«, antwortete Herbert.

Nanu, der lief ja heute noch zu absoluter Hochform auf!

»Was schätzt ihr, wie lang euer Toter schon im Fluss vor sich hin dümpelt?«

»Schwer zu sagen bei den Temperaturen«, musste ich passen. »Raphael, wie lang schwimmt der schon?«

»Die leicht abgelöste Haut, die Flecken, der aufgeschwemmte Körper … Zwei bis vier Wochen, schätze ich. Hängt davon ab, wann er hier angetrieben wurde«, antwortete er fachmännisch.

»Raphael tippt auf zwei bis vier Wochen«, gab ich weiter.

»Hab ich schon gehört, ich bin ja nicht taub«, brummelte Herbert. »Ja, dann könnte er's sein. Jan Wahlner. Wurde am 20. Dezember von seiner Frau Beate als vermisst gemeldet. Siebenunddreißig Jahre alt, verheiratet, zwei Töchter. Aus Lappersdorf«, informierte er mich im Telegrammstil. »Sämtliche Suchmaßnahmen waren erfolglos. Er ist von der Weihnachtsfeier seiner Firma verschwunden und nicht mehr aufgetaucht.«

»Bis heute. Im wahrsten Sinne des Wortes«, fügte ich spröde hinzu, verabschiedete mich von Herbert und legte auf.

»Weihnachtsfeier«, sagte ich bloß und wies mit dem Kopf auf die Leiche. »Also, falls das unser Vermisster ist.«

»Das war dann wohl ein Bier zu viel«, kommentierte Raphael, ignorierte Schwingshackls entrüstetes Schnauben und sah auf, als endlich Motorengeräusche von der Straße ertönten und lauter wurden. Kurz darauf kam der Transporter der Spurensicherung zum Stehen und Michi Bauer, der Leiter des Regensburger Erkennungsdienstes, die Rampe hinuntergelaufen.

Nach einer knappen Begrüßung – es musste an der Kälte liegen, dass jeder besonders kurz angebunden war – nahm Michi den Toten genauer in Augenschein. »Da kann ich nicht viel machen«, sagte er. »Ist ja nur der Fundort, sicher nicht der Ort des Geschehens. Der hat ein paar Kilometer zurückgelegt, so wie er aussieht«, bestätigte er das Offensichtliche und deutete auf die Schürfwunden. »Spuren findet man da schon lang nicht mehr. Haben wir hier Hinweise auf seine Identität?« Michi tastete die prall gespannte Oberfläche der Jacke vorsichtig an den Seiten ab. »Da ist doch was drin.« Er griff ein kleines Stück weit unter die rechte Bauchseite des Toten, befühlte die Jackentasche erneut und bedachte uns mit einem vorwurfsvollen Blick. »Hattet ihr etwa Angst, dass euch der noch was tut?«

»Nö«, antwortete Raphael. »Eher, dass er auseinanderfällt.«

Vorsichtig zog Michi den Reißverschluss der Tasche auf und förderte einen klassischen Herrengeldbeutel aus Leder zutage. Er klappte ihn auf und wurde in Sekundenschnelle fündig. »Jan Wahlner«, sagte er und fixierte den Personalausweis.

»Bingo.«

»Gerade mal siebenunddreißig Jahre alt«, rechnete Michi nach. »Das ist er?«

»Ja. Sonst noch was Verwertbares im Geldbeutel?«

»Alles ziemlich durchweicht.« Michi zeigte uns die zusammengepappten Fetzen, die vormals ein Bündel Geldscheine gewesen sein mussten, und klappte dann ein weiteres Fach auf. »Kreditkarten. Führerschein …« Er überprüfte den Namen und wedelte mit den Plastikkarten. »Somit können wir ihn wohl als identifiziert betrachten.«

»Ich tendiere stark dazu, diese ungastliche Stätte zu verlassen und seine Frau zu informieren. Was meinst du?«, fragte Raphael mich und warf mir einen mitleidigen Blick zu. Wahrscheinlich waren meine Lippen schon wieder blau gefroren. Spüren konnte ich sie jedenfalls nicht mehr.

Ich nickte. Daran, Jan Wahlners Frau zu informieren, führte ohnehin kein Weg vorbei, und hier weiter auf das Erscheinen des Rechtsmediziners zu warten, und das bei einer Totalsperre auf der Autobahn, war weder reiz- noch sinnvoll.

Raphael wandte sich mit einem süffisanten Grinsen an Polizeihauptmeister Schwingshackl. »Vielleicht beruhigt es Sie, dass der Kollege von der Rechtsmedizin kurz vor der Pensionierung steht. Auf jemanden mit so viel Erfahrung warten Sie bestimmt gerne.« Er drückte Schwingshackl seine Visitenkarte in die vor Kälte zitternde Hand. »Rufen Sie uns doch bitte an, wenn er hier eintrifft. Danke schön.«

Wie immer, wenn es um das Überbringen einer Todesnachricht ging, war Raphael schon im Vorfeld schweigsam. Er nagte an seiner Unterlippe, trommelte mit den Fingerkuppen auf dem Lenkrad herum und schien meine Seitenblicke nicht zu bemerken.

Auch mir graute es jedes Mal wieder davor, jemanden über den Tod eines nahestehenden Menschen zu informieren. Es war immer eine Gratwanderung, den richtigen Ton zwischen Mitgefühl und Sachlichkeit zu finden, die eigene Haltung so zu justieren, dass man in der Lage war, einerseits Trost zu spenden, andererseits aber den kühlen Kopf zu bewahren, der für unsere Arbeit nun einmal vonnöten war. Und nicht selten versagte ich insgeheim vollends, schaffte es nicht, das Leid der anderen mit wenigstens ein bisschen Distanz zu betrachten, und verbrachte den restlichen Tag so angeschlagen, dass ich nicht mehr zu vielem zu gebrauchen war. Die Toten selbst konnte ich mittlerweile recht gut verkraften. Die Trauer der Angehörigen war es, die mir viel zu oft das Herz zerriss.

Für Raphael aber war dieser Part – wenigstens vermutete ich das – sogar noch um einiges schlimmer als für mich. Seine ungewöhnliche Schweigsamkeit, der plötzlich wie versteinerte Gesichtsausdruck – als zöge er sich zurück an einen Ort in seinem Inneren, wo kein Platz für mich war. Nur die kleinen nervösen Gesten verrieten die Anspannung hinter der außergewöhnlich ruhigen Fassade. Im Stillen ahnte ich, dass er daran dachte, wie es war, auf der anderen Seite zu stehen und derjenige zu sein, dessen Leben durch die überbrachte Nachricht in seinen Grundfesten erschüttert wurde. Ob er immer noch so trauerte, Isabella ihm immer noch so fehlte?

Ich wusste, dass es albern war, aber trotzdem spürte ich den schon bekannten Stich im Herzen, der sich nicht mit Vernunft vertreiben ließ, sosehr ich es auch versuchte. Und dabei regte sich im selben Moment das schlechte Gewissen. Wie konnte ich bloß auf eine Frau eifersüchtig sein, die gestorben war? Die viel zu früh gestorben ist, Sarah. Und die zu Lebzeiten den Mann, den du liebst, anscheinend sehr glücklich gemacht hat. Glücklicher, als ich ihn jetzt mache?, raunte die leise Stimme in meinem Hinterkopf mit fiesem Unterton. Ach, halt doch endlich die Klappe, raunte ich zurück.

Fahrig klopfte Raphael seine Anoraktaschen ab und zog endlich das Zigarettenpäckchen aus der rechten.

Ich räusperte mich vernehmlich.

»Ach *fuck*.« Mit gerunzelter Stirn starrte er die Schachtel Lucky Strike in seiner Hand an. »Das ist doch zum Kotzen. Kaum liegt eine Leiche vor unserer Nase rum, fange ich wieder zu qualmen an, ohne es überhaupt zu merken.«

»Jetzt hast du's doch noch rechtzeitig gemerkt«, antwortete ich nachsichtig. Aber es stimmte tatsächlich: Raphael hatte in den letzten Wochen den Umstand, mit einer Nichtraucherin liiert zu sein, genutzt, um selbst von »starker Raucher« auf »Gelegenheitsraucher« zurückzuschrauben. Jeden Feierabend hatte er sich eine zugestanden, außerdem zum gelegentlich konsumierten Bier. Und ich hatte nicht den Eindruck gehabt, als hätte er an die Qualmerei ansonsten auch nur einen sehnsüchtigen Gedanken verschwendet. Jetzt allerdings sah er das Päckchen so begehrlich an wie ich neulich diese schweineteuren roten Lederstiefel mit den meterhohen Absätzen, von deren Kauf ich erst nach einigem guten Zureden meiner Freundin Nicole, die meine eingeschränkten Stöckel-Fähigkeiten kannte, abgesehen hatte. Dabei hätten sie ohnehin den Rahmen meines Kontos gesprengt.

Mit einem deprimierten Seufzen steckte er die Schachtel zurück in die Tasche.

»Dann rauch halt eine«, sagte ich. »Eine einzige bloß. Und danach reißt du dich wieder zusammen.«

»Das ist ja mal tolle moralische Unterstützung«, antwortete er und warf mir einen erbosten Blick zu. »Nein, ich zieh das jetzt durch«, sagte er im nächsten Moment entschieden. »Und du, meine Hübsche, wirst mir assistieren.« Lächelnd zog er die Schachtel wieder hervor und drückte sie mir in die Hand. »Kein Wunder, dass ich in Versuchung komme, wenn ich die Dinger ständig selbst durch die Gegend trage. Du hast doch bestimmt noch Platz in deinem Täschchen.« Das war eine sehr niedliche Bezeichnung für das Ungetüm, das ich heute mit mir herumschleppte. »Du genehmigst mir eine nach Feierabend und eine, wenn ich mal ein Bier trinke. Ansonsten bist du knallhart, okay?«

»Geht klar.« Wenn er mir auf die Nerven fiel, würde es einen

Heidenspaß machen, knallhart zu sein. »Du meinst das ja wirklich ernst. Find ich gut.«

»Ich quäl mich selten nur zum Spaß«, erwiderte er übellaunig.

»Und trotzdem bist du mit mir zusammen?«, fragte ich grinsend.

Er zwinkerte zu mir herüber. »Dieser Widerspruch ist mir auch gerade aufgefallen.«

In einer hübschen Lappersdorfer Neubausiedlung standen wir schließlich am Ende einer schmalen, bergauf führenden Straße vor der Tür eines Einfamilienhauses, das offensichtlich erst vor Kurzem gebaut und bezogen worden war – dafür sprachen sowohl der moderne Stil als auch der mit Holzbrettern ausgelegte Weg vom Gartentor zur Haustür und die Schubkarre, die zwischen zwei Paletten Pflastersteinen am Rande dessen stand, was wohl im nächsten Sommer mal ein Garten werden sollte.

Wir sahen uns an und atmeten beide tief durch, bevor ich entschieden auf den Klingelknopf drückte. Sofort hörten wir eifriges Schrittetrappeln hinter der Tür, die im nächsten Augenblick von einem etwa fünfjährigen Mädchen mit schwarzen Locken, dick eingepackt in einen wattierten Schneeanzug, aufgerissen wurde. »Hallo«, sagte sie, und ihr Lächeln wich einer enttäuschten Miene. Offensichtlich hatte sie jemand anderen erwartet.

»Hallo«, antwortete Raphael mit einem angestrengten Lächeln und trommelte mit den Fingerkuppen gegen seinen Oberschenkel. »Ist deine Mama auch zu Hause?«

»Klar. Aber wir gehen jetzt Schlitten fahren«, antwortete sie mit Nachdruck.

»Schlitten fahren, das ist ja klasse!« Raphael war so aufrichtig begeistert, dass ich trotz der unangenehmen Gesamtsituation anfing zu lächeln.

Auch das Mädchen freute sich offensichtlich darüber, dass er ihre Einstellung zum Schlittenfahren teilte, so wie sie ihn anstrahlte.

Trotzdem schaltete ich mich vorsichtshalber dazwischen, bevor Raphael auf die Idee kam, mit seiner neuen Freundin der gemeinsamen Liebe zum Wintersport zu frönen und mich mit der frischgebackenen Witwe hier allein sitzen zu lassen. »Können wir denn vorher noch kurz mit deiner Mama reden?«, fragte ich.

»Okee.« Mit einer ruckartigen Bewegung drehte sie sich auf der Ferse um und dampfte ab.

»Süß, die Kleine«, sagte Raphael geknickt.

Es dauerte nicht lange, bis Beate Wahlner, den Lockenkopf an der Hand und ein weiteres warm eingepacktes Kleinkind auf dem Arm, den kurzen Flur entlang auf uns zukam. Langes hellbraunes Haar umspielte ihr mädchenhaftes Gesicht, sie wirkte schmal und zerbrechlich. Als wäre es nicht ohnehin schon schwierig genug, dieses Gespräch zu führen … Sie lächelte uns entgegen, aber das Lächeln erreichte ihre Augen nicht und wich einem zunehmend besorgten Gesichtsausdruck, je näher sie kam. Als ahnte sie schon, welche Nachricht wir zu überbringen gedachten.

»Hallo, Frau Wahlner«, sagte ich ernst. »Mein Name ist Sarah Sonnenberg, und das ist mein Kollege Raphael Jordan. Wir sind von der Kripo Regensburg.«

Sie grüßte nicht, sah mich nur mit großen Augen an, und ich nickte kaum merklich.

»Lena«, sagte sie mit seltsam hohl klingender Stimme zu dem Mädchen an ihrer Hand, »räum doch bitte noch dein Zimmer auf, bevor wir zum Schlittenfahren gehen.«

Lena nickte verunsichert und ging langsam die Treppe nach oben.

Frau Wahlner sah ihrer Tochter nach, dann straffte sie sich. »Kommen Sie herein.«

Kaum dass sie uns im Wohnzimmer auf der Ledercouch Platz angeboten und das zweite Töchterchen im Laufstall abgesetzt hatte, fragte sie mit leiser Stimme: »Ist er tot?«

»Ja«, antwortete ich. »Es tut uns leid, Frau Wahlner.«

Sie sah durch uns hindurch, als bräuchte sie einen Moment, um diese Nachricht wirklich zu erfassen. Wahrscheinlich hatte sie genau das insgeheim befürchtet, damit gerechnet, vielleicht sogar ganz leise gehofft, dass die Ungewissheit bald ein Ende haben und sie über den Verbleib ihres Mannes Bescheid wissen würde.

»Wie ist es passiert?«, fragte sie schließlich.

Nein, sie wirkte wirklich nicht schockiert. Traurig, das ja. Aber auch so, als hätte sie sich auf diese Nachricht bereits vorbereitet. Ich hoffte inständig, dass sie nicht den Wunsch verspürte, ihn noch einmal zu sehen. Oder zumindest nicht darauf bestand. »Ein Spaziergänger hat ihn heute gefunden, in Bach an der Donau. Er ist vermutlich flussabwärts dorthin getrieben.«

»Ertrunken?«, fragte sie.

»Davon gehen wir nach dem derzeitigen Ermittlungsstand aus«, antwortete Raphael mit rauer Stimme und räusperte sich. »Frau Wahlner«, setzte er wieder an, wurde aber von der Türklingel unterbrochen.

»Das wird Lenas Freundin mit ihrer Mutter sein«, sagte Frau Wahlner. »Vielleicht kann sie sich ein paar Stunden um die Mädchen kümmern.«

Eilig verließ sie das Wohnzimmer. Gedämpft hörten wir ihre und eine weitere Frauenstimme, dann rief sie nach Lena.

Raphael erhob sich, ging zum Laufstall und hob den Stofftiger auf, der herausgefallen war. Das kleine Mädchen streckte die Hand danach aus, und er reichte ihn ihr, streichelte ihr über den Kopf und zog dabei die warme Wollmütze herunter. Es war gut geheizt, und die Kleine hatte schon ganz rote Backen. Mit fahrigen Händen legte er die Mütze auf die Couch und setzte sich wieder, während der Tiger mit Schmackes wieder aus dem Laufstall flog. Draußen fiel die Haustür ins Schloss.

Wenige Sekunden später kehrte Beate Wahlner ins Wohnzimmer zurück und ließ sich kraftlos auf die Couch fallen. »Jetzt können wir reden.«

Raphaels Blick hing gedankenverloren an dem großformatigen Familienfoto, das über dem Sideboard hing. Jan Wahlner war ein attraktiver Mann gewesen, stolz lächelnd legte er eine Hand auf die Schulter der kleinen Lena, die eine vorwitzige Schnute zog. Den rechten Arm hatte er um seine Frau gelegt, in deren Armen wiederum das blonde Baby lag. Eine glückliche Familie, so hatte es den Anschein. Aber den hatte es schließlich oft. »Frau Wahlner, bitte schildern Sie uns noch einmal, wann und wo Ihr Mann verschwunden ist«, bat ich sie.

»Ja, also«, sagte sie und räusperte sich. »Das war nach der

Firmenweihnachtsfeier. Oder besser gesagt: währenddessen. Anscheinend war er plötzlich weg, ohne sich von irgendwem zu verabschieden.«

»Sie waren nicht auf dieser Weihnachtsfeier?«, fragte Raphael.

Sie schüttelte den Kopf. »Ich war zu Hause und habe auf die Kleinen aufgepasst. Seit Lena auf der Welt ist, habe ich mit der Firma nicht mehr viel zu tun.«

»Für welche Firma arbeitete Ihr Mann, Frau Wahlner?«

»HEUREKA, am Neupfarrplatz. Er ist … war einer der beiden Teilhaber.«

»Vor Lenas Geburt«, nahm ich den Faden wieder auf, »hatten Sie mehr mit der Firma zu tun?«

Sie nickte abwesend. »Ja, ich habe auch dort gearbeitet. Schon während des Studiums – so haben wir uns kennengelernt, Jan und ich.«

»Wo fand die Weihnachtsfeier denn statt?«, fragte Raphael.

»Im Salzstadel, und später sind dann alle in die Karmalounge weitergezogen. Aber ob Jan da noch dabei war, war nicht mehr genau nachzuvollziehen. Die meisten Mitarbeiter haben ausgesagt, ihn dort nicht mehr gesehen zu haben.« Sie sah mich ausdruckslos an und wischte sich eine Träne aus dem Augenwinkel.

»Mir ist erst am nächsten Morgen aufgefallen, dass er nicht heimgekommen ist«, fuhr sie fort. »Und als er abends noch immer nicht zu Hause war und ich ihn am Handy auch nicht erreichen konnte, habe ich dann eben die Polizei alarmiert. Ich war mir sicher, dass irgendetwas passiert sein musste.«

Lautstark fing die Kleine im Laufstall zu weinen an.

»Sie sollten Ihrer Tochter die warmen Sachen ausziehen«, sagte Raphael behutsam.

»Ach du meine Güte.« Beate Wahlner fuhr zusammen, sprang auf und hob ihre Tochter aus dem Laufstall. Trotz ihrer zitternden Hände schälte sie die Kleine flink aus dem Schneeanzug, worauf diese prompt ihr Weinen einstellte. Mit dem Baby auf dem Schoß setzte sich Beate Wahlner zurück auf die Couch.

»Trank Ihr Mann viel Alkohol?«, kam ich wieder zum Thema zurück.

»Nein, und auf Firmenveranstaltungen war er sogar immer

nüchtern. Es macht sich nicht gut, wenn sich der Chef vor seinen Angestellten zuknallt«, stellte sie treffend fest. »Sascha hat gesagt, er hätte ihn den ganzen Abend nur O-Saft und Wasser trinken sehen.«

»Wer ist Sascha?«, hakte ich ein.

»Der zweite Teilhaber von HEUREKA. Und ein Freund.«

»Ein Freund Ihres Mannes? Oder Ihr Freund?«

»Beides«, antwortete sie zögerlich und rieb sich die Nase.

»War Ihr Mann gesundheitlich beeinträchtigt?«, fragte Raphael. »Hatte er eine Sehschwäche, Kreislaufprobleme oder Schwindelanfälle?«

Sie schüttelte stumm den Kopf.

»Oder«, fuhr Raphael fort, »nahm er irgendwelche Medikamente? Gab es irgendetwas, was einen versehentlichen Sturz in die Donau erklären würde?«

»Nein, gar nichts«, erwiderte sie achselzuckend. »Er nahm keine Medikamente. Ihm ging es gut.«

»Können Sie sich vorstellen«, fragte ich behutsam, »dass Ihr Mann Selbstmord begangen hat? Hatte er Depressionen? Oder Probleme?«

»Nein, im Gegenteil«, antwortete sie erstaunt. Als wäre sie auf diese Idee noch gar nicht gekommen. »Er hat sich verhalten wie immer. Wir haben doch erst das Haus gebaut, und er hatte große Pläne für die Firma, wollte umstrukturieren und sogar auf den amerikanischen Markt expandieren …« Entschieden verneinte sie. »Er war guter Dinge, optimistisch, hat sich auf die Weihnachtsfeier gefreut …« Sie brach achselzuckend ab. Ratlos.

»Was macht HEUREKA eigentlich genau?«, fragte Raphael.

»Verschiedene Webangebote«, antwortete Beate Wahlner knapp.

Raphael warf ihr einen fragenden Blick zu. »Zum Beispiel?«

»Nun … Spiele und solche Sachen. Aber das«, sagte sie mit plötzlich verschlossener Miene, »kann Sascha Ihnen bestimmt besser erklären als ich.«

Raphael sah mich irritiert an. Nach einer Ehefrau, die stolz auf die Firma ihres Mannes war, hatte das nicht geklungen. Trotzdem, ich wollte ihr in diesem Moment weitere Fragen ersparen. Wir hatten sie schon über Gebühr beansprucht, wenn man bedachte, dass sie gerade erst vom Tod ihres Mannes erfahren hatte.

Erst an der Haustür hielt sie mich am Arm fest. »Kann ich ihn noch einmal sehen?«, fragte sie leise.

»Das ist keine gute Idee, Frau Wahlner.« Ich tätschelte ihre Hand auf meinem Arm, und sie ließ mich los und nickte mit Tränen in den Augen. Die Identifikation ihres Mannes würde ich ihr nicht zumuten. Und der Zustand der Leiche verlangte ohnehin nach einem DNA-Abgleich.

»Können wir noch etwas für Sie tun?« Ich war nun doch ziemlich besorgt.

»Nein, vielen Dank. Ich werde Sascha anrufen.«

***

Kaum hatte Raphael den Wagen auf den Parkplatz der Dienststelle gelenkt, klingelte sein Handy. »Jordan?«

»Herr Jordan, Melchior hier.« Der Rechtsmediziner. Endlich. »Also, ich bin jetzt in Bach angekommen, aber viel kann ich da nicht machen. Meinetwegen brauchen Sie gar nicht extra noch mal herzufahren.«

Wie immer brachte ihn Melchiors starker fränkischer Akzent zum Grinsen. Gleich kam bestimmt sein ganz persönliches Lieblingswort.

»Ich würd«, setzte Melchior wieder an, und Raphael lauschte gebannt, »den Doden jetzt direkt einpacken, wenn das für Sie klargeht.«

Raphael unterdrückte ein Glucksen. »Logisch, Herr Dr. Melchior – kein Problem.«

Sarah warf ihm einen prüfenden Blick von der Seite zu und schüttelte dann den Kopf.

»Können wir schon den Obduktionstermin festlegen?«, fragte Raphael.

»Ja, Moment …«

Es raschelte verhalten – anscheinend blätterte Melchior gerade in seinem Terminplaner. Ob er ihm das Wort noch einmal entlocken konnte? Einen Versuch war's wert. »Gibt's zurzeit bei Ihnen wohl recht viele?«

Nun kicherte Sarah doch leise, aber als er sie ansah, verdrehte sie mit ihrem Was-ist-dieser-Kerl-bloß-kindisch-Gesichtsausdruck die Augen. Dabei war sie doch selbst immer ganz heiß auf Melchiors »Dode«.

»Dode, meinen Sie?«

Ganz genau. Im Stillen frohlockte Raphael ob seines schnellen Erfolgs.

Melchior raschelte weiter. »Nein, geht eigentlich. Ich schau nur, dass wir das möglichst bald machen können. Zu lange sollten wir diesen Doden nämlich nicht mehr liegen lassen.« Endlich stellte er das Blättern ein. »Ich könnt's gleich morgen einrichten, über Mittag. Um elf?«

»Perfekt«, antwortete Raphael, verabschiedete sich und legte auf.

»Und?« Sarah sah ihn erwartungsvoll an.

»Die Obduktion ist für morgen Vormittag angesetzt, und stell dir vor, er hat gleich dreimal ›Dode‹ gesagt.«

Jetzt lachte sie doch, und er konnte nicht widerstehen, beugte sich zu ihr und drückte ihr einen schnellen Kuss auf die vollen Lippen. »Unterm Strich betrachtet bin ich also wirklich ein glücklicher Mann«, schloss er.

»Und ein unverbesserlicher Kindskopf.«

ZWEI

»Warum haben eigentlich Max und Moritz bisher die Ermittlungsgruppe geleitet?« Raphael sah von der Akte zum Vermisstenfall Jan Wahlner auf und schmunzelte zuverlässig angesichts der Namenskonstellation unserer Kollegen. »Jemand aus dem K3 ist dafür ja nicht unbedingt die erste Wahl, oder?«

»Personalmangel, wie üblich. Die Grippewelle kurz vor Weihnachten, und ihr beide wart ja angeblich erholungsreif und habt eure eigentlich noch jugendlichen Körper in diesem Wellness-Tempel in Oberbayern hätscheln lassen«, brummte Herbert.

Mit einem verklärten Gesichtsausdruck lächelte Raphael zu mir herüber. Diese fünf Tage waren aber auch wirklich zu schön gewesen, um wahr zu sein.

»Und wir«, moserte Herbert weiter, »waren im K1 mal wieder völlig unterbesetzt. Der Stadtparkvergewaltiger, die Messerstecherei in Köfering … Schon vergessen? Und so hat's halt Max und Moritz getroffen.«

Raphael blätterte sich durch die Unterlagen. »Interessant«, bemerkte er schließlich. »Sieben Mitarbeiter aus der Firma haben tatsächlich ausgesagt, sie hätten Wahlner in der Karmalounge noch gesehen. Mit ganz vielen ›Vielleichts‹ und ›Wahrscheinlichs‹ natürlich.« Er legte die Akte auf seinem Schoß ab, ohne aufzusehen.

»Und wie viele behaupten, er wäre schon vorher verschwunden?«

»Der Rest«, antwortete er zögerlich und blätterte weiter. »Hundertsechs Mitarbeiter insgesamt. Kann man also durchaus als Mehrheitsbeschluss durchgehen lassen.« Raphael überflog rasch die nächsten Seiten und gelangte schließlich zum Ende der Akte. »Weniger einig ist man sich darüber, ob Wahlner betrunken war. Die meisten behaupten zwar, er hätte kaum was getrunken, aber trotzdem decken die Aussagen die komplette Palette ab – von ›stocknüchtern‹ bis ›rotzbesoffen‹ ist alles dabei.« Sichtlich irritiert wandte er sich Herbert zu. »Hast du schon mit Moritz oder Max geredet?«

Herbert sah ihn mit scheinheiliger Miene an. »Ich dachte, das macht ihr lieber selbst. Ist doch besser, als sämtliche Infos über hunderttausend Ecken zu kriegen.«

»*Eine* Ecke«, antwortete Raphael. »Und sei ehrlich: Du hattest einfach keinen Bock, oder?«

»Na ja ...« Herbert blinzelte verschämt in seine Kaffeetasse.

Mit einem tadelnden Blick in seine Richtung wählte ich Moritz' Durchwahl und bat ihn zu uns ins Büro.

Es dauerte keine Minute, bis er lässig hereingeschlendert kam. »Es geht um den Vermisstenfall?«, fragte er und strubbelte sich durch seine ohnehin schon widerspenstigen braunen Locken.

»Der jetzt ein Todesfall ist, ja«, antwortete ich und musste unweigerlich lächeln, weil Moritz mich plötzlich so gebannt ansah. »Die Fahndung nach Wahlner könnt ihr also guten Gewissens abblasen. Danke übrigens für die Akte«, fuhr ich fort und wies mit dem Kopf auf Raphael, der mit den Unterlagen in der Hand an meinem Schreibtisch lehnte.

»Die Wasserleiche, die heute in Bach gefunden wurde«, erklärte Raphael. »Erzähl doch mal, was ihr bei euren Ermittlungen rausgefunden habt.« Die Akte war zwar ordentlich geführt worden, aber es konnte nie schaden, die festgehaltenen Erkenntnisse mit ein paar persönlichen Eindrücken anzureichern.

»Also, nachdem seine Frau ihn als vermisst gemeldet hat«, begann Moritz, »haben wir natürlich zuerst mit einem derjenigen geredet, die ihn zuletzt gesehen haben. Sascha Hoyer – das war der zweite Teilhaber in dieser seltsamen Firma.« Moritz verzog das Gesicht, als hielte man ihm gammligen Donaufisch unter die Nase. HEUREKA musste ihm ja ziemlich unsympathisch gewesen sein. »Der hat ausgesagt, dass er Wahlner zuletzt im Salzstadel gesehen hat. Angeblich hat er sich zu diesem Zeitpunkt blendend amüsiert – und war vor allem nüchtern.«

»Ob das stimmt, wissen wir ja bald. Für mich klingt das allerdings immer noch nach Unfall im Suff«, brummte Herbert.

»Abwarten. Und dann ist Wahlner einfach verschwunden?«, wandte ich mich wieder an Moritz.

»Genau. Ohne dass es jemand beobachtet hat. Wir haben dann natürlich angefangen, Befragungen durchzuführen und nach ihm zu fahnden, haben aber weder eine nennenswerte Spur noch einen konkreten Hinweis auf eine Straftat gefunden. Auch die Vermutung, dass er in die Donau gefallen ist, gab's natürlich. Aber …« Nachdenklich kratzte er sich am Kinn, wo ein nur spärlicher Bartwuchs seiner jugendlichen Ausstrahlung keinen Abbruch tat.

»War er mit dem Auto in Regensburg?«, fragte Raphael und blätterte wieder suchend durch die Akte.

»Ja«, antwortete Moritz prompt. »Er hatte es auf dem Firmenparkplatz abgestellt. Dort stand es noch immer, unversehrt. Ein paar Tage später haben wir seine Frau informiert, dass sie es abholen kann.«

»Ihr habt es hoffentlich erkennungsdienstlich behandeln lassen?«, fragte ich.

»Natürlich. Es wurde aber nichts Außergewöhnliches gefunden. Deshalb haben wir den Wagen dann auch wieder freigegeben.«

»Also kein Abschiedsbrief? Und auch sonst nichts, was einen freiwilligen Abgang erklären würde?«

Moritz schüttelte bedauernd den Kopf.

»Dann erzähl doch mal ein bisschen von dieser Firma.« Seine offensichtliche Abneigung hatte mich an Beate Wahlners ausweichende Antwort erinnert und hellhörig werden lassen.

»Ja, also …« Wieder wuschelte er sich aufgeregt durch die Locken. Kein Wunder, schließlich schlug er sich im K3 meistens mit langatmigen Betrugsdelikten herum – da war ein Vermisstenfall, der zum Todesfall avancierte, natürlich eine spannende Abwechslung. »Bei HEUREKA herrscht eine wirklich seltsame Stimmung. Einerseits wirken alle da drinnen so unglaublich motiviert und dynamisch …« Einen Moment legte er nachdenklich die Stirn in Falten. »Die sind auch alle sehr jung. Mit meinen siebenundzwanzig Jahren war ich schon fast einer der Ältesten.«

Herbert brummte unwillig.

»Andererseits ist die Atmosphäre aber auch unglaublich angespannt«, fuhr Moritz ungerührt fort.

»Ist aber doch kein Wunder«, warf Raphael ein, »wenn einer der Chefs spurlos verschwunden ist, oder?«

Moritz winkte ab. »Ich glaube nicht, dass es daran lag. Es war eher so, als würden alle wahnsinnig unter Druck stehen, was die Arbeit angeht. Dabei hat sich dieser Hoyer noch gerühmt, wie mitarbeiterfreundlich HEUREKA wäre. Was ja einerseits auch stimmt ...« Plötzlich erhellte ein Lächeln seine Züge. »Stellt euch vor, die haben im Sozialraum neben einer absoluten Profi-Kaffeemaschine auch noch einen funkelnagelneuen Kicker, ein Testlabor für die entwickelten Spiele –«

»So was darfst du nicht erzählen, Moritz«, unterbrach ich ihn. »Wetten, dass Raphael heute Abend seine Bewerbung schreibt?«

Raphael grinste. »Gute Idee. Ich hab gehört, da ist gerade ein Job in der Geschäftsleitung frei geworden.«

»Untersteh dich«, antwortete ich bloß und fuhr an Moritz gewandt fort: »Also, ein Testlabor für die Spiele?«

»Ja«, sagte er. »Aber ich glaube nicht, dass irgendjemand Zeit findet, damit zu spielen. Und selbst wenn, würde es niemand wagen, weil er bestimmt von sämtlichen Kollegen und Vorgesetzten genau beäugt würde.«

»Nach dem Motto: ›Schau hin, der faule Sack hat Zeit zum Spielen?‹«, fragte Raphael.

»Genau. Es gibt auch jeden Tag ein Frühstücksbuffet mit allem Schnickschnack, frisch gepressten Säften und weiß der Geier was noch. Aber ich hab dort niemanden essen sehen oder eben nur ganz verschämt vor dem eigenen Computer und mit einer Hand auf der Tastatur.«

»Ich spar mir die Bewerbung«, antwortete Raphael spröde.

»Das würde ich dir auch empfehlen«, stimmte Moritz mit Nachdruck zu. »Alle machen Überstunden bis in die Puppen, keiner geht pünktlich nach Hause – wir haben die Leute teilweise um halb zehn Uhr abends noch vernommen, aber die mussten nicht extra unseretwegen bleiben. Da bringen die ganzen Fitnessstudio- und Wellnessgutscheine nichts, die an die Mitarbeiter verteilt werden. Wer geht denn noch in die Muckibude oder in die Sauna, wenn er sich abends um zehn völlig groggy aus dem Büro schleppt?«

»Gibt's vielleicht auch Shopping-Zulagen?«, fragte ich hoffnungsvoll.

»Davon hat dieser Hoyer nichts gesagt«, antwortete Moritz ernsthaft. »Aber während der Zeit unserer Ermittlungen dort hat sich sogar jemand selbst eine Shopping-Zulage verschafft.«

»Wie meinst du das?«

»Es gab Ende Dezember einen Diebstahl«, erklärte Moritz. »Die Infos findet ihr weiter hinten in der Akte. Aus der Firmenkasse sind damals dreißig Euro verschwunden. Max und ich hätten das auch gar nicht mitbekommen, aber dieser Hoyer ist schnurstracks zur Polizeiinspektion am Protzenweiher gelaufen, hat den Diebstahl angezeigt und die Nummern einiger Geldscheine hinterlegt. Der Kollege, der das aufgenommen hat, hat uns natürlich postwendend informiert.«

»Hm«, machte ich unentschlossen. Ein Diebstahl von dreißig Euro erschien mir nicht gerade brisant. Meistens steckten hinter solch kleinen Beträgen sowieso nur verschlampte Belege.

»Ist wohl nicht so wichtig«, stellte nun auch Moritz fest. »Trotzdem, das Betriebsklima ist insgesamt ziemlich miserabel. Ich hatte den Eindruck, es geht einfach nur darum, unglaublich locker und mitarbeiterfreundlich zu *wirken*. Nicht zu *sein*.«

***

Raphael blätterte sich erneut durch die Akte und ließ Moritz' Schilderungen der HEUREKA Revue passieren. Sollte sich morgen bei der Obduktion herausstellen, dass der »Dode« entgegen der Aussage seines Kompagnons doch ordentlich Alkohol getankt hatte, dann war zwar ziemlich klar, dass Jan Wahlner Opfer eines bedauerlichen Unfalls geworden war. Trotzdem würden sie noch einmal mit einigen Mitarbeitern sprechen müssen, um irgendwie den Hergang und die letzten Minuten Wahlners zu rekonstruieren. Oder es wenigstens zu versuchen.

Nicht zum ersten Mal fiel ihm Frau Wahlners abweisende Reaktion auf die Fragen zur Firma ihres Mannes ein. Er konnte nicht leugnen, dass der Gedanke an HEUREKA ein nervöses Kribbeln in ihm auslöste.

»Auf der Webseite erfährt man nicht gerade viel über das Unternehmen«, sagte Sarah, der es anscheinend nicht anders ging. Unverwandt starrte sie auf ihren Monitor. »Hübsches Design, aber ansonsten nur aufgeblähtes Blabla. Womit die konkret ihr Geld verdienen, kapier ich immer noch nicht.« Sie pustete sich genervt eine ihrer wuscheligen dunklen Strähnen aus der Stirn. »... verstehen sich als Experten ... aha, na dann kann ja nichts schiefgehen ... *Outsourcing* ... *Office Management* ... *Project Management* und *Consulting* ... und so weiter und so fort.« Gelangweilt lehnte sie sich in ihrem Drehstuhl zurück. »Ob die glauben, dass die Firmenbeschreibung überzeugender klingt, wenn sie in Anglizismen verpackt ist?«

Achselzuckend legte Raphael die Vermisstenakte beiseite. »Vielleicht sollten wir damit unser angestaubtes Polizei-Image auch mal aufpeppen.«

»Du meinst, als *experts* für *victim consulting*?«

»Zum Beispiel«, stimmte er grinsend zu. »Oder als *homicide manager*.«

»Noch besser«, antwortete sie, lächelte ihn an und kniff ein Auge zu. Wie immer war der Anblick von Sarahs hübschem, normalerweise ebenmäßigem Gesicht, das sich dabei für einen Moment verzerrte, als hätte sie eine ausgewachsene Fazialisparese, eher skurril. Trotzdem hätte er sie am liebsten sofort in die Arme geschlossen. Aus unerfindlichen Gründen machten sie ihre missglückten Versuche, ihm lässig zuzuzwinkern, für ihn nur noch liebenswerter. Sofern das überhaupt möglich war.

»Hörts bloß mit dem Schmarrn auf«, riss Herbert ihn unsanft aus dem Anbetungsmodus. »Ich versteh kein Wort.«

Noch ehe er Herbert nahelegen konnte, dass es für einen Englisch-Crashkurs noch nicht zu spät war, klingelte Raphaels Mobiltelefon. Wieder der Rechtsmediziner. Hoffentlich war der nicht auf die Idee gekommen, die Obduktion zu verschieben und Sarah und ihn so zur Untätigkeit zu verdammen.

»Herr Dr. Melchior, was gibt's?«, fragte er so dynamisch, als könnte er es kaum erwarten, Wahlners Leiche endlich auch von innen inspizieren zu können. Sollte Melchior wenigstens ein schlechtes Gewissen bekommen, wenn er sie schon hängen ließe.

»Grüß Gott, Herr Jordan, gut, dass ich Sie erwisch«, schnaufte Melchior in den Hörer. »Ich hab Schiss g'habt, Sie wären schon im Feierabend.« Noch einmal schnaufte er lautstark. »Ich war a weng neugierig, so eine Wasserleich hat man ja auch nicht ständig«, sagte Melchior fast entschuldigend.

»Und?«

»Und deswegen hab ich mir den Doden schon einmal genauer angesehen.«

Raphael wunderte sich, weshalb das ein Grund war, nochmals anzurufen. Da Melchior aber zu keiner weiteren Erklärung ansetzte, sagte er beschwichtigend: »Macht doch nichts. Dann also bis morgen?«

»Nein, nein, nein, Herr Jordan. Das Hemd, das der Dode trägt, ist zerrissen! Und Kratzer hat er auch!«

»Ist doch kein Wunder, wenn er seit einem Monat flussabwärts treibt, oder?«, wandte Raphael langsam etwas ungeduldig ein.

»Sie verstehen nicht: Es könnte sein, dass das Hemd gewaltsam zerrissen worden ist. Und die Verletzungen darunter, auf der Haut, sind dem Opfer möglicherweise von einem Menschen beigebracht worden! Vor seinem Dod!«

»Fuck.« Diese Entdeckung würde in der Tat ein anderes Licht auf die Angelegenheit werfen.

»Ja, Herr Jordan, so kann man's auch sagen.«

***

Die Büros der Firma HEUREKA lagen im ersten Stock eines Altbaus in illustrer Lage direkt am Neupfarrplatz. Mit Parkplätzen hatten die Mitarbeiter aber mit Sicherheit, wie überall in der Regensburger Innenstadt, ihre liebe Mühe; der Innenhof des Gebäudes bot gerade einmal Platz für rund fünfzehn Autos. Wir erklommen die steile, mit einem roten Teppich ausgelegte Treppe und standen vor einer schmalen Glastür, die den Blick auf die hell erleuchtete, aber unbesetzte Anmeldung – mit futuristischem Tresen in hochglänzendem Weiß – freigab.

Melchiors Verdacht hatte uns beide aufgeschreckt, und da sich Raphael zum Glück genauso ungern der Untätigkeit hingab wie ich, hatte ich mich eilends um eine sofortige Audienz bei Wahlners Geschäftspartner bemüht.

Leider gab die Tür trotz des »Drücken«-Hinweises nicht nach. Dabei hatte Sascha Hoyers Sekretärin, die den Firmennamen mit etwas verkrampfter Zunge englisch ausgesprochen hatte, uns ausdrücklich für halb acht Uhr herbestellt. Mit zunehmender Ungeduld klopfte ich gegen die Glastür. Keine Reaktion.

»Ich lauf mal runter«, sagte Raphael genervt. »Irgendwo muss es hier doch eine Klingel geben.«

Auf sein Klingeln hin dauerte es nicht lange, bis eine junge Frau mit knallrot gefärbten Haaren, die nicht zu ihrem seriösen grauen Hosenanzug passen wollten, zur Anmeldung eilte und einen Knopf neben dem Empfangstresen drückte. Ich konnte sie sprechen sehen – vermutlich in eine hinter der Rezeption verborgene Gegensprechanlage. Erst dann sah sie mich vor der Glastür stehen, eilte auf mich zu und ließ mich ein. »War die Haustür etwa schon wieder offen?«, fragte sie und blickte missbilligend zum Eingang der Zahnarztpraxis in meinem Rücken.

»Ja.« Ich trat ein und wartete auf Raphael, der – immer zwei Stufen auf einmal nehmend – wieder die Treppe nach oben spurtete. Ein Glück, dass wenigstens einer von uns beiden so fit war.

»Darf ich Ihre Dienstausweise sehen?«, fragte die Dame, und ich fing pflichtschuldig an, in meiner Tasche zu kramen. Erst nachdem sie unsere Ausweise genauestens inspiziert hatte, bot sie uns auf den leuchtend orangefarbenen Designerstühlen neben der Anmeldung Platz an und bat uns um einen Moment Geduld, bevor sie eilig einen Flur hinabstöckelte und schließlich durch eine Tür zu ihrer Linken verschwand.

»Was ist das hier?«, flüsterte Raphael. »Ein Hochsicherheitstrakt?«

»Solange wir keine Urinprobe abgeben müssen.« Neugierig inspizierte ich das umfangreiche technische Equipment hinter der Rezeption. Auch der restliche großzügig geschnittene Empfangsraum machte ordentlich was her. Der dunkle Parkettboden glänzte an den Stellen, an denen er nicht mit matschigen Winterstiefeln in Berührung gekommen war, wie frisch eingelassen; von der hohen Stuckdecke baumelten zwei Leuchter mit reichlich glänzendem Chrom und exorbitanten Ausmaßen, an den Wänden hingen Kunstdrucke in schreienden Farben. Vier schmale Flure zweigten von der Lobby ab und führten wohl zu den einzelnen Büroräumen, aber der einzig einsehbare war der, in dem die Anmeldungsdame verschwunden war. Ich zählte zehn Türen, die von dem Gang abgingen, und mochte mir gar nicht ausmalen, wie viel Miete man monatlich für einen sanierten Altbau in dieser Größenordnung bezahlte.

Einige der Bürotüren standen offen, und reges Tastaturklappern drang an meine Ohren. Trotz der Vorabinformationen war ich erstaunt darüber, dass hier um diese Zeit wirklich noch so konsequent gearbeitet wurde. Niemand sprach, niemand lachte. Bei hundertsechs Angestellten hatte ich eigentlich ein etwas temperamentvolleres Treiben erwartet statt dieser seltsam gedämpften Stimmung.

»Fast wie im Krankenhaus«, stellte Raphael treffend fest.

Als ich das Klacken einer sich öffnenden Tür hörte, rechnete ich mit der Empfangsdame, die uns endlich eine Audienz bei ihrem Chef gewährte. Stattdessen trat eine sehr große, sehr schlanke und außerordentlich attraktive Frau aus einem anderen Zimmer. Kaum war sie aus der Tür, drehte sie sich auch schon wieder um. »Bitte, Simone, es ist wirklich wichtig«, sagte sie mit einer ungewöhnlich tiefen, rauchigen Stimme und warf einen flehenden Blick ins Innere des Raums.

Simones Antwort konnte ich leider nicht verstehen, aber sie klang beschwichtigend.

»Danke«, antwortete das Model mit der wie auch immer gearteten wichtigen Mission höflich, wenn auch nicht gerade begeistert. Sie zog die Tür hinter sich ins Schloss und nahm Kurs auf die Rezeption.

Oh nein, mir bleibt auch wirklich nichts erspart!

Während ich mich auf hohen Hacken derartig aufs Gehen konzentrieren muss, dass mein angespannter Gesichtsausdruck jede potenzielle erotische Ausstrahlung im Keim erstickt – weshalb ich dann auch in den meisten Fällen auf einigermaßen flaches Schuhwerk und somit den altbewährten Donald-die-Ente-Gang zurückgreife –, meistert dieser fleischgewordene Männertraum auf Stilettos (bekanntermaßen die fiese Steigerung zum simplen »Stöckel«!) die Distanz zu uns dermaßen mühelos und mit einem formvollendeten Synchronschwingen von Hüften und fluffigen langen braunen Locken, dass mir ganz anders wird. Jetzt hat sie uns natürlich bemerkt, und prompt folgt das interessierte Flackern in den Augen, das sich für meinen Geschmack viel zu häufig bei Frauen im heiratsfreudigen Alter einstellt, sobald Raphael ins Blickfeld gerät. Nein! Die soll weggehen, und zwar dalli!

»Hallo«, sagte sie mit dieser verfluchten Stimme, die ohne Distanz sogar noch verruchter klang. Warum konnte eine Frau, die so aussah, nicht zum Ausgleich wenigstens eine Piepsstimme haben, bei deren Klang sich die Fußnägel bis zu den Knöcheln aufrollten? »Kann ich Ihnen helfen?« Auch noch freundlich. Jetzt reichte es aber wirklich.

»Nein danke, ist schon in Arbeit«, erwiderte Raphael mit einem unverbindlichen Lächeln.

Na immerhin, die Sprache hat es ihm angesichts Superwoman noch nicht verschlagen.

So was sollte einfach verboten werden, finden Sie nicht auch? (Sie brauchen nicht zu antworten, das ist eine rein rhetorische Frage. Ich weiß ohnehin, dass die Damen unter Ihnen zustimmend nicken, während die Herren entschieden den Kopf schütteln.)

Aber ist doch wahr – wer braucht eine Frau, angesichts derer sich eine gut erhaltene, selbstbewusste fast Dreißigjährige mit kaum altersdeformiertem Körper fühlt wie die traurigen Reste liegen gebliebener Ramschware vom Grabbeltisch? Und nein, glauben Sie mir: Ich übertreibe nicht! Sogar Kate Moss würde angesichts dieser Frau vor Neid kotzen.

Obwohl es bei Kate für den Würgereiz wahrscheinlich gar keinen Neid braucht …

Sie öffnete den passend zu den Designerstühlen knallorangefarbenen Aktenschrank hinter der Rezeption, nahm nach kurzem Suchen einen Ordner heraus und schloss den Schrank wieder, bevor sie mit einem hocherotischen »Tschüss, schönen Abend noch« wieder den Rückweg einschlug.

»Danke, ebenso.« Im Gegensatz zu ihrer Stimme klang meine wie besonders verkrampft umklammerte Kreide auf einer Schultafel. Für einen Augenblick gelang es mir, den Blick von ihrem nach links und rechts schwingenden Knackarsch, der zu allem Überfluss auch noch in einer knallengen Jeans steckte, abzuwenden und zu überprüfen, ob Raphael ihr mit offenem Mund und heraushängender Zunge hinterhechelte. Er jedoch hatte seinen Blick unbeteiligt auf den vorrückenden Sekundenzeiger der ebenfalls orangefarbenen Designeruhr über dem Eingang geheftet.

Will der mich verarschen? (Auch das war lediglich eine rhetorische Frage. Ich weiß, dass die Damen unter Ihnen, liebe Leser, jetzt hoffnungsvoll, beruhigend und optimistisch zugleich den Kopf schütteln, während die Herren, je nach Mut, entweder nur insgeheim oder völlig offen nicken.) Zum Glück verschwindet Miss HEUREKA endlich im letzten Zimmer des Flurs, und ich suche eifrig nach Anzeichen von Scheinheiligkeit in Raphaels noch immer unbeteiligtem Gesicht. Immerhin, er hat noch nicht angefangen, beiläufig zu pfeifen. (Das hätte dann nämlich sogar ich durchschaut.)

Endlich kam der Empfangs-Feuermelder im grauen Hosenanzug, einen Stapel Unterlagen balancierend, aus dem Büro des großen Häuptlings und winkte uns ungeduldig heran. Beinahe hatte ich sie in meiner Anwandlung von Hass, Neid und Eifersucht vergessen.

»Herr Hoyer hat jetzt Zeit für Sie«, sagte sie gnädig und hielt uns die Tür auf.

Sascha Hoyer sah exakt so aus, wie man sich einen erfolgreichen Jungunternehmer nicht vorstellte. Sein aschblond-hellbraunfarbloses Haar lichtete sich bereits, sein Gesicht wirkte weich und konturlos, die verwaschen blauen Augen hinter der Brille zwinkerten in einem fort und wichen aus, sobald man sie direkt anvisierte. Als er aufstand, registrierte ich, dass er kaum größer sein konnte als ich, und seine leicht schwitzige Hand erwiderte den Druck mit einer Kraft, als befände er sich bereits im gleichen Zustand wie sein bedauernswerter Kompagnon.

Trotz alledem wirkte er keinesfalls unsympathisch. Nur … schüchtern. Unsicher. So, als würde er sich am liebsten hinter den drei Monitoren verschanzen, die sich auf seinem Schreibtisch aneinanderkuschelten. Dennoch schob er einen der Bildschirme behutsam zur Seite und deutete uns an, auf den Besucherstühlen ihm gegenüber Platz zu nehmen. (Der Vollständigkeit halber: Auch diese waren orange. Das musste ein unschlagbares Sonderangebot gewesen sein.)

»Herr Hoyer, haben Sie heute schon mit Frau Wahlner telefoniert?«, fragte ich vorsichtig. Sofern er noch nicht informiert war, stand uns schließlich das erneute Überbringen der tragischen Nachricht bevor.

»Ja«, antwortete er mit überraschend sicherer Stimme, »ich bin schon im Bilde.« Er schluckte, sein Blick schweifte zurück zu dem Monitor, den er gerade zur Seite geschoben hatte.

Raphael räusperte sich, lehnte sich entspannt zurück und schlug lässig die Beine übereinander. »Wie erklären Sie sich den Tod Ihres Kollegen, Herr Hoyer?«

Hoyer zuckte unentschlossen die Achseln. »Ich weiß nicht … Ein Unfall?«

Raphael setzte sein Pokerface auf. »Ja, glauben Sie?«

»Keine Ahnung. Wollen Sie jetzt Spekulationen hören?« Der Anflug von Ungeduld in Hoyers Stimme verriet, dass da wohl doch ein Funken Selbstsicherheit in ihm steckte.

»Können Sie sich vorstellen«, schaltete ich mich ein und schloss wie besprochen zunächst die Hintertürchen, »dass sich Herr Wahlner das Leben genommen hat?«

»Selbstmord?« Er winkte entschieden ab. »Nie und nimmer.«

»Was macht Sie da so sicher?«

»Das hätte nicht zu ihm gepasst«, antwortete er kategorisch. »Jan hat nie gekniffen. Im Gegenteil.« Er schüttelte heftig den Kopf. »Immer Vollgas voraus, ohne Konfrontationen zu scheuen oder klein beizugeben. Ein Kämpfer, wenn Sie so wollen.« Er zuckte die Achseln, als wäre er selbst nicht sicher, ob er das für gut befunden hatte oder nicht. »Und er hatte ziemlich viel vor mit der Firma, wollte in die USA expandieren und hier so einiges ändern. Er hätte seinem Leben niemals absichtlich ein Ende gesetzt.«

»Gut, dann lassen Sie uns doch nochmals den Abend der Weihnachtsfeier aus Ihrer Sicht rekonstruieren, Herr Hoyer.«

Hoyer schielte wieder auf seinen Monitor, seufzte leise und nickte pflichtschuldig. »Ja, also ... Wir waren im Salzstadel – das wissen Sie ja sicher schon. Und dann war er eben plötzlich weg. So gegen eins muss das gewesen sein – weil ich schon überlegt hatte, alle zum Aufbruch in die Karmalounge zusammenzutrommeln.«

»Haben Sie gesehen, wie Herr Wahlner den Salzstadel verlassen hat?«

»Nein«, erwiderte Hoyer und unterdrückte nur schlecht die zunehmende Ungeduld in seiner Stimme. »Das habe ich ja bereits zu Protokoll gegeben. Jan war Gelegenheitsraucher, es war also nichts Ungewöhnliches, dass er bei Veranstaltungen immer mal wieder für ein paar Minuten fehlte.«

»Aber in diesem Fall hat er länger gefehlt ...« Raphael strich sich skeptisch mit der flachen Hand über das stoppelige Kinn. »Haben Sie sich darüber nicht gewundert?«

»Ehrlich gesagt: nein. Wir sind ein Unternehmen mit lauter jungen Leuten. Ich war überzeugt davon, er wäre mit ein paar Kollegen schon mal vorausgegangen. Oder auf einen Cocktail in irgendeiner Bar gelandet. Dass das nicht so war, habe ich erst am nächsten Vormittag von Bea erfahren.« Für einen Augenblick biss er sich auf die Unterlippe. »Ich verstehe das ehrlich gesagt immer noch nicht. Wie kann er einfach so in die Donau fallen? Er hatte kaum was getrunken – wir trinken beide nichts, wenn wir mit der Firma unterwegs sind.«

Ich zuckte die Achseln. Noch wollte ich nicht erklären, dass es vielleicht gar kein Unfall gewesen war. Stattdessen dachte ich wieder darüber nach, wie es sein konnte, dass niemand den mittlerweile toten Geschäftsführer beim Verlassen des Salzstadels gesehen hatte. »Es gibt doch bei Ihnen sicher mehr Raucher, oder? Wo war denn der Raucherplatz am Abend der Weihnachtsfeier?«

»Direkt vor dem Haupteingang, unter dem Torbogen bei der Steinernen Brücke, sind immer mal wieder ein paar beim Qualmen gestanden.«

»Seltsam, dass niemand dort Wahlner gesehen hat.«

»Wir sind sehr gesundheitsbewusst hier, es gibt nicht allzu viele Raucher in der Firma«, sagte Hoyer in beinahe rügendem Ton. »Jans Laster hat eigentlich nicht zu dem Image gepasst, das wir fördern wollten. Jung, modern, dynamisch –«

»Sportlich und naturverbunden«, fiel Raphael ihm lächelnd mit einem schnellen Blick auf die drei Monitore und Hoyers nicht ganz so flaches Bäuchlein ins Wort.

»Nun ja …« Hoyer räusperte sich verlegen.

»Wie standen Sie und Herr Wahlner zueinander, Herr Hoyer? Wie kam es zu Ihrer Zusammenarbeit?« Raphael rutschte auf seinem Stuhl nach vorn und fixierte Hoyer, dessen Blick schon wieder in Richtung Monitor abdriftete.

Seine Augen schnellten wie ertappt zurück. »Jan und ich haben uns an der Uni kennengelernt. Ich habe schon während meines Studiums angefangen, Spiele zu programmieren, und nach unserem Abschluss hatte Jan eben die Idee, damit Geld zu machen und die HEUREKA zu gründen. Ich konnte weiter meiner Lieblingsbeschäftigung nachgehen, und er hat sich um das Wirtschaftliche gekümmert«, gab er Auskunft. »Erst haben wir das nur im kleinen Rahmen gemacht, im Keller meiner Eltern. Dann kamen ein paar Aushilfen dazu – meist Studenten, die bei uns gejobbt haben. Und plötzlich ging es rapide aufwärts.«

»Waren Sie nur Kollegen? Oder auch Freunde?«, fragte ich.

»Auch Freunde«, erklärte er. »Vielleicht nicht die besten Freunde, aber wir haben uns respektiert. Und ganz gut zusammengearbeitet.«

»Gut, Herr Hoyer, dann sollten wir Sie informieren«, sagte Raphael und sah Hoyer fest in die Augen. »Es gibt unter Umständen Hinweise, dass Ihr Freund vor seinem Sturz in die Donau in eine tätliche Auseinandersetzung verwickelt war.« Raphael machte eine Kunstpause.

Hoyer sah erschrocken von ihm zu mir, sagte aber nichts.

»Können Sie sich vorstellen, mit wem?«, fuhr Raphael fort. »Oder haben Sie vielleicht sogar gesehen, dass er mit jemandem Streit hatte?«

»Nein. Sie glauben doch nicht –«

»Wir müssen einfach allen Hinweisen nachgehen.« Ich winkte lässig ab. »Also, gab es Streit?«

»Wenn, dann habe ich nichts davon mitbekommen.«

»War Herr Wahlner beliebt hier in der Firma?«

Sascha Hoyer sah mich so verständnislos an, als hätte er sich darüber nie Gedanken gemacht.

»Bei Ihren Mitarbeitern, meine ich«, fühlte ich mich gezwungen zu sagen. Blöd eigentlich. Bei wem denn sonst?

»Ich glaube schon«, antwortete er zögerlich, »aber … Ich weiß es nicht sicher. Ich bin meistens hier und programmiere, entwickle neue Produkte …«

»Also war eher Herr Wahlner für die Personalangelegenheiten zuständig?«

Hoyer nickte. »Und für die Finanzen, die Repräsentation … Eigentlich für alles außer der Produktentwicklung.«

Hoyer hatte sich also in bester Nerd-Manier hinter seinem Schreibtisch verkrochen, während Jan Wahlner den Showmann gegeben hatte. Und somit natürlich das potenzielle Hassobjekt der Mitarbeiter.

»Ich habe versucht, mich online ein bisschen darüber zu informieren, was Sie hier genau machen«, wechselte ich das Thema und beobachtete, wie Hoyer auf seinem Chefsessel hin und her rutschte. »Aber so ganz schlau bin ich aus Ihrer Homepage nicht geworden.«

»Wir offerieren verschiedene Dienstleistungen im Online-Business«, antwortete Hoyer, als wäre das die ultimative Erklärung.

»Und die wären?«, fragte Raphael bemüht freundlich. Erfahrungsgemäß ließ nichts seine Nerven so sehr brachliegen wie verstockte Gesprächspartner.

»Wir beraten zum Beispiel Firmen in der Branche«, fügte Hoyer hinzu.

Raphael starrte ihn an, sagte aber nichts.

»Der Internetmarkt ist ja nach wie vor riesig, und durch die besonderen Gegebenheiten gibt es da reichlich Bedarf. Auf Wunsch des Auftraggebers konzipieren wir auch neue Geschäftsideen.

Oder wir übernehmen einzelne Tätigkeitsfelder, zum Beispiel die Programmierung. Oder die Verwaltung. Oder auch die Kundenbetreuung.«

»Welche Auftraggeber sind das?«, fragte ich.

»Zum Beispiel Online-Shops. Oder Spieleanbieter.«

»Das heißt, gegebenenfalls entwickeln Sie ein Spiel, programmieren es, führen es am Markt ein und kümmern sich um die komplette Betreuung und Verwaltung«, stellte Raphael folgerichtig fest. »Weshalb brauchen Sie dann überhaupt einen Auftraggeber?«

»Wir haben durchaus auch eigene Angebote«, erklärte Hoyer und blinzelte nervös. »Aber da wir sehr gut geschultes Personal haben, bieten wir unsere Dienste eben auch Mitbewerbern an, die an der Umsetzung ihrer Ideen scheitern.«

»Aha.« Das klang ja sehr edel.

»Wir haben also Online-Shops und Online-Spiele«, resümierte Raphael. Er gab sich nur mäßig interessiert, aber ich bemerkte das neugierige Flackern in seinen Augen. »Erzählen Sie doch noch ein bisschen mehr über das, was Sie da so anbieten, bitte.«

Hoyer verschränkte abwehrend die Arme vor der Brust. »Unsere eigenen Online-Angebote, meinen Sie?« Er starrte auf die Monitore. Trotzdem musste er mein Nicken bemerkt haben, denn er fuhr vage fort. »Ach … Wir betreiben zum Beispiel ein Portal für Preisvergleiche – den Schnäppchenscout – und ein Rezepte-Portal. Und …«, er zögerte einen Moment, »ein Portal für Produkttester.« Plötzlich erhellte ein Lächeln seine Züge. »Und dann bieten wir zum Beispiel auch ein Spiel namens ›Online-Kommissar‹ an.«

»Und wie finanzieren sich Ihre Angebote?«, bohrte Raphael nach. Richtig so. Von unserem Online-Kollegen hätte ich mich auch nicht blenden lassen.

»Die Kunden zahlen natürlich dafür«, antwortete Hoyer entschieden.

»Und wie erfolgt die Registrierung und Bezahlung genau?« Raphaels Tonfall war beinahe schnippisch. »Zufällig im Abonnement?«

»Ja«, antwortete Hoyer knapp. Und dann, abwehrend: »Ich weiß nicht, worauf Sie hinauswollen. Die Kunden haben die Möglichkeit, je nach Angebot zwei bis vier Wochen lang zu einem sehr geringen Betrag zu testen, ob es ihnen zusagt. Und nur wenn dann keine Kündigung erfolgt, verlängert sich das Abo um ein Jahr.«

»Alles klar«, antwortete Raphael lächelnd. »Verraten Sie mir doch noch den Namen dieser Sache mit den Produkttests. Meine Freundin ist ganz heiß auf so was.«

Das war ich nicht. Aber irgendeinen Sinn würde seine Nachfrage schon haben. Besser, als wenn er sich nach dem Rezepte-Portal erkundigt und mich zum Kochen verdonnert hätte.

»›Produktpionier‹«, antwortete Hoyer und sah nicht gerade glücklich aus. Kein Wunder. Das war ja auch ein selten dämlicher Name.

Raphael machte den Anschein, fürs Erste zu wissen, was er wissen musste, und so erhob ich mich halb aus dem Stuhl. »Herr Hoyer, die Obduktion ist bereits für morgen Vormittag angesetzt. Ihnen ist klar, dass wir in Ihrer Firma weitere Befragungen durchführen müssen, wenn Herr Wahlner, wovon wir derzeit ausgehen, wirklich am Abend der Weihnachtsfeier zu Tode gekommen ist?«

Hoyer nickte nur. Er stand nicht auf, als wir ihm zum Abschied die Hand reichten. Als ich beim Schließen der Tür einen letzten Blick zurückwarf, stand der mittlere Monitor schon wieder an seinem ursprünglichen Platz.

Kaum war auch die Glastür hinter uns ins Schloss gefallen, schlich sich schon wieder das süffisante Grinsen zurück auf Raphaels Gesicht.

»Warum grinst du denn ständig so?«

»Ganz einfach.« Raphael nickte zufrieden. »Online-Spiele und so, alles mit Registrierung, kostenpflichtig und im Abonnement. Und zufälligerweise steht von diesen tollen Dienstleistungen kein einziges Wort auf der offiziellen Firmenhomepage. Klingelt's?«

Ja, endlich klingelte es wirklich. »Abofallen?«

»Wenigstens so was in der Richtung. Und damit macht man

sich ja durchaus den einen oder anderen Feind, oder? Wenn die da also mit ihren ach so tollen Angeboten nicht in Wahrheit massenweise naive Leute abzocken, dann rasier ich mir eine Glatze.«

Zu meinem Bedauern drohte er das in letzter Zeit ständig an, nachdem ihm die langen Haare zunehmend auf den Geist zu gehen schienen. »Das würd dem Schwingshackl bestimmt gefallen«, antwortete ich betont gleichmütig. »Der hat auf deine Haare geschaut, als wären sie die Tentakel Satans.«

»Ach, echt? Dann bleiben sie noch dran.«

***

Celia Kleingrün starrte auf den Monitor, ohne auch nur ein einziges der gelesenen Worte zu verstehen.

Die Geier hatte sie ja wieder mal auf äußerst liebenswürdige Art abgewimmelt. Verdammter Mist! Das konnte sie aber auch wirklich zu gut. Dabei versuchte Celia seit Tagen, zu Sascha durchzudringen, um endlich einmal Klartext zu reden. Darüber, was sie in der Firma tun wollte, was sie wirklich tun konnte und was ihr einfach nicht lag und dauerhaft sicher keine Option war – nämlich das, was man ihr derzeit ständig aufbrummte.

Eigentlich war der Nachname »Geier« wirklich unpassend für Simone – »Wachhund« wäre treffender gewesen, so verbissen, wie sie Sascha jedes unliebsame Gespräch vom Hals hielt. Natürlich wusste Celia, dass das auf Saschas Geheiß hin passierte, schließlich war jedem in der Firma bekannt, wie ungern er sich mit Personalangelegenheiten herumschlug. Lieber verbarrikadierte er sich zwölf Stunden täglich hinter seinen riesigen Monitoren und tüftelte irgendeinen überflüssigen Schwachsinn aus, als dass er auch nur fünf Minuten lang Kontakt zu den Leuten pflegte, die diese unnütze, aufgeblasene Maschinerie namens HEUREKA am Laufen hielten. Das hatte er immer großzügig Jan überlassen. Verdammt, Jan! Wo steckte er bloß?

Wenn sie ehrlich zu sich selbst war, musste sie sich eingestehen, dass sie nicht nur die schützende Hand vermisste, die er über sie gehalten hatte. Oder die angenehme Arbeit, die er ihr zugeschanzt hatte. Nein, tatsächlich vermisste sie auch ihn – und wunderte sich jeden Tag aufs Neue darüber, dass niemand in der Firma mehr über ihn sprach, obwohl er doch erst seit einem Monat weg war. Wo auch immer.

Wie ein schwerer Mantel hatte sich das Schweigen über die Firma gelegt, ganz so, als hätte es Jan nie gegeben. Aber das war hier schließlich oft genug so, eigentlich sollte sie sich darüber nicht wundern. Was auch immer passierte, egal welcher Kollege entlassen wurde, egal wer bei seinem Vorgesetzten in Ungnade gefallen war – es wurde höchstens still und heimlich in kleinen Grüppchen darüber getuschelt, während nach außen weiterhin mit Begeisterung die glückliche Wir-sind-ja-so-unglaublich-dynamisch-und-erfolgreich-Familie gemimt wurde. Warum sollte es also dieses Mal anders sein?

Am Anfang hatte sie wirklich an das ach so lockere und freundschaftliche Betriebsklima geglaubt und gedacht, sie hätte mit ihrem Job das große Los gezogen. Na ja, irgendwie hatte sie das ja auch. Erst in den letzten Wochen war für sie persönlich alles aus dem Ruder gelaufen.

Wehmütig dachte Celia an das Vertragsgespräch mit Jan zurück. Sie hatte schon neben dem Studium einige Jahre bei HEUREKA gejobbt, aber dass er ihr prompt nach dem Abschluss einen Vollzeit-Job anbot und dann auch noch den begehrten als Marketingassistentin, der laut Jans Definition darin bestand, dass sie den lieben langen Tag nichts anderes zu tun hatte, als die abteilungsinternen Aufgaben zu delegieren, sich Gedanken über Werbestrategien zu machen und auf Meetings möglichst geschäftig zu wirken, war schon grandios gewesen. Und erstaunlich angesichts ihres nicht gerade brillanten Notendurchschnitts.

Natürlich war Celia klar gewesen, dass dieser Vertrag, der ihren Einstieg ins Berufsleben besiegelte, recht private Gründe hatte, und das nicht erst, als Jan sie nach der Unterzeichnung fordernd geküsst hatte und seine Hand zielstrebig unter ihren Rock gewandert war. Sie waren schon vorher einige Male miteinander im Bett – oder besser gesagt auf dem Schreibtisch – gelandet, und nach kurzem Überlegen hatte Celia daran nichts Schlimmes gefunden. Gut, er war ihr Chef und Mitinhaber der Firma, in der sie die Brötchen für ihr Studium verdiente. Klar, er war verheiratet und hatte zwei kleine Kinder, aber das war schließlich nicht ihre Schuld. Und nach allem, was man so hörte, war auch seine Frau kein Kind von Traurigkeit. Weshalb sollte sie sich also mit einem schlechten Gewissen belasten?

Ein paarmal hatte sie sich gefragt, ob es Liebe war, was sie für ihn empfand. Zuletzt an diesem Abend im Dezember, ein paar Tage bevor er spurlos verschwunden war. Er hatte sie hochgehoben und an die Wand in seinem Büro gepresst, seine Finger in ihre Pobacken gekrallt und war in sie eingedrungen, schnell, hektisch, aber mit einer ungeheuren Intensität. Liebe?

Sie mochte ihn. Sie mochte seinen Geruch, seine Entscheidungskraft, sein Durchsetzungsvermögen, und in ihrem Höschen wurde es feucht, wann immer sie an ihn dachte. Nein, Liebe war das wohl nicht. Aber ein angenehmer und zudem noch vorteilsbringender Zeitvertreib, schließlich hatte er schon nach ein paar Monaten ihr Gehalt erhöht. Und sie mitgenommen, wenn er geschäftlich in schicke Städte reisen musste – vorgeblich als persönliche Assistentin, in Wahrheit aber, um potenziellen Geschäftspartnern mit ihrem hübschen Gesicht und den langen Beinen den Verstand zu vernebeln. Und um zu vögeln, natürlich.

Sie unterdrückte ein Seufzen. Das war nun wohl vorbei. Sascha konnte sie auf diese Art bestimmt nicht bezirzen. Nicht dass sie das ernsthaft in Erwägung gezogen hätte, denn dafür war er ein bisschen zu klein. Zu rundlich. Zu bebrillt. Zu langweilig. Zu schlecht angezogen. Zu –

Sie unterbrach sich selbst. Es machte wenig Freude, über Saschas offensichtliche Mängel nachzudenken. Und es war ohnehin müßig, denn bei ihm zählte nur Leistung, Leistung, Leistung, und weiblicher Charme prallte an ihm ebenso ab wie sie selbst gerade eben an seinem Bodyguard Simone. Wahrscheinlich hielt er deshalb auf die Geier so große Stücke – Simone war ein ausgemachter Trampel, aber sie riss sich mit Begeisterung für die Firma den stämmigen Hintern auf. Andererseits war auch das irgendwie verständlich: Simones Noch-Ehemann war ein dicklicher Nerd, den sie irgendwo im Internet aufgegabelt hatte und der sie nun angeblich sogar verlassen hatte, weil sie zu viel arbeitete. Wenn Celia so einen unattraktiven Loser zu Hause sitzen hätte, würde sie auch die Arbeit vorziehen.

Meine Güte, Celi, jetzt hör endlich mit der Lästerei auf! Das macht es schließlich auch nicht besser.

Als sich eine Hand schüchtern auf ihre Schulter legte, schreckte Celia auf. Ach so, nur André! Wie so oft hatte sie seine Anwesenheit völlig vergessen. Dabei war das gerade das Angenehme an ihm: Er war so ruhig und zurückhaltend, dabei aber immer freundlich und teilnahmsvoll auf eine stille, wohltuende Art. Wahrscheinlich hatte sie doch zu laut geseufzt, so besorgt, wie er sie musterte.

»Mach dir keine Sorgen.« Er lächelte sie aufmunternd an. »Sascha kann dir nicht ewig aus dem Weg gehen. Und vielleicht kapiert Leo doch noch von selbst, dass es unfair ist, dir die ganze Rechnerei aufs Auge zu drücken.«

»Das hat er längst kapiert«, antwortete Celia. »Genau deshalb macht er es ja.« Sie legte ihre Hand auf Andrés, der zurückzuckte und die Augen niederschlug. In diesem Augenblick klingelte sein Telefon, und fast erleichtert entzog er sich und beugte sich über das Display. »Jessica«, sagte er dann mit unwillig verzogenem Gesicht, hob aber pflichtbewusst ab. »Ja?«

Warum André mit der überhaupt noch redete, war Celia ein Rätsel. Als Empfangskraft mochte sie ja ihre Qualitäten haben, aber ihr Getratsche ging mächtig auf die Nerven. Leider war André eines ihrer bevorzugten Opfer, wenn es darum ging, die neuesten Skandale an den Mann zu bringen. Wahrscheinlich, weil er sich nie zur Wehr setzte, sondern ihre Monologe geduldig über sich ergehen ließ. Natürlich auch heute. Einmal nickte er und murmelte ein leises »Ach, echt?«. Mehr Resonanz schien der rote Drachen ohnehin nicht zu erwarten. Dann weiteten sich seine Augen plötzlich, aber der Moment verstrich so schnell wieder, dass Celia nicht wusste, ob sie sich Andrés Erschrecken nicht doch nur eingebildet hatte.

»Die Kripo war gerade da«, sagte André, als er endlich auflegte.

Ach, das mussten der attraktive Blonde und die Dunkelhaarige mit der schönen Lederhandtasche gewesen sein, die vorhin neben der Anmeldung gesessen hatten. Klar, wie Bewerber hatten die auch nicht ausgesehen, dafür waren sie eine Spur zu lässig gekleidet gewesen – hier in der Firma war schließlich trotz aller Jugendlichkeit seriöser Businesslook angesagt.

»Klagt der Verbraucherschutz?«, fragte Celia schnippisch und merkte selbst, dass sie ihre leise Genugtuung nicht verbergen konnte.

André zuckte die Achseln. »Angeblich nicht.«

»Sondern?«

Er sah sie unverwandt an. Ein bisschen zu unverwandt, um harmlos zu wirken.

»Jetzt sag schon«, bat Celia ungeduldig.

»Na gut«, antwortete er. Wie immer knickte er unter ihrem gut trainierten Kleinmädchenblick sofort ein. »Die sind vom Kommissariat für die Verletzung höchstpersönlicher Rechtsgüter, hat Jessica gesagt.«

»Was soll das heißen?«

»Na, da geht's eben um die gravierenderen Sachen.« Wieder zuckte André die Achseln. »Vergewaltigung, ungeklärte Todesfälle ...« Seine Worte hallten in den hohen Wänden des kleinen Büros nach. Im nächsten Moment winkte er schon ab, sichtlich darum bemüht, Celia nicht weiter zu beunruhigen.

Doch es war zu spät. Die Angst um Jan hatte mit kalter Hand nach ihrem Herzen gegriffen.

***

»Wenzel war abgesperrt!«, schmetterte ich spätabends in Richtung Wohnzimmer, als ich durch die Tür zurück in den Flur und aus den Moonboots schlüpfte. Ich war mir wie so oft nicht mehr sicher gewesen, ob ich meinen mittlerweile schon beinahe als Oldtimer zu handelnden Golf auch wirklich zugesperrt hatte, und hatte natürlich nicht beruhigt neben Raphael auf der Couch sitzen bleiben können, ohne das nachzuprüfen. Also war ich wieder mal losgespurtet, zum Donaumarkt hinunter, wo Wenzel auf einem der wenigen begehrten Anwohnerparkplätze residierte und mir mit seinen Roststellen fröhlich zuzwinkerte. Oder wenigstens bildete ich mir das ein.

»So ein Glück. Damit hätte ich ja im Leben nicht gerechnet«, gab Raphael zurück, während ich den Anorak wieder an den Garderobenhaken hängte.

Natürlich hatte er recht. Im Übrigen auch mit der nicht erst einmal getroffenen Feststellung, dass Wenzel selbst unverschlossen nicht geklaut würde, nachdem sich kein noch so doofer Autodieb die Kosten für die Verschrottung antun würde. Trotzdem, sicher war bekanntlich sicher. Genau deshalb lehnte ich auch Raphaels allabendlich vorgetragene Angebote zur ebenso allabendlich erforderlichen Wenzel-Überprüfung konsequent ab – wer wusste schon, ob er nicht nur vorgab, das pflichtbewusst für mich zu erledigen, und sich stattdessen köstlich darüber amüsierte, mich und meine Paranoia ausgetrickst zu haben?

Als ich ins Wohnzimmer zurückkehrte und auf die Couch sank, unterbrach Raphael das nervöse Fingertrommeln auf der Armlehne, mit dem er mich schon den ganzen Abend in den Wahnsinn getrieben hatte. Uns beiden spukte der Tod von Jan Wahlner unentwegt durch den Kopf, und das Fernsehprogramm hatte wie so oft nur unzureichend Zerstreuung geboten.

»Fakt ist«, sagte Raphael, als wäre ich gar nicht weg gewesen, »dass es vermutlich viele Leute gibt, die auf Wahlner – als denjenigen Chef von HEUREKA, der sich ums Repräsentieren kümmerte – nicht gut zu sprechen waren. Kunden, Geschäftspartner, die eigenen Mitarbeiter … Oder?«

»Keine Ahnung«, antwortete ich unmotiviert. Konnte denn nicht endlich Feierabend sein? »Außerdem hab ich schon wieder eiskalte Füße. Da kann ich mich einfach nicht konzentrieren.«

Mit einem leisen Seufzen hob Raphael seinen Pulli, sodass seine definierten Bauchmuskeln zum Vorschein kamen, und klopfte auffordernd, wenn auch nicht gerade begeistert, auf die immer noch zart gebräunte Haut. In Sekundenschnelle parkte ich meine tiefgefrorenen Füße auf seinem warmen Bauch, er zuckte schmerzerfüllt zusammen und zog den Pulli zurück über meine Füße. »Besser?«

»Viel besser. Also, wie war die Frage?«

»Weiß ich nicht mehr«, antwortete er verkniffen. »Mein Bauch ist so kalt, da kann ich mich einfach nicht konzentrieren. Hast du ein Bier da?«

Hatte ich. Aber das brauchte er nicht zu erfahren. Es war einfach idiotisch gewesen, die Raucherlaubnis ans Biertrinken zu koppeln. »Nein, leider nicht«, antwortete ich also bedauernd.

»In deinem Kühlschrank ist aber welches.«

Das war ja wohl die Höhe! »Und hast du dir auch schon eins aufgemacht?«, fragte ich und spähte hinter die Couch.

»Nein«, antwortete er treuherzig. »Dazu wollte ich erst deine Genehmigung einholen.«

»Vergiss es«, antwortete ich. »Obwohl wir in Bayern leben, wird eine Zigarette nicht dadurch gesünder, dass du ein Bier dazu trinkst.«

»Schade«, sagte er geknickt. »Dann mach ich eben ein bisschen Online-Shopping. Wo du doch so heiß darauf bist, Produkte zu testen.« Schon hatte er sich meine Füße erleichtert von seinem Bauch geschüttelt und war aufgesprungen, um sich meinen Laptop vom Sideboard zu schnappen. »Soll ich vielleicht vorsichtshalber überprüfen, ob deine Kreditkarte noch in deinem Geldbeutel ist, bevor ich mich hier registriere?«, fragte er beiläufig. »Nicht dass du die verloren hast.«

»Untersteh dich. Diesen Quatsch darfst du schön brav selbst bezahlen.«

Er grinste, als ich kurz darauf aufstand und einen prüfenden Blick in mein Portemonnaie warf. Natürlich war die Kreditkarte da. Aber sicher war sicher.

DREI

Vor der Fahrt zum rechtsmedizinischen Institut in Erlangen am nächsten Morgen blieb noch Zeit, den Ort in Augenschein zu nehmen, an dem sich Wahlners Spur am Abend der Weihnachtsfeier verloren hatte.

Raphael stellte den Dienstwagen am Seitenstreifen der Thundorferstraße ab, nur wenige Meter vom hoch aufragenden Salzstadel mit seinem Spitzdach entfernt, und ignorierte den Bratwurstduft, der ihm trotz der stechenden Kälte in die Nase wehte, sobald er die Fahrertür öffnete. Aus dem Kamin der Historischen Wurstkuchl, die sich rühmte, die älteste Bratwurststube der Welt zu sein, stieg verheißungsvoller Rauch auf. Das Alter der Braterei war ihm allerdings wurst. Hauptsache, die Bratwürste waren frisch. Mit einem milden Lächeln ob seines für diese frühe Stunde schon beinahe genialen Wortspiels schloss er den Wagen ab und gesellte sich zu Sarah, die ein paar Meter weiter ungeduldig auf der Stelle trippelnd wartete.

Sie passierten die Längsseite des Salzstadels und wandten sich dann Richtung Brückturm und Steinerner Brücke, die die historische Altstadt mit dem eher beschaulichen Regensburger Viertel Stadtamhof verband.

Direkt unter dem Torbogen des Brückturms, der mit seinen Seitenpfeilern an den Salzstadel grenzte, befand sich der Ausgang des Veranstaltungsbereichs. Das war also der von den unglaublich gesundheitsbewussten HEUREKA-Leuten kaum frequentierte Raucherplatz gewesen.

»Also«, sagte Raphael und stellte sich vor die Eingangstür. »Wahlner kommt hier raus, um eine zu rauchen.«

Sarah nickte. »Er ist allein hier, sonst raucht ja niemand …« Sie zwinkerte und griff nach Raphaels Hand. »Also geht er Richtung Donau.« Sarah zog ihn vom Eingang weg auf die Brücke. Das Rauschen des Flusses unter ihnen wurde lauter. Zwischen dem ersten und dem zweiten Brückenpfeiler blieb sie endlich stehen. »Was dann?«

Raphael trat ein paar Schritte auf die Brückenbrüstung zu, die ihm nicht ganz bis zur Hüfte reichte. Er lehnte sich nach vorn, blickte hinab auf die mächtigen Pfeiler und die berühmt-berüchtigten Donaustrudel, die sich dazwischen kräuselten. »Kann man hier versehentlich in den Fluss fallen?«

Wahlner war eins sechsundachtzig groß gewesen, also sogar ein paar Zentimeter kleiner als er selbst. Und Raphael konnte sich beim besten Willen nicht vorstellen, das Hindernis Brückenbrüstung in nicht alkoholisiertem Zustand versehentlich und ungewollt zu überwinden. Und selbst mit vier Promille müsste man sich dazu schon außerordentlich doof anstellen.

»Vielleicht ist er ja gar nicht von hier gefallen, sondern hat einen kleinen Spaziergang gemacht und ist dort unten ins Wasser gestürzt«, überlegte er weiter und deutete auf das betonierte, durch graue Schneeberge ziemlich unübersichtliche Flussufer neben der Historischen Wurstkuchl. Keine Brüstung, keine Barriere. Ein falscher Schritt, und schon …

»Glaub ich nicht«, sagte Sarah neben ihm skeptisch. »Wenn man dort unten ins Wasser fällt, dann treibt man am Ufer entlang, bis man unter das Museumsschiff gerät.« Sie deutete auf das altertümliche Schiff, das einige hundert Meter von ihnen entfernt vor Anker lag. »Oder unter eines der Passagierschiffe, die weiter vorn beim Donaumarkt ankern. Und gerade in der Vorweihnachtszeit werden die Amis ja massenweise hierhergekarrt – da gibt es also viele Kreuzfahrtschiffe, unter die man geraten könnte. Wie du ja weißt.«

In der Tat, das wusste er – wohnte er doch gegenüber besagter Anlegestelle auf der anderen Donauseite und regte sich oft genug über das lautstarke Getöse der Dampfer auf.

»Wenn man allerdings von hier oben fällt und in den Strudel gerät«, sagte Sarah und deutete zwischen die beiden Brückenpfeiler unter ihnen, »und dann von der Strömung mitgerissen wird, ist man ziemlich weit vom Ufer entfernt. Dann ist die Wahrscheinlichkeit viel größer, dass man kilometerweit die Donau hinuntertreibt.«

»Wow. Du bist ja ein echter Donauleichen-Profi.«

Sie schüttelte lächelnd den Kopf. »Hier ertrinken nun mal

leider immer wieder Leute, deshalb bin ich da ganz gut informiert. Du hattest ohnehin Glück, dass das gestern deine erste Regensburger Wasserleiche war.«

»Gut, dann stürzt er also hier ins Wasser«, beschloss Raphael. »Umso unwahrscheinlicher wird der Unfall ohne Fremdeinwirkung, wenn ich ehrlich bin.«

Sarah neigte abwägend den Kopf. »Er könnte natürlich auch an ganz anderer Stelle in den Fluss gestürzt sein.« Wie zur Bestätigung drehte sie sich um und deutete flussaufwärts. »Aber wenn wir von der naheliegendsten Möglichkeit ausgehen, dann hast du recht, ja.«

»Und wenn er absichtlich gesprungen ist?«, sagte Raphael. »Sagen wir, er wurde bedroht – das würde jetzt wieder zu den Kratzern und dem zerrissenen Hemd passen –, dann war das vielleicht seine einzige Möglichkeit –«

»Mit was«, fiel Sarah ihm ins Wort, »müsste man dir drohen, damit du freiwillig da runterspringst, in den mehr oder minder sicheren Tod im eiskalten Wasser? Das macht nur ein ohnehin Lebensmüder.«

Widerwillig pflichtete Raphael ihr in Gedanken bei. Und wenn Wahlner seinem Leben tatsächlich ein Ende setzen wollte …?

Genau das hatte ihn früher unendlich genervt: das leidige Gefühl, nicht zu wissen, wo man am besten ansetzte, wo er doch am liebsten zielstrebig und strukturiert vorging, um nur ja keine Zeit zu verlieren. Erst durch Sarah hatte er gelernt, dass er dieses Brainstorming zu Beginn der Ermittlungen zulassen musste, um den Fall vollumfänglich zu erfassen und alle Varianten wenigstens einmal angedacht zu haben.

»Vielleicht hatte er doch Depressionen«, sagte Raphael also. Depressionen waren natürlich die einfache Universalantwort, schon klar. Andererseits: Nur weil er die Todessehnsucht eines Menschen, der unter dieser Krankheit litt, nicht zu hundert Prozent nachvollziehen konnte, durfte er diese Lösung nicht ausblenden.

»Mag sein, aber ich bin mir sicher, das hätten die Leute um ihn herum bemerkt«, widersprach Sarah wieder. »Zumindest diejenigen, die ihm nahestanden. Seine Frau. Oder Hoyer. Derartig massive psychische Probleme hätte Wahlner unter Garantie nicht verschleiern können, schon gar nicht, wenn er keine Medikamente dagegen eingenommen hat.«

Auch damit hatte sie wohl recht. Nach dem Tod von Isa und dem Baby war es ihm selbst lang genug durch und durch beschissen gegangen. Doch trotz aller Lebensmüdigkeit, die er damals verspürt hatte: Jeder kurz aufblitzende Gedanke, sich selbst umzubringen, war begleitet worden von dem sicheren Wissen, dass er das ohnehin nicht durchziehen würde. Doch selbst ihm hatten damals einige Leute in seinem engsten Umfeld, meistens recht vorsichtig, Depressionen bescheinigt und versucht, ihn dazu zu überreden, sich Hilfe zu holen – allen voran natürlich seine Schwester Miriam, die seit Isas Unfall, gelinde gesagt, etwas überbesorgt war.

»Vielleicht hatte er sonst irgendwelche Probleme, für die es keine Lösung gab«, riss Sarah ihn endlich aus diesen tristen Erinnerungen, runzelte aber skeptisch die Stirn. »Vielleicht ist die Firma nicht so erfolgreich, wie die Homepage und Hoyer uns glauben machen wollen.«

»Möglich. Das müssen wir ohnehin überprüfen«, antwortete Raphael. »Also, fassen wir zusammen: Wenn Wahlner an dieser Stelle in die Donau gefallen ist – was in Anbetracht der Nähe zum Ausgang des Veranstaltungsbereichs und der Tatsache, dass er kilometerweit abgetrieben wurde, das Wahrscheinlichste ist –, dann können wir einen Unfall so gut wie sicher ausschließen. Einen Selbstmord nicht zwingend, aber besonders wahrscheinlich ist der auch nicht – irgendwelche Anzeichen dafür hätten eigentlich auch Max und Moritz bei ihren Nachforschungen auffallen müssen, als Wahlner noch als vermisst galt. Also kommen die Kampfspuren ins Spiel, die Melchior gefunden zu haben glaubt.«

»Wie ich den Melchior kenne, kann er uns heute bestimmt schon Genaueres darüber verraten«, stimmte ihm Sarah zu.

Darauf hoffte auch Raphael, denn das Jagdfieber hatte ihn bereits gepackt. Trotzdem vergrub er sein Gesicht in Sarahs Halsbeuge und atmete ihren vertrauten Duft ein, der ihn zuverlässig darüber hinwegtröstete, ständig vom Schlechtesten ausgehen zu müssen.

***

Celia lehnte alles andere als ausgeschlafen an der Kaffeemaschine und wartete darauf, dass sich der Latte macchiato aus frisch gemahlenen Espressobohnen endlich in ihr Glas ergoss. So lecker der Kaffee hier in der Firma war, so nervtötend war es auch, vor dem Automaten zu warten, bis er endlich warmgelaufen war. Vor allem, wenn sich der Schreibtisch gleichzeitig unter Bergen von Arbeit bog.

»Hi, Celi, hast du schon gehört?«

Celia schreckte auf und stieß sich das Handgelenk an der Küchenarbeitsplatte. Jessica polterte in die Küche, schnappte sich ebenfalls ein Macchiato-Glas und stellte sich neben sie. Die hatte ihr gerade noch gefehlt. Welches neueste Gerücht es wohl heute zu verbreiten galt? Das Rot ihres frisch gefärbten Bobs schmerzte in Celias Augen.

»Was soll ich gehört haben?« Celia bemühte sich um einen gelangweilten Tonfall.

»Ach, du weißt es noch nicht?« Jessicas Augen blitzten. »Dabei dürfte das dich doch am meisten interessieren.«

Celias Herzschlag beschleunigte sich unweigerlich. Ging es um Jan? Dabei wusste doch niemand von ihnen beiden … Oder hatte Jessica etwas herausgefunden? Was war mit Jan?

Jessica strich sich über das Haar, das ohnehin wie festbetoniert um ihren Kopf lag. Mit gesenkter Stimme sagte sie endlich: »Man hat angeblich seine Leiche gefunden.«

»Wessen Leiche?«, fragte Celia und hörte selbst, wie ihre Stimme versagte. Ihr Magen verkrampfte sich, als würde er sich ballen wie eine Faust, ihre Knie knickten ein. Zum zweiten Mal schlug sie mit der Hand gegen die Arbeitsplatte. Gerade rechtzeitig hielt sie sich noch fest, bevor ihre Beine endgültig den Dienst versagten.

»Na, wessen Leiche wohl? Jans natürlich«, antwortete Jessica mit schlecht gespielter Betrübnis. »Alles okay, Celi?«

»Ja … äh … ja«, stammelte Celia und versuchte, die Beherrschung zurückzuerlangen. Was Jessica durch die Gegend posaunte, hatte keinen Anspruch auf Wahrheit. Es musste nichts dran sein an dieser neuen Sensationsnachricht. Ruhig, Celia. »Wie kommst du darauf?«, fragte sie.

»Ach, du weißt doch, wie das ist«, antwortete Jessica und musterte sie prüfend. »Hört man eben so. Ich hab's ja gestern schon vermutet, nachdem die Kripo bei Sascha war, aber …«

In Celias Ohren summte es. Sie musste herausfinden, ob das stimmte, und zwar sofort. Mit endlich wieder sicheren Beinen eilte sie zur Tür.

»Hey, dein Latte macchiato!«, rief ihr Jessica nach.

»Kannst du nehmen!« Mist, ihre Stimme zitterte immer noch. »Und daran ersticken«, setzte sie flüsternd hinzu, bevor sie tief durchatmete und entschlossen an Simone Geiers Tür klopfte. Ohne deren »Herein« abzuwarten, öffnete sie die Tür – und erschrak, als sie Leos wie poliert glänzenden Glatzkopf sah, der sich wohl gerade noch zusammen mit Simones über die am Besprechungstisch ausgebreiteten Unterlagen gebeugt hatte. »Sorry, ich –«

»Schon gut«, antwortete Simone, die ihr Stocken offensichtlich missinterpretiert hatte, und lächelte ihr freundlich entgegen. Ihre durch die dicke Brille unvorteilhaft vergrößerten Augen wirkten besorgt. »Alles okay? Du wirkst so abgehetzt.«

»Ja, es ist nur …« Celia warf Leo einen verunsicherten Blick zu und ärgerte sich in der nächsten Sekunde selbst darüber. Schließlich hatte sie doch beschlossen, sich von ihm nicht kleinkriegen zu lassen.

»Was hat unser Püppchen denn auf dem Herzen?«, fragte er nun auch prompt in seinem schmierigen Ton und fing sich dafür einen strafenden Blick von Simone ein.

Celia fasste sich ein Herz, auch wenn sie wusste, dass sie damit nur neue Angriffsfläche für Leo bot. »Habt ihr … Gibt es Neuigkeiten von Jan?«

Leo sah sie pikiert an, Simone schüttelte den Kopf. »Warum, wie kommst du darauf?«

»Jessica hat mir gerade erzählt, man hätte … seine Leiche

gefunden.« Mühsam unterdrückte Celia ein hysterisches Schluchzen.

Simone wurde mit einem Schlag blass, aber Leo grinste nur überheblich. »Du weißt doch, dass Jessica viel erzählt, wenn der Tag lang ist. Darüber solltest du dir nicht das Köpfchen zerbrechen.«

Mit einer beruhigenden Geste legte er eine Hand auf den Arm der immer noch schockiert vor sich hin starrenden Simone. Für Celia hatte er nur einen vorwurfsvollen Blick übrig. »Und vielleicht solltest du deine Zeit besser nicht mit Klatsch und Tratsch verschwenden, meine Liebe. Ich habe eine neue Statistik zum Auswerten in dein Fach gelegt. Ich würde sagen …« Mit einem weiteren Lächeln sah er auf seine Armbanduhr, bevor er Celia wieder in die Augen blickte. »Morgen früh, neun Uhr, ja? Danke schön.«

***

»Wenn uns der Melchior zusätzlich zu Wahlners Innereien jetzt nicht auch noch alle anderen Details auf dem Silbertablett präsentiert«, sagte Raphael mit gefurchter Stirn und griff gewohnheitsmäßig in die Ablage zwischen den beiden Vordersitzen, »dann brauchen wir unbedingt noch jemanden zur Unterstützung.«

»Suchst du was?«, fragte ich und tippte grinsend auf das Päckchen Lucky Strike in meiner Handtasche.

»Ach ja. Mist, das hatte ich erfolgreich verdrängt.« Er legte die Hand wieder zurück auf den Schaltknüppel und schaffte es tatsächlich, noch verdrießlicher dreinzusehen.

»Soll ich dir nicht doch eine geben?«

Er warf dem Zigarettenpäckchen einen sehnsüchtigen Blick zu, atmete tief durch und sah endlich wieder auf die Straße. »Nein danke. Erst zum Feierabend, wie besprochen.«

Zufrieden lächelnd verstaute ich die Zigarettenpackung am Grunde der Handtasche. Willensstärke war aber auch verdammt sexy.

»Moritz wär vielleicht was.« Nachdenklich rieb er sich mit der flachen Hand übers Kinn. »Der ist echt motiviert. Und im K3 chronisch unterfordert. Was meinst du?«

Erst jetzt wurde mir bewusst, dass er – nicht zum ersten Mal in den letzten Wochen – mit der Personalplanung beschäftigt war. »Ich meine«, erwiderte ich missbilligend, »dass wir uns keine Gedanken um Verstärkung machen sollten, solange Herbert noch da ist und der Chef keine SOKO will. Wir sind doch sowieso zu dritt, was willst du denn da zusätzliche Leute abziehen?«

»Wir sind nicht zu dritt, Sarah. Wir sind zu zweit und haben rein zufällig einen Urlauber im Büro sitzen. Das ist ein kleiner Unterschied, finde ich.« Nachsichtig lächelte er zu mir herüber. »Also, Moritz?«

»Ausgerechnet der?«, antwortete ich – wohl wissend, dass ich auch gegen jeden anderen Kollegen genügend Argumente finden würde. »Du willst wirklich mit jemandem arbeiten, der sich auf Facebook ›Lochi der Lochinator‹ nennt und über achthundert Freunde hat?«

»Über achthundert schon?« Raphael verzog das Gesicht zu einem belustigten Grinsen. »Als er mir damals seine Freundschaftsanfrage geschickt hat, waren's erst knapp sechshundert.«

»Apropos«, fügte ich säuerlich hinzu, »hast du ihm verraten, unter welchem Namen er mich dort findet? Ich werde noch wahnsinnig mit seinen permanenten Statusmeldungen und den grusligen Musikvideos.«

»Die er selbst ständig mit *›nice‹* und *›mega‹* kommentiert, damit auch noch der letzte Depp kapiert, dass er das jetzt *›nice‹* und *›mega‹* findet, oder?«

»Genau.« Mit einem Minimum an Erleichterung atmete ich auf. »Wenigstens geht's dir auch auf die Nerven.«

»Nicht mehr. Ich hab ihn schon nach zwei Tagen weggeklickt.« Beinahe entschuldigend zuckte Raphael die Achseln. »Das hält doch kein Mensch aus.«

»Eben«, erwiderte ich mit schneidender Stimme. Damit hatte er recht. Nur auf die Idee mit dem Wegklicken war ich noch nicht gekommen. Anscheinend brauchte ich dringend einen Facebook-Lehrgang. Oder, noch besser, eine Löschung meines

Facebook-Accounts. »Das hält kein Mensch aus. Und außerdem brauchen wir sowieso keine Verstärkung. Herbert ist vielleicht nicht immer besonders motiviert, aber er nimmt uns echt viel Arbeit ab. Und wir können uns auf ihn verlassen, und zwar jederzeit.«

»Ja, außer er ist gerade beim Kaffeetrinken mit Erna. Oder irgendwer hat einen Kuchen spendiert und in die Teeküche gestellt. Oder er hat gerade mal wieder keinen Bock auf Arbeit und deshalb sein Hirn ausgeschaltet.«

Anscheinend kapierte er nicht, dass er wieder einmal zu weit ging. »Er weiß genau, wann wir ihn brauchen, okay?«, fauchte ich. »Und ich will nichts anderes hören, verstehst du?«

»Komm schon, Sarah. Ich weiß ja, dass du aus nostalgischen Gründen an ihm hängst, aber das hilft uns nun mal nicht weiter.« Raphael griff nach meiner Hand, doch ich entzog sie ihm. Mit seinem Geläster über Herbert hatte er einen wunden Punkt erwischt. Trotzdem fuhr er unbeirrt fort: »Herbert ist gedanklich längst in Rente, und das ist ja auch okay, es sei ihm gegönnt. Aber wenn wir hier wirklich eine Riesenermittlung in dieser nicht gerade kleinen Firma vor uns haben, dann wird's mit unserem Ferienclub-Chef schwierig, das sage ich dir jetzt schon. Oder wir sind die nächsten zwanzig Jahre mit diesem Fall beschäftigt. Ich glaube nicht, dass der Chef davon begeistert wäre.«

Ich schnaubte bloß.

»Sarah, bitte …«

Ich schnaubte noch einmal.

»Hör bitte auf, du klingst wie das Walross aus dem NDR.«

Ich schnaubte ein drittes Mal.

»Schön, dann schnaub weiter. Das ändert aber nichts daran, dass ich recht habe.«

Eigentlich überflüssig, zu erwähnen, dass ich in Walross-Manier antwortete.

Melchior und sein Assistent warteten bereits im Nebenzimmer ihrer Kammer des Schreckens, als wir endlich in Erlangen eintrafen, und auch Michi Bauer war dieses Mal schneller als wir gewesen.

»Röntgen und CT haben wir schon gemacht«, informierte der Rechtsmediziner uns knapp. »Nix Besonderes, keine Brüche. Allerdings hat sich zwischenzeitlich ein Schaumpilz gebildet, wir können also wohl vom Dod durch Ertrinken ausgehen. Na, werden wir ja gleich sicher sehen.« Er lächelte, die kleinen Augen hinter der Brille glänzten erwartungsfroh. »Und im Labor warten die Kollegen schon, damit wir gleich mit der Analyse der Blutalkoholkonzentration zum Dodeszeitpunkt loslegen können.« Begeistert winkte er uns zu einem Nebentisch, wo Wahlners aufgeschnittene Kleidungstücke fein säuberlich aufgereiht lagen.

Sein Enthusiasmus in allen Ehren, aber wie man sich so auf eine Sektion freuen konnte, kapierte ich immer noch nicht. Die Information mit dem Schaumpilz war natürlich wertvoll. Die feinen Bläschen, die dem Mund einer Leiche oft erst einige Zeit nach der Bergung entströmten, waren ein Hinweis darauf, dass er zum Zeitpunkt des Sturzes ins Wasser noch gelebt hatte und somit dem eiskalten Donauwasser zum Opfer gefallen war. Sollte sich bei der Obduktion entsprechender Schaum auch in Luftröhre und Bronchien finden, war die Todesursache sichergestellt.

»Und jetzt wird's richtig spannend!« Melchior klatschte vor Begeisterung in die Hände, und obwohl ich die Augen verdrehte und Michis Grinsen erwiderte, horchte ich auf.

»Kommen wir zum Hemd und somit zu den prämortalen Verletzungen des Doden. Sehen Sie sich das an!« Melchior deutete auf die Knopfleiste des Hemdes, von der zwei der weißen Knöpfe abgesprengt worden waren. Dann zeigte er auf die Brusttasche, die an der Naht eingerissen war. Mit einer schnellen Bewegung klappte er sie zur Seite und offenbarte so den Blick auf ein herausgerissenes Stück Stoff. »Das kann nicht im Wasser passiert sein«, sagte er, »denn sehen Sie hier: Der Anorak des Doden war bis zum Kinn geschlossen und ist auf Brusthöhe unbeschädigt.«

Er hatte recht, die Goretex-Jacke wies nur leichte Treibspuren auf, war ansonsten aber völlig intakt.

»Das Hemd«, fuhr er fort, »ist ansonsten ebenfalls in gutem

Zustand, eben weil es durch die geschlossene Jacke geschützt war.«

Tatsache. Zwar nicht mehr blütenweiß, aber ohne gravierende Schäden.

»Ich vermute also, da gab es ein tüchtiges Gerangel, in dessen Verlauf sich der Gegner des Opfers einfach an den Stellen des Hemdes festgekrallt hat, die er am besten greifen konnte.«

Ich stutzte, aber Melchior kam mir mit einem triumphierenden Lächeln zuvor: »Und das bedeutet natürlich auch, dass das Opfer zwischen diesem tätlichen Angriff und dem Sturz in den Fluss Zeit hatte, seine Jacke zu schließen.«

»Was einen missglückten Raubüberfall irgendeines Halbstarken auf der Steinernen Brücke ziemlich unwahrscheinlich macht«, stellte Raphael fest und sah mich fragend an.

Ich nickte. Wer war schon cool genug, nach einem derartigen Angriff erst mal die Jacke zu schließen? Ich zumindest wäre in Rekordgeschwindigkeit zurück in den Salzstadel gerannt.

Melchior zog seine Handschuhe mit entschiedenen Bewegungen aus, winkte uns zur Schleuse, die in den Sektionssaal führte, desinfizierte sich mit einem strahlenden Lächeln die Hände und schlüpfte in neue Einmalhandschuhe. »Es kommt noch besser«, informierte er uns, als wir endlich neben dem Tisch standen, und schlug das sterile Abdecktuch zurück.

Ich versuchte, die wächserne, aufgeschwemmte, unförmige Haut, das zerschundene Gesicht Jan Wahlners mit dem stabilen Schaum vorm Mund auszublenden und mich nur auf die mit bloßem Auge kaum noch erkennbaren Kratzspuren auf der aufgequollen Haut seiner kalkweißen Brust zu konzentrieren. Herbert hatte mir früher immer gesagt, ich solle mir einfach vorstellen, ich befände mich an einem Filmset oder in der Geisterbahn, um mir selbst vorzugaukeln, das wäre alles gar nicht echt. Wenn ich mich aber außerdem noch darauf konzentrieren musste, durch den Mund zu atmen, klappte das nur selten.

»Sie sehen hier«, sagte Melchior und deutete auf die unbehaarte Brust Jan Wahlners und die seltsam farblosen Kratzer über der linken Brustwarze, »Verletzungen der obersten Hautschicht, die sich exakt unter dem Riss befinden, den Sie gerade im Hemd gesehen haben. Zwar kann man anhand der Verletzungen allein ohne Analyse nicht einwandfrei feststellen, dass sie vor seinem Dod entstanden sind – durch die schlechte Lagerung der Leiche in den letzten Wochen sind eventuelle Einblutungen natürlich schon längst ausgewaschen. Aber da die Jacke ansonsten den Oberkörper des Doden optimal geschützt hat und es keine weiteren Verletzungen gibt – und natürlich anhand des Zustands der Kleidung – kann ich ausschließen, dass die Verletzungen im Wasser entstanden sind. Die Analyse wird das bestätigen. Und wenn die Dodesursache Ertrinken war …«

»… ist somit bewiesen, dass die Verletzungen schon vor seinem Tod da waren«, vervollständigte ich den Satz mit rauer Stimme. Das klang hieb- und stichfest. Schnell räusperte ich mich und schluckte einmal. Mein Mund war durch das verkrampfte Vermeiden von Nasenatmung schon völlig trocken. »Von was könnten diese Kratzer denn stammen, Herr Dr. Melchior? Besonders tief sind sie ja nicht.«

»Das war auch keine mächtige Waffe.« Er zog die Nase kraus. Ganz als wäre er deshalb enttäuscht. »Und sie wirken auch nicht so, als wären sie planvoll entstanden, das zeigen die unterschiedlichen Längen und die Anordnung. Die Kratzer waren quasi ein Nebenprodukt, eben weil der Angreifer irgendwo Halt suchte und das Opfer einfach packte. Also … vielleicht einfach Fingernägel? Die Abstände zwischen den Kratzspuren stimmen auch, wenn man von einer durchschnittlich großen Hand ausgeht.« Liebevoll sah er wieder hinab auf Wahlners bleiche Haut. »Das ist aber zunächst nur eine Vermutung, werte Herrschaften«, fügte er mahnend hinzu. Dabei war auf seine Vermutungen fast immer Verlass.

»Okay, wir haben also ein zerrissenes Hemd«, sagte Michi Bauer dennoch skeptisch, »und Kratzspuren an der Brust, soweit das noch zu beurteilen ist. Können wir da wirklich sicher von einem Kampf ausgehen?«

»Von was wollen Sie denn sonst ausgehen?«, fragte Melchior, ohne aufzusehen.

»Na, es gibt ja auch noch angenehmere Möglichkeiten«, antwortete Raphael mit hochgezogener Augenbraue, »ein Hemd als Kollateralschaden draufgehen zu lassen.«

Melchior sah auf. »Ach so, das meinen Sie. Eher unwahrscheinlich, wenn ich mir das Hemd so ansehe. Sind ja nicht nur die Knöpfe abgesprengt – vergessen Sie den Querriss an der Brusttasche nicht.« Er furchte missbilligend die Stirn. »Na ja, andererseits weiß man ja nicht, was den Leuten alles so einfällt.«

Raphael zwinkerte mir über Melchiors gesenkten Kopf hinweg zu, deutete mit einem unauffälligen Kopfnicken auf sein Hemd und tippte auf seine Armbanduhr. Alles klar, er wollte das also heute Abend zu Ermittlungszwecken nachstellen.

Dr. Melchior ignorierte Michi Bauers anzügliches Grinsen. »Aber nein – ich denke, man kann getrost ausschließen, dass diese Schäden auf übermäßige Begierde zurückzuführen sind …« Mit einem geheimnisvollen Lächeln sah er in die Runde. »Außerdem habe ich eine weitere Auffälligkeit entdeckt, die ich genauer untersuchen werde.«

Mit großer Begeisterung deutete er auf einen Punkt seitlich am aufgeschwemmten linken Oberschenkel des Toten. Ich beugte mich vor und entdeckte eine minimale Verfärbung sowie leichte Schürfspuren – noch unauffälliger, als die Kratzer auf der Brust es waren.

»Nach der Analyse kann ich Ihnen sagen, ob auch diese Verletzung vor seinem Dod entstanden ist.« Melchior sah aus, als wollte er sich angesichts seines außerordentlichen Spürsinns am liebsten selbst anerkennend auf die Schulter klopfen.

»Besteht die Möglichkeit, dass auch der Angreifer bei dieser Auseinandersetzung Verletzungen davongetragen hat?«, fragte ich.

»Kann sein, muss aber nicht sein«, antwortete Melchior wenig hilfreich mit einem stoischen Achselzucken. »Das lässt sich anhand der Leiche nicht mehr eindeutig nachvollziehen. Und jetzt wollen wir mal.« Er nickte seinem Assistenten zu und entfernte das Tuch.

Ich verfolgte die Obduktion wie üblich aus sicherer Entfernung und mit vor die Nase gepresstem Taschentuch, während Raphael und Michi pflichtschuldig neben Melchior ausharrten, nur selten etwas blasser wurden und sich einigermaßen unauffällig den Finger unter die Nase klemmten. In gutmütiger Walross-

Manier interpretierte ich diese Geste heute als Variation der Denkerpose.

Ein paar Stunden später sah Herbert bedauernd von mir zu Raphael. »Also lag er schon seit zwei Wochen unbemerkt in Wasser und Schneematsch auf der Rampe. Die arme Sau …«

»Genau.« Raphael setzte sich auf einen Schreibtisch und hieb mit der flachen Hand auf seinen Oberschenkel. »Aber was natürlich brisanter ist, ist die handfeste Auseinandersetzung vor seinem Tod, von der Melchior so felsenfest überzeugt ist. Und natürlich, dass er aller Wahrscheinlichkeit nach tatsächlich am Abend der Weihnachtsfeier ertrunken ist.«

»So viel steht also fest«, sagte ich. »Es gab jemanden, der an diesem Abend auf Wahlner alles andere als gut zu sprechen war. Weshalb die vorher schon geringe Wahrscheinlichkeit eines Sturzes ins Wasser ohne fremdes Zutun gegen null geht. Und wir müssen einfach herausfinden, wer ihm das Hemd zerrissen hat. Nur so haben wir den Hauch einer Chance, Wahlners letzte Minuten zu rekonstruieren.«

Herbert nickte. »Ein aus dem Ruder gelaufener Überfall oder eine Schlägerei mit einem Unbekannten direkt auf der Brücke ist eher unwahrscheinlich, oder?«, schlussfolgerte nun auch er.

»Es sei denn, Wahlner hat das Kunststück fertiggebracht, im freien Fall noch schnell seine Jacke zu schließen«, winkte Raphael ab und trabte aus dem Büro – wohl um sich in der Teeküche das neuerdings favorisierte Schoko-Müsli zusammenzupanschen (die überschäumende Backwut seiner zahlreichen Verehrerinnen hatte, sehr zu seinem Bedauern, ein wenig nachgelassen, seit auch die letzte kapiert hatte, dass wir beide nach Feierabend nun gemeinsame Wege gingen). Anscheinend hatte er das Gefühl, hier bei Herbert und mir nichts Spannendes zu verpassen.

»Am besten, ihr spaziert in diese Firma und befragt zuerst diejenigen, deren Aussagen sich von der Masse abheben«, fuhr Herbert fort. »Die könnten irgendwas vertuschen wollen. Und natürlich diejenigen, die mit ihm am meisten zu tun hatten. Oder gibt's schon andere Strategien?«

Das Telefonklingeln enthob mich einer Antwort. Was wollte der Chef denn jetzt schon? Nennenswerte Ergebnisse konnte er doch wohl noch nicht erwarten.

»Sonnenberg?«

»Schneckmayr hier. Haben Sie einen Moment Zeit, Frau Sonnenberg? Können Sie kurz zu mir ins Büro kommen?«

»Klar«, antwortete ich und wollte noch fragen, ob er damit mich allein oder auch Raphael meinte. Doch er hatte schon aufgelegt. Ob es um den Fall ging? Wie auch immer – Schneck hatte ungeduldig geklungen, also beschloss ich, mich allein in die Höhle des Löwen zu wagen.

»Muss mal zum Chef«, informierte ich Herbert, der statt einer Antwort nur vor sich hin brummte, und machte mich auf den Weg. Entschlossen klopfte ich an Schnecks Bürotür, wartete sein zackiges »Herein« ab und trat ein.

»Hallo, Frau Sonnenberg.« Er rückte seine Brille gerade. »Bitte setzen Sie sich doch.«

Er wartete, bis ich auf den unbequemen Besucherstuhl ihm gegenüber gesunken war, und lächelte mich gewinnend an. Postwendend erwachte mein Misstrauen.

»Ich habe«, sagte er und intensivierte sein Lächeln, »gute Neuigkeiten für Sie.«

Gute Neuigkeiten? Präsentierte er mir gleich den Mörder? Saß im Vernehmungsraum schon jemand, der ein umfangreiches Geständnis abgelegt hatte? Oder sollte es für alle weiblichen Mitarbeiter der Dienststelle in Zukunft unlimitierte Kreditkarten fürs Schuh-Shopping geben?

»Das LKA strukturiert derzeit die Abteilung für Organisierte Kriminalität um«, fuhr er fort.

»Aha«, sagte ich und fragte mich, was das mit unserem Fall zu tun hatte. Vermutete er eine Verbindung zur Russenmafia?

»Dort wird eine neue Stelle geschaffen, und zwar die der rechten Hand des Abteilungsleiters: Koordination der Einsätze, die Zusammenarbeit mit dem BKA, den Dienststellen und den verdeckten Ermittlern und, und, und …« Mit einer ausladenden Armbewegung untermalte er seinen Vortrag. Mir schwante Böses, aber der Chef ließ mir keine Gelegenheit, ihn zu unterbrechen.

»Wichtig ist dem LKA die Polizeilaufbahn im gehobenen Dienst, Erfahrung als selbstständiger Ermittler im Bereich der Kapitalverbrechen, eine gute Aufklärungsquote, Lernbereitschaft und Fortbildungswille und dass der Bewerber nicht älter als Mitte dreißig ist.« Vor Freude weiteten sich seine Augen. »Deshalb hat man also bayernweit sämtliche Leiter der interessanten Kommissariate kontaktiert.« Er breitete triumphierend die Hände aus, als hätte er gerade ein Kaninchen aus dem Hut gezaubert, das er mir jetzt stolz präsentierte. »Also habe ich Sie für die Stelle vorgeschlagen, Frau Sonnenberg«, fuhr er fort. »Und das LKA hat angebissen. Was sagen Sie?«

Hilfe! Ja, was sage ich denn bloß? LKA?!? Ich?

Eigentlich ist mir nach einem herzhaften »Sind Sie völlig durchgedreht? Wie wär's, wenn Sie solche Angelegenheiten erst mal mit dem jeweiligen Mitarbeiter absprechen?«.

Andererseits strahlt er so begeistert, dass ich ihm die Freude nicht verderben will …

Himmel, da ist sie wieder, die typische Sei-ein-braves-Mädchen-Falle. Dabei hatten meine Mädels und ich uns schon in der zehnten Klasse unter gegenseitiger Androhung von Veröffentlichung der peinlichsten Geheimnisse geschworen, niemals in diese Falle zu tappen. Allerdings: Falls die Weltöffentlichkeit heute erfahren sollte, dass ich damals an einer ominösen Schwäche für den König der Vokuhila-Olibas, Rudi Völler, litt, wäre mir das ziemlich schnuppe. In Zeiten von Justin Bieber muss einem nichts mehr peinlich sein.

»Äh …«, stammelte ich endlich. »Das kommt ziemlich überraschend«, fügte ich dann noch hinzu. Nicht dass Schneck mich noch für geistig degeneriert hielt und beim LKA sofort zurückruderte.

Er gluckste. »Ja, das glaube ich. Sie werden mir zwar hier sehr fehlen, aber das ist wirklich eine tolle Chance, Frau Sonnenberg! Und Sie können sich ja noch an den Gedanken gewöhnen. Am ersten April geht's in München los, also haben Sie noch fast drei Monate Zeit.«

»Äh …«, sagte ich wieder und fragte mich, wann ich das

Boris-Becker-Sprachniveau wieder verlassen würde. »Moment mal. Haben Sie etwa schon fest zugesagt?«

»Nein, ich wollte natürlich zuerst mit Ihnen persönlich sprechen. Aber das ist nur noch reine Formsache.« Beruhigend nickte er mir zu.

»Und was ist, wenn ich nicht wechseln möchte?«, stieß ich panisch hervor.

»Das ist eine tolle Chance, Frau Sonnenberg«, antwortete er beinahe entrüstet. »Wollen Sie sich das entgehen lassen?«

»Das habe ich nicht gesagt.« Ich war unschlüssig. »Ich will es mir einfach in Ruhe überlegen. Kann ich ein paar Tage Bedenkzeit haben?« Genau. Erst mal aufschieben.

Schneck verzog unwillig den Mund, nickte aber nach kurzem Nachdenken. »Ein paar Tage werde ich die Herrschaften im LKA schon hinhalten können.«

»Danke«, sagte ich, stand hastig auf und flüchtete aus dem Büro. Draußen lehnte ich mich an die Wand und schloss verwirrt die Augen.

Mist, verdammter! Ausgerechnet jetzt. Ausgerechnet München. Will ich das? Und was meinen Sie – soll ich das wollen?

Eigentlich nicht, oder? Aber kann man dieses Angebot ablehnen? Klingt schon gut, Sie haben völlig recht, aber (na gut, oute ich mich eben wieder als naives Dummerchen, das nicht in der Lage ist, Prioritäten zu setzen) was ist mit Raphael?

Oder ist dieser Gedanke albern? Wir sind gerade mal seit zwei Monaten zusammen … Würde er sich im umgekehrten Fall meinetwegen Gedanken machen?

Dass Sie diese Frage bejahen, macht die Situation für mich gerade nicht einfacher, werte Leser. Es läuft aber auch alles so gut hier, endlich! Ich bin glücklich, mit meiner Arbeit, in meiner Heimatstadt, mit meiner Familie, mit meinen Freunden … und mit Raphael. Genau dieser Punkt ist leider im Augenblick der ausschlaggebende, der aus einem angenehmen Leben ein nahezu perfektes macht. Es hilft nicht, mich selbst zu belügen. Und Sie merken es ja ohnehin jedes Mal, wenn ich versuche, Ihnen ein X für ein U vorzumachen …

Seufzend trabte ich zurück zum Büro. Ich würde mich kopfüber in den Fall stürzen und hoffen, dass sich der Gedanke an dieses Jobangebot vertreiben ließ, bis ich Zeit und Muße hatte, in Ruhe darüber nachzudenken.

Als ich unser Büro betrat, sah Raphael mir lächelnd entgegen. »Alles klar?«, fragte er und tauchte den Löffel in die Müslischale.

»Äh …« Himmel noch mal. »Ja. Schneck wollte nur kurz über den Stand der Dinge informiert werden.« Anscheinend hatte ich von Boris Becker nicht nur das Sprachvermögen, sondern auch den Hang zur Falschaussage übernommen. Aber wenigstens hatte ich keine Besenkammer-Affäre zu vertuschen.

Eine halbe Stunde später saßen wir im reichlich überfüllten Besprechungsraum der HEUREKA. Sascha Hoyer, der neben uns auf der Stirnseite des Raumes saß, beobachtete mit sichtlichem Unwillen, wie einzelne Mitarbeiter verspätet ins Zimmer eilten und die Augen aller Anwesenden gespannt zwischen ihm, Raphael und mir hin- und herwanderten. Das Getuschel schwoll an, während sich die Nachzügler Plätze suchten oder sich der Einfachheit halber an das Fensterbrett lehnten.

»Genau das wollte ich eigentlich vermeiden«, zischelte Hoyer halblaut. »Große Aufregung und Skandale lenken nur vom effizienten Arbeiten ab.« Mit einer verstohlenen Geste wischte er sich die Hände an der Jeans ab. Sein Adamsapfel hüpfte nervös, und auf seiner Stirn hatten sich feine Schweißperlen gebildet. Zum dritten Mal in Folge schob er seine Brille am Nasensteg wieder in Position, ohne dass sie auch nur einen Millimeter nach vorn gerutscht war.

»Na ja, irgendwann müssen es die Mitarbeiter schließlich erfahren, oder?« Raphael hob die Augenbrauen.

»Eine E-Mail an alle hätte es auch getan«, sagte Hoyer, ohne uns anzusehen.

Mit Grauen stellte ich mir vor, eine E-Mail zu öffnen und vom tragischen, viel zu frühen Ableben eines Kollegen zu erfahren.

»Sind wir dann vollzählig?«, fragte Raphael.

Hoyer nickte, und ich stand auf, um die Tür zu schließen. Sofort kehrte Ruhe ein, die Mitarbeiter blickten erwartungsvoll auf Hoyer, der sich mit rotem Gesicht von seinem Stuhl erhob und schließlich die Augen auf die Tischplatte vor sich heftete. Ich ermahnte mich selbst, meinen Blick von ihm loszureißen und in die Menge schweifen zu lassen.

»Wie ihr wisst«, sagte Hoyer leise, räusperte sich, setzte erneut an, »wie ihr wisst, ist Jan seit einigen Wochen verschwunden. Jetzt wurde seine Leiche gefunden.«

Sogar ich schluckte, so übergangslos, wie Hoyer die Neuigkeit mitten unters Volk knallte. Für einen Moment herrschte absolute Stille, dann schrie eine attraktive junge Frau, in der ich das Model von unserem ersten Besuch wiedererkannte, mit erstickter Stimme leise auf.

»Also«, fuhr Hoyer fort und schluckte laut hörbar. »Er ist tot. Deswegen ist die Kripo wieder für ein paar Tage im Haus.« Ich erlaubte mir einen kurzen Seitenblick auf Hoyer, der erschöpft und schweißgebadet auf seinen Stuhl zurücksank. Auftritte vor Publikum lagen ihm eindeutig nicht.

Das Supermodel hatte zwischenzeitlich laut zu schluchzen begonnen, wurde aber bereits von einem unauffälligen jungen Kerl mit Brille und kurzen blonden Locken, der ihr zaghaft über die Schultern streichelte, getröstet. Er selbst sah blass und erschüttert aus, war aber gefasst. Der Großteil der Angestellten starrte Hoyer immer noch mit weit aufgerissenen Augen an. Mit einigen Sekunden Verzögerung begannen weitere, zumeist lautlose Tränen des Schocks zu kullern.

Einige wenige fingen sofort wieder an zu tuscheln, und ein großer Glatzkopf im grauen Maßanzug lehnte gelangweilt an der Wand und inspizierte seine Fingernägel. Als das Model wieder aufschluchzte, warf er ihr einen verächtlichen Blick zu, während der Feuermelder vom Empfang ungerührt wirkte, die Kollegen aber, vor allem die weinenden, mit schlecht verhohlener Sensationsgier musterte. Da hatten sich ja anscheinend ein paar echte Schätzchen unters HEUREKA-Volk gemischt.

Das Gemurmel schwoll an, die meisten hatten tröstende Worte für diejenigen übrig, denen die soeben verkündete Nachricht sichtlich naheging. Nur die große Frau neben dem Model, das sich zwischenzeitlich bereitwillig an den unauffälligen Kerl schmiegte, schien dafür zu schockiert zu sein. Sie starrte völlig unverwandt geradeaus; niemand beachtete sie, sie beachtete niemanden. Dabei war sie so blass unter ihrem kurzen mausbraunen Haar, dass ich Angst bekam, sie im nächsten Augenblick vom Stuhl kippen zu sehen. Sie atmete einige Male tief durch, dann bahnten sich auch bei ihr die ersten Tränen einen Weg an ihrer markanten Nase vorbei über das flächige Gesicht. Erst als ich hörte, wie Raphael neben mir aufstand, wich meine Besorgnis um sie der Neugier darauf, wie die Reaktionen auf neuerliche Ermittlungen der Kripo wohl ausfallen würden.

Raphael richtete sich zu seiner vollen Größe auf und lächelte verhalten und erstaunlich mitfühlend in die Zuschauerreihen. Dann stellte er uns mit knappen Worten vor und kündigte für die nächsten Tage die Fortführung der Befragungen innerhalb der Firma an. »Herr Wahlner ist bedauerlicherweise ertrunken, er wurde gestern in Bach aus der Donau geborgen«, erklärte er.

Das Model schluchzte wieder auf, als wäre die Vorstellung des Wassertods noch schlimmer als alles, was sie sich bis dato ausgemalt hatte. Raphael gab ihr einen Augenblick, um sich wieder zu beruhigen, setzte sich auf den Tisch und musterte die Anwesenden. »Nach dem derzeitigen Ermittlungsstand ist es wahrscheinlich, dass er direkt am Abend der Weihnachtsfeier in die Donau gestürzt ist. Um seinen Tod rekonstruieren zu können, brauchen wir also in den nächsten Tagen Ihre Hilfe.«

Wir hatten vereinbart, Wahlners prämortale Verletzungen und unsere daraus resultierenden Schlussfolgerungen erst in den einzelnen Gesprächen zu erwähnen. Natürlich würde sich diese Information trotzdem wie ein Lauffeuer verbreiten, doch hegten wir die Hoffnung, vorher die eine oder andere spontane – und vielleicht verräterische – Reaktion zu beobachten.

Das schockierte Gemurmel war zwischenzeitlich auf normale Unterhaltungslautstärke angeschwollen, die Blässe aus dem Gesicht der Mausbraunen wich langsam, dafür setzte der kahlköpfige Anzugtyp einen dermaßen gelangweilten Gesichtsausdruck auf, dass es schon beinahe an Provokation grenzte. Das Model weinte nur noch leise vor sich hin, der Farblose genoss es allerdings sichtlich, sie zu trösten. Hoyer schließlich war augenscheinlich immer noch überfordert mit der Situation, verbissen knetete er seine Hände. Wir baten ihn, sämtliche existierenden Fotos der Weihnachtsfeier zu organisieren, und überließen die HEUREKA-Besetzung schließlich ihrer Trauer.

Auf dem Weg nach draußen spürte ich die Blicke unzähliger Augenpaare im Nacken kribbeln.

VIER

»Eigentlich hatte ich ja für kommendes Wochenende einen Anschlag auf dich geplant«, eröffnete mir Raphael und schippte den Berg Schnee, der sich über Nacht angesammelt hatte, vom Dach seines schwarzen Alfas. Wie er angesichts dieser Tätigkeit noch lächeln konnte, fand ich ziemlich rätselhaft – ich jedenfalls stand frierend und übellaunig neben dem Wagen und hoffte, möglichst bald einsteigen zu können, ohne von einer Lawine erschlagen zu werden. Und dabei verfügte Raphael noch nicht mal über professionelles Equipment, sondern benutzte für seine Autowartungstätigkeit ein großes Stück Pappe, wohl ein Relikt seines Umzugs im letzten Jahr, das er pünktlich zum Winterbeginn in den Untiefen des Kofferraumes entdeckt hatte.

»Anschlag?«, fragte ich höflich, wenn auch nur mäßig interessiert.

»Ja«, sagte er, schmiss den Karton lieblos in den Kofferraum zurück und griff nach dem Eiskratzer. Obwohl die Heckscheibenheizung auf Hochtouren lief, hatten sich noch keine nennenswerten Erfolge eingestellt. »Deine Schwiegermutter in spe liegt mir seit Wochen in den Ohren, dass sie dich jetzt endlich mal kennenlernen will.« Er verdrehte dezent die Augen, aber man sah ihm an, dass er es nicht wirklich schlimm fand. Im Gegensatz zu mir. Die Vorstellung eines hochoffiziellen Familieneinführungsbesuchs erschreckte mich jetzt, im Erwachsenenalter, nicht weniger als mit fünfzehn. Weshalb ich Raphael meinen Eltern auch eher nebenbei vorgeführt hatte, ganz ohne Kaffeekränzchen und Fragerunde.

»Wahrscheinlich möchte sie sich bei dir bedanken«, fuhr Raphael fort und widmete sich mit Hingabe der Frontscheibe. »Ich glaube, sie hatte ziemlich große Angst, dass ich dank meines fortgeschrittenen Alters langsam jede Chance auf eine akzeptable Frau verspielt habe.«

»Du bist erst zweiunddreißig«, sagte ich.

»Richtig. Und somit aus Sicht meiner Mutter schon längst über dem Verfallsdatum, befürchte ich.«

Das klang beunruhigend. »Muss ich dann Kleidchen tragen und einen Knicks machen und so?«

Lachend löste Raphael die Scheibenwischer. »Keine Panik. Abgesehen von ihrer Sorge, dass der arme Kerl – das bin ich – zu viel Alkohol trinkt, zu wenig isst und nie mehr eine Frau findet, ist sie eigentlich ganz lässig. Und außerdem hast du jetzt dank Wahlner wohl ohnehin noch Schonfrist.« Mit einem zufriedenen Nicken ließ er von der Scheibe ab und warf den Kratzer ebenfalls zurück in den Kofferraum. »Aber ich befürchte, sobald dieser Fall geklärt ist, kann ich dir einen Besuch in München nicht mehr ersparen.«

Bei dem Wort »München« war ich zusammengezuckt, jetzt riss ich in einer Übersprungshandlung hektisch die Beifahrertür auf und sackte auf dem Sitz zusammen. München. Dabei wollte ich doch genau daran nicht denken. Und es war mir tatsächlich gelungen, dieses vermaledeite Jobangebot die ganze letzte Nacht auszublenden. Bis jetzt. Mit einem Mal fühlte ich mich wieder völlig erschlagen von der Entscheidung, die ich zu treffen hatte. Die ich bald zu treffen hatte, korrigierte ich mich in Gedanken. Und die ich nicht treffen wollte, weil ich mich wahrscheinlich so oder so im Nachhinein dafür verfluchen würde.

»Hey«, sagte Raphael und stupste mich zärtlich auf die Nase. Ich hatte kaum bemerkt, dass er ebenfalls in den Wagen gestiegen war. Jetzt musterte er mich mit einem verhaltenen Lächeln. In seinen Wimpern und Haaren hatte sich feiner Schnee verfangen, der mit seiner leicht gebräunten Haut kontrastierte. »Meine Eltern sind ganz okay, echt. Du brauchst dir keine Sorgen zu machen. Und von dir werden sie sicher absolut begeistert sein.« Er zog mich zärtlich an sich, und obwohl in meinem Kopf wieder mal Chaos herrschte, ließ ich ihn gewähren.

»So wie ich«, flüsterte er in mein Ohr.

Wenn du wüsstest, wie wenig ich deine Begeisterung im Moment verdiene. Ich rang mich zu einem halbherzigen Lächeln durch, schließlich wollte ich ihn nicht beunruhigen, bevor ich selbst eine Ahnung hatte, wie es weitergehen sollte.

Leider hatte Raphael die Halbherzigkeit bemerkt. »Du musst das verstehen … Meine Mom hat sich seit Isas Tod ziemliche Sorgen gemacht«, erklärte er. »Und insgeheim wohl befürchtet, dass …« Er neigte abwägend den Kopf. Unweigerlich musste ich lächeln. »Dass du zeit deines Lebens auf dem Lonesome-Cowboy-Trip bleibst?«

»So ungefähr, ja.« Trotz meines Lächelns antwortete er ernst, und seine Offenheit beschämte mich.

»Insofern hätte sie sich wohl sogar gefreut, wenn ich mich entschieden hätte, mir im Internet eine Asiatin zu bestellen«, sagte er grinsend, ließ mich los und startete endlich den Wagen. »Aber über dich freut sie sich natürlich mehr.«

Nur mühsam verkniff ich mir den Kommentar, dass ich Raphaels Mutter vielleicht bald täglich nach der Arbeit auf ein Tässchen Tee besuchen gehen könnte.

***

Sarah spielte immer noch geistesabwesend mit dem Bommel ihrer Mütze, als Raphael den Wagen auf dem Dienstparkplatz abstellte. Trotzdem war er zufrieden; ihre Reaktion auf den obligatorischen Hallo-Eltern-ich-bin-die-Neue-Handshake hätte schließlich auch weitaus ablehnender ausfallen können.

Er eilte ins Büro, in dem von Herbert – wie mittlerweile vor halb neun üblich – nichts zu sehen war. Stattdessen hatte sich Moritz auf dem Besucherstuhl neben Sarahs Schreibtisch niedergelassen und sah ihm erwartungsfroh entgegen. »Hallo, Boss, kann's endlich losgehen?«

Raphael war erleichtert. Normalerweise musste er für zusätzliches Personal härtere Kämpfe ausfechten, aber diesmal hatte tatsächlich eine E-Mail an den Chef ausgereicht. »Hat der Schneck also meine Gebete erhört?« Er versuchte, nicht an Sarahs zu erwartenden vorwurfsvollen Blick zu denken, und schnappte sich Jan Wahlners Vermisstenakte vom Schreibtisch.

»Ja, klasse, echt. Danke dir!« Moritz' Stimme überschlug sich beinahe vor Begeisterung. »Solange im K3 nichts Brisantes anliegt, stehe ich euch ab heute hochoffiziell zur Verfügung!«

»Na, dann komm, bevor sich Sarah da draußen noch den Hintern abfriert.«

»Gibt's eigentlich schon ein paar neue Erkenntnisse?« Moritz' Kopf tauchte zwischen den Vordersitzen auf. »Wie ist denn der Stand der Dinge?«

Da Sarah nicht gewillt zu sein schien, ihm zu antworten, sondern stattdessen mit verkniffenem Gesichtsausdruck eine SMS an Herbert tippte, gab Raphael Moritz einen kurzen Einblick.

»Ist das legal?«, fragte Moritz, als Raphael bei Produktpionier und Konsorten angekommen war.

»Grundlegend schon. Es wird korrekt – wenn auch nicht gerade auffällig – darauf hingewiesen, dass sich das Abo nach zwei Wochen gleich um ein ganzes Jahr verlängert, wenn du nicht rechtzeitig kündigst. Trotzdem ist das Ganze natürlich eine ziemliche Verarsche. Neunundneunzig Euro Jahresbeitrag dafür, dass du irgendwelchen Quatsch testen darfst …«

»Und dafür melden sich wirklich Leute an?«, fragte Moritz verständnislos. »Warum?«

»Weil du nicht nur die Produkte zum Testen gratis zugeschickt bekommst, sondern auch für jedes Produkt, das du bewertest, einen ›Pioniertaler‹ erhältst«, erwiderte Raphael halb amüsiert, halb verärgert. »Und zehn ›Pioniertaler‹ wiederum kannst du gegen die ›Prämie des Monats‹ eintauschen. Diesen Monat ist das zum Beispiel eine außergewöhnlich hässliche Sporttasche.« Er schnaubte, als er sich an das in Pink und Lila gestreifte Monstrum in ausgesprochen billiger Optik erinnerte, wie sogar auf dem Foto erkennbar, das vermutlich aus der Verramschung eines völlig zu Recht insolventen Sportartikelherstellers stammte. »Das erfährt man nur leider erst nach der Anmeldung.«

»Mein kleiner Neffe hatte sich mal für so einen idiotischen Online-IQ-Test registriert.« Nun schnaubte Moritz. »Hat nicht lange gedauert, bis meinem Bruder die ersten Mahnungen ins Haus geflattert sind.«

»Genau das ist das Problem«, sagte Raphael, während er den Wagen auf den Firmenparkplatz von HEUREKA lenkte. »Solche Firmen verdienen ihr Geld mit der Naivität und Faulheit von Leuten, die aus lauter Langeweile einfach mal ihre Daten eintragen und die AGB nicht genau lesen. Oder sich mit angeblich tollen Angeboten ködern lassen und es verpennen, rechtzeitig zu kündigen. Grundlegend sind die Leute selbst schuld, schon klar. Und ein paar sind bestimmt auch willens, für den Schrott wirklich zu zahlen. Aber irgendwie regt sich da trotzdem mein Unrechtsbewusstsein.«

»Hast du denn eigentlich dein Produktpionier-Schnupperabo schon wieder gekündigt?«, fragte Sarah mit einem hinterlistigen Grinsen.

Mist, verdammter. Eigentlich hatte Raphael das gestern gleich nach der Anmeldung erledigen wollen, es aber dann – dank Sarahs Gegenwart – schlichtweg vergessen. »Mach ich heute Abend«, antwortete er knapp.

»Man darf gespannt sein.«

***

Dieses Mal bat Sascha Hoyer uns nicht in sein Büro. Stattdessen führte er uns direkt in den Besprechungsraum, in dem schon die große Mitarbeiterversammlung am Vortag stattgefunden hatte, händigte uns einen HEUREKA-USB-Stick mit den Fotos der Weihnachtsfeier aus, erklärte uns das hausinterne Telefon, verwies uns für alle weiteren Fragen an die Assistentin der Geschäftsleitung, Simone Geier, mit der Durchwahl elf und überließ uns unserem Schicksal.

»Sag bloß …« Moritz beäugte Raphael, der seinen Laptop aus der Tasche wuchtete, mit unverhohlenem Neid. »Ihr habt im K1 sogar Laptops? Und wir feiern jeden Tag, an dem sich unsere lahmen Kisten nicht endgültig verabschieden, eine Party.«

»Wir auch«, sagte Raphael und schlug entspannt die Beine übereinander. »Der gehört mir.«

»Und die zwei anderen in seiner Wohnung auch«, konnte ich mir nicht verkneifen zu sagen. »Deshalb kann er einen der Kripo spendieren.«

Moritz' Augen leuchteten auf. Oh nein, nicht noch einer von der Sorte. Reichte schon Raphael, der sich bis zum Erbrechen über die – zugegebenermaßen wirklich traurige – EDV-Ausstattung der Kripo aufregte, wenn gerade nichts Wichtigeres anlag. Aber heute lag Wichtigeres an, wenn ich nicht irrte.

»Welche –?«, setzte Moritz an, doch ich schnitt ihm das Wort ab.

»Ich würde vorschlagen, du, Moritz, knallst dich gleich vor dieses von dir so angehimmelte Wunderwerk der Technik und schaust dir die Fotos von der Weihnachtsfeier an. Vielleicht fällt dir ja irgendwas auf. Und wir zwei«, wandte ich mich an Raphael und griff nach dem Telefonhörer, »zitieren diese Frau Geier zu uns und bringen in Erfahrung, wer hier wie und warum mit Wahlner zu tun hatte. Klaro?« Schon wählte ich die Elf.

»Okay, Boss«, antworteten Raphael und Moritz unisono.

Ja, so ließ es sich aushalten.

Keine Minute später betrat Simone Geier den Raum. Sofort erkannte ich sie als die Mausbraune mit der dicken Brille wieder, die auf der Mitarbeiterversammlung neben dem Model gesessen war und so schockiert reagiert hatte. Kein Wunder, als Assistentin der Geschäftsleitung hatte sie bestimmt viel mit Jan Wahlner zu tun gehabt.

Zaghaft schloss sie die Tür hinter sich, was in seltsamem Kontrast zu ihrer großen, nicht gerade schmalen Statur stand. Leider war auch der beige Hosenanzug für ihren Körperbau nicht gerade vorteilhaft. Sie blieb neben der Tür stehen, sagte leise Hallo und sah uns fragend aus bebrillten Augen an.

»Bitte«, sagte Raphael und deutete auffordernd auf den Platz am Besprechungstisch uns gegenüber.

Zögerlich nahm sie Platz und blickte auf die aneinandergetackerten Blätter in ihren Händen.

»Ist das die Mitarbeiterliste?«, fragte Raphael.

Simone Geier sah auf und nickte, bevor sie sie Raphael lächelnd reichte. »Entschuldigen Sie bitte«, sagte sie mit erstaunlich fester Stimme. »Wir sind hier alle ein bisschen durcheinander, seit wir wissen, dass Jan tot ist.«

»Das kann ich mir vorstellen«, erwiderte Raphael und blickte nun seinerseits auf die Liste. »Frau Geier, wir würden von Ihnen gerne wissen, welche Mitarbeiter in welchen Bereichen mit Herrn Wahlner zu tun hatten. Können wir die Liste miteinander durchgehen?«

Sie nickte bereitwillig.

»Aber am besten«, Raphael beugte sich interessiert nach vorn, »fangen wir direkt mit Ihnen an. Was machen Sie hier genau?«

»Ich bin Assistentin der Geschäftsleitung«, sagte sie und strich sich über das kurze Haar. »Also quasi die rechte Hand von Sascha und Jan. Ich gebe Anordnungen weiter, kümmere mich um Präsentationen, Termine, Geschäftsreisen und bin eigentlich die Schnittstelle zwischen sämtlichen Abteilungen. Und eigene Projekte habe ich auch zu betreuen, zum Beispiel, wenn neue Angebote am Markt eingeführt werden.« Unverhohlener Stolz klang aus ihrer Stimme.

»Klingt umfangreich«, kommentierte ich.

Sie lachte auf, was ihr nicht gerade attraktives Gesicht mit der gebogenen Nase und den flächigen Wangen gleich um ein Vielfaches hübscher machte. »Ja, über mangelnde Arbeit kann ich nicht klagen. Aber solange es Spaß macht …«

»Und das tut es?«, fragte ich beim Gedanken an die von Moritz heraufbeschworene gedrückte Atmosphäre in der Firma.

»Ja, doch, sehr sogar. Wir sind ja ein junges Team.« Sie hob die Schultern, so als würde das als Erklärung ausreichen. »Wir kommen alle gut miteinander aus, und bei verschiedenen Firmenevents feiern wir auch mal zusammen. Das Klima ist also ziemlich gut hier, da kann man nicht meckern. Flache Hierarchien und eine familiäre Atmosphäre werden bei HEUREKA großgeschrieben.«

Aus dem Augenwinkel sah ich, wie Moritz skeptisch über den Rand des Laptop-Monitors blickte, sich aber eines Kommentars enthielt.

»Firmenevents wie die Weihnachtsfeier zum Beispiel?«

Sie nickte mit angemessener Betroffenheit. »Aber nicht nur … Wir gehen auch ab und an mit der ganzen Firma zum Bowling, und im Sommer organisieren wir jedes Jahr ein Grillfest im Innenhof.«

»Wie war denn Ihr Verhältnis zu Herrn Wahlner?«, fragte Raphael. »War er ein guter Chef?«

»Na ja«, antwortete Simone Geier zögerlich. »Er war schon okay … Ich persönlich arbeite lieber mit Sascha, wenn ich ehrlich bin. Jan war ab und an etwas cholerisch, vor allem, wenn es Gegenstimmen zu seinen Plänen gab. Aber im Großen und Ganzen war er schon okay.«

»Gegenstimmen?«

»Ja ... Die gibt es ja immer wieder mal, wenn Entscheidungen zu treffen sind. Er und Sascha waren sich nicht immer ganz einig, wie es mit der Firma weitergehen soll. Und auch was Zeitpläne anging, hatte Jan manchmal Vorstellungen, die kaum durchführbar waren.« Sie lächelte wieder. »Am besten sollte jeder Neubeschluss schon gestern in die Tat umgesetzt sein. Aber so was kennen Sie ja sicher, da sind wir wohl nicht die Einzigen.«

Ich verschwieg, dass die Mühlen im deutschen Beamtentum leider eher langsam mahlten und wir meist mit dem genau gegensätzlichen Problem zu kämpfen hatten. Stattdessen nickte ich verständnisvoll.

»Aber abgesehen davon«, fuhr Simone Geier fort, »war er ein guter Chef. Und letzten Endes hat er HEUREKA zum Erfolg geführt – Sascha ist zwar der Ideenlieferant, aber um alles andere hat Jan sich gekümmert.«

Ich war mir noch nicht sicher, ob ich ihre Hochachtung für Jan Wahlner glaubwürdig fand. »Wer hatte denn außer Ihnen noch besonders viel mit Herrn Wahlner zu tun, Frau Geier?« Ich spähte auf die Mitarbeiterliste, die eine Reihe von Namen inklusive beruflicher Position, Telefondurchwahl, privater Telefonnummer und, das war die Krönung, kleiner Porträtaufnahmen enthielt. Wie für uns gemacht. In diesem Augenblick stieg Simone Geier noch ein paar Stufen auf meiner Sympathieskala.

»Mit denen wurde doch schon gesprochen«, entgegnete sie. Das gab postwendend wieder Punktabzug. »Es hat niemand gesehen, wie Jan verschwunden ist.«

»Vielleicht hat der eine oder andere aber dennoch einen wichtigen Hinweis für uns, jetzt, wo klar ist, dass er in die Donau gestürzt ist. Also?«

Simone Geier machte mit ihren verkniffenen Mundwinkeln deutlich, dass sie daran nicht glaubte. Trotzdem beugte sie sich vor und sah angestrengt auf die Liste. »Neben Sascha Hoyer und mir waren das natürlich vor allem die Abteilungsleiter«, erklärte sie.

»Carola Bloch, das ist die Leiterin der Abteilung Kundenbetreuung. Dann Jessica Egerjahn – hier, das ist die Dame mit den rot gefärbten Haaren vom Empfang.« Sie deutete auf das Foto, das ich ohnehin schon entdeckt hatte. »Sie ist keine Abteilungsleiterin im eigentlichen Sinne, aber unter anderem zuständig dafür, Gäste zu begrüßen und den Besprechungsraum für Besuch vorzubereiten. Außerdem erledigt sie auch kleinere Sekretariatsarbeiten für die Geschäftsleitung, für die mir die Zeit fehlt. Da gab es also auch einige Berührungspunkte zwischen ihr und Jan. Dann …« Sie wartete ab, bis Raphael weitergeblättert hatte, und beugte sich dann weiter nach vorn, um einen besseren Blick auf die Liste zu erhaschen. Ich ertappte Raphael dabei, wie er mit schlecht verhohlenem Missfallen ein warzenähnliches Muttermal auf ihrer Stirn betrachtete. Bei der kam aber auch wirklich alles zusammen.

»Natürlich noch Leo Wollenschläger, das ist unser Marketingchef.« Simone deutete auf das Bild des Glatzkopfs, der bei der Versammlung so hingebungsvoll seine Nägel inspiziert hatte. »Und Celia Kleingrün. Marketingassistentin.« Wieder folgte mein Blick ihrem Finger. Ah, das Model, das Jan Wahlners Tod mit außerordentlicher Erschütterung beweint hatte, bis der unauffällige Typ neben ihr so bereitwillig Trost gespendet hatte.

»Auch keine Abteilungsleiterin«, konstatierte Raphael und sah Simone Geier auffordernd an.

»Nein.« Sie wich seinem Blick aus. »Jan und sie … haben sich recht gut verstanden.« Sie versuchte angestrengt, ihrem Gesicht einen neutralen Ausdruck zu verleihen. Trotzdem war ich mir sicher, dass sie zu diesem »recht guten Verhältnis«, was auch immer man sich darunter vorstellen durfte, eine Meinung hatte. Ob Wahlner scharf auf diese Frau Kleingrün gewesen war? Bei der Erinnerung an die verrucht-rauchige Stimme des Models konnte ich es ihm kaum verdenken.

»Eher auf privater Basis, meinen Sie?«, fragte Raphael folgerichtig.

»Das kann ich nicht beurteilen«, antwortete Simone verlegen. Vielleicht hatte sie sich mit ihrer Andeutung zu weit aus dem Fenster gelehnt. »Aber Jan hat große Stücke auf Celia gehalten und viele Sachen direkt mit ihr ausgearbeitet.«

»Hatte Frau Kleingrüns Vorgesetzter«, wandte ich ein und schielte auf die Liste, »Herr Wollenschläger, damit kein Problem?«

»Ich weiß nicht«, wich Simone wieder aus. »Aber das kann er Ihnen sicher selbst verraten.«

Und das würde er auch müssen.

»Waren das dann alle Kollegen, die direkt mit Herrn Wahlner zu tun hatten?«, hakte Raphael nach.

»Nein, es fehlt noch Michael Gerlach, das ist der Leiter des Finanzwesens.«

Ich schlug die nächste Seite um, doch der auf dem Foto abgebildete Herr war mir bei der Versammlung nicht weiter aufgefallen.

»Kam es denn gelegentlich vor«, fragte Raphael betont beiläufig, »dass es vonseiten unzufriedener Kunden explizite Drohungen gab? Gegen die Firma insgesamt oder speziell die Geschäftsleitung?«

Simone sah hilfesuchend an Raphael vorbei aus dem Fenster. Erst als dieser ungeduldig hüstelte, antwortete sie: »Ja, auch das gab es. Selten zwar, aber unsere Kontaktdaten stehen ja im Impressum. Ab und an gab es da also durchaus ein paar Beschimpfungen und Drohmails.«

»Deshalb findet sich auch auf Ihrer offiziellen Firmenwebseite nichts Konkretes zu den jeweiligen Angeboten, oder?«, folgerte ich. »Damit man die Firma wenigstens nicht sofort mit diesem eher umstrittenen Geschäftsfeld in Verbindung bringt?«

Simone Geier, die sich sichtlich unwohl fühlte und auf ihrem Stuhl hin und her rutschte, zuckte nur die Achseln. Nun gut, wir konnten schlecht verlangen, dass sie sich beim ersten Gespräch mit uns ganz offen gegen ihren Brötchengeber wandte.

»Jans engste Kollegen wären dann komplett«, sagte sie auch prompt ausweichend. »Mit allen anderen hatte er natürlich auch ab und an zu tun, aber nicht in diesem Ausmaß. Um die EDV-Chefs und die Programmierer zum Beispiel kümmert sich meist Sascha selbst. Und die nicht leitenden Angestellten, die haben ja ihre Abteilungsleiter …« Sie warf einen ungeduldigen Blick auf die orangefarbene Wanduhr.

»Und externe Kontakte?«, fiel mir ein. »Wer kümmerte sich um Ihre Auftraggeber?«

»Auch Jan«, antwortete sie. »Er ist eindeutig der bessere Verkäufer hier im Haus gewesen. Sascha arbeitet lieber zurückgezogen.«

»Können wir da Einblick haben? In die Geschäftsbeziehungen von HEUREKA?«

Simone sah irritiert aus, wagte aber anscheinend nicht, Einspruch zu erheben. »Natürlich, holen Sie sich einfach aus Jans Büro, was Sie brauchen. Seinen Laptop haben Sie ja noch«, schloss sie vorwurfsvoll.

Ausnahmsweise war ich froh über die langsamen Mühlen deutschen Beamtentums. Mit der zwischenzeitlich veränderten Sachlage mussten wir den Computer ohnehin noch einmal überprüfen.

»Nur eine Frage noch«, sagte Raphael und schlug die Wahlner-Akte auf. »Als Jan Wahlner verschwand, haben Sie angegeben, dass Sie *glauben*, Jan Wahlner in der Karmalounge noch gesehen zu haben. Was darf man sich unter ›glauben‹ vorstellen?«

Simone Geier wurde mit einem Schlag flammend rot. »Ich war … Na ja, ich hatte …«

Ich nickte ihr aufmunternd zu, und schließlich fasste sie sich ein Herz. »Ich war nicht gerade nüchtern.« Peinlich berührt knetete sie ihre Hände. Anscheinend wurde gesteigerter Alkoholkonsum im Knigge für Geschäftsleitungsassistentinnen als grobes Vergehen geführt. »Deshalb war ich mir nicht mehr sicher. Aber ich *glaube* eben, ihn noch an der Bar gesehen zu haben.«

»Nun gut, Frau Geier, dann vielen Dank schon mal für die Informationen.«

Raphael nickte ihr zu, und sie stand sichtlich erleichtert auf. »Auf meinem Schreibtisch stapelt sich die Arbeit heute schon wieder, wissen Sie. Aber wenn Sie noch was brauchen …«

»Danke, Frau Geier«, sagte ich, und sie verschwand mit einem angedeuteten Winken durch die Tür nach draußen.

»Nomen est omen«, unkte Moritz vom Kopfende des Tisches.

»Wenn du so aussiehst wie die, kriegst du nichts geschenkt«, stimmte Raphael zu.

»Hä?« Ungläubig starrte ich die beiden an. »Und was hat das euch zu interessieren?«

Moritz zuckte nur die Achseln, Raphael hingegen antwortete: »Man wird doch wohl noch gepflegt lästern dürfen.«

Diese Antwort war die denkbar dümmste gewesen, um meinen Unmut zu mildern. »Dass dieser Hoyer keinen Schönheitspreis gewinnt, habt ihr zwei interessanterweise noch nicht kommentiert, aber sobald eine Frau im einigermaßen relevanten Alter euren optischen Ansprüchen nicht genügt, hagelt's doofe Sprüche. Chauvinistenpack …«

»Muss an unserer sexuellen Orientierung liegen«, antwortete Moritz mit entschuldigend hochgezogenen Schultern.

»An eurer enormen Professionalität liegt's auf jeden Fall nicht.« Ich fühlte mich schon jetzt wie die Betreuerin einer Schwerer-ziehbarengruppe. Die Erweiterung des Teams durch einen Mann im Testosteronrausch-Alter tat uns definitiv nicht gut. Ich hatte es ja gleich gewusst.

»Ich habe übrigens das eine oder andere interessante Foto mit Wahlner auf Hoyers USB-Stick entdeckt«, versuchte Moritz eifrig abzulenken. »Wollt ihr mal gucken?«

Wehe, er hatte zu viel versprochen.

***

»Klar, das ist jetzt natürlich auch das Wichtigste«, konstatierte Celia trocken und las Saschas E-Mail ein zweites Mal: »… bitte ich euch darum, der Polizei in allen Belangen offen und effizient Auskunft zu geben, damit die Ermittlungen rasch abgeschlossen werden und das gesamte Team bald wieder ohne Einschränkungen und reibungslos arbeiten kann – um UNSER Unternehmen auf der Erfolgsspur zu halten. Vielen Dank euch allen.«

»Was meinst du?«, fragte André vom gegenüberliegenden Schreibtisch und linste über seinen Monitor.

»Die ›Erfolgsspur‹«, antwortete Celia. »Ist ja auch nur mal eben ein Mensch gestorben, da geht die Arbeit doch wirklich vor.« Sie schluckte. Jans Tod fühlte sich immer noch unwirklich an, auch wenn der Schock etwas nachgelassen hatte. Sie konnte nicht mehr weinen, war einfach nur fassungslos. Wie zum Teufel konnte ein gesunder Mann wie Jan einfach so in die Donau fallen und ertrinken?

»Mich erstaunt eher das kleine Wörtchen ›offen‹.« André grinste spöttisch. »Aber vielleicht ist das ja die neue Firmenphilosophie, jetzt, wo –« Er brach ab. »Ach, war nur Quatsch. Vergiss es.«

»Jetzt, wo Jan tot ist, wolltest du sagen?« Dieser Gedanke war ihr tatsächlich noch nie gekommen. »Glaubst du wirklich? Glaubst du, dass Jan für alles verantwortlich war, was hier schiefläuft?«

André wich ihrem Blick aus. »Ich weiß es nicht, Celi … Mir erschien eben Jan immer als der Durchsetzungsstärkere der beiden.« Nach einer kleinen Pause fügte er hinzu: »Aber das müsstest du doch besser beurteilen können als ich.«

Celia erschrak. Hatte André gerade schnippisch geklungen, oder sah sie schon Gespenster? Und bildete sie sich das ein, oder häuften sich in letzter Zeit die seltsamen Andeutungen, was sie und Jan anging? Aber sie waren vorsichtig gewesen … Es konnte doch niemand davon wissen. Oder? »Wie meinst du das?«, fragte sie möglichst beiläufig.

»Nur so«, sagte André ausweichend. »Du hast ja enger mit ihm zusammengearbeitet als ich.«

Weshalb musterte André sie so prüfend? »So eng nun auch wieder nicht«, wiegelte Celia ab.

Für einen Augenblick sah André sie ausdruckslos an, dann wandte er sich wieder seinem Monitor zu und überließ Celia ihren Grübeleien.

***

»Dann schnappen wir uns also diesen Wollenschläger zuerst?«, fragte Moritz und sprang halb aus seinem Stuhl vor Eifer. Mangelnde Motivation konnte man ihm echt nicht vorwerfen.

»Ja, das würde ich vorschlagen«, antwortete Raphael. »Also, das heißt: Sarah und ich schnappen uns den Wollenschläger. Du kannst dich in der Zwischenzeit in Wahlners Büro umsehen und anfangen, die Unterlagen, von denen die Geier gesprochen hat, zu sortieren oder, je nach Umfang, zu prüfen. Sobald du das Gefühl hast, da gab's irgendwo Spannungen oder Streitigkeiten … Na, weißt du ja.«

Moritz zog einen Flunsch, war aber schlau genug, keinen Einspruch zu erheben. Folgsam trollte er sich, während Raphael sich erneut durch die Fotos klickte, die Moritz als besonders interessant erachtet hatte. Sie zeigten Wahlner mit durchwegs intaktem Hemd im Gespräch mit verschiedenen Mitarbeitern, allerdings nur im Salzstadel – auf den zu späterer Stunde in der Karmalounge entstandenen Fotos war er nicht zu sehen, aber das wunderte mich nicht. Ich glaubte nicht daran, dass er dort noch zugegen gewesen war.

Die meisten der Aufnahmen zeugten von einem fröhlichen und gelösten Jan Wahlner, der keineswegs so wirkte, als hätte er irgendeine Vorahnung gehabt, was sein baldiges Ableben anging. Nur auf zwei Fotos war die Stimmung deutlich angespannter: Jan Wahlner und der glatzköpfige Leo Wollenschläger standen an der Bar, in ein Gespräch vertieft. Auf dem ersten Bild redete Wollenschläger, er sah wütend aus, während Wahlner die Stirn kritisch gefurcht hatte. Auf dem zweiten Bild kehrte sich die Situation um: Wahlner sprach unter Zuhilfenahme gestikulierender Hände, Wollenschläger starrte ihn verärgert an. Auf dem dritten Bild der Serie hatten die Herren anscheinend bemerkt, dass die Kamera auf sie gerichtet gewesen war: Einträchtig grinsend winkten sie dem Fotografen zu.

»Mal sehen, ob er damit rausrückt, was da so verbissen diskutiert wurde. Wir sollten außerdem rausfinden, von wem diese Fotos stammen – vielleicht hat der Fotograf ja etwas mitbekommen.«

Raphael nickte, klickte dann aber weiter, bis er bei einem Foto angelangt war, das anscheinend zu weitaus späterer Stunde in der Karmalounge entstanden war: Simone Geier stand mit hochrotem Kopf neben Sascha Hoyer an einem Stehtisch. Im Gegensatz zu den anderen weiblichen Mitarbeiterinnen, die durch die Bank in Kleidchen – in allen Abstufungen von neckisch bis elegant – gekleidet waren, trug sie einen schlichten grauen Hosenanzug. Ebenso wie Hoyer betrachtete sie die ausgelassene Kollegenmeute auf der Tanzfläche. Hoyer lächelte, Simone Geier hingegen trank gierig aus dem Glas an ihren Lippen, ihre Augen leuchteten in bester Dracula-Manier. Die hatte aber auch ein verdammtes Pech.

»Zu ihrer Entschuldigung könnte man vorbringen, dass sie wohl wirklich nicht gerade nüchtern war«, sagte Raphael grinsend.

»Du bist ein arroganter Fatzke, echt wahr. Die kann doch auch nichts dafür.« Ich schlug das Notizbuch auf, das ich mir vor Kurzem zugelegt hatte und das von Raphael mit sanftem Spott »Sarahs Kuriositätensammlung« genannt wurde. Hierin notierte ich alles, was bei Ermittlungen in den sachlichen Aktennotizen keinen Platz fand: subjektive Eindrücke, alles, was mit dem sprichwörtlichen Bauchgefühl zu tun hatte, manchmal auch nur das eine oder andere Vorurteil oder Gedankenspinnereien und Zusammenhänge, die sich kein logisch denkender Mensch so zusammenreimen würde. Ich war mir noch nicht sicher, ob ich dieses Vorgehen wirklich nützlich fand, aber da sogar Raphael darauf beharrte, es zu versuchen – vielleicht als Ausgleich zu seinem eigenen eher rationalen Ansatz –, hatte ich einen Versuch gewagt. Im Moment war die Aussagekraft meiner Einträge allerdings eher mau.

»Simone Geier«, notierte ich. Und dann: *»Präsentationen, Termine, Geschäftsreisen für J. W. und S. H., reagiert sehr schockiert auf W.s Tod.«* Einen Augenblick dachte ich nach, dann kritzelte ich weiter: *»Zusätzlich auch noch eigene Projekte – Workaholic? Seltsamer Kommentar über Verhältnis Opfer und C. Kleingrün – was will sie andeuten? Unstimmigkeiten zwischen den Geschäftsführern bzgl. Zukunft von HEUREKA? – Hoyer fragen!«*

Von wegen Intuition und subjektive Eindrücke. Das las sich eher wie die Gedankenstützen einer Siebzigjährigen. Aber sei's drum – nicht jeder Versuch konnte schließlich zum Erfolg führen. Entschieden klappte ich das Notizbuch zu und legte es zur Seite.

»Und weshalb sollten Jan und ich Ihrer Meinung nach diskutiert haben?« Leo Wollenschläger sah Raphael mit blasiertem Gesichtsausdruck an und widmete sich dann mit mäßigem Interesse der Inspektion seiner Fingernägel. Alle zehn waren komplett abgefressen – ich an seiner Stelle hätte sie lieber ignoriert in der Hoffnung, dass alle anderen es auch täten. Sein kahler Kopf glänzte und stand in aberwitzigem Kontrast zu den buschigen Augenbrauen über eisblauen Augen, sein makelloser Anzug wies kein Stäubchen auf, und im Gegensatz zu allen anderen männlichen Belegschaftsmitgliedern trug er sogar Krawatte. Sympathischer machte ihn das aber leider auch nicht.

»Genau das wollen wir von Ihnen wissen, Herr Wollenschläger.« Raphael funkelte ihn an, ich hingegen hielt mich vornehm zurück. Das war eindeutig ein Fall für Jordan, nicht für zwei.

»Hören Sie, ich habe für so was keine Zeit.« Wollenschläger schnaufte ungehalten. »Wir hatten keine Auseinandersetzung, und ich weiß nicht, was Sie sich da zusammenphantasieren. Kann ich jetzt gehen?«

»Nein.« Raphael erhob sich halb und klappte den Laptop auf. Sofort erschien das Foto von Wahlner und Wollenschläger auf dem Bildschirm.

Wollenschläger betrachtete es einen Moment, sah sich dann anscheinend überführt und seufzte. »Ja, na gut. Wir sind eben ab und an aneinandergeraten, wie es sich für zwei Leader gehört.« Abschätzend musterte er Raphael, wohl um zu prüfen, ob sich dieser auch in die Alphamännchenriege einsortieren ließ. »Was dagegen?«

»Mitnichten«, antwortete Raphael cool.

Ich hingegen schrieb unter Wollenschlägers Namen ein äußerst undamenhaftes *»ARSCHLOCH«* in mein Notizbuch. In Großbuchstaben. Nicht dass uns das jetzt weiterbrachte; ich fand es nur irgendwie befreiend.

»Wenn Sie jetzt noch erzählen«, fuhr Raphael fort. »worum es ging, können Sie auch gerne wieder an die Arbeit gehen – oder was man sonst so als Leader macht. Andernfalls sitzen wir halt hier rum.« Er musterte nun seinerseits interessiert seine Fingernägel, die eindeutig in besserer Verfassung waren als Wollenschlägers. Punkt für Raphael.

Trotzdem entschloss ich mich, Wollenschläger eine Vorlage zu liefern. »Könnte es sein, dass es dabei um Frau Kleingrün ging?«

Allein die Erwähnung ihres Namens zauberte ihm noch mehr Ablehnung auf die kantigen Züge. »Möglich.«

Wie aus dem Nichts donnerte Raphaels Hand auf den Tisch. »Jetzt spucken Sie's schon aus, verdammt noch mal!«

Ich war genauso zusammengezuckt wie Wollenschläger, aber erfahrungsgemäß half diese etwas brachiale Aufforderung oftmals, besonders verstockte Gesprächspartner zum Reden zu bringen. So auch dieses Mal.

»Na gut … Ich halte nicht viel von Celia. Hübsche Fassade, aber nichts dahinter. Außerdem ist sie stinkfaul und nicht gerade helle.« Er tippte sich an die Schläfe. »Aber Jan hatte einen Narren an ihr gefressen, war halt einfach scharf auf das Luder. Er hatte sie auch eingestellt damals … Und wir anderen dürfen uns jetzt mit ihr und ihrer Unfähigkeit herumschlagen.«

»Und das war der Anlass Ihres Streits auf der Weihnachtsfeier?« Raphael fixierte ihn skeptisch.

»Ja, sag ich doch«, motzte Wollenschläger. »Ich war schon ziemlich voll, da ist meine Wut halt wieder hochgekocht.«

»Haben Sie ihn im weiteren Verlauf des Abends dann vielleicht auch noch tätlich angegriffen?« Aha, Raphael hatte sich entschieden, die Katze zumindest teilweise aus dem Sack zu lassen. »Sie wissen schon, so unter Leadern?«

Wollenschläger riss verwundert die Augen auf. War das gespielt? »Wie kommen Sie darauf?«

»Beantworten Sie einfach die Frage, Herr Wollenschläger«, spielte ich die Frau Oberlehrerin.

»Natürlich nicht«, antwortete er und ließ sich sogar zu einem kleinen Lächeln herab. »Wir hatten unsere Auseinandersetzungen, aber ich bin durchaus zivilisiert. Schläger sind armselig.«

Ich warf Raphael einen fragenden Blick zu, er nickte kaum merklich.

»Sie haben angegeben, Jan Wahlner in der Karmalounge noch gesehen zu haben.« Ich wies auf die Akte. »Wie sicher sind Sie sich diesbezüglich? Er ist auf keinem der zahlreichen Fotos abgebildet, die dort aufgenommen wurden.«

Er zuckte die Achseln. »Ich dachte halt, ich hätte ihn noch mit Sascha reden sehen … Aber sicher bin ich mir nicht, das hab ich auch Ihren Kollegen gesagt. Ich war ja im Salzstadel schon …« Er deutete seinen Alkoholpegel mittels Hand auf Stirnhöhe an. Da hatte sich der Leader aber ganz schön weggeknallt.

»Oberkante Unterlippe«, beendete Raphael den Satz. »Okay, das wäre dann fürs Erste alles. Danke, Herr Wollenschläger.«

Ich sah Wollenschläger nach, wie er grußlos den Raum verließ und mit Nachdruck die Tür hinter sich zuzog. »Schon krass eigentlich … Wie wenige Leute es bemerken, wenn man plötzlich verschwindet.«

»Besoffene Leute, vergiss das nicht«, erwiderte Raphael. »Die waren halt am Feiern …« Dann deutete er lächelnd auf mein Notizbuch. »Und das machst du bitte nie wieder«, sagte er. »Hast du eine Ahnung, wie schwierig es war, ernst zu bleiben?«

»Du sollst ja auch nicht mitlesen«, sagte ich. »Was hältst du von Wollenschläger?«

Er zuckte ratlos die Achseln. »Grundsätzlich würde ich ihm zutrauen, dass er versucht hat, Wahlner die Fresse zu polieren – aber dann hätte Wahlner weitere Verletzungen gehabt, befürchte ich. Und die Kratzer auf der Brust passen auch nicht zu Wollenschläger … Fingernägel, erinnerst du dich? So was hat der Wollenschläger nicht.«

»Vielleicht hat er genau deswegen angefangen zu beißen – *nach* der Weihnachtsfeier.«

Raphael blieb skeptisch. »Ich würde ihm ja auch zutrauen, Wahlner in die Donau befördert zu haben … Aber erst mal hätte er ihm wahrscheinlich den Kiefer gebrochen.« Er schüttelte den Kopf. »Wir können es nicht ausschließen … Aber nein, so richtig passt das nicht.«

Schade. Zu meiner Abneigung gegen Wollenschläger hätte es durchaus gepasst.

***

Nachdem Moritz schon eine geraume Weile in Wahlners Büro verbracht hatte, machte Raphael sich auf den Weg dorthin und fand ihn in milder Verzweiflung zwischen wahren Bergen von

Ordnern in einem mit deckenhohen Regalen vollgestellten Nebenraum.

»Das sieht nach Arbeit aus.« Raphael schritt die Regale ab.

»Was du nicht sagst.« Trotzdem wirkte Moritz nicht unmotiviert. Nur ein wenig ängstlich. »Ich versuche derzeit noch, irgendwie System in die ganze Sache zu bringen. Spätestens in einer halben Stunde leg ich los.«

»Dein Engagement in allen Ehren, aber das schaffst du nie allein. Ruf in der Dienststelle an, die sollen einen Transporter schicken und mindestens die Hälfte von dem Kram abholen«, entschied Raphael. »Herbert soll ja auch nicht nur fürs Pennen bezahlt werden.«

»Lass das bloß nicht Sarah hören …«

»Eben deshalb sag ich's ja dir unter vier Augen.« Dann hatte also auch Moritz schon bemerkt, dass man beim Thema Herbert in Sarahs Nähe besser nichts Falsches sagte.

»Ist sie sehr genervt?«, fragte Moritz. »Weil ich jetzt mit euch arbeite, meine ich?«

Einerseits bewunderte Raphael Moritz' Gespür für feine Schwingungen, denn Sarah hatte sich bis dato durchaus einigermaßen neutral verhalten. Andererseits musste er ihm diese Sorge aber sofort wieder nehmen – nichts beeinträchtigte die Arbeit mehr als Spannungen innerhalb des Teams, davon konnte Raphael schließlich ein Lied singen. Dass Sarah seine Entscheidung, Moritz mit ins Boot zu holen, wenigstens tolerierte – wenn auch nicht guthieß –, wusste Raphael. Moritz aber sollte sich nicht unwillkommen fühlen.

»Mach dir keine Gedanken«, antwortete er also. »Wenn es um Herbert geht, verschließt sie einfach aus Nostalgiegründen die Augen vor der Realität. Das hat nichts mit dir persönlich zu tun … Mich hat sie schließlich auch nicht mit offenen Armen empfangen, als ich hier angefangen habe.«

Moritz nickte erleichtert. Wahrscheinlich hatte Raphael im vergangenen Jahr eindrucksvoll genug bewiesen, dass Sarahs rein prophylaktische Antipathie gegenüber neuen Kollegen über kurz oder lang problemlos ins Gegenteil zu verkehren war. Er erinnerte sich zu gut an Sarahs wenig begeisterten Blick, als er ihr an seinem ersten Arbeitstag in Regensburg mit irgendeinem flapsigen Spruch auf den Lippen zur Kaffeemaschine gefolgt war.

Lächelnd verließ Raphael Wahlners Büro und schlug den Weg zum Empfang ein. Sarah hatte es ihm wirklich nicht leicht gemacht. Dabei hatte er sich fast auf den ersten Blick in sie verknallt. Oberflächlich zunächst, schon klar. Nur hatte ihn allmählich auch die Persönlichkeit unter dieser verdammt hübschen Hülle nicht mehr ruhig schlafen lassen. Aber schließlich hatte sich sein Gefühl, ihr gar nicht so gleichgültig zu sein, doch als richtig erwiesen. Plötzlich sehnte er den Feierabend herbei, an dem Wahlner und HEUREKA keine Rolle mehr spielten und es nur noch Sarah und ihn gab. Es war nicht einfach, den ganzen Tag miteinander zu verbringen, ohne dem Bedürfnis nach Nähe nachgeben zu dürfen ... Jordan, krieg dich wieder ein. Die paar Stunden wirst du wohl noch überleben.

Am Empfangstresen lehnte Wollenschläger und sprach mit leiser Stimme auf die Rothaarige ein, deren Namen Raphael schon wieder vergessen hatte. Als er Raphael kommen sah, brach er abrupt ab.

»Ich dachte, Sie hätten dringend zu tun?«, bemerkte Raphael. Mist, verdammter. Warum konnte er es bei Leuten wie diesem Wollenschläger einfach nicht lassen, ein bisschen zu provozieren?

Wollenschläger musterte ihn feindselig, dann ging er schnellen, aber würdevollen Schrittes an Raphael vorbei.

»Gibt's denn schon Erkenntnisse, Herr Jordan?«, fragte die Rothaarige gespannt.

Sie schien genau die richtige Adresse zu sein, wenn man wollte, dass sich Neuigkeiten bei HEUREKA im Eiltempo verbreiteten. »Nur die«, antwortete Raphael und grinste innerlich, weil die Rothaarige mit erwartungsvoll aufgerissenen Augen und ohne zu atmen an seinen Lippen hing, »dass meine Kollegen und ich seit heute Morgen keinen Kaffee mehr hatten. Lässt sich das ändern?«

***

Leo rauschte ohne anzuklopfen ins Büro herein, und schon wieder zog Celia automatisch den Kopf ein.

»Hi, André«, sagte er knapp, bevor er Celia tadelnd musterte. Was war denn nun schon wieder los? »Wann darf ich eigentlich mit den Texten für die neue Webseite rechnen?«

»Welche Webseite?«, fragte Celia erstaunt. Werbetexte produzierte sie, im Gegensatz zu Zahlenkolonnen, mit Begeisterung – einen solchen Auftrag hätte sie in null Komma nichts erledigt.

Leos kantiges Gesicht wurde noch eine Spur härter. »Guten Morgen, liebe Celia!« Aggressiv hämmerte er mit der Faust auf ihren Schreibtisch, dass der Monitor einen Hopser machte. Celias Herz begann zu rasen. Welche Webseite meinte Leo, verdammt noch mal?

»Simone hat dir schon letzte Woche das Konzept für das neue Seitensprung-Portal zugemailt«, sagte Leo ungehalten.

Celia schüttelte den Kopf, kam aber nicht dazu, sich zu verteidigen.

»Meine Fresse, echt!«, brüllte Leo los und baute sich drohend vor ihr auf. »Kriegst du eigentlich überhaupt irgendwas auf die Reihe? Kümmer dich um den Scheiß, und zwar dalli. Die Zeit der schicken Geschäftsreisen mit dem Chef ist vorbei, Herzchen. Morgen will ich die Texte, sonst ...« Er machte eine unmissverständliche Geste, indem er seine Hand quer über seine eigene Kehle führte. Dann verließ er im Sturmschritt das Büro und knallte die Tür hinter sich zu.

»Jetzt flippt er vollkommen aus.« André war aufgesprungen und zu Celias Schreibtischseite geeilt. »Was war das denn?«

»Ich hab dieses Konzept nicht bekommen.« Celia spürte, wie sich ihr Brustkorb wie im Krampf verengte. Nein, bloß nicht schon wieder heulen. Ganz ruhig. Sie atmete tief durch, als sie versuchte, ihre zitternden Hände unter Kontrolle zu bekommen. »Echt nicht.«

»Lass uns einfach nachschauen«, sagte André und legte seine linke Hand beruhigend auf Celias Schulter, während seine rechte schon nach der Maus griff. Konzentriert klickte er sich in Celias Mailprogramm durch die Nachrichten der letzten Woche.

Celia hatte das Gefühl, der Hass auf Leo würde ihr die Brust zerreißen. Was bildete sich dieser Scheißkerl eigentlich ein? Weshalb ließ er sie nie zu Wort kommen? Und warum war stets sie an allem schuld, verdammt noch mal? Sie wusste, dass sie diese Mail nicht bekommen hatte, und auch ansonsten hatte kein Mensch ihr gegenüber diese dämliche Webseite erwähnt! Trotzdem musste sie den ganzen Schlamassel wieder ausbaden und wurde von Leo behandelt wie ein dummes Schulmädchen. Dieser aufgeblasene Sack!

Nur am Rande nahm Celia wahr, dass André inzwischen ihre gelöschten E-Mails durchsuchte. »Nichts«, sagte er und zuckte die Achseln.

»Ich muss zu Simone.« Celia sprang auf und rannte hinaus auf den Flur. Sie riss die Tür zu Simones Büro auf, doch es war leer, also hastete Celia weiter über die Halle in Richtung Küche. Im Türrahmen prallte sie gegen diesen baumlangen blonden Kommissar, der zwei Kaffeetassen in den Händen balancierte, aber erstaunlicherweise trotzdem nicht ins Wanken geriet. Stattdessen lächelte er sie freundlich an. »Alles okay bei Ihnen?«

»Ja«, presste sie atemlos hervor. »Danke. Und sorry.« Sie quetschte sich an ihm und der ihm folgenden Jessica vorbei, die die Gunst der Stunde nutzte, Celia anzüglich angrinste und dem Kerl penetrant auf den Hintern starrte.

Celia atmete auf, als sie hinter Jessica Simone an der Kaffeemaschine stehen sah. »Gott sei Dank, da bist du ja.«

»Meine Güte, Celi ... Was ist denn los?« Simone warf ihr über den Rand ihrer Brille einen besorgten Blick zu.

»Leo ist los, wie üblich.« Auch wenn sich Celia bei Simone nie so ganz sicher war, wie viel sie ihr erzählen durfte, so konnte sie sich jetzt doch nicht zurückhalten. Sie bebte innerlich vor Wut, und dass sie und Leo auf Kriegsfuß standen, war ja schließlich kein Geheimnis. »Er behauptet, du hättest mir letzte Woche das Konzept für die Seitensprung-Webseite geschickt, damit ich die Texte schreiben kann.«

Simone sah sie verwundert an. »Ja, und?«

»Ich hab keine Mail bekommen, Simone!«

»Das kann nicht sein.« Simone drückte auf die Cappuccino-Taste. »Ich hab sie dir geschickt, gleich am Dienstag, nachdem Sascha das Konzept abgesegnet hat. Vielleicht hast du sie gelöscht?« Der Cappuccino ergoss sich brummend in die Tasse.

»Nein, Simone, ganz sicher nicht!« Celia streckte verzweifelt die Hand nach Simones Arm aus, wie um ihr die Notlage zu verdeutlichen.

»Ach, ist doch halb so wild.« Simone lächelte sie aufmunternd an. »Ich schick dir das Konzept einfach gleich noch mal rüber, okay? Und Leo bittest du halt um ein paar Tage Aufschub. Die Programmierer sind sowieso noch nicht so weit, dass die Seite online gehen kann.«

Dass es so einfach nicht war und sie Leo garantiert nicht um mehr Zeit bitten konnte, schluckte Celia hinunter. »Ja, okay. Danke … Es ist nur … Ausgerechnet jetzt, verdammter Mist! Wo ich Leo doch partout keine Gelegenheit mehr geben wollte, mir das Leben schwer zu machen.« Obwohl sie dagegen ankämpfte, schossen ihr schon wieder Tränen in die Augen.

Simones mitfühlendes Tätscheln machte es nicht besser. »Komm schon, du weißt doch, wie Leo ist … Er wird schnell laut und brüllt durch die Gegend, aber er beruhigt sich auch genauso schnell wieder.«

Vielleicht bei anderen. Celia hingegen hatte schon einige Wochen keinen ruhigen Leo mehr erlebt. Genauer gesagt seit dem Tag der Weihnachtsfeier.

Sie nahm Simone noch einmal das Versprechen ab, ihr das Konzept sofort per Mail zu schicken, und machte sich wieder auf den Weg zurück ins Büro. Ob sie die Nachricht doch gelöscht hatte? Oder ein technischer Defekt? Der sich nur auf diese eine Mail erstreckt hatte? Das konnte nicht sein. So viel Pech konnte nicht mal sie haben. Ob Simone es doch einfach vergessen hatte? Aber sie war so überzeugt davon gewesen, und um ehrlich zu sein: Simone war weitaus gewissenhafter als Celia selbst. Vielleicht wurde sie doch langsam verrückt? Wäre in dieser Firma ja auch kein Wunder.

Mit einem Seufzen öffnete sie die Tür zum Büro, in dem sich André, offensichtlich immer noch verzweifelt suchend, an ihrem Computer zu schaffen machte.

***

»Du bist ein Schatz!« Ein warmer Schwall Liebe durchflutete mich, als Raphael mit einem breiten Lächeln und zwei dampfenden Tassen Kaffee in den Besprechungsraum zurückkehrte.

»Ich weiß.« Er kickte die Tür mit dem Bein lässig wieder zu, stellte die Tassen ab und beugte sich über mich. »Gibt's eine Belohnung?«

Aber sicher: Dass ich dir das Angebot vom LKA noch immer verschweige. Schnell schob ich den Gedanken beiseite und küsste ihn zum Ausgleich besonders innig.

»Wow«, sagte er, als ich mich von ihm löste. »Wollten wir nicht gerade Feierabend machen?«

»Schön wär's. Also, wen nehmen wir jetzt in die Mangel?«

»Ich plädiere für Hoyer«, antwortete Raphael. »Schon allein um endlich rauszukriegen, weshalb sich die beiden Herren gar so uneinig bezüglich der Zukunft der Firma waren. Da könnte ein Motiv dahinterstecken.«

Leider machte uns Simone Geier, auf deren Anschluss Hoyer sein Telefon umgeleitet hatte, einen Strich durch die Rechnung. Nein, es wäre beim besten Willen nicht möglich, jetzt mit dem Chef zu sprechen, Hoyer hätte wichtige Termine, wir möchten uns doch freundlicherweise bitte bis morgen Nachmittag gedulden. Selbst das berühmt-berüchtigte Jordan'sche Durchsetzungsvermögen scheiterte an dieser menschgewordenen Festungsmauer, und so entschieden wir uns, jemanden als Auskunftei zu missbrauchen, der bis dato weder als Gegenspieler noch als Sympathisant Wahlners aufgefallen war.

Carola Bloch, die Abteilungsleiterin der Kundenbetreuung, war eine attraktive Endzwanzigerin mit kurzem schwarzen Haar und designerstuhl-orangefarbener Brille. Binnen fünf Minuten hatte sie sich bei uns im Besprechungsraum eingefunden und schilderte tatsächlich ihr Verhältnis zu Wahlner sehr neutral, beinahe schon emotionslos. Sie war mit ihm gut ausgekommen, er hatte sie in Ruhe ihrer Arbeit nachgehen lassen, die sie dann auch verhältnismäßig autark erledigte, ohne großartig von Entscheidungen der Geschäftsführung abhängig zu sein. Und solange ihre Arbeitsergebnisse – sprich die Geschwindigkeit, mit der in ihrer Abteilung die Anfragen und Beschwerden der Abonnenten beantwortet wurden – aus Wahlners Sicht in Ordnung waren (und das waren sie eigentlich immer, sagte sie), gab es keinen Anlass zu Auseinandersetzungen.

»Sie arbeiten also gerne hier?«, fragte ich.

Sie lächelte, dann zwinkerte sie verschwörerisch. »Ja. Durchaus. Ich habe Glück gehabt mit meinem Job und der Tatsache, dass ich eigentlich nur mit der Technikabteilung enger zusammenarbeiten muss. Und mit den Leuten in meiner eigenen Abteilung natürlich.«

»Wie viele Mitarbeiter arbeiten denn bei Ihnen in der Kundenbetreuung?«

Sie antwortete, ohne eine Sekunde nachzudenken. »Momentan insgesamt einunddreißig, davon fünfzehn Leute in Vollzeit. Der Rest sind Teilzeitkräfte und Studenten. Aber trotz der unterschiedlichen Arbeitszeitmodelle sind wir ein gutes Team«, fügte sie bekräftigend hinzu.

Die Art, wie sie dies betonte, bestärkte mich darin, von ihr ein bisschen mehr über das generelle Betriebsklima erfahren zu wollen. »Und außerhalb Ihrer Abteilung, wie ist da die Stimmung, Frau Bloch?«

Wieder grinste sie wissend. »Wie Sie ja wahrscheinlich schon bemerkt haben: nicht besonders gut.« Sie schlug entspannt die Beine übereinander und lehnte sich auf dem Stuhl zurück. »Wir haben hier eine recht hohe Fluktuation, es gibt verhältnismäßig viele Kündigungen seitens der Geschäftsführung. Das sorgt natürlich für Unsicherheit und fördert leider die Ellbogenmentalität unter den Mitarbeitern …«

»Kündigungen?«, fragte Raphael. »Und was sagt der Betriebsrat dazu?«

Carola Bloch schmunzelte. »So etwas gibt es hier nicht. Alle Kollegen, die jemals einen Betriebsrat ins Leben rufen wollten, wurden schleunigst entlassen. Es gibt hier viele undichte Stellen.«

Diese Firma wurde mir mit jeder Sekunde unsympathischer. »Und weshalb werden die Leute hier sonst noch so entlassen, Frau Bloch?«

»Aus den verschiedensten Gründen«, antwortete sie. »Zum Beispiel, weil jemand zu wenig Ehrgeiz und Biss zeigt. Oder weil jemand zu viel Ehrgeiz und Biss zeigt – das könnte gefährlich werden.« Sie wirkte vergnügt, so als hätte das mit ihr überhaupt nichts zu tun. »Oder weil jemand einfach ein gutes Opfer abgibt. Weil irgendwelche Intrigen von Kollegen ein schlechtes Licht auf einen Mitarbeiter werfen. Oder weil jemand zu offen seine Meinung sagt.«

Wahrscheinlich konnte sie noch eine halbe Stunde lang die verschiedensten Gründe anführen, weshalb ich sie unterbrach. »So wie Sie jetzt gerade?«

»Keine Sorge«, antwortete sie. »Wir wurden heute per Mail von Herrn Hoyer zu absoluter Offenheit und Kooperation angehalten, um möglichst wenig wertvolle Arbeitszeit zu verlieren. Ich halte mich also nur an die Anweisungen der Geschäftsleitung.«

Raphael lachte, und auch ich musste schmunzeln. In Gedanken dankte ich Hoyer – für uns war dies ein sehr praktischer Schachzug gewesen. Aber schied er damit selbst als potenzieller Mörder Jan Wahlners aus? Oder fühlte er sich einfach nur sicher, dass es niemanden gab, der ihn belasten konnte?

»Dafür, dass das hier so ein Hexenkessel ist«, stellte ich fest, »wirken Sie ja sehr entspannt.«

»Das bin ich auch«, sagte sie. »Es ist ganz einfach: Ich bin die Schweiz, wenn Sie so wollen. Ich halte mich aus allem raus, lasse mir nichts zuschulden kommen, bin mit niemandem privat befreundet, aber trotzdem immer nett zu den Kollegen. Die meiste Zeit sitze ich in meinem Büro und gehe einfach meinen Aufgaben nach. Und insgeheim lasse ich das alles nicht an mich heran. Das würde nicht in jeder Position hier gehen, schon klar – aber in meiner funktioniert es wirklich gut.« Sie nickte, ganz als gratulierte sie sich selbst zu ihrem Glück. »Nur manchmal lässt es sich nicht vermeiden, irgendeine neue Entwicklung kopfschüttelnd zur Kenntnis zu nehmen. Wenn ein außerordentlich guter Mitarbeiter seinen Schreibtisch räumen muss zum Beispiel. Oder wenn mal wieder lautstark die Bürotüren knallen. Aber perfekt läuft es schließlich in keiner Firma, also passt das schon.«

»Ist Ihnen am Abend der Weihnachtsfeier denn etwas Besonderes aufgefallen?«, fragte Raphael. »War Wahlner in eine

Auseinandersetzung verwickelt? Oder wirkte er vielleicht besonders bedrückt?«

»Nein, gar nicht«, antwortete sie entschieden. »Und ich würde es Ihnen ehrlich sagen, wenn es so gewesen wäre.« Ihr amüsiertes Zwinkern wirkte sehr sympathisch. »Es war wirklich alles wie immer. Der Großteil der Belegschaft hat sich die Kante gegeben bis ultimo und so richtig Party gemacht. Unter Alkoholeinfluss werden sämtliche Feindschaften hier erfahrungsgemäß vergessen.« Sie rollte die Augen himmelwärts, dennoch fand ich es bewundernswert, wie gut sie sich emotional gegen das vorherrschende Geklüngel abschottete.

»Ist Ihnen aufgefallen, dass irgendeiner der Kollegen eine Verletzung hatte? Oder irgendwie derangiert aussah?«, fragte ich.

Sie stutzte, antwortete dann aber: »Na ja, derangiert sahen zu späterer Stunde fast alle aus. Aber verletzt war niemand, sicher nicht. Auffällig – und anders als sonst – war aus meiner Sicht wirklich nur, dass Jan eben in der Karmalounge nicht mehr dabei war. Da ich aber auch nicht zum Kreis derjenigen gehöre, bei denen er sich persönlich abgemeldet hätte, habe ich das zwar erstaunt zur Kenntnis genommen, aber nicht hinterfragt.«

»Wer gehört denn Ihrer Meinung nach zu diesem Kreis?«

»Sascha Hoyer natürlich«, antwortete sie spontan. »Und eventuell noch Simone Geier.« Sie neigte abwägend den Kopf.

»Was ist mit Celia Kleingrün?«, fragte ich. »Laut Frau Geier hatten die beiden wohl einen ganz guten Draht zueinander?«

Wieder verdrehte Carola Bloch die Augen. »Ach ja, da brodelt derzeit wieder mal die Gerüchteküche. Keine Ahnung, wer diesen Mist unter die Leute gebracht hat.«

»Welchen Mist genau?« Raphael hatte sich interessiert nach vorn gebeugt, und auch ich horchte auf.

»Angeblich«, sagte Carola Bloch und klang dezent gelangweilt, »hatten Jan und Celia eine Affäre.«

»Könnte da was dran sein?«

»Keine Ahnung. Und es ist ja auch deren Sache, oder?«, antwortete sie. »Aber mit dieser Meinung dürfte ich wohl ziemlich allein dastehen.« Angewidert zog sie die Nase kraus. »Die beiden kamen wohl ganz gut miteinander aus, und Jan hat sie sehr häufig mit auf Geschäftsreise genommen – was ich ihm nicht verdenken kann, eine so hübsche Frau besänftigt sicher auch den härtesten Geschäftspartner. Und um Simone Geier zu entlasten, die hier normalerweise mit Arbeit zugemüllt wird, hat er Celia auch ab und an ein paar von Simones Projekten übertragen. Aber mehr weiß ich darüber nicht. Und eigentlich will ich auch gar nicht mehr wissen.«

»War das für Frau Kleingrüns Chef, Herrn Wollenschläger, ein Problem?«, fragte ich.

»Für Leo«, antwortete Carola Bloch mit Verachtung in der Stimme, »ist alles ein Problem. Und wenn es tatsächlich mal keines gibt, dann denkt er sich eines aus, um nach unten treten zu können.«

»Das klingt nicht begeistert«, stellte ich fest.

»Mit Verlaub, Frau Sonnenberg«, antwortete sie und fand wieder zu ihrer Heiterkeit zurück, »wir sollen ja offen sein, nicht wahr? Für Leo Wollenschläger gibt es nur eine einzige passende Bezeichnung.«

Ich ahnte schon, was folgen würde. Und ich sollte recht behalten.

»Er ist ein Arschloch.«

Celia Kleingrün, die nächste Kandidatin auf unserer Liste, stöckelte mit hochrotem Gesicht in den Besprechungsraum – und sah trotzdem immer noch hinreißend aus. Mit ihrer Schnaps-und-Kippen-Stimme, die selbst noch dann nach Sex-Hotline klang, wenn sie sich vor Hektik überschlug, sagte sie, kaum dass sie auf dem Stuhl saß: »Können wir bitte einigermaßen schnell machen? Bei mir ist heute die Hölle los, ehrlich.«

Nachdem sie auch so aussah, als hätte sie harte Stunden hinter sich, nickte ich nachsichtig. Mein Blick fiel auf die Notiz, die in meinem schlauen Büchlein bereits unter ihrem Namen zu finden war: *»Verhältnis mit J. W.?«* Das würden wir schon herausfinden.
»Bitte rekonstruieren Sie doch die Weihnachtsfeier aus Ihrer Sicht, Frau Kleingrün«, forderte ich sie auf.

Kooperativ, wenn auch knapp, schilderte sie den damaligen Abend und kam innerhalb kürzester Zeit auf Wahlners Fehlen in der Karmalounge zu sprechen. Diese Information erachtete ich zwischenzeitlich als gesichert; im Zweifel waren anscheinend wirklich nur diejenigen, deren Erinnerungen aufgrund eines Juhnke'schen Alkoholpegels verschwommen oder gleich vollständig vernichtet waren.

Celia betonte, dass Wahlner sich nicht von ihr verabschiedet hatte, und kämpfte dabei mühsam gegen die aufsteigenden Tränen an. Ihre vollen Lippen bebten, verlegen wischte sie unter ihren Augen herum und verteilte dabei die Wimperntusche im ganzen Gesicht. Von allen Zeugen, mit denen wir bis jetzt gesprochen hatten, wirkte sie definitiv am erschüttertsten. Solcherart ermutigt, beschloss ich, nicht lange um den heißen Brei herumzureden.

»Hatten Sie ein Verhältnis mit Jan Wahlner?«

Sie riss die verheulten Augen auf. Erst nach einer offensichtlichen Schrecksekunde fragte sie: »Wie kommen Sie denn darauf?«

»Sie haben gestern sehr betroffen reagiert, als Sie von Jan Wahlners Tod erfahren haben«, antwortete Raphael geistesgegenwärtig.

Celia Kleingrün sah unsicher von mir zu Raphael und wieder zurück. Schon allein ihr Zögern war Antwort genug. Trotzdem war ich erstaunt, als sie vorsichtig fragte: »Was ich hier aussage, bleibt unter uns, oder?«

Obwohl das unserer Sache nicht dienlich war, antwortete ich wahrheitsgemäß. »Das kommt darauf an, Frau Kleingrün. Wenn diese Information für die Ermittlungen entscheidend ist, dann können wir damit nicht hinterm Berg halten.«

Sie nickte langsam, anscheinend immer noch im Zwiespalt darüber, wie viel sie uns anvertrauen sollte. »Würde … würde es in der Firma bekannt werden?«

Ich erinnerte mich an Wollenschlägers Urteil über Celia: »Nicht gerade helle …« Anscheinend hatte er in diesem Punkt gar nicht mal so unrecht.

»Das war jetzt, bei allem Wohlwollen, wirklich Eingeständnis genug, Frau Kleingrün«, stellte Raphael fest.

Verlegen zuckte sie die Achseln. »Ich wollte Sie ohnehin nicht belügen.« Sie sah mich hilfesuchend an.

Mitfühlend tätschelte ich ihre zitternde Hand. Sogar die sah perfekt aus: Lange, schlanke Finger, kurze, dennoch makellos manikürte Nägel. »Wir werden versuchen, es nicht an die große Glocke zu hängen«, beruhigte ich sie. »Allerdings werden Sie verstehen, dass wir Jan Wahlners Ehefrau damit konfrontieren müssen. Wusste sie davon?«

Wieder zuckte sie die Achseln, dieses Mal unschlüssig. »Keine Ahnung ... So war das nicht mit Jan und mir.«

»Wie war es dann?«, fragte Raphael.

»Eher locker«, antwortete sie ausweichend. »Wir haben viel zusammengearbeitet, und ab und an –« Sie brach ab. Allerdings bedurfte es auch keiner Worte mehr.

»Wie lange ging das schon mit Ihnen beiden?«, fragte ich.

»Knapp fünf Jahre. Mit Unterbrechungen, wenn ich gerade doch mal eine ernsthaftere Beziehung hatte, natürlich.«

»Das ist eine lange Zeit. Haben Sie ihn geliebt?«

»Darüber habe ich auch schon nachgedacht«, gestand sie. »Ich glaube nicht, wenn ich ehrlich bin. Ich meine, ich mochte ihn. Wirklich. Aber ich wollte nie, dass er seine Frau verlässt. Oder das mit uns beiden öffentlich macht. Und das hätte ich doch gewollt, wenn ich ihn geliebt hätte, oder?«

Mit einem Mal sah ich in ihr nicht mehr die perfekte Femme fatale, sondern ein beinahe infantiles, wenn auch etwas abgebrühtes Mädchen, das sich wie auf ein interessantes Spielzeug auf Jan Wahlner eingelassen hatte.

»Und ich will es auch jetzt nicht«, sagte sie entschieden. »Meine Kollegen wären davon wahrscheinlich nicht begeistert.«

Ich warf Raphael einen fragenden Blick zu. Als er kaum merklich nickte, sagte ich: »Ich befürchte, Ihre Kollegen sind bereits im Bilde. Wenigstens hat man uns darauf hingewiesen, dass dieses Gerücht derzeit die Runde macht.«

»Also doch ...« Sie schlug die Hände vor ihr hübsches Gesicht und ließ sie in einer Geste der Verzweiflung durch ihr seidiges braunes Haar gleiten. »Deswegen also ...« Plötzlich blitzten ihre Augen wütend auf. »Aber das ist mal wieder typisch. So ist es immer. Irgendwer fängt an zu tratschen, und anstatt einfach offen danach zu fragen ...« Nachdenklich sah sie an mir vorbei aus dem Fenster. »Aber das erklärt so einiges ...«

»Was meinen Sie?«

»Ach«, sagte sie und winkte ab. »Spitze Kommentare und so. Nicht der Rede wert.« Trotzdem schien sie zu grübeln.

»Frau Kleingrün, welche Erklärung haben Sie für Jan Wahlners Tod?«

Die brutale Erinnerung daran, weshalb sie überhaupt hier saß, ließ einen Ruck durch ihren Körper gehen. »Ich weiß es nicht … Ich zerbreche mir schon die ganze Zeit den Kopf darüber. Ich meine, wie kann er einfach so in die Donau fallen? Er war nicht tollpatschig oder ungeschickt, im Gegenteil …«

Ich überlegte einen Moment, ob ich ihr postwendend den nächsten Schock verpassen konnte, aber Raphael kam mir zuvor. »Er ist vermutlich nicht einfach so in die Donau gefallen, Frau Kleingrün.«

»Wie meinen Sie das?«, fragte Celia tonlos.

»So, wie ich es sage.« Raphael musterte sie prüfend, kam dann aber augenscheinlich auch zu dem Ergebnis, dass sie wirklich ahnungslos war. »Herr Wahlner war vor seinem Tod in eine handgreifliche Auseinandersetzung verwickelt. Und es könnte gut sein, dass er im Nachhall dieser Auseinandersetzung in die Donau gestoßen wurde.«

Wieder schlug sie sich die Hand vor den Mund, während sie uns ungläubig musterte. »Mord?«, flüsterte sie.

»Eventuell«, antwortete ich ausweichend. »Bitte, Frau Kleingrün, behalten Sie das bis morgen noch für sich, okay?«

Sie nickte folgsam.

»Aber wer«, fragte Raphael und durchbohrte sie beinahe mit seinem Blick, »könnte Ihrer Meinung nach ein Interesse an seinem Tod haben?«

»Hier in der Firma?« Schon wieder riss sie die Augen auf. Anscheinend verpassten wir ihr heute wirklich Schocks am Fließband. »Mein Gott … Glauben Sie das wirklich?«

»Wir müssen diese Möglichkeit leider in Betracht ziehen. Also?«

»Nein, das traue ich niemandem hier zu. Ich meine, natürlich gab es immer mal wieder Reibereien … hauptsächlich mit Leo, der weiß ja immer alles besser. Und der kam auch nie damit klar, dass Jan sein Boss ist … war. Leo käme aber wohl mit keinem Boss klar, wenn Sie mich fragen. Ja, und mit Sascha gab's auch öfter Diskussionen, soweit ich weiß. Aber Jan deswegen umbringen?« Sie schüttelte ungläubig den Kopf. »Allerdings …«

»Ja?«

»Jan hat im letzten Jahr einige Leute entlassen. Vielleicht –?« Schulterzuckend brach sie ab.

»Denken Sie dabei an jemand Bestimmtes?«, fragte ich.

Sie nickte vorsichtig. »Dirk Hansen. Er sollte eigentlich nach der Einarbeitung das Marketing in den USA übernehmen – Jan wollte ja expandieren. Aber dann hat das wohl doch nicht gepasst, und Hansen wurde ziemlich schnell wieder entlassen.«

»Und weshalb kommt Ihnen jetzt ausgerechnet dieser Herr Hansen in den Sinn, wenn es mehrere Entlassungen gab?«

»Weil das bei Hansen ziemlich unglücklich war«, erklärte sie. »Er hatte in Hamburg einen guten Job extra wegen HEUREKA aufgegeben – Jan hatte ihm anscheinend ziemlich viel Geld geboten. Hansen ist dann also mit Kind und Kegel nach Regensburg gezogen, hat sogar einen Kredit aufgenommen und ein Haus gekauft. Kurz nach dem Umzug ist dann allerdings seine Tochter an Leukämie erkrankt, und dann musste ihm Jan auch noch nach nur vier Monaten kündigen, weil er sich von Hansen einfach ein bisschen mehr erhofft hatte …«

»Das ist hart«, sagte ich.

Celia Kleingrün hingegen schien die erfolgte Kündigung gar nicht erst in Frage zu stellen. Eine mehrjährige Tätigkeit bei HEUREKA härtete wohl ab.

»War Herr Hansen denn auf der Weihnachtsfeier?«, fragte Raphael.

»Nein, der ist schon seit Oktober weg«, antwortete Celia. »Aber vielleicht hat er Jan ja aufgelauert? Er hatte nämlich irgendwie etwas sehr Seltsames an sich … Er hat nie gelacht, war sehr verbissen und humorlos … Nicht gerade gesellig. Und mit der Zeit wurde das immer schlimmer.«

»Kein Wunder, wenn die eigene Tochter an Leukämie erkrankt, oder?«, fragte Raphael, und ich dankte ihm im Stillen.

»Ach so, ja. Stimmt«, antwortete Celia und schlug sich mit der flachen Hand gegen die Stirn.

Hatte sie das wirklich noch nicht bedacht? Ich konnte es kaum glauben. Dieser Hansen schien ja wirklich ein armes Schwein zu sein. Mitgefühl und Verständnis waren anscheinend nicht gerade Celia Kleingrüns Stärken.

»Endlich Feierabend.« Raphael streckte mir die Hand entgegen, und ich übergab ihm feierlich die Schachtel Lucky Strike. Mit einem seligen Grinsen steckte er sich in Rekordgeschwindigkeit eine Fluppe an, inhalierte genussvoll, winkte Moritz hinterher, der, von Wahlners Aktenbergen völlig erschlagen, wankend den schummrig beleuchteten HEUREKA-Parkplatz verließ und zu Wiederbelebungszwecken den Fußweg in die nächste Kneipe antrat, und lehnte sich erschöpft an den Wagen.

»Soll Herbert trotzdem mal das Alibi von diesem Hansen prüfen?«, fragte ich und starrte den Atemwölkchen hinterher, die gut sichtbar aus meinem Mund in die klirrende Abendkälte aufstiegen.

Raphael nickte. »Vielleicht wusste er ja Datum und Ort der Weihnachtsfeier. Und bevor wir uns später Ermittlungsfehler vorwerfen lassen müssen …« Er streckte die freie Hand nach mir aus und zog mich an sich. »Morgen dann. Herbert hat garantiert schon längst Feierabend gemacht.«

Als die Lichter des Mercedes neben uns aufleuchteten, löste ich mich von Raphael, stolperte – und schrie im nächsten Moment auf, als ich auf etwas Großes, Unförmiges trat, das unter meinem Gewicht schließlich nachgab und knackte. Schon im nächsten Moment schüttelte es mich vor Grauen, während mich die steif gefrorene Taube, deren Kopf ich mit meinem beherzten Schritt zur Seite eingedellt hatte, aus mit einer Eisschicht überzogenen Knopfaugen anstarrte. Ihr Gefieder schimmerte im fahlen Licht und erinnerte mich an Wahlners vom Eiswasser glänzende Goretex-Jacke.

Raphael sah mit einer Mischung aus Ekel und Mitleid auf den Vogel; Leo Wollenschläger, von meinem Schreckensschrei angelockt, schwenkte vom Kurs zu seinem Mercedes ab und spähte an mir vorbei auf den Boden. »Ja, im Winter regnet's hier Tauben«, sagte er ungerührt. »Die verletzen sich da oben an den

Spikes.« Er deutete auf die Dachkante des HEUREKA-Gebäudes. »Und dann erfrieren sie, und der Hausmeister darf die Leichen einsammeln. Ein bisschen wie Ihr Job, oder?« Mit einem fiesen Grinsen stieg er in seinen protzigen Schlitten und schlug die Tür zu.

»Pissnelke.« Ungerührt zog Raphael ein letztes Mal an seiner Zigarette, schnippte sie in den Schnee und bugsierte die Taube vorsichtig mit den Spitzen seiner Sneakers an die Hausmauer. »Armes Tier.«

»Und ich bin ihr auch noch auf den Kopf getreten.« Wieder schüttelte es mich.

»Das hat ihr nicht mehr wehgetan.« Raphael stupste mich grinsend an und öffnete die Autotür. »Soll ich dich noch schnell heimfahren?«

»Nein, danke. Ich brauche ein bisschen Frischluft.« Tatsächlich freute ich mich nach diesem Tag in überheizten, künstlich beleuchteten Büroräumen ausnahmsweise auf den Heimweg durch die klare Winterluft und die nächtlich beleuchtete Stadt. Und auf die Stille, darauf, eine Weile nicht reden zu müssen, während Raphael zwecks Beibehaltung des Jordan'schen Optimalkörpers die Geräte im Fitnessstudio seines Vertrauens malträtierte.

»Ich bring uns später was zu essen mit«, sagte er, küsste mich und stieg ein.

»Super. Und zerr dir nichts.«

Er verdrehte die Augen, wie immer bei meinen eher sportfeindlichen Ermahnungen. Dabei setzte ich selbst heute erstmalig seit Wochen mit meinem Yogakurs aus, nachdem meine leicht zu begeisternde Freundin Nicole mir kürzlich mitgeteilt hatte, dass Yoga jetzt endgültig völlig out sei und wir dringend – kommenden Samstag – auf den Zumba-Zug aufspringen müssten, bevor er endgültig abfuhr. Und einmal Sport pro Woche reichte doch nun wirklich aus.

Die Hände in den Anoraktaschen vergraben, den Kragen hochgeschlagen, schlenderte ich schließlich am Dom vorbei, dessen Lichter in der Kälte flimmerten. Am Alten Kornmarkt kam mir eine gebückte Gestalt entgegen, die ich unter ihrer roten Wollmütze erst erkannte, als sie mich ansprach und rabiat mit den Tüten in ihren Händen wedelte. »Brauchen S' noch gelbe Rüben? Ein paar hätt ich noch.« Die Reibeisenstimme des alten Mannes zeugte davon, wie sehr seine Gesundheit unter den frostigen Temperaturen litt.

»Nein danke«, antwortete ich freundlich, aber bestimmt. Der Herr war stadtbekannt dafür, harmlosen Passanten auf dem Gehweg alles andere als taufrisches Gemüse anzudrehen – das merkten die meisten bloß leider erst zu Hause. Heute ging er ausnahmsweise widerspruchslos weiter, schniefte nur kurz und sortierte mich gedanklich wohl nicht zum ersten Mal bei denjenigen ein, die seine Masche kannten. Und plötzlich, ohne dass ich sie aufhalten konnte, schossen mir die Tränen in die Augen. Wollte ich all das wirklich hinter mir lassen? Ich liebte diese Stadt, und die Jahre fernab davon, während meiner Ausbildung an der Akademie in Sulzbach-Rosenberg und der anschließenden zwei Jahre bei der Streife in Nürnberg, waren nicht gerade die glücklichsten meines Lebens gewesen.

Als ich in die Ostengasse einbog, die mit ihren etwas heruntergekommenen, aber nicht minder charmanten Stadthäusern schmal und schnurgerade auf das Ostentor zuführte, und mir die Besitzerin des Sex-Shops wie immer freundlich zuwinkte, war es endgültig so weit: Ich fing an zu heulen und kramte schnell nach einem Taschentuch.

Das alles aufgeben – nur für einen tollen Job?

Endlich gestand ich mir ein, dass ich über kurz oder lang zu irgendeinem Ergebnis kommen musste; daran führte kein Weg vorbei. Sarah, stell dich nicht so an! Einfach aussitzen gilt nicht! Der Gedanke daran holte mich ohnehin zuverlässig ein. Es blieb mir nichts anderes übrig: Ich musste endlich mit jemandem darüber reden.

»Ja, trotzdem danke, Mama. Schönen Abend dir noch!« Schwunglos legte ich auf und hob den Hörer sofort wieder ab. Wenn doch nur endlich Hannes erreichbar wäre!

Keiner meiner bisherigen Kandidaten schien das Problem, das mit diesem Jobangebot einherging, auch nur ansatzweise zu begreifen. Weder meine kleine Schwester Anna (»Überleg dir das doch einfach in Ruhe und mach dann, was du für richtig hältst!« – »Aha. Super-Tipp. Vielen Dank.«) noch meine Freundin Linda (»Mensch, Sarah, das klingt superklasse! Du wärst ein Idiot, wenn du diesen Job nicht annehmen würdest!« – »Aber dann müsste ich nach München ziehen …« – »Stimmt. Das ist natürlich blöd. Ach, ich weiß auch nicht … Mist, mein Nudelwasser kocht über! Ich meld mich wieder …«) hatten mich mit ihren Ratschlägen weitergebracht, und meine Mutter hatte dem Fass den Boden ausgeschlagen. »Kind, diese Entscheidung kann ich dir nicht abnehmen, dafür ist sie viel zu wichtig. Das wird doch dein ganzes restliches Leben maßgeblich beeinflussen!!!«, hallte ihre Stimme in meinen Ohren nach.

»Danke, Mama. Das hätte ich beinahe vergessen«, hatte ich geantwortet, was prompt mütterliche Panik nach sich gezogen hatte: »Um Himmels willen, nimm das bloß nicht auf die leichte Schulter! Aber du machst das schon richtig, da bin ich mir sicher.«

Zum ungefähr zehnten Mal an diesem Abend wählte ich Hannes' Nummer und hoffte, dass er das schon eine gute Stunde andauernde Telefonat – vermutlich mit seinem neuen Lover Felix, der praktischerweise direkt um die Ecke, nämlich in Hamburg, wohnte – endlich beendet hatte. Und tatsächlich hatte ich dieses Mal Glück.

»Hallo, Schätzchen, hast du's schon mal versucht?«, tönte es mir aus dem Hörer entgegen. »Ich habe nämlich mit Felix telefoniert. Hach, diese Sehnsucht bringt mich irgendwann noch um! Fernbeziehungen sind beschissen, ganz ehrlich. So was kann doch langfristig gar nicht gut gehen«, machte er seinem Frust Luft. »Da hast du wirklich ein Riesenglück, Schätzchen. Und, bei dir alles paletti?« Beim Fettnäpfchen-Bingo war Hannes schon immer stark gewesen.

»Abgesehen davon, dass ich vor der Entscheidung stehe, ob ich in Zukunft auch so eine beschissene Fernbeziehung führen will, ist alles bestens«, antwortete ich spröde.

»Was? Du willst mich verlassen?«, fragte Hannes hörbar schockiert.

»Äh … Ja, das auch. Vielleicht. Ich weiß es nicht«, seufzte ich. »Mist, verdammter!«

»Okay, jetzt bitte noch mal langsam für die begriffsstutzigen Schwulen unter uns«, sagte Hannes und klang immer noch erschüttert.

»Ich habe ein Wahnsinnsjobangebot bekommen«, erklärte ich heute nicht zum ersten Mal. »Landeskriminalamt, Organisierte Kriminalität. Als rechte Hand vom Oberboss, klingt richtig gut. Nein, klingt sogar absolut spektakulär.«

»Aber?«, fragte Hannes.

»Ich müsste dafür nach München ziehen.«

»Scheiße«, fasste Hannes treffend zusammen.

Damit hatte er recht, aber ich atmete trotzdem auf. Endlich jemand, der das Dilemma nachvollziehen konnte! »Allerdings, ja«, pflichtete ich ihm bei. »Ich meine, natürlich ist München nicht aus der Welt. Aber zum Pendeln ist es trotzdem zu weit.«

»Du wärst dann nur noch an den Wochenenden hier?«, fragte Hannes und sprach damit einen weiteren wunden Punkt an.

»Nein«, antwortete ich deprimiert. »Meistens wohl nicht. Da sich die Organisierte Kriminalität selten übers Wochenende freinimmt, gilt das auch für mich, falls ich diesen Job annehme.«

»Scheiße.« Hannes war auch schon mal eloquenter gewesen. »Das heißt also, du wärst nur dann in Regensburg, wenn hier gerade alle in der Arbeit sind.«

»Du hast es erfasst.«

»Was sagt Raphael dazu?«, fragte Hannes und spürte somit zielsicher das nächste Problem auf.

»Er weiß es noch nicht«, gestand ich, nur um mich im nächsten Moment zu rechtfertigen: »Aber Hannes, was soll ich ihm denn sagen? ›Hallo, Raphael, ich überlege, nach München zu gehen, und so, wie's aussieht, können wir dann auch gleich Schluss machen.‹ Und falls ich dann doch hierbleibe, habe ich uns einen Riesenstress gemacht – für nichts und wieder nichts.«

»Ja«, antwortete Hannes zögerlich. »Stimmt schon. Aber weshalb fragst du ihn nicht, ob er mitkommen will?«

»Weil er genau von dort herkommt. Schon vergessen? Weil er München unbedingt hinter sich lassen wollte, um endlich über die Sache mit Isa und dem Baby hinwegzukommen. Weil er dorthin also garantiert nicht zurückwill«, erklärte ich. »Und selbst wenn: Er ist noch nicht mal ein Jahr hier! Die halten ihn doch langsam für vollkommen durchgedreht, wenn er schon wieder einen Versetzungsantrag stellt.«

»Mhm«, machte Hannes zustimmend. Wenn auch nicht gerade hilfreich.

»Und außerdem«, fuhr ich unsicher fort, »sind wir einfach noch nicht so weit. Wir sind erst seit zwei Monaten zusammen, da kann man doch nicht miteinander in eine andere Stadt ziehen!«

»Das sehe ich aber anders, Schätzchen. Immerhin arbeitet ihr schon viel länger als zwei Monate zusammen, seht euch jeden Tag, und eure Unterhaltungen tendieren ohnehin schon lange in Richtung altes Ehepaar«, wandte er ein. »Hoffentlich der Sex nicht«, fügte er noch leise hinzu.

»Du kannst völlig beruhigt sein«, antwortete ich. »Aber nein, ein gemeinsamer Umzug nach München ist ausgeschlossen, wirklich. Wir sind ja noch nicht einmal im ›Ich-hab-deinen-Wohnungsschlüssel-und-latsch-einfach-mal-so-rein-Stadium‹.« Ich verschwieg, dass ich von Raphael immerhin bereits zum offiziellen Pfötchengeben bei Mama und Papa Jordan eingeplant worden war. Das wäre nur Wasser auf Hannes' Mühlen, würde an meiner Meinung aber nichts ändern. »Außerdem wäre mir das nach so kurzer Zeit ohnehin zu riskant«, fügte ich stattdessen bekräftigend hinzu.

Hannes kapierte anscheinend, dass es mir mit dieser Ansage ernst war. »Aber Fernbeziehungen haben auch viele Vorteile, Schätzchen«, änderte er erstaunlich flexibel den Kurs. »Das solltest du nicht vergessen.«

»Aha. Und welche?«

»Also, zum Beispiel …«, begann er zögerlich. Es folgte Stille.

»Ja, du hast recht. Das klingt wirklich unschlagbar.« Ich schnaubte, aber nicht mal der Gedanke an das NDR-Walross, der sofort aufblitzte, konnte mich aufheitern. »Wie ich es auch drehe und wende: Falls ich den Job annehme, ist die Sache mit Raphael auf Dauer allein schon wegen der Distanz zum Scheitern verurteilt. Die sich ja im Übrigen auch nicht verringern wird –

ich glaube nicht, dass man ausgerechnet meinetwegen das Bayerische Landeskriminalamt in absehbarer Zeit nach Regensburg verfrachtet.«

»Eher nicht«, stimmte Hannes zu.

Einen kurzen Augenblick herrschte Schweigen, und plötzlich holte mich der Gedanke ein, wie ich mich dort überhaupt fühlen würde. So ganz allein in einer Stadt, mit der mich nichts verband – wollte ich das?

»Mal abgesehen von Raphael«, sagte Hannes prompt. »Kannst du dir vorstellen, dein Leben hier aufzugeben?«

»Um ehrlich zu sein: Ich will es mir gar nicht erst vorstellen«, gab ich zu. »Aber ich will mich auch nicht irgendwann dafür verfluchen, diese Wahnsinnschance nicht ergriffen zu haben. Verstehst du?«

»Natürlich verstehe ich«, antwortete Hannes. »Bis wann musst du dich entschieden haben?«

»Eher früher als später, denke ich. Aus unerfindlichen Gründen bin ich wahrscheinlich nicht die Einzige, die für diesen Job in Frage kommt.«

»Trotzdem«, antwortete Hannes, und allein seine ruhige Stimme legte sich wie Balsam auf meine angegriffenen Nerven. »Lass dir noch ein paar Tage Zeit. Sortier deine Gedanken ein bisschen, und ich überlege auch, ob es nicht doch eine Lösung gibt, okay? Und du siehst zu, dass der schöne Raphael entweder bis Sonntagabend Bescheid weiß oder aber zu Hause bleibt, damit wir das im ›Palletti‹ zusammen mit Linda und Nicole in Ruhe besprechen können.«

Selten hatte ich mich so auf einen – hoffentlich erhellenden – Abend im Kreis meiner drei besten Freunde gefreut. Etwas gefasster legte ich schließlich auf. Vielleicht kam Hannes – oder mir – ja tatsächlich noch die Erleuchtung. Oder das LKA entschied sich anders, weil ich so unverschämt lange zögerte. Und ich könnte dann scheinheilig so tun, als hätte es dieses Jobangebot einfach nie gegeben.

Die Türklingel läutete, als ich noch unter der Dusche stand und gedanklich eine Pro-und-Contra-Liste anfertigte. Leider gab es auf der Pro-München-Seite bislang nur einen einzigen Punkt: interessanter Job. Nach angestrengtem Nachdenken erweiterte ich schließlich um einen zweiten Punkt: nur eineinhalb Stunden Autofahrt nach Hause. Seufzend stellte ich das Wasser ab, griff nach dem Badetuch und wickelte mich ein. Zu gern hätte ich mir noch eine Viertelstunde lang das heiße Wasser auf den schmerzenden Nacken prasseln lassen.

Was meinen Sie, soll ich Raphael vielleicht doch mal einen Schlüssel zu meiner Wohnung geben? Um in Zukunft in solchen Fällen unter der Dusche bleiben zu können und ihn – den Tonfall Celia Kleingrüns imitierend – mit einem gurrenden »Hier hab ich mich versteckt, Darling!« zu animieren, mir unter dem heißen Wasser Gesellschaft zu leisten?

Ja, Sie haben recht, jetzt reicht's langsam. Es wird Zeit, dass ich meine Hormone wieder unter Kontrolle bekomme. Außerdem: Wie würde es wohl wirken, wenn ich ihm jetzt schon meinen Schlüssel in die Hand drücke? Ziemlich verzweifelt, so viel ist sicher. Als hätte ich es unglaublich eilig, weil das lautstarke Ticken meiner biologischen Uhr meine Ohren schon an die Grenzen eines Lärmtraumas treibt. Nein, besser nicht.

Mit nackten Füßen tapste ich auf den Flur, drückte den Türöffner und zog die Wohnungstür auf.

Freudestrahlend kam er kurz darauf die Treppe heraufgespurtet, mit zwei Pizzakartons in der einen und einer Flasche Weißwein in der anderen Hand, und ich schmolz dahin.

Mal ganz ehrlich: Dieser Mann ist unglaublich. Ich kann einfach nicht nach München gehen. Nie und nimmer.

»Na, immerhin hast du geduscht«, sagte er grinsend, »wenn du deine Mailbox schon ignorierst.«

»Mailbox?« Mist, mein Handy hatte ich in den letzten eineinhalb Stunden tatsächlich völlig vergessen.

»Ja. Du hörst mich darauf verzweifelt schluchzen, weil du anscheinend Dauertelefonate geführt hast und dein dir ergebener Pizzalieferant somit nicht in Erfahrung bringen konnte, welche Pizza er heute Abend servieren darf.«

»Oh, sorry. Und für welche Pizza hast du dich jetzt entschieden?«

»Spinat«, erwiderte er und schob sich an mir vorbei in den Wohnungsflur.

Nein, lieber Gott, alles, bloß das nicht … Dabei habe ich erst vor Kurzem erwähnt, dass ich mir die kindheitstypische Abneigung gegen Spinat in meiner jugendlichen Art bis heute bewahrt habe!

Aber so ist es doch immer, das kennen Sie bestimmt auch: Kaum ist man ein paar Wochen zusammen, schon lässt die Aufmerksamkeit drastisch nach. Es hat wohl keinen Sinn, sich darüber aufzuregen. Aber wenigstens macht mir das die Entscheidung leichter: Selbstverständlich gehe ich nach München, mein Entschluss ist soeben gefallen.

Wo bitte ist der Vertrag?

»War ein Witz«, sagte Raphael. »Meeresfrüchte. Besser?«

Na gut, vielleicht bleib ich doch hier.

Er beugte sich über die Kartons hinweg zu mir herunter und küsste mich zärtlich. Nein, ich würde diesen Mann nicht wegen eines Jobs verlassen. Das brachte ich einfach nicht übers Herz.

Und wenn er dich verlässt, Sarah? Nachdem du seinetwegen dieses Wahnsinnsangebot sausen lässt? Unweigerlich seufzte ich, was Raphael offensichtlich als Leidenschaft missdeutete: Er legte die Pizzakartons auf dem Sideboard ab und zog mich enger an sich, ohne seine Lippen von meinen zu lösen. Wenigstens waren nicht nur meine Hormone derzeit schwer kontrollierbar.

Sachte klopfte ich ihm auf die Finger, die sich auf Wanderschaft unter das Badetuch begaben. »Die Pizza wird kalt«, flüsterte ich an seinen Lippen.

»Dafür wird der Wein warm«, flüsterte er unbeeindruckt zurück und küsste mich wieder. Warum nur musste sich das so verdammt richtig anfühlen?

Später, bei kalter Pizza und lauwarmem Wein, sprang Raphael plötzlich aus dem Bett. »Fast hätt ich's vergessen«, sagte er und war schon durch die Schlafzimmertür nach draußen verschwunden.

Er kehrte mit seinem Rucksack, den er zuvor achtlos auf den Flurboden geworfen hatte, zurück und schnaubte. Auch er beherrschte die Walross-Nummer. »Ich hab heute mein Willkommensprodukt bekommen. Das ist wirklich eine Frechheit.« Er zog den Reißverschluss seines Rucksacks auf, griff hinein, zerrte eine kleine Plastikpackung hervor und warf sie mir zu. »Wie soll ich das denn bitte schön testen? Aber vielleicht kannst du sie ja gebrauchen.«

Entgeistert starrte ich auf den Schriftzug. »Tena Lady«, las ich laut. »Raphael, das sind Inkontinenzeinlagen!«

»Ach so, ich dachte …« Er warf einen prüfenden Blick auf die Verpackung. Dann nahm er mir das Päckchen wieder ab und stopfte es zurück in den Rucksack. »Na gut. Dann bringen wir sie eben morgen Herbert mit.«

FÜNF

Wahlners Bürokram hatte unser Büro in eine Art Labyrinth verwandelt. Über die Packkisten hinweg sah Herbert mich missmutig an. »Sonst noch was?«

Zum Glück organisierte Raphael gerade Kaffee, sodass ihm Herberts wenig begeisterter Kommentar auf die Bitte, Dirk Hansens Alibi abzuklären, entging. Fehlte noch, dass er in seiner Einschätzung bestärkt wurde.

»Ach, Herbert …« Ich warf ihm einen flehenden Blick zu, und er seufzte schicksalsergeben. Während ich noch grübelte, wie man einen Hauch seiner früheren Begeisterung für die Arbeit wiedererwecken konnte, erschien Raphael im Türrahmen und winkte mich mit einer Kopfbewegung nach draußen. »Der Schneck hat nach uns gepfiffen.«

Das musste ja irgendwann kommen. Wenn er bloß nichts über das LKA sagte! Mühsam unterdrückte ich meine Panik und stolperte Sekunden später hinter Raphael in Schneckmayrs Büro.

»Frau Sonnenberg, Herr Jordan, ich möchte mit Ihnen über den Fall Wahlner sprechen«, eröffnete er förmlich das Gespräch und deutete auffordernd auf die Besucherstühle. »Nach Sichtung der Fakten bin ich nicht davon überzeugt, dass es hier einen zwingenden Grund zur umfangreichen Ermittlung gibt, weshalb –«

»Spinn ich?«, fiel Raphael ihm ins Wort, und ich trat ihm instinktiv vors Schienbein. Er hatte sich in der Vergangenheit nicht erst einmal in die Nesseln gesetzt, weil er seine Klappe zu weit aufgerissen hatte. Leider ließ Raphael sich wie üblich nicht beirren. »Wahlner war kurz vor seinem Tod in eine handgreifliche Auseinandersetzung verwickelt. Und es gibt keine Indizien für einen Unfall oder Selbstmord. Das reicht nicht?«

Erstaunlicherweise reagierte Schneckmayr mit einem nachsichtigen Lächeln. »Wenn Sie mich ausreden lassen würden, wüssten Sie schon, worauf ich hinauswill. Sie haben recht, es gibt keine Indizien für einen Unfall oder Selbstmord. Es gibt aber auch keine dagegen – die Tätlichkeit gegen Wahlner muss nichts mit seinem Sturz in die Donau zu tun haben.«

Raphael presste die Zähne aufeinander. Immerhin hielt er so wenigstens die Klappe.

»Natürlich müssen wir dem nachgehen, aber große Bedeutsamkeit möchte ich diesem Fall nicht beimessen, zumal sich die Presse recht ruhig verhält«, dozierte Schneck weiter. »Das sieht auch die Staatsanwaltschaft so.«

Prompt beendete Raphael die Überbelastung seiner Zähne. »Die Presse also«, warf er ein.

»Eindeutig überführende Beweise sind aufgrund des Zustands der Leiche und der Zeit, die zwischenzeitlich vergangen ist, wohl kaum mehr zu finden«, fuhr Schneck ungebremst fort.

Zu meinem Bedauern hatte er damit wohl leider recht.

»Und dass mit Herrn Lochbihler, Herrn Hoffmann und Ihnen beiden insgesamt vier Ermittler beschäftigt sind, ist natürlich auch nur im Moment möglich, nachdem es tatsächlich gerade sehr ruhig ist. Solange nichts anderes anliegt, machen Sie weiter – aber sobald sich das ändert, ziehe ich Sie von dem Fall ab.« Schneck nickte bestimmt. »Das wollte ich Ihnen nur sagen.«

»Bleibt zu hoffen, dass wir das nächste Mal wieder eine gefesselte Leiche mit Loch im Kopf haben«, erwiderte Raphael bitter. »Dann ist das mit der Bedeutsamkeit wenigstens klar.«

Schneckmayr wollte etwas erwidern, aber Raphael winkte ab und sprach weiter. »Na egal, passt schon. Aber nachdem wir ohnehin schon beim Thema Presse waren: Spätestens heute sollte sich bei HEUREKA herumsprechen, dass es eine Auseinandersetzung gegeben hat. Ich lasse den Zeugenaufruf in der Zeitung dann also morgen schalten, okay?«

Schneckmayr nickte bedächtig. »Aber kein Wort an die Presse von Ihren Spekulationen, klar? Datum, Uhrzeit und die Frage, ob jemand den Mann in der Nähe der Steinernen Brücke gesehen hat. Mehr nicht. Wir wollen die Öffentlichkeit nicht doch noch aufscheuchen.«

Es war Raphael anzusehen, dass das nicht seinen Plänen entsprach. In einer Geste der Verzweiflung fuhr er sich durch das ohnehin ziemlich nachlässig zusammengebundene Haar und presste die vollen Lippen aufeinander. Wie üblich prallten hier zwei Welten aufeinander: Schneck, dem die öffentliche Meinung und die offizielle Erfolgsquote am Herzen lag, Raphael, der nichts mehr wollte, als den aktuellen Fall schnell, sauber und mit allen verfügbaren Mitteln aufzuklären. Und grundlegend den Kürzeren zog, sobald seine Interessen mit denen Schneckmayrs kollidierten. Und ich stand wie immer dazwischen, verstand beide, wollte Raphael nicht wütend sehen, aber auch Schneck nicht gegen uns aufbringen … Ich hasste das.

Schließlich nickte Raphael resigniert und erhob sich aus dem Stuhl.

»Das war dann alles«, stellte Schneck mit Verspätung fest. »Sie beide machen das schon«, fügte er noch versöhnlich hinzu, erntete von Raphael aber nur einen vernichtenden Blick. »Und wenn Sie bitte noch einen Moment bleiben würden, Frau Sonnenberg?«

Raphael sah erstaunt von Schneck zu mir, verließ dann aber stillschweigend das Büro.

»Haben Sie sich schon entschieden?«, fragte Schneck, sobald Raphael die Tür hinter sich geschlossen hatte.

»Nein«, antwortete ich zerknirscht. »Kann ich noch ein paar Tage Zeit haben?«

Er nickte zögerlich. »Aber Sie sollten nicht zu lange warten. Schließlich geht es um Ihre Zukunft.«

Genau deswegen wartete ich ja. Wie gelähmt von der Tragweite meiner Entscheidung.

Schneck lächelte noch einmal wohlwollend, dann war ich endlich entlassen.

»Was wollte der Vollpfosten denn noch?«, fragte Raphael, als ich an meinen Schreibtisch zurückkehrte.

Warum hatte ich Idiot die Zeit des Rückwegs nicht genutzt, um mir eine plausible Erklärung einfallen zu lassen? »Ich … äh …« Endlich ereilte mich ein Geistesblitz. »Nur wissen, wie Moritz sich so macht.«

»Und warum darf ich das nicht hören?«

Diese Frage war durchaus berechtigt. Mist. »Vielleicht hält er mich für objektiver? Nachdem du dir ja ausdrücklich Moritz zur

Unterstützung gewünscht hast.« Erschüttert stellte ich fest, dass ich nach Jahren der Ermittlungsarbeit anscheinend jeden anlügen konnte, ohne rot zu werden.

Trotzdem sah er mich zweifelnd an, während Herbert in absoluter Gleichgültigkeit den vor ihm liegenden Ordner durchblätterte.

»Und jetzt?«, fragte ich eilig.

»Jetzt schnappen wir uns Moritz und heizen den HEUREKA-Fuzzis noch mal ordentlich ein. Und danach bewerbe ich mich mit diesem Fall bei ›Aktenzeichen XY‹ ungelöst«, erwiderte Raphael grimmig. »Wetten, dass die Bedeutsamkeit steigt, wenn die Öffentlichkeit plötzlich doch neugierig wird?«

»Vergiss nicht, mich im Fernsehen zu grüßen«, brummte Herbert hinter seinem Ordner hervor.

Zehn Minuten später war auch Moritz endlich eingetrudelt und hatte es sich auf der Rückbank des Dienstwagens bequem gemacht. Ich beobachtete ihn im Innenspiegel und hegte schon die Vermutung, er wäre eingeschlafen, als er sich plötzlich mit vor Begeisterung blitzenden Augen aufrichtete. »Hey, habt ihr euch das Video angesehen, das ich heute Morgen auf Facebook gepostet habe?«

Ein seltsamer Geruch kam nach vorn geweht. Ich schnupperte. Was war das?

»Klar«, antwortete Raphael, ohne mit der Wimper zu zucken. *»Nice.«*

»Mega«, fügte ich ungerührt hinzu.

»Ja, oder?« Zufrieden ließ er sich wieder in den Sitz zurücksinken.

Da roch es wieder ... nach Schnaps? Ich warf Raphael einen fragenden Blick zu, aber er schien nichts zu bemerken. »Gestern unterwegs gewesen?«, fragte ich möglichst arglos und drehte mich zu Moritz um.

»Ja, ein bisschen.« Kein Zweifel. Mit jedem seiner Worte wehte mir das Odeur einer durchzechten Nacht entgegen.

»Entweder«, sagte ich also und konnte endlich so *not amused* klingen, wie ich war, »du hast heute Morgen die Mundspülung mit dem Spiritus verwechselt, oder du hast eine Riesenfahne, Moritz.«

»Oh Scheiße, echt?« Wenigstens schaffte er es, einigermaßen betroffen auszusehen. »Hat jemand einen Kaugummi?«

»Kaugummi?« Der hatte sie wohl nicht mehr alle. »Moritz, du trägst eine Waffe! Da kannst du doch nicht besoffen in die Arbeit kommen!« Wenn ich ihn nur halb so erbost anstarrte, wie ich war, sah ich bestimmt zum Fürchten aus. Ich wusste doch, dass das eine Schnapsidee gewesen war – im wahrsten Sinne des Wortes. Mit dieser Arbeitshaltung war er bei seinen lahmen Betrugsdelikten eindeutig besser aufgehoben.

»Ich bin nicht mehr besoffen, ehrlich.« Immerhin wirkte er ziemlich zerknirscht. »Und es kommt nicht wieder vor. Versprochen.«

Wortlos reichte ihm Raphael einen Kaugummi, lenkte den Wagen endlich auf den HEUREKA-Parkplatz und kam zum Stehen.

Wir stiegen aus, doch während Moritz gleichermaßen dienstbeflissen wie bedröppelt voraustrabte, hielt ich Raphael zurück. So leicht sollte er es nicht haben. »Und warum sagst du dazu nichts, wenn ich mal fragen darf? Du wolltest ihn doch unbedingt als Verstärkung. Und jetzt lässt du mich die Böse spielen, wenn der mit einer Fahne in die Arbeit kommt, dass die ganze Karre stinkt.«

»Weil ich früher phasenweise sicher nicht besser war als er.« Über Raphaels Gesicht legte sich ein Schatten, aber ich wusste auch so, auf welche Zeit er anspielte. Nach Isas Tod hatte er eigenen Aussagen zufolge nicht nur die Kontrolle über seinen Alkoholkonsum verloren. Aber das waren immerhin mildernde Umstände – im Gegensatz zu Moritz' schnöder Vergnügungssucht. Raphael stupste mich beruhigend an. »Außerdem hat's ihm sichtlich leidgetan, oder? Jetzt reißt er sich bestimmt zusammen.«

»Bis zur nächsten Party«, orakelte ich.

»In ein oder zwei Jahren hat sich das Problem von selbst erledigt, weil ihn dann der Kater am nächsten Tag umbringen würde.«

»Ach, deshalb also? Und ich Idiot dachte, der Grund für deinen soliden Lebenswandel ist deine geistige Reife.« Manchmal machte Sticheln einfach zu viel Spaß.

»Logisch«, antwortete Raphael gelassen. »Die geistige Reife, zu akzeptieren, dass mich der Kater am nächsten Tag umbringen würde.«

***

»Hast du die Texte jetzt endlich fertig?« Grußlos stürmte Leo ins Zimmer.

Celia zuckte zusammen, öffnete dann hektisch die Datei und deutete auf ihren Monitor. »Klar. Soll ich sie dir per Mail schicken?«

»Nein, ausdrucken.«

»Bitte«, fügte André mit Nachdruck hinzu und musterte Leo voller Abneigung, während Celia mit feuchten Händen das erste Blatt auffing, das der Drucker ausspuckte.

Leo ignorierte ihn und trommelte ungeduldig auf Celias Schreibtisch, sodass ihr das nächste Blatt prompt aus den Fingern glitt.

»Meine Fresse …«, nölte Leo verächtlich.

Celia unterdrückte mühsam das Zittern, das sich ihrer bemächtigte, und sah gerade noch aus dem Augenwinkel, wie André aufsprang und sich vor Leo aufbaute. Dankbar hörte sie ihn sagen: »Langsam reicht's, Leo.«

»Ach, spielst du jetzt den edlen Ritter, der der armen Prinzessin zu Hilfe eilt?«, höhnte Leo und beugte sich André drohend entgegen.

Scheiße, André, halt lieber den Mund. Leo war offensichtlich total am Durchdrehen, und Celia durchfuhr der Gedanke, dass er André bestimmt für seine Einmischung büßen lassen würde.

»Ich kann diese Schikane einfach nicht mehr mit ansehen. Das ist alles.« André blieb erstaunlich gelassen, klang aber trotzdem plötzlich so autoritär, dass Celia gleichermaßen erstaunt wie erschrocken nach Luft schnappte.

»Nein, das ist nicht alles«, fuhr Leo ihn an. »Du kannst den Retter spielen, solange du willst, du Idiot. Bumsen wird deine Prinzessin trotzdem die, die ihr nützlicher sind.«

André schloss die Augen, als hätte er einen Faustschlag abbekommen, und um Celia begann das Büro zu schwanken. Nein, bitte … Das war ein Alptraum, das konnte alles nicht wahr sein. Sie hatte Leo doch nichts getan! Wie konnte er sie so behandeln? Und wie konnte er sie derartig verabscheuen?

»Ach«, sagte Leo, »ich sehe, du bist schon im Bilde, André. Tja, die Wahrheit hört halt niemand gerne, richtig?« Mit einem überlegenen Grinsen, für das Celia ihn am liebsten getötet hätte, wandte er sich mit ausgestreckter Hand an sie. »Die Texte.«

Celia reichte ihm die Blätter mit mühsamer Beherrschung, während sie den sengenden Hass zu ersticken versuchte, der in ihr hochkroch. Nicht aufregen. Nicht … hassen. Damit käme sie nicht weiter. Sie musste cool bleiben, durfte sich nicht von Leo einschüchtern lassen …

»Schrott«, brüllte Leo und warf die Zettel zurück auf Celias Schreibtisch.

»Aber«, setzte Celia mit zittriger Stimme an, »du hast doch noch gar nicht –«

»Was hab ich nicht?«, fiel Leo ihr ins Wort. »Noch mal. Aber jetzt brauchbar.«

Celia konnte nichts mehr sagen, ihre Kehle fühlte sich an wie ausgedörrt.

»Glotz nicht so«, sagte Leo mit einer Kälte in der Stimme, die Celia in alle Knochen fuhr. »Mach dich an die Arbeit. Wird's bald?«

André, der immer noch wie festgewachsen vor Leo stand, brachte kaum mehr als ein Zischen zustande. »Lass sie verdammt noch mal endlich in Ruhe, Leo.«

Leo drehte sich ungerührt um und winkte ihr mit einem bösartigen Grinsen zu, als er die Tür öffnete und verschwand.

»Oh Gott …« Kaum fiel die Anspannung von Celia ab, bahnte sich das verkrampfte Schluchzen in ihrer Kehle ganz von selbst seinen Weg ins Freie. Sie ließ ihren Kopf auf den Schreibtisch sinken und versuchte, Luft in ihre Lunge zu bekommen und das Schluchzen zu ersticken. Vergeblich. Erst als sie Andrés Hand auf ihrer Schulter fühlte, sah sie auf.

»Du musst etwas unternehmen, Celi«, sagte er eindringlich.

»Du musst endlich mit Sascha reden. Das kannst du dir nicht gefallen lassen.«

Sie klammerte sich an ihm fest, und ohne Zögern beugte er sich zu ihr herab und nahm sie in die Arme, wiegte sie sanft hin und her, bis der Weinkrampf endlich nachließ. Verlegen wischte sie an den Make-up-Flecken herum, die sie auf Andrés weißem Pulli hinterlassen hatte, doch er griff nach ihrer Hand und sah sie nachdenklich an.

»Es stimmt, oder?«

»Was meinst du?«, fragte sie – obwohl sie das ganz genau wusste.

»Mit dir … und Jan?«

Celia senkte die Augen, aber sie schaffte es nicht, André anzulügen. Mühsam nickte sie. »Woher weißt du es?«

»Von Jessica.«

Natürlich. Von wem auch sonst? Wieder spürte Celia den Hass in sich. Und ihre verzweifelte Machtlosigkeit. Ja, die vor allem. »Wann hat sie das erzählt?«

»Schon vor ein paar Wochen.«

Celia schluckte. Mit einem Mal stieg ein ungeahntes Gefühl der Zärtlichkeit für André in ihr auf. Er hatte es gewusst. Und war trotzdem noch so nett zu ihr. Und liebte sie immer noch, das verriet sein Blick nur zu deutlich. Sanft streichelte sie über seine Wange.

»Schon gut, Celi.« Er ließ sie los. »Und jetzt ruf Simone an und lass dir einen Termin bei Sascha geben. Sonst erledige ich das für dich.«

***

»Wirst schon sehen«, sagte Raphael halb amüsiert, halb verächtlich. »Das ist die Erste und Einzige hier, die wirklich darauf brennt, alle schmutzigen Details loszuwerden.« Er verstummte gerade noch rechtzeitig, als sich die Tür öffnete und Jessica Egerjahns feuerroter Bob hereinwehte.

»Also, wie kann ich Ihnen helfen?«, fragte sie atemlos, noch bevor sie Platz genommen hatte. Kaum saß sie, trommelte sie mit ihren mittellangen künstlichen Fingernägeln auf ihren Oberschenkeln herum.

So sensationsgeil konnte doch kein Mensch sein! Ich kam nicht umhin, sie zumindest irritiert zu mustern. Raphael hatte wohl wirklich recht gehabt – was man ihr erzählte, würde im Laufe des Tages in der ganzen Firma die Runde machen.

Auch Raphael musterte sie abschätzend. »Indem Sie uns zunächst schildern, wie Ihr Verhältnis zu Jan Wahlner war.«

»Wieso?«, platzte sie heraus. »War es etwa doch kein Unfall?«

Meine Güte, die ging mir ja nach dreißig Sekunden schon auf die Nerven. »Wären Sie so freundlich, einfach die Frage meines Kollegen zu beantworten?«

»Ja, natürlich. Also, wir kamen ganz gut klar. So gut, wie man halt mit seinem Chef klarkommen kann. Natürlich, manchmal hat er genervt, und seine Ermahnungen, ›Jessica, hör auf zu ratschen und arbeite lieber was‹, die hätte er sich sparen können – ich hab genug Arbeit da vorn, das können Sie mir glauben. Ständig bimmelt das Telefon, ständig will irgendwer was, dazu Jan und Sascha, die einen auch permanent durch die Gegend hetzen, außerdem bin ich so was wie der Seelsorger für alle Mitarbeiter, ich bin also gut mit Arbeit eingedeckt«, sprudelte sie ohne nennenswerte Atempause heraus.

»Aber im Großen und Ganzen hat das schon gepasst mit Jan. Er war manchmal ein bisschen cholerisch, aber auch schnell wieder versöhnt. Das genaue Gegenteil von Sascha also, der ist ja eher ruhig, aber wenn man mal Mist baut, dann nimmt einem Sascha das echt lange übel. Ein Gedächtnis wie ein Elefant, da war Jan ganz anders. Na ja, das ist ja jetzt vorbei. Ziemlich tragisch, die ganze Sache, finde ich. Er war ja nun wirklich noch nicht so alt. Und dann ertrinken, im eiskalten Wasser, das stell ich mir echt schlimm vor. So was wünscht man doch keinem, oder? Also, ich hätte Jan das noch nicht mal dann gewünscht, wenn wir nicht gut miteinander ausgekommen wären. Schon krass, wenn man sich das mal überlegt.« Sie schnappte nach Luft, und Raphael nutzte die kurze Pause, um den Redeschwall zu unterbrechen.

»Fertig, Frau Egerjahn?«, fragte er freundlich.

Sie nickte. Zum Glück – mir bimmelten nämlich schon die

Ohren. Ich hoffte, dass ihr meine nächste Frage wenigstens für einen Augenblick die Sprache verschlüge. »Unsere bisherigen Ermittlungen haben ergeben, dass Herr Wahlner kurz vor seinem Tod in ein Handgemenge verwickelt war. Und somit besteht natürlich die Möglichkeit, dass er durch fremdes Zutun in die Donau gestürzt ist.«

»Ha! Also doch!« Sie riss die Augen auf und beugte sich weiter vor – als wäre sie sich nicht sicher, richtig gehört zu haben. Dann schlug sie sich mit Genugtuung auf die Schenkel. Wahrscheinlich freute sie sich, mit dieser Neuigkeit das große Los im Katastrophen-Lotto gezogen zu haben.

»Mit wem hätte er Ihrer Meinung nach auf der Weihnachtsfeier Streit haben können, Frau Egerjahn? Oder haben Sie vielleicht sogar eine Auseinandersetzung beobachtet?«

»Sie glauben also, das war wirklich geplant? Ein richtiger Mord?« Sie bemühte sich, ihrem Gesicht einen erschrockenen Ausdruck zu verleihen, aber ihre Augen bettelten darum, dass ich diese Ungeheuerlichkeit bestätigte.

»Das wird sich zeigen«, antwortete ich kryptisch. »Also?«

»Und einer der Kollegen ist der Mörder?«, fragte sie – wenn auch rein rhetorisch, denn für eine Antwort blieb keine Zeit. »Puh, also beobachtet habe ich nichts, aber ich habe auch nicht besonders darauf geachtet. Ich meine, in dem großen Saal, in dem wir uns aufgehalten haben, hat er mit niemandem gestritten, wenigstens nicht so, dass man es bemerkt hätte, verstehen Sie? Aber es kann natürlich auch draußen gewesen sein oder im Vorraum oder auf der Toilette – ich habe Jan natürlich nicht den ganzen Abend beobachtet, da hätte mir also durchaus was entgehen können. Aber«, sie tippte hektisch mit ihrem Finger auf die Tischplatte, bevor sie die Stimme verschwörerisch senkte, »es gibt einige Leute hier, die Grund für einen Streit mit Jan gehabt hätten. Sascha zum Beispiel, die beiden sind sich ja schon lang nicht mehr ganz einig. Jan wollte immer mehr miese Produkte auf den Markt schießen, teilweise sehr unausgegoren, aber er war sich sicher, dass es genug Idioten gibt, die sich trotzdem anmelden – schnelles Geld halt, wissen Sie? Sascha hingegen wollte in eine andere Richtung gehen, qualitativ hochwertigere

Sachen machen, auch wenn dadurch nicht mehr ganz so viel Geld reinkommt. Na ja«, sagte sie und gluckste, »dem Ruf der Firma würde das auf jeden Fall ganz guttun. Aber Jan meinte, das Online-Geschäft lohnt sich nur, wenn man schnell auf dem Markt ist und zur Not halt auch schnell wieder verschwindet. Darüber gab's natürlich viele Diskussionen, und meistens hat Sascha den Kürzeren gezogen – er konnte sich einfach nicht so durchsetzen.« Endlich musste sie wieder Luft holen.

»Okay, Herr Hoyer also«, fuhr Raphael in Rekordgeschwindigkeit dazwischen. »Wer noch?«

»Leo«, antwortete sie. »Leo Wollenschläger, mit dem haben Sie ja auch schon gesprochen. Jan wollte ja nach Amerika expandieren, ich weiß nicht, ob Sie das schon mitbekommen haben. Und natürlich braucht's in diesem Fall auch eine gut – und international – aufgestellte Marketingabteilung. Ein Abteilungsleiter, der kaum Englisch spricht und zudem auch nicht gerade über die freundliche und verbindliche Art verfügt, die Amerikaner meistens so an den Tag legen, ist da natürlich keine gute Wahl – das fand wenigstens Jan. Also hat Sascha, der gegen diese Expansionspläne war und gehofft hat, Leo würde ihn bestärken und Jan umstimmen, Leo darüber informiert. Tatsächlich hatte aber Leo natürlich nur seinen Job im Kopf, das Wohl der Firma ist ihm nämlich ziemlich egal. Er verdient hier ein Schweinegeld und hat nicht gerade viel Arbeit – kein Vergleich zu mir –, also wäre es für ihn natürlich so ziemlich das Schlimmste, wenn er an die Luft gesetzt würde. Er hat auch sein Studium nicht abgeschlossen, also wär's das wohl mit der dicken Karre und dem vielen Geld gewesen, wenn Jan ihm wirklich gekündigt hätte. Tja ...«

So nervös mich Jessica Egerjahns hektische Art und offensichtliche Panik, nicht wirklich alle verfügbaren Informationen loszuwerden, auch machten – dieser Hinweis warf tatsächlich ein anderes Licht auf die ganze Angelegenheit. »Und Sie glauben, darüber hätte es durchaus zum handfesten Streit kommen können?«, beeilte ich mich zu fragen.

»Oh ja, natürlich«, antwortete sie atemlos. »Leo hat zwar versucht, sich unter Kontrolle zu halten, aber eigentlich war er deswegen der personifizierte Hass, wenn Sie mich fragen. Sein

Geläster kannte jedenfalls keine Grenzen, und er hat oft genug zu mir gesagt, er wird schon Mittel und Wege finden, damit er nicht entlassen wird.«

»Welche Mittel, das hat er aber nicht gesagt?«, fragte Raphael.

»Nein, dazu hat er sich natürlich nicht geäußert«, antwortete sie bedauernd. »Auch anderen gegenüber nicht. Wissen Sie, das hätte ich mitbekommen – ich bin so etwas wie das Auge und Ohr dieser Firma.«

»Das bezweifle ich nicht«, konnte ich mir nicht verkneifen zu sagen. Dass sie auch der Mund war, behielt ich für mich.

»Wobei Leo vermutet hat, dass Celia hinter dieser ganzen Sache steckt – Celia Kleingrün, unser Prinzesschen vom Dienst.«

Als Raphael und ich bestätigend nickten, fuhr sie fort: »Leo konnte Celia noch nie ausstehen, deshalb glaubt er, dass sie Jan gegen ihn aufgestachelt hat. Und tatsächlich hatte Jan ihn ja ganz gut in der Hand: Solange Leo freundlich zu Celia war, hat er seinen Job behalten.« Zufrieden nickte sie, als wäre ihr das jetzt selbst erst aufgefallen. »Hat Leo natürlich keinen Spaß gemacht, diesem Luder hinterherzuschleimen, das können Sie sich ja vorstellen. Aber da fällt mir ein –« Tatsächlich verstummte sie für einen Augenblick und legte nachdenklich die Stirn in Falten. Die Ruhe hielt aber nicht lange.

»Eventuell gab es ja auch Zoff zwischen Jan und Celia? Wissen Sie, die beiden hatten ein Verhältnis. Vielleicht gab es ja Streit, vielleicht wollte Celia, dass er seine Frau verlässt? Kann ja sein, ich hätte jedenfalls keine Lust, nur die geheime Affäre zu sein. Wobei, ich weiß nicht … Celia wollte sich wahrscheinlich nur hochschlafen, die ist ja durchaus ein bisschen berechnend, wenn Sie mich fragen. Na, hat ja auch geklappt. Und Jan sah ja jetzt auch nicht schlecht aus, ich könnte mir also schon vorstellen, dass die den flachgelegt hat, um hier beruflich weiterzukommen. Und falls –«

»Stopp«, sagte Raphael mit Autorität in der Stimme – und tatsächlich schaffte er es, Jessica Egerjahn auszubremsen.

»Das klingt jetzt ein bisschen sehr nach Spekulation, Frau Egerjahn«, kam ich ihm zu Hilfe.

»Ja«, sagte sie kleinlaut und zuckte die Achseln, »war's auch.«

»Wer – außer Ihnen – wusste denn vom Verhältnis der beiden?«, fragte ich.

»Ach«, sie grinste gehässig, »Vermutungen und Spekulationen gab es da schon lange. Aber ziemlich sicher ist es erst seit der letzten Geschäftsreise – da kam nämlich eine verräterische Hotelrechnung ins Haus geflattert. Über ein Doppelzimmer – statt der zwei gebuchten Einzelzimmer. So blöd muss man erst mal sein.«

»Wann war das?«, fragte Raphael.

»Kurz vor der Weihnachtsfeier, glaube ich. Die Geschäftsreise war Anfang Dezember. Da fällt mir ein ...« Zögerlich rieb sie sich die Nasenspitze.

»Ja?«

»Es gibt noch jemanden«, antwortete sie und neigte abwägend den Kopf zur Seite, »der ein Interesse an Jans Tod gehabt haben könnte.« Sie nickte wie zur Bestätigung. Mit Beschuldigungen war sie wirklich nicht gerade zimperlich. »André König. Das ist der, mit dem Celia im Büro sitzt. Und der seit Jahren unglücklich in sie verliebt ist. Ein netter Typ eigentlich, aber für Celia eindeutig zu zurückhaltend und schüchtern. Trotzdem ist er ihr völlig verfallen – das grenzt schon fast an Obsession. Und sie nutzt ihn schon seit Ewigkeiten aus, lässt sich von ihm helfen und Arbeit abnehmen, wo es nur geht – aber ran lässt sie ihn natürlich trotzdem nicht ... Er ist aus allen Wolken gefallen, als er erfahren hat, dass seine heiß geliebte Celia tatsächlich mit dem Geschäftsführer ins Bett steigt.«

»Haben Sie ihm das etwa mitgeteilt?«, fragte ich und war selbst erstaunt angesichts der Kälte in meiner Stimme.

»Natürlich. Man kann doch den armen Kerl nicht einfach so ins Unglück laufen lassen. Allerdings hat er wie üblich reagiert – keine Wut oder so, dazu ist André wahrscheinlich nicht imstande. Er war einfach völlig geknickt und hat halb geheult.«

»Nun gut«, sagte ich und hielt diese Information in meinem Notizbuch fest – auch wenn die Schilderung von André König nicht so klang, als hätte man es mit einem Gewalttäter zu tun. »Eine letzte Frage, Frau Egerjahn: Halten Sie es für möglich, dass Jan Wahlners Frau von seiner Affäre wusste?«

»Bea?«, fragte sie und sah enttäuscht aus. Wahrscheinlich war sie noch nicht einmal die Hälfte der Informationen losgeworden, die sie loszuwerden trachtete. »Sicher. Sie hat zu ein paar Leuten in der Firma regen Kontakt – zu Carola Bloch zum Beispiel. Und zu Sascha natürlich.«

»Gut, vielen Dank für diese Informationen, Frau Egerjahn.« Man musste Raphael schon sehr gut kennen, um das äußerst verhaltene Schmunzeln auf seinem Gesicht zu bemerken. »Und behalten Sie die Details zu Herrn Wahlners Tod bitte noch für sich.«

»Und jetzt?«, fragte ich, als Jessica Egerjahn die Tür hinter sich geschlossen hatte. Mein Notizbuch lag vor mir und blinzelte mich vorwurfsvoll an, aber ich war nach diesem Redeschwall zu erschöpft, um noch weitere Einträge zu machen.

Nachdenklich legte Raphael die Stirn in Falten und strich sich durch die Haare. »Jetzt bringen wir unseren HEUREKA-Tag zu Ende und knöpfen uns vor allem Sascha Hoyer nochmals ordentlich vor. Morgen sprechen wir mit Beate Wahlner – außer ihren schlafenden Kindern hat sie kein Alibi, und so eine Zweitfrau wie Celia Kleingrün ist ja durchaus ein Motiv. Dann behalten wir diesen Wollenschläger im Auge, schnappen uns bei Gelegenheit auch André König, und während all dessen beten wir, dass sich irgendwer auf den Zeugenaufruf morgen meldet. Vielleicht finden in der Zwischenzeit ja auch Herbert oder Moritz was Interessantes … Na?«

»Uns wird wohl nicht so schnell langweilig werden«, stellte ich fest.

»Und den HEUREKA-Mitarbeitern auch nicht«, erwiderte Raphael grinsend. »Das geht jetzt bestimmt wie ein Lauffeuer um.«

»Und wenn sie tatsächlich dichthält, weil du sie darum gebeten hast?«

»Vergiss es. Das war doch erst der richtige Anreiz zum Weitertratschen.«

***

Raphael fand Moritz mit in sämtliche Richtungen abstehenden Locken und gefurchter Stirn an Wahlners Schreibtisch, wo er über Ordner Nummer 175 b brütete. »Komm schon«, sagte Raphael, als Moritz aufschreckte. »Lass die Ordner mal für ein paar Minuten Ordner sein und hol dir einen Kaffee. Bevor du hier noch frühzeitig ergraust. Oder dir alle Haare ausreißt.«

»Gute Idee.« Moritz erhob sich seufzend. »Die letzte Nacht war eindeutig zu lang. Und zu anstrengend«, fügte er mit einem anzüglichen Grinsen hinzu.

»Was Ernsthaftes?« Nicht dass es Raphael im Augenblick wirklich interessierte – dafür war er noch zu beschäftigt damit, die zahlreichen Fehden unter den HEUREKA-Mitarbeitern gedanklich zu sortieren. Aber als Ausgleich zu Sarahs ruppiger Ansage von vorhin konnte ein wenig Privatgeplänkel sicher nicht schaden.

Moritz winkte ab. »Eher nicht. Aber heiß war sie trotzdem.«

»Manchmal reicht das ja auch.« Raphael grinste, weil er vor seinem inneren Auge Sarah sah, die angesichts solcher Sprüche mit Begeisterung den Gang von John Wayne imitierte und sich mit übertrieben lässiger Geste die nicht vorhandenen Eier kratzte. Dabei waren sie und ihre Mädels keinen Tick besser.

»Eben, besser als nix. Kann ja nicht jeder so ein Riesenglück haben wie du«, fuhr Moritz zu Raphaels Erstaunen fort. Ein Kompliment an Sarahs Adresse, nachdem sie ihn erst heute Morgen, wenn auch zu Recht, wie einen Schwererziehbaren behandelt hatte – das zeugte doch wirklich von Größe.

Moritz machte ein paar zappelige Verrenkungen – wohl zur Dehnung verspannter Nacken- und sonstiger Muskeln – und trabte schließlich neben Raphael in die menschenleere Küche.

Wieder wunderte sich Raphael. Ein solcher Raum würde in der Dienststelle sicher weitaus mehr genutzt. Wenn sich auch die Pausen der Kollegen in einem knappen Rahmen hielten, so hätte man sich hier mit Sicherheit ab und an auf ein bisschen Small Talk oder Informationsaustausch getroffen. Bei HEUREKA hingegen schien die Küche fast ausschließlich als Kaffeestation genutzt zu werden. Die – natürlich orangefarbene – Couch stand wie verwaist da, den großen, an einen handlichen Laptop angeschlossenen Flachbildschirm, der wohl als Teststation für die von HEUREKA selbst entwickelten Spiele diente, hatte Raphael bis jetzt nur in einem Zustand, nämlich abgeschaltet, gesehen, und die Esstische mit Platz für gut zwanzig Leute fristeten mit ihren hochgestellten Stühlen ein ziemlich trauriges Dasein, so aus Esstisch-Sicht betrachtet. Ebenso, und das fand Raphael am schlimmsten, das Frühstücksbuffet, das auf der Arbeitsplatte neben der Kaffeemaschine aufgebaut war. Während sich sein Milchkaffee zischend in die Tasse ergoss, liebäugelte er mit den frischen Semmeln. Dem Schinken. Dem Obstberg. Dem Müsli. Dem O-Saft, wenn nicht frisch gepresst, so doch optisch wenigstens ziemlich nah dran. Jordan, vergiss es, das kannst du echt nicht bringen!

»Wisst ihr beide eigentlich schon, was ihr macht?«, riss Moritz ihn aus seinen Gedanken.

»Wie meinst du das?« Raphael warf ihm einen irritierten Blick zu. Wahrscheinlich war sein Gehirn noch zu sehr mit der Vorstellung, herzhaft in eine Salamisemmel zu beißen, beschäftigt und konnte deshalb nicht nachvollziehen, wovon Moritz redete.

»Na, wegen München, meine ich.«

»München?« Keine Ahnung, was Moritz da laberte.

»Ja, München«, antwortete Moritz grinsend. »Sag mal, du bist heute auch noch nicht so richtig wach, oder? Gehst du mit, zurück nach München?«

»Warum sollte ich? Und mit wem soll ich mitgehen?« Raphael verstand kein Wort, und das änderte sich auch nicht, als Moritz erstaunt die Augen aufriss. »Jetzt sag schon.«

»Vergiss es.«

»Ich vergesse gar nichts«, antwortete Raphael barsch. Was waren das für kryptische Andeutungen? »Also?«

»Ach, Scheiße. Du weißt es wirklich noch nicht.«

»Verdammt, Moritz! Was weiß ich nicht?«

»Sarah«, antwortete Moritz langsam und warf seinen Sneakers einen betroffenen Blick zu, »hat ein Angebot vom LKA bekommen.«

»Was?« Raphael war im Begriff gewesen, nach seiner Tasse zu greifen, aber jetzt sank seine Hand reglos zurück und er gegen die Arbeitsplatte, als hätte ihn der berühmte Schlag in die Magengrube dorthin katapultiert. »Wann?«

»Keine Ahnung«, antwortete Moritz betreten.

Natürlich. Sie war vorgestern allein beim Chef gewesen. Und heute Morgen schon wieder, und zwar mit einer ziemlich fadenscheinigen Begründung. Idiot, der er war, hatte er ihr nach einem kurzen Moment der Verwunderung bedenkenlos geglaubt. Aber weshalb hätte er ihr auch misstrauen sollen?

Tja, hättest du mal, Jordan. Warum hatte sie ihm nichts gesagt? Ihm, in dessen Armen sie gestern Abend eingeschlafen und heute Morgen aufgewacht war, während alle anderen Kollegen schon im Bilde waren.

Landeskriminalamt. München. Verdammte Scheiße, das durfte doch wohl nicht wahr sein! Jetzt, wo er sich hier in Regensburg eingerichtet hatte, zufrieden und glücklich war, sich endlich wieder so fühlte, als wäre er in seinem eigenen Leben zu Hause. Zurück nach München, das er doch ein für alle Mal hinter sich lassen wollte? Es war erst ein Jahr vergangen, seit er alle Hebel in Bewegung gesetzt hatte, um nach Regensburg versetzt zu werden.

Würden sie ihn dort überhaupt wieder nehmen, bei der Mordkommission? Flexibilität war zwar gern gesehen, aber ein erneuter Versetzungsantrag wirkte wohl einfach planlos. Scheiße, und zudem wollte er gar nicht zurück!

Oder hatte Sarah sich das gar nicht so gedacht? Wollte sie das allein durchziehen? Ihn hier zurücklassen und sich, wenn überhaupt, nur an ihren freien Tagen auf ihren Freund besinnen, der sich in der Provinz gerade mit der nächsten Leiche herumschlug? Auch nicht besser. Wie lange sollte das so gehen? Eine Dauerlösung war das in jedem Fall nicht. Außerdem … Weshalb bekam ausgerechnet Sarah dieses Angebot?

Kaum hatte er diesen Gedanken zu Ende gedacht, holte ihn das schlechte Gewissen ein. Weil sie eine verdammt gute Polizistin ist, Jordan. Weil sie weiß, wann sie knallhart sein muss, aber trotzdem so einfühlsam sein kann, wie das irgendwie nur Frauen schaffen. Weil sie Köpfchen hat und Mut. Nicht zuletzt deshalb hast du dich schließlich in sie verknallt, kaum dass du hier angekommen bist. Trotzdem bohrte sich die Eifersucht wie ein giftiger Stachel in sein Herz. Oder der Neid. Vielleicht auch nur ein paar böse Macho-Allüren, das wusste er selbst nicht so genau.

»Alles klar?« Moritz musterte ihn besorgt.

»Ja, passt schon.« Seufzend griff Raphael nach seinem Kaffee, stellte Sarahs Tasse mit den vier Süßstofftabletten unter die Düsen und drückte ein zweites Mal den Milchkaffee-Knopf. Wann hätte sie es ihm sagen wollen? War das ihre verquere Vorstellung von einer Beziehung? Dass Moritz Bescheid wusste, und vermutlich auch alle anderen, ihr trotteliger Freund aber als Letzter davon erfuhr? Vielleicht erst dann, wenn sie Helfer für den Umzug brauchte? Hatte sie ihn bis dahin einfach mit ein paar tiefen Blicken aus ihren schönen hellbraunen Augen mund- und gehirntot machen wollen? Vielen Dank auch. Das waren ja tolle Voraussetzungen für eine gemeinsame Zukunft. Wenn Sarah überhaupt so weit plante.

»Erna hat es mir erzählt«, sagte Moritz noch und nestelte an seiner Jeans. »Die wusste es aber direkt vom Chef.«

Immerhin, wenigstens hatte Sarah nicht selbst alle informiert außer dem liebeskranken Vollpfosten, in den er sich in den letzten Monaten verwandelt hatte.

***

»Okay, danke dir! Servus!«

Raphael kam zurück in den Besprechungsraum, just als ich das Telefonat mit Herbert beendet hatte und auflegte. »Der Hansen kann's nicht gewesen sein«, gab ich die soeben erhaltenen Informationen weiter. »Nach dem Tod seiner Tochter letzten Oktober ist er Anfang Dezember mit seiner Frau zurück nach Hamburg gegangen. Dort fährt er jetzt Taxi, so auch am Abend von Wahlners Tod. Arme Sau. Und was Wahlners Unterlagen und seinen Laptop angeht: Bis jetzt hat Herbert nichts Spannendes gefunden, aber er meldet sich natürlich sofort, falls sich das ändert.« Erst jetzt fiel mir Raphaels ungewöhnliche Blässe auf. »Hey, alles okay mit dir? Du siehst aus, als hättest du einen Geist gesehen!«

Raphael sah mich irritiert an, dann stellte er eine Kaffeetasse auf dem Tisch ab. »Alles okay«, antwortete er knapp. Als er meinen erstaunten Blick bemerkte, fügte er noch mit Nachdruck hinzu: »Wirklich.«

»Na dann … Hast du mir gar keinen Kaffee mitgebracht?«

Er schüttelte verwirrt den Kopf. »Doch«, sagte er und wies mit einer schnellen Kopfbewegung auf die Tasse. »Das ist deiner. Meinen hab ich anscheinend in der Küche stehen lassen.«

Verwundert sah ich ihm nach, als sich seine hochgewachsene Gestalt – gar nicht so schwungvoll wie sonst – wieder auf den Weg machte.

Ich kannte ihn gut genug, um zu wissen, dass nicht alles okay war, aber es blieb keine Zeit, nachzuhaken. Zeitgleich mit Raphael, diesmal inklusive Kaffee, betrat auch unser nächster Gesprächspartner Michael Gerlach den Besprechungsraum.

So spröde, wie ich einen Abteilungsleiter im Finanzwesen einschätzte, gestaltete sich das ganze Gespräch: Er war zufriedenstellend, wenn auch nicht hervorragend mit Jan Wahlner ausgekommen, benannte Leo Wollenschläger spontan als denjenigen, mit dem Wahlner die größten Probleme gehabt hatte, wusste, Jessica Egerjahn sei Dank, schon längst von der Affäre zwischen Celia Kleingrün und Jan Wahlner und war natürlich zwischenzeitlich auch im Bilde darüber, dass Jan Wahlner vermutlich nicht ganz ohne fremdes Zutun gestorben war – was er mit angemessener Bestürzung kommentierte.

Respekt. Auf Jessica Egerjahn war wirklich Verlass.

Nur bei der Suche nach dem Mörder half uns dieses Wissen nicht weiter.

***

Nicht zum ersten Mal in dieser Woche öffnete Celia die oberste Schublade ihres Schreibtischs und quetschte mit fahrigen Händen eine Tablette aus dem Blister. Die verdammten Schmerzen wurden von Tag zu Tag schlimmer, nicht mal mehr in der Nacht hatte sie noch Ruhe davor. Wahrscheinlich schlug ihr die viele Grübelei einfach auf den Magen, war ja schließlich kein Wunder. Ihre Gedanken rotierten permanent um den Job, sämtliche idiotischen

Aufgaben, die Leo ihr auf den Tisch knallte, die Angst davor, den nächsten Fehler zu machen – denn tatsächlich stellte sie fest, dass ihre Konzentrationsfähigkeit langsam unter diesem ganzen Chaos zu leiden begann –, die vergangenen Auseinandersetzungen mit Leo, die ihr allein bei der Erinnerung schon Tränen der Ohnmacht in die Augen trieben, die abschätzigen Blicke der anderen, die insgeheim auf den nächsten Skandal warteten …

In der letzten Nacht war sie bis vier Uhr wachgelegen, weil ihr der Gedanke daran, dass Jan in die Donau gestoßen worden war, jegliche Ruhe geraubt hatte. In die Donau gestoßen, mit Absicht. Von einem Menschen, der seinen Tod gewollt oder zumindest in Kauf genommen hatte. Beim Gedanken daran stellten sich die Härchen an Celias Unterarmen auf. Wer? War das geplant gewesen? Wenn ja, wie konnte jemand so weit gehen, so sehr hassen? Und … hasste diese Person auch sie?

»Hör auf zu grübeln, Celi.« André linste über seinen Monitor hinweg. »Mach dich nicht so verrückt deswegen.«

»Aber er ist wahrscheinlich umgebracht worden, André.« Celia rang die Hände, um ihrer Verzweiflung Ausdruck zu verleihen. »Wie kann man darüber nicht nachdenken?«

»Die werden das schon aufklären.« André wies mit dem Kopf vage in Richtung Besprechungsraum. »Die wirken doch ganz kompetent, oder?«

»Das schon … Aber wenn jemand abgebrüht genug ist, den eigenen Chef auf der Weihnachtsfeier …« Sie ließ den Satz unvollendet in der Luft hängen. Draußen begann der Schnee wieder vom Himmel zu rieseln … Nahm diese Kälte denn nie ein Ende? »Wem traust du das zu, André?«

André winkte desinteressiert ab. »Wahrscheinlich war's doch einfach ein Unfall. Wir haben hier keinen Mörder im Büro sitzen, Celi«, sagte er beschwichtigend. »Da bin ich mir sicher.«

»Dann würden die Leute von der Kripo aber nicht jeden hier in die Mangel nehmen, oder?« Sie hörte selbst, wie sich ihre Stimme überschlug. Langsam wurde sie wohl echt hysterisch. »Und wenn Leo …« Wieder konnte sie den Satz nicht zu Ende sprechen, trotzdem manifestierte sich der Gedanke in ihrem Kopf. »Und jetzt will er vielleicht mich auch noch loswerden.«

»Du meinst, Leo hat Jan in die Donau gestoßen? Und jetzt trachtet er dir nach dem Leben?« André stand auf und nahm Celia in die Arme. »Sicher nicht«, flüsterte er ihr beruhigend ins Ohr.

Tatsächlich ließ die Anspannung in ihrem Inneren nach. Es tat gut, von André gehalten zu werden.

»Leo ist ein Idiot und ein absoluter Choleriker noch dazu.« André streichelte ihr tröstend über den Rücken. »Aber Hunde, die bellen, beißen nicht, oder? Ich bin mir sicher, dass er Jan nicht umgebracht hat. Und dass er dir nie etwas tun würde – von diesem Psychoterror mal abgesehen.« Er legte sein Gesicht an ihren Kopf, und obwohl sich das gut anfühlte, ging Celia einige Zentimeter auf Abstand. Nicht dass André sich plötzlich doch noch Chancen ausrechnete.

Er verstand und löste sich von ihr – mit einem undurchdringlichen Gesichtsausdruck.

»Alles okay?«, fragte sie. Dabei wusste sie ganz genau, dass auch für André nichts okay war.

André nickte und stupste verlegen seine Brille an Ort und Stelle, als er zurück zu seinem Schreibtisch ging.

Celia atmete auf, als ihr Tischtelefon klingelte. Simone. Ob sie wohl endlich …? »Hast du mit Sascha geredet?«, fragte Celia, kaum dass sie den Hörer abgenommen hatte.

»Ja«, antwortete Simone kühl. »Wie sieht's eigentlich mit Leos Texten aus?«

Nun gut, Zug um Zug. Simone wollte wohl nichts Gutes für sie tun, ohne wenigstens irgendeine Gegenleistung zu bekommen. »Leg ich ihm heute noch ins Fach. Also?«

»Heute hat Sascha natürlich keine Zeit mehr. Aber am Montag, neun Uhr.«

Celia atmete auf. Endlich. »Danke, Simone. Du bist die Beste, echt.«

»Du hättest ja ohnehin keine Ruhe gegeben«, antwortete Simone trocken und legte grußlos auf.

»Ich habe am Montag einen Termin bei Sascha«, quietschte Celia triumphierend. »Und jetzt knall ich Leo noch seine Texte ins Fach, und dann mach ich Feierabend. Die Überstunden von dieser Woche reichen nun wirklich aus.«

Falls André enttäuscht gewesen war, hatte er es schon wieder erfolgreich verdrängt, denn jetzt erhellte ein kleines Lächeln sein Gesicht. »Wirst sehen, Celi – alles wird gut.« Er sah ihr unverwandt in die Augen, bis Celia den Blick abwandte.

Wie ein Mantra sagte sie Andrés letzte Worte auf, als sie ein paar Minuten später mit klammen Händen vor Leos Fach stand. Wanja aus der Technikabteilung sah sie im Vorbeigehen verwundert an, sodass sie verstummte, schnell den Papierstapel mit den Texten für das Seitensprung-Portal in Leos Fach legte – und insgeheim flehte, dass er dieses Mal zufrieden war.

***

Ein paar Minuten vor unserem Gesprächstermin mit Sascha Hoyer betrat ich die penetrant nach Duftstäbchen, Typ Vanille, riechende Damentoilette. Als ich ein unterdrücktes Schluchzen hörte, dem den Bruchteil einer Sekunde später lautes Schnäuzen folgte, wollte ich den Waschraum zunächst diskret wieder verlassen; dann siegte allerdings doch meine Neugier. War das Celia Kleingrün, weil die Kollegen allesamt von ihrer Affäre mit dem Chef wussten? Oder weil Leo Wollenschläger sie wieder einmal gequält hatte? Denn dass er das tat, daran bestand für mich kein Zweifel. Sein Hass auf sie war beinahe körperlich spürbar gewesen.

Zu meinem Erstaunen verließ nach kurzer Zeit, in der ich im Spiegel meine heute wieder reichlich rebellische Frisur inspiziert hatte, eine ziemlich verheulte Simone Geier die Kabine und gesellte sich neben mich ans Waschbecken.

»Alles okay bei Ihnen?«

Sie nickte tapfer.

»Ist irgendwas passiert?«

Sie winkte zunächst ab, aber dann schien sie es sich doch anders zu überlegen. »Private Probleme«, sagte sie und versuchte sich an einem schiefen Lächeln, während sie ihre Hände mit Seife schrubbte. »Mein Mann hat sich kürzlich von mir getrennt. Und manchmal, wenn's dann auch noch hier recht stressig ist, habe ich das Gefühl, mir wächst alles über den Kopf.«

Mitfühlend erwiderte ich ihr Lächeln. »Das tut mir leid«, sagte ich. »Gibt es denn Hoffnung, dass sich das mit Ihrem Mann wieder einrenkt?«

Sie winkte ab. »Eher nicht. Er hat kein Verständnis dafür, dass mein Job zeitaufwendig ist. Und wichtig für mich.« Sie schniefte, zuckte dann aber beinahe gleichgültig die Achseln.

Im selben Augenblick fragte ich mich, ob *mein Mann* Verständnis für die Wichtigkeit und Zeitaufwendigkeit meines zukünftigen Jobs haben würde. »Und wenn Sie sich einfach ein paar Tage freinehmen? Zur Erholung?«

»Bloß nicht!« Entschlossen riss sie ein Papiertuch aus dem Spender und rubbelte sich die Hände trocken. »So was wird hier nicht gern gesehen. Und ich kann es mir zurzeit auch gar nicht erlauben – viel zu viel Arbeit.« Dabei machte sie den Eindruck, als würde es sie gar nicht so sehr stören, wenigstens bei HEUREKA unentbehrlich zu sein.

»Na dann.« Ich lächelte ihr noch einmal aufmunternd zu. »Sich mit Arbeit abzulenken ist ja auch eine gute Therapie.«

Sie nickte, atmete noch einmal tief durch und verließ mit einem sogar leicht amüsierten »Auf in den Kampf!« den Waschraum.

Überpünktlich bequemte sich Sascha Hoyer zu uns in den Besprechungsraum. »Und, kommen Sie voran mit Ihren Ermittlungen?«, fragte er mit einer Mischung aus Argwohn und Hoffnung.

»Geht so«, antwortete Raphael ausweichend und wartete, bis Hoyer Platz genommen hatte. »Um ehrlich zu sein, sind wir noch immer damit beschäftigt, das Gewirr aus Gönnerschaft und Antipathien aufzudröseln, das in Ihrer Firma herrscht.«

Hoyer sah pikiert aus, verzichtete aber auf eine Antwort und faltete die Hände über seinem Wohlstandsbäuchlein.

»Wir haben zwischenzeitlich erfahren«, sagte ich, »dass es zwischen Ihnen und Herrn Wahlner durchaus Unstimmigkeiten gab, was die Führung der Firma anbelangt. Können Sie uns dazu ein bisschen mehr erzählen?«

Er seufzte und schob seine perfekt sitzende Brille überflüssigerweise an Ort und Stelle. Dann nickte er. »Sie sollten das nicht überbewerten. Ja, wir waren uns nicht immer einig, aber irgendwie haben wir noch jedes Mal einen Konsens gefunden, und so wäre es auch dieses Mal gewesen.«

»Worum ging es denn bei den aktuellen Meinungsverschiedenheiten?«

»Dazu muss ich etwas weiter ausholen.« Er warf uns einen fragenden Blick zu.

»Nur zu, wir haben Zeit«, antwortete Raphael gnädig.

»Wir haben seit einiger Zeit das Problem, dass der deutsche Markt stagniert. Es gab viel Negativpresse – nicht explizit unseretwegen, sondern die ganze Branche betreffend. Der Verbraucherschutz klärt massiv auf und schürt so zusätzlich große Panik vor Internetdienstleistungen, die rechtlichen Auflagen werden immer strenger, das Misstrauen der Justiz selbst aber zugleich immer größer.«

»Aber Ihrer Firma geht es doch nicht schlecht, oder?«

»Nein, noch nicht. Aber wir müssen uns etwas überlegen, damit das auch so bleibt.«

Ich nickte verständnisvoll.

»Das Problem lag darin«, fuhr Hoyer fort, »dass Jan und ich unterschiedliche Meinungen hatten, wie man am besten damit umgeht. Jan fand, HEUREKA müsse sich beständig vergrößern, um wettbewerbsfähig zu bleiben. Sie wissen ja schon, dass er in die USA expandieren wollte – das ist natürlich ein riesiger Markt, und die Auflagen sind dort auch noch nicht so streng. Ich hingegen …« Er machte eine Pause, sah wie gehetzt zur Wanduhr, entspannte sich dann aber wieder.

»Ich hingegen bin der Meinung, dass es für HEUREKA besser ist, sich nicht weiter zu vergrößern. Ich wollte lieber die problematischen Produkte nach und nach vom Markt nehmen und stattdessen mehr auf gute Online-Spiele setzen. Spiele funktionieren immer, Ideen sind auch vorhanden.« Er redete wie in einem Werbespot, als müsste er uns von seinen Plänen überzeugen. »Und Spiele sind zwar vielleicht nicht ganz so lukrativ wie Jans Ideen, bedeuten aber auch weitaus weniger Rechtskosten.«

»Und wären als Angebot auch irgendwie ehrlicher und sinnvoller, oder?«, sagte Raphael. Wahrscheinlich dachte er an seine Inkontinenzeinlagen, die nach einem bitterbösen Blick von Herbert schließlich im Papierkorb gelandet waren. Obwohl Raphael insistiert hatte, war Herbert nicht willens gewesen, ihm zu seinem ersten Pioniertaler zu verhelfen.

Hoyer hob in einer Sag-ich-doch-Geste der Zustimmung die Hände. »Ja, so sehe ich das auch.«

»Jetzt, wo Herr Wahlner tot ist, steht Ihren Plänen ja nichts mehr im Wege, Herr Hoyer«, sagte ich und ließ leise Süffisanz durchklingen.

»Was wollen Sie damit andeuten?« Wieder blitzte eine plötzliche Autorität durch, die man ihm ansonsten kaum zutraute.

»Sie wissen sicherlich mittlerweile, dass wir einen selbst verschuldeten Unfall so gut wie sicher ausschließen können. Und auch ein Raubüberfall mit Todesfolge ist eher unwahrscheinlich.«

Hoyer riss schockiert die Augen auf. Entweder er hatte tatsächlich noch nichts davon gehört, oder er war ein begnadeter Schauspieler. Im ersten Fall hätte Jessica Egerjahn kläglich versagt. Im zweiten Fall bestätigte das meine Meinung über die unergründliche Tiefe stiller Wasser. »Sie meinen«, sagte er, »Jan wurde wirklich umgebracht? Mit Absicht?«

»Ob es einen Vorsatz gab, ist natürlich nicht sicher. Aber es gibt zumindest Indizien, dass zwischen dem Handgemenge, von dem wir Ihnen ja schon erzählt haben, und Herrn Wahlners Sturz in die Donau nicht allzu viel Zeit vergangen ist. Und –«

»Aber«, fiel Hoyer mir ins Wort, »es gibt doch mittlerweile in Regensburg genug Verrückte, die grundlos auf irgendwelche unschuldigen Leute einprügeln! Und die sich dann sicher in ihrem Blutrausch auch nicht scheuen, jemanden ins Jenseits zu befördern.«

Damit hatte er recht, die Zahl solcher Übergriffe, gerade an den Wochenenden, wenn das Partyvolk die Stadt unsicher machte, hatte in den letzten Jahren drastisch zugenommen. Trotzdem konnte ich diese Vermutung gleich wieder entkräften.

»Möglich, aber unwahrscheinlich, Herr Hoyer. Die Verletzungen Ihres Kompagnons sahen absolut nicht nach einem Blutrausch aus, nicht mal nach der Prügelei eines geübten Hobbyschlägers. Eher nach einer recht ungeschickten Affektreaktion. Und zudem hat Herr Wahlner nach den Handgreiflichkeiten nicht Hilfe gesucht oder blindlings die Flucht ergriffen, sondern in aller Seelenruhe seinen Anorak geschlossen, vielleicht sogar, um sein zerrissenes Hemd zu verbergen. Das könnte darauf hindeuten, dass er seinen Gegner kannte – und nicht für gefährlich hielt.« Ich zuckte die Achseln. »Es tut mir leid, aber …«

»Sie vermuten den Schuldigen hier in der Firma«, schlussfolgerte Hoyer.

»Sie sagen es«, antwortete Raphael und musterte Hoyer durchdringend. »Wie sieht es zum Beispiel mit Ihnen selbst aus, Herr Hoyer? Ihre unterschiedlichen Pläne wären durchaus ein Motiv. Und was man so hört, haben Sie sich bis dato nie so richtig gegen das Opfer durchsetzen können, wenn es um weitreichende Entscheidungen ging. Haben Sie also dieses Mal versucht, auf andere Art und Weise zum Zuge zu kommen?« Raphael sah Hoyer herausfordernd an.

Hoyer blickte erst ungläubig von Raphael zu mir und nestelte dann schon wieder nervös an seiner Brille herum. »Bin ich etwa verdächtig? Dann möchte ich meinen Anwalt anrufen.« Seine Stimme klang tonlos. Wir hatten ihm einen gehörigen Schrecken eingejagt.

»Das ist natürlich Ihr gutes Recht, aber im Moment ist noch fast jeder verdächtig. Ob Sie an dieser Stelle schon einen Anwalt brauchen, hängt von Ihrer Antwort ab«, antwortete ich.

Er musterte uns nachdenklich, obwohl sein Adamsapfel immer noch aufgeregt auf und ab hüpfte. Nach ein paar Sekunden entspannten sich seine Züge jedoch wieder. Anscheinend war er zu dem Entschluss gekommen, dass er es mit einigermaßen fairen Gesprächspartnern zu tun hatte.

»Ich bin kein Mörder. Trotz aller geschäftlichen Querelen haben Jan und ich uns gut verstanden und vor allen Dingen respektiert. Und es ist nicht meine Art, lautstark zu streiten, handgreiflich zu werden oder gar einen Menschen zu töten.« Offen erwiderte er Raphaels Blick. »Wir hatten an diesem Abend keine Auseinandersetzung, bitte glauben Sie mir. Ich habe nichts mit Jans Tod zu tun. Vor allem …« Er kratzte sich nachdenklich am Kopf.

»Ja?«

»Um ehrlich zu sein, bin ich nicht besonders glücklich darüber, jetzt auf Jan verzichten zu müssen. Er hat sich um den ganzen Kram gekümmert, den ich nicht beherrsche: die Finanzen, die Kunden, den leidigen Personalkram …« Er seufzte schwer. »Ehrlich gesagt überfordert mich das ganz schön.« Er sah mir beschämt, aber mit aufrichtigem Blick in die Augen.

»Nun gut«, sagte Raphael, und auch ich nickte. Mir hatten schon zu viele Leute ins Gesicht gelogen, um ihm uneingeschränkt zu glauben, aber im Augenblick war ich geneigt, mich milde stimmen zu lassen. Das führte aber unweigerlich zur nächsten Frage.

»Wer dann?«

Er zuckte die Achseln. »Ich hoffe, Sie verstehen, dass ich meine Mitarbeiter nicht einfach so in Misskredit bringen kann. Es gab sicher einige, die auf Jan manchmal nicht gut zu sprechen waren. Leo Wollenschläger zum Beispiel, dessen Job wegen Jans Plänen auf der Kippe stand. Oder eben ich, weil ich gegen die Expansion und Leos Entlassung war. Oder Jessica Egerjahn, weil sie sein bevorzugtes Opfer war, wenn Jan wieder mal einen cholerischen Anfall hatte.« Er schnappte kurz nach Luft, redete aber sofort weiter. »Oder Simone Geier, weil Jan lieber Celia Kleingrün auf Geschäftsreisen mitgenommen hat.« Er zwinkerte gleichermaßen anzüglich wie missbilligend.

Waren die Gerüchte um diese Affäre also auch bis zu Hoyer durchgedrungen? Das war interessant – schließlich war Hoyer nicht nur ein Freund des Opfers gewesen, sondern stand auch in engem Kontakt mit Wahlners betrogener Ehefrau.

»Oder Carola Bloch und Michael Gerlach«, fuhr Hoyer ungebremst fort, und ich überlegte schon, ob es Sinn hatte, schnell noch eine Tasse Kaffee zu holen. Wollte Hoyer jetzt jedes einzelne Mitglied der Belegschaft und dessen mögliche Motive aufzählen, würden wir noch eine Weile hier sitzen.

»Diese beiden mussten nämlich permanent mit dem Druck umgehen, die von Jan gesteckten Vorgaben zu erreichen.« Wieder schnaufte er laut, beinahe erschöpft, bevor er endlich sagte: »Und das waren jetzt nur die Leute aus dem direkten Umkreis! Wer von den anderen Angestellten noch eine heimliche oder auch offene

Abneigung hatte oder sich von Jan auf den Schlips getreten fühlte, weiß ich nicht.« Er verstummte und senkte die Augen. »Von den meisten weiß ich noch nicht mal die Namen.«

»Flache Hierarchie und familiäre Atmosphäre«, stänkerte Raphael gutmütig, und Hoyer zuckte verlegen die Achseln.

»Sie wussten also von Herrn Wahlners Affäre mit Celia Kleingrün?«, fragte ich.

»Ach, weiß man das jetzt sicher?« Hoyer warf mir einen Blick der Marke »Hab ich mir's doch gleich gedacht« zu. »Das wurde ja schon länger vermutet. Ich habe ihn aber nicht danach gefragt, da wollte ich mich raushalten.«

»Haben Sie Beate Wahlner von dieser Vermutung erzählt?«

Hoyer stutzte, dann lächelte er. »Das war nicht nötig. Die Vermutung stammt von ihr.«

»Ach?«, kam es verwirrt über meine Lippen.

Hoyer nickte. »Ja. Die beiden führen schon seit einiger Zeit eine offene Ehe. Bea wusste nur nicht sicher, *wer* die Glückliche ist.«

***

So langsam verstand Raphael die Welt nicht mehr. Inzwischen war es halb zwölf Uhr nachts, Sarah lag an seine Brust gekuschelt, streichelte mechanisch über seine Hüfte und lächelte ihn alle paar Minuten an, wenn sie ihre Aufmerksamkeit vom Fernseher loseiste.

Sie hatten gemeinsam gekocht und gegessen, dabei gelacht und geredet – natürlich auch über den Fall und die sich ständig als noch ein Stückchen komplizierter entpuppenden Verwicklungen unter den Vernommenen. Nur ihr Jobangebot hatte sie mit keinem Wort erwähnt.

Vielleicht hatte Moritz etwas missverstanden? Oder Erna? Oder es ging um eine andere Sarah? Jordan, hör auf, dich selbst zu verarschen. Es gibt nur eine Sarah bei der Kripo Regensburg – und zwar deine.

»Bist du müde?«, fragte sie und sah zu ihm auf. »Du bist so ruhig heute.«

»Nein«, antwortete er. Müde war er nicht. Im Gegenteil, eher ziemlich aufgewühlt. Sollte er sie einfach mit dem konfrontieren, was Moritz ihm erzählt hatte? »Mich lässt nur der Gedanke an HEUREKA nicht los. Und an diese ominöse offene Beziehung«, log er.

Sie nickte, sagte dann aber bestimmt: »Morgen darfst du wieder grübeln, jetzt ist Feierabend.« Mit einem verführerischen Lächeln ließ sie ihre Hand über seine Brust nach oben zu seinem Nacken wandern. »Brauchst du ein bisschen Ablenkung?« Sie zog seinen Kopf zu sich herunter und küsste ihn. Automatisch erwiderte er den Kuss, obwohl seine Gedanken weiterrotierten. Warum erzählte sie nichts? Vielleicht gab es ja doch gar nichts zu erzählen. Vielleicht stellte sich wirklich noch alles als Missverständnis heraus. Hoffentlich.

Sarah löste sich lächelnd von ihm, nur um sich im nächsten Augenblick auf seinen Schoß zu setzen und ihre Hand unter sein T-Shirt wandern zu lassen, und Raphael wartete darauf, dass sich an dieser Stelle wie üblich sein Gehirn abschaltete und er nichts mehr zur Kenntnis nahm außer der Granatenfrau vor sich, die offensichtlich genauso heiß auf ihn war wie er auf sie. Doch heute funktionierte das nicht. Wollte sie ihm auf diese Weise den Verstand vernebeln, damit er im Anschluss, wohlig ermattet, ihren Umzug nach München mit einem debilen Lächeln abnickte? Oder sollte das jetzt vielleicht schon der Abschiedsfick werden?

Er spürte ihren heißen Atem an seinem Hals, ihre Zunge, die sich forschend in Richtung Schlüsselbein vorarbeitete … Nein, so ging das heute nicht. Abrupt griff er nach ihren Händen, hielt sie fest und schüttelte entschieden den Kopf.

Mit verwundert aufgerissenen Augen ließ sie von ihm ab. »Nanu? Stimmt was nicht?«

Ja, das konnte man wohl so sagen. »Ich weiß von München«, antwortete er stattdessen.

Sie hätte gar nicht mehr zu antworten brauchen, wie ertappt sah sie ihn an, und dieser Blick war Eingeständnis genug. »Woher?«, fragte sie nach einer Sekunde.

Okay, somit war es also amtlich.

Raphael wusste nur zu gut, dass Glück zerbrechlich war. Um

genau zu sein, war das seit Isas Tod seine größte Angst: dass er seinem Glück nie wieder im Leben vertrauen konnte. Und sie schien berechtigt zu sein, immerhin lagen nur zwei unbeschwerte Monate mit Sarah hinter ihm, und schon wurde es wieder kompliziert. Aber was das Schlimmste war: Anscheinend hatte er in ihrem Leben nach wie vor nur eine lächerliche Statistenrolle. Austauschbar, überflüssig, nicht der Rede wert, nicht wichtig genug, um ihn auch nur ansatzweise in weitreichende Entscheidungen einzubeziehen. Er hätte im umgekehrten Fall sofort mit Sarah gesprochen, da war er sich sicher. Umso mehr kam er sich jetzt wie ein Idiot vor.

»Von Moritz«, antwortete er mit schneidender Stimme. »Warum, von wem hätte ich es denn noch erfahren können? Vom Pförtner? Von der Putzfrau? Weiß die ganze Dienststelle Bescheid, nur dein Trottel von Freund nicht?«

Er war laut geworden, und Sarah zuckte schuldbewusst zusammen, krabbelte von seinem Schoß und setzte sich neben ihn auf die Couch. »Quatsch«, antwortete sie leise. »Ich habe zum Chef gesagt, er soll die Klappe halten, bis ich weiß, was ich tun will.«

»Das weißt du nicht?« Wider alle Logik schöpfte er Hoffnung.

»Nein«, antwortete sie zögerlich. Dann fügte sie beinahe trotzig hinzu: »Ich bin hier zu Hause.«

Klar. Die Stadt war's, die sie ins Wanken und Grübeln brachte. Und vielleicht noch ihre Familie, ihre Freunde. Aber kein Wort von ihm.

»Und wer soll dir bei der Entscheidungsfindung helfen?«, fragte er barsch.

»Wie meinst du das?« Sie warf ihm einen erschöpften Blick zu, bevor sie wieder auf ihre ineinander verschlungenen Hände starrte.

»Gibt es niemanden, mit dem du darüber sprechen wolltest? Bevor du dich entscheidest?« Komm schon, sag irgendwas, was die Situation rettet. Irgendeinen tollen und glaubwürdigen Grund, warum du noch nicht mit mir sprechen konntest.

»Ich habe Hannes davon erzählt und Linda. Und meine Mutter und Anna wissen Bescheid«, antwortete sie schuldbewusst.

Immerhin, in ihrem Yoga-Kurs hatte sie es wohl noch nicht verkündet. Ach, ging ja auch nicht – Yoga war ja gerade out, und Zumba erst ab morgen in. »Und was ist mit mir?«, fragte Raphael und hörte selbst, dass er dabei wie eine verschnupfte Diva klang.

Sie zuckte die Achseln, ohne ihn anzusehen.

Am liebsten hätte Raphael sie geschüttelt, sie angeschrien, sie angefleht, bei ihm zu bleiben und ihn verdammt noch mal endlich als Teil ihres Lebens zu akzeptieren. »Interessant, dass du ernsthaft darüber nachdenkst, nach München zu gehen«, sagte er stattdessen kühl. »Hast du auch schon überlegt, warum das Angebot ausgerechnet *du* kriegst?«

Sie sah auf, antwortete aber nicht.

»Entweder«, fuhr er fort, »das LKA muss seine Frauenquote aufbessern, oder sie suchen dort jemanden …« Kunstpause. Sein Herz pochte schmerzhaft gegen den Brustkorb, aber er zwang sich zu einem herablassenden Lächeln. »… der leicht formbar ist.«

Seine Schwester Miriam hätte ihm an dieser Stelle wieder einmal wutentbrannt vorgeworfen, dass er jedes Mal grauenvoll ungerecht wurde, wenn er selbst verletzt war. Selbstverständlich hätte sie damit recht gehabt, aber ebenso selbstverständlich verspürte Raphael keinerlei Lust, daran etwas zu ändern.

Sarahs Augen, gerade noch traurig und schuldbewusst, sprühten plötzlich giftige Funken. »Leicht formbar?« Ungläubig sah sie ihn an. »Spinnst du? Und da wunderst du dich allen Ernstes, dass ich dich nicht nach deiner Meinung frage?«

»Nein«, antwortete Raphael. »Wundern tut mich das nicht. Eigentlich bestätigt es nur meine Vermutung, dass wir beide nicht kompatibel sind, was unsere Vorstellungen von einer Beziehung angeht.« Er wunderte sich selbst, wie er so gelassen und arrogant klingen konnte, obwohl er innerlich kochte – vor Wut auf Sarah, auf sich selbst, auf dieses Scheiß-LKA, das ihm sein Glück einfach so zunichtemachte.

»Findest du das wirklich?«, fragte sie sichtlich schockiert.

»Sonst würde ich es nicht sagen.« Verdammt, Jordan, wohin vergaloppierst du dich denn jetzt schon wieder? Halt endlich die

Klappe, bevor du dich noch versehentlich von der Frau trennst, die du eigentlich doch nie mehr hergeben willst.

Sarah stand wortlos auf, sah ihn noch einen Augenblick an, mit einem Blick aus traurigen Augen, der ihm das Herz zerriss, bevor sie sich umdrehte, nach ihrer Tasche griff und ging. Ein Teil von ihm wollte sie aufhalten, ihr sagen, dass er nur so gemein war, weil ihn der Gedanke, sie in Zukunft nicht mehr jeden Tag um sich zu haben, schier verrückt machte, aber der andere Teil wusste, dass er sich erst wieder beruhigen musste, bevor er die Situation retten konnte. Wenn er sie überhaupt retten konnte.

Erst als er die Wohnungstür ins Schloss fallen hörte, barg er sein Gesicht deprimiert in den Händen.

»Du hast dir ja ganz schön Zeit gelassen«, brummte Raphael drei Stunden später ins Telefon. Dabei hatte er seine Notfall-SMS an Miriam gleich nach Sarahs Abgang abgesetzt und sich seither nur mühsam davon abgehalten, die ganze Schachtel Zigaretten zu vernichten, die er sich in seiner Verzweiflung kurz darauf geholt hatte.

»Darf man jetzt als eifrige Studentin nicht mal mehr am Freitagabend feiern gehen?«, fragte Miriam forsch, aber Raphael hörte das nachsichtige Lächeln in ihrer Stimme. »Außerdem hab ich deine SMS gerade erst gelesen.«

»Wenigstens einer von uns beiden hatte Spaß«, knurrte Raphael.

»Vielleicht solltest du auch mal wieder ein bisschen Party machen?«, schlug Miriam vor. »Wo liegt das Problem? Sarah erschien mir jetzt auch nicht gerade wie die passionierte Couchkartoffel, oder?«

»Das nicht, aber es gibt tatsächlich Leute, die auch mal am Samstag arbeiten müssen, Miri. Und deshalb hätte das heute ein ruhiger Abend werden sollen.«

»Oha, hätte …«, antwortete Miriam alarmiert. »Na, dann schieß mal los.«

Es tat Raphael gut, sich die ganze Enttäuschung über Sarahs Schweigen von der Seele zu reden.

Weniger gut tat ihm Miriams Reaktion, als er endlich geendet hatte. »Das hätte ich dir an ihrer Stelle auch erst mal verschwiegen«, sagte sie im Brustton der Überzeugung.

»Was?« Er musste sich verhört haben. Miriam, die mit Neuigkeiten nie hinterm Berg hielt und vor anstehenden Entscheidungen grundsätzlich den kompletten Familien-, Freundes- und Bekanntenkreis terrorisierte, meldete plötzlich Verständnis für Sarahs ständige Verstocktheit und Geheimniskrämerei an?

»Ist doch ganz einfach«, sagte sie, und Raphael hörte, wie sie das Fenster öffnete und sich eine Zigarette ansteckte. Automatisch griff auch er zu Schachtel und Feuerzeug. Heute war ohnehin schon alles egal. »Hast du dir denn schon überlegt, welche Meinung du im Hinblick auf diesen Job zu vertreten gedenkst?«

»Klar, ist doch logisch: Ich werde sie bitten, hierzubleiben«, antwortete Raphael. Darüber musste er gar nicht lange nachdenken.

»Aha. Und ihr willst du damit die Karriere versauen? Nur weil du nicht auf sie verzichten magst?«

Damit hatte sie natürlich recht. Wenn es Sarah wirklich so wichtig war, beruflich voranzukommen, dann wäre es das Allerletzte, wenn er versuchen würde, sie daran zu hindern. Sosehr die Vorstellung, sie nach München gehen zu lassen, auch schmerzte. »Du meinst, ich soll ihr raten, den Job anzunehmen?«

»Wenn du den Eindruck erwecken willst, dass du sie loswerden willst: nur zu.« Er sah Miriams süffisantes Lächeln förmlich vor sich. »Damit nimmst du ihr dann aber die Möglichkeit, den Job doch abzulehnen. Sie würde vor dir ja völlig das Gesicht verlieren, wenn sie sich gegen eine Karriere beim LKA entscheidet, obwohl sogar du ihr dazu rätst.«

»Aber was dann?«, fragte er ratlos.

»Eben.« Der Triumph in Miriams Stimme war nicht zu überhören.

Langsam begann Raphael zu verstehen. Es gab keine richtige Reaktion außer der, sich aus Sarahs Entscheidung herauszuhalten. Dass ihn dieser Mist aber trotzdem stresste, mindestens bis sie eine Entscheidung gefällt hatte – und je nach Entscheidung möglicherweise auch noch weit darüber hinaus –, musste ihr natürlich klar gewesen sein. Hatte sie ihm genau das nicht zumuten wollen, wenigstens vorerst nicht? Und dafür musste sie sich auch noch von ihm anpöbeln lassen. Jordan, manchmal bist du wirklich ein ausgewachsener Vollidiot.

»Jetzt klarer?«, riss Miriam ihn aus seinen Gedanken.

»Ich denke schon«, gestand er ein. Verdammt. »Es ist ganz einfach ihre Entscheidung. Und ich halte am besten die Klappe.«

»Hoffentlich interpretiert sie das dann nicht als Gleichgültigkeit«, orakelte Miriam genüsslich. Die Tatsache, dass sie diesmal so völlig sonnenklar auf Sarahs Seite stand, verdeutlichte nur noch mehr, wie bescheuert er sich verhalten hatte.

»Dass es mir nicht egal ist, werde ich ihr dann halt *zeigen* müssen«, antwortete Raphael. »Wenn ich dazu noch die Gelegenheit habe …«

»Große Krise?«, folgerte Miriam.

»So ähnlich. Ich hab mal wieder Verbalrambo gespielt. Und sie ist gegangen.«

»Manchmal, liebes Bruderherz, bist du wirklich ein Riesen-Depp.«

SECHS

Am nächsten Morgen trat ich wie gerädert aus dem Hauseingang. Ich hatte die halbe Nacht wach gelegen und mich die restliche Zeit im Halbschlaf von einer Seite zur anderen gewälzt. Natürlich, einerseits verstand ich Raphaels Wut und Enttäuschung, ich wäre an seiner Stelle wohl auch gekränkt gewesen. Andererseits: Wie hätte ich mit ihm darüber reden sollen, wo ich doch noch nicht einmal selbst darüber nachdenken wollte? Wahrscheinlich war mein Schweigen ein Fehler gewesen … Aber, das musste ich mir eingestehen, ein Fehler, den ich wahrscheinlich immer wieder machen würde – schon allein, um ihm keine Sorgen zu bereiten, die sich im Nachhinein als völlig überflüssig herausstellten. Frustriert trat ich in die Schneemauer, die sich entlang der Hauswand türmte.

Toll, Sarah, gut gemacht. Irgendwie sah er gestern leider nicht besonders sorglos aus.

Finden Sie, ich hätte mich vor ihm rechtfertigen sollen? Versuchen, zu erklären?

Aber erinnern Sie sich doch bitte: »leicht formbar«, »Frauenquote«, »nicht kompatibel« – geht's noch? Und diesem arroganten Schnösel hätten Sie an meiner Stelle auch noch Ihre Beweggründe erklärt? Meine Hochachtung, Sie sind wirklich hart im Nehmen. Ich muss zugeben, zu meinem Gefühlscocktail aus schlechtem Gewissen und Traurigkeit gesellt sich immer noch eine ordentliche Portion Wut. Wie gemein ist es denn bitte, das Jobangebot auf die Tatsache zurückzuführen, dass ich weiblich und vielleicht nicht gar so halsstarrig wie er bin? Ganz ehrlich, da kommt mir nicht nur die Galle, sondern auch noch die Alice Schwarzer hoch.

Allerdings, so vermute ich, würde der lieben Alice wiederum die Galle hochkommen, wenn sie wüsste, dass er mir trotzdem jetzt schon fehlt. Verraten Sie's ihr bitte nicht, ja?

Und zu allem Überfluss war es in Ermangelung meiner personifizierten Heizdecke schweinekalt heute Nacht, trotz des Flanellpyjamas, den ich aus den Untiefen meines Kleiderschranks gewühlt habe.

Hach, wenn er doch nur … Natürlich male ich mir aus, dass er jetzt in der Dienststelle sitzt und bei meinem Eintreffen reumütig auf die Knie sinkt. Oder von Tränen geschüttelt auf seinem Schreibtisch zusammenbricht und mich unter Schluchzern und Gestammel um Verzeihung anfleht. Ein bisschen träumen darf man doch wohl noch?

Missmutig stapfte ich weiter und trampelte auf den Schnee ein, der auch in dieser Nacht wieder gefallen war. Die Aussicht, Wenzel mühsam ausbuddeln zu müssen, stimmte mich nicht fröhlicher. Hoffentlich erwischte ich heute auf Anhieb den richtigen Wagen – in der Vergangenheit hatten nämlich kleine Verwechslungen schon des Öfteren zu gesteigertem Winterfrust bei mir und großer Freude bei meinen Parkplatznachbarn geführt.

Als ich um die Ecke zu den Anwohnerparkplätzen bog, sah ich jedoch, dass mir das Ausbuddeln heute erspart blieb. Wenzel war bereits freigelegt und strahlte in rostroter Pracht, und vor Wenzel stand mit laufendem Motor … Raphaels Alfa.

Kaum hatte ich seinen Wagen entdeckt, stieg er auch schon aus und kam mit einem vorsichtigen Lächeln auf mich zu. Ich verfluchte mich selbst, als ich feststellte, dass meine Wut auf ihn im Begriff war, sich in Nichts aufzulösen.

»Hey«, sagte er, als er direkt vor mir stand. »Auch so beschissen geschlafen wie ich?«

»Praktisch gar nicht«, antwortete ich. »Ist ziemlich kalt ohne dich.«

»Wäre das nicht ein Grund«, sagte er mit einem verschmitzten Lächeln, das seine weißen Zähne blitzen ließ, »hier in Regensburg zu bleiben? Bei mir?«

»Ach, würdest du das wollen?«, fragte ich mit gespieltem Erstaunen. »Obwohl wir doch nicht kompatibel sind?«

Wortlos nahm er mich in die Arme. Ich wehrte mich nicht. »Darf ich dich mitnehmen?«, fragte er.

»Klar. Aber warum hast du dann Wenzel ausgegraben?«

»Prophylaktisches Pluspunktesammeln – für den Fall, dass du heute Nacht besser geschlafen hättest als in den letzten beiden Monaten«, antwortete Raphael, griff nach meiner Hand und zog mich mit zu seinem Wagen.

Auf dem Weg zur Dienststelle nahmen wir uns die Wochenendausgabe der »Mittelbayerischen Zeitung« an der Tankstelle mit. Der Zeugenaufruf las sich, wie vom Chef gewünscht, nicht gerade alarmierend, war aber wenigstens gut sichtbar platziert, sodass vielleicht doch der eine oder andere Leser darüber stolperte. Große Chancen auf wertvolle Hinweise rechnete ich mir zwar jetzt, Wochen nach der Tat, nicht mehr aus, aber die Hoffnung starb ja bekanntlich zuletzt.

In der Dienststelle instruierten wir die zuständigen Kollegen, uns sofort anzurufen, falls sich tatsächlich ein Zeuge bequemte, uns Auskünfte über Wahlners letzte Minuten zu geben. Dann machten wir uns in gespannter Erwartung auf den Weg zu Beate Wahlner. Zehn Minuten später bogen wir in die schmale Straße der Neubausiedlung ein.

»Moment mal.« Raphael drehte seinen Kopf nach dem schwarzen BMW um, der uns gerade entgegengekommen war, und merkte zum Glück im selben Moment, dass er das Lenkrad verriss. Schnell steuerte er gegen, bevor der Wagen noch mehr ins Schlingern geriet. »Hast du das gesehen?« Angestrengt blickte er in den Rückspiegel.

»Was?«, fragte ich und blinzelte. Selbst Raphaels Stunt-Einlage hatte die bleierne Müdigkeit in meinem Gehirn nicht vertrieben. »Dass du jetzt nicht mehr nur rasant, sondern zusätzlich auch noch schlecht Auto fährst?«

»Du weißt doch, Männer und Multitasking«, antwortete er gutmütig. »Aber ich müsste mich schon sehr täuschen, wenn das in dem BMW nicht Sascha Hoyer war.«

»Um die Zeit?« Ich schielte auf die Uhr unterm Armaturenbrett. Halb neun.

»Eher ungewöhnlich für einen Freundschaftsbesuch, oder? Selbst wenn man eine frischgebackene Witwe trösten muss.« Er stellte den Wagen vor dem halbhohen Gartenzaun ab und wackelte mit den Augenbrauen. »Wobei ›trösten‹ ja relativ ist.«

»Du meinst doch nicht wirklich …?« Dass Beate Wahlner ein über Freundschaft hinausgehendes Verhältnis zum Kompagnon ihres Mannes hatte, konnte ich mir nicht vorstellen. »Das ist doch eine attraktive Frau. Die wird doch nicht mit dem –«

»Wie, beurteilst du jetzt etwa nach dem Aussehen?«, fiel Raphael mir spöttisch ins Wort.

»Ich doch nicht.« Schnell packte ich jeglichen Anflug von Oberflächlichkeit wieder weg. »Aber glaubst du echt? Das wäre ja Sodom und Gomorrha.«

»Und somit ziemlich realistisch.«

Raphael sollte recht behalten.

»Ich habe mich damals einfach in den falschen Chef verliebt«, sagte Beate Wahlner mit einem hilflosen Achselzucken, das ihr mädchenhaft-unschuldiges Aussehen nur noch unterstrich. »Mit Mitte zwanzig, leicht zu blenden, hat mich Jan natürlich mehr beeindruckt. Aber jetzt ...« Sie rief mahnend, aber liebevoll nach Lena, die in ihrem Zimmer einen ziemlichen Radau verursachte. Schnell kehrte wieder Ruhe ein.

»Also, was wollen Sie wissen?«, fragte sie und nahm einen Schluck aus ihrer Kaffeetasse.

»Am besten alles, Frau Wahlner. Zum Beispiel, ob Ihr Mann von Ihrem Verhältnis wusste. Oder ob Herr Hoyer wollte, dass Sie Ihren Mann verlassen.«

»In Ordnung.« Sie schenkte mir Kaffee nach, stand auf, um das Baby, das sich frei gestrampelt hatte, zuzudecken. Dann setzte sie sich wieder auf die Couch und begann zu erzählen.

Sie hatte schon als Studentin bei HEUREKA gejobbt; Sascha Hoyer kannte sie noch vom Studium, er war an der Uni einer ihrer Tutoren gewesen. Jan Wahlner hingegen lernte sie erst bei HEUREKA kennen, aber es dauerte nicht lange, bis er sich auffällig für sie interessierte. Sie zögerte zunächst, aber als sie nach Abschluss ihres Studiums eine feste Stelle in der Firma angeboten bekam und somit nicht mehr die Gefahr bestand, als »eine, die sich hochgeschlafen hat«, bezeichnet zu werden, ließ sie sich doch auf ihn ein. Die beiden heirateten zwei Jahre später, und nach einem weiteren Jahr wurde Lena geboren. »Bis dahin lief alles nach Plan«, sagte Beate Wahlner.

Dann war es schwierig geworden. Ihr Mann und sie lebten sich mehr und mehr auseinander. Für Beate Wahlner stand die kleine Tochter im Vordergrund, Wahlner selbst konnte mit seiner

Familie plötzlich nicht mehr allzu viel anfangen und verbrachte mehr und mehr Zeit in der Firma. Dabei stritten sie nicht, nur die Distanz wurde größer. Und die Gefühle schwanden. Sascha Hoyer hingegen legte in dieser Zeit das Interesse für Lena an den Tag, das Beate Wahlner eigentlich von Jan erwartet hätte. Nach und nach verliebte sie sich in ihn, und genau darauf hatte Sascha Hoyer schon viele Jahre gewartet. »Irgendwann habe ich ihn gefragt, warum er nie ein Wort über seine Gefühle verloren hat.« Sie lächelte.

»Was hat er geantwortet?«

»Dass mich das nicht interessiert hätte.« Mit einem melancholischen Seufzen streifte sie sich das lange Haar hinter die Schulter. »Er hatte wohl recht.«

Nachdem sie sich ihrer Gefühle sicher war, wollte Beate Wahlner klare Fronten schaffen. Sie hatte zwar Sorge, damit die Freundschaft der beiden Männer zu zerstören, aber eine heimliche Affäre führen und Jan hintergehen, das brachte sie einfach nicht fertig. »Also haben Sascha und ich ihm reinen Wein eingeschenkt.«

Wieder stand sie auf, dieses Mal, um Raphael nachzuschenken, der ungeduldig mit den Fingerkuppen auf seinen Oberschenkel trommelte. »Und dann?«

Die Reaktion ihres Ehemanns war ganz anders ausgefallen als erwartet. Beate Wahlner hatte einen cholerischen Ausbruch erwartet, die klassische Wut des Betrogenen und Gekränkten. Oder maßlose Enttäuschung. Stattdessen hatte Jan Wahlner das getan, was er schon längst hätte tun sollen: Eingestanden, dass seine vermeintlich großen Gefühle nach der Geburt Lenas merklich abgekühlt waren. Bezweifelt, dass er in der Lage war, wirklich und dauerhaft zu lieben. Zugegeben, dass er seinem Jagdtrieb schon längst außerehelich nachgegangen war. Aber auch beteuert, dass er sich Beate, wenn auch nicht in Liebe, so doch in Freundschaft verbunden fühlte, sich in ihrer Gegenwart wohlfühlte und ihr nur das Beste wünschte – auch wenn »das Beste« in diesem Fall Sascha Hoyer hieß und sein Kumpel war. Und dann hatte er einen Vorschlag gemacht, den Beate Wahlner zunächst als völlig absurd verworfen, nach einigen Tagen des Nachdenkens jedoch tatsächlich als beste Lösung für alle erachtet hatte: Sie und Jan blieben nach außen hin ein Paar, er akzeptierte ihre Beziehung zu Sascha und ging seinen eigenen Liebschaften nach, aber zu Hause sollte das eingespielte Miteinander, nicht zuletzt wegen Lena, fortgeführt werden.

»Weshalb wollte er das?« Verständnislos schüttelte Raphael den Kopf. Wieder einmal stellte ich fest, dass er wirklich kein Freund von Halbherzigkeit war. »Was hatte Ihr Mann davon?«

»Ein ordentliches Zuhause mit Menschen, die er mag«, antwortete Beate Wahlner leichthin. »Jemanden, der für ihn kocht, die Wäsche wäscht und trotzdem nicht meckert, wenn er spät nach Hause kommt. Und –« Sie brach ab und blickte sinnierend auf ihre langen schlanken Finger.

»Und jemanden, hinter dem er sich verstecken kann, wenn eine seiner Affären doch mal mehr will«, führte ich ihren Satz fort. »Richtig?«

Sie lächelte mir verhalten zu. »Ja, genau daran habe ich gedacht.«

»Und Sie?«, fragte Raphael verständnislos. »Was hatten Sie davon?«

»Finanzielle Sicherheit. Die vertraute Umgebung. Und ein friedliches Leben.« Sie sah von ihren Händen auf. »Sie müssen sich das wie eine WG vorstellen. Wir waren auf unsere Art glücklich.«

Auch mir erschien das natürlich ungewöhnlich, aber dennoch glaubwürdig. Sie hegte keinen Groll, war nicht wütend oder enttäuscht, wirkte nicht frustriert. Ich meinte, eine leise Melancholie zu spüren, aber die schob ich auf die Irrungen, die nun mal jeder im Laufe seines Lebens durchmachen musste. Und auf Jan Wahlners Tod natürlich. Den Tod eines Freundes und des Vaters ihrer –

»Und Herr Hoyer?«, platzte Raphael heraus. »Fand der das vielleicht auch ganz nett? Dass Sie hier mit dem Mann zusammenleben, dem er Jahre zuvor schon den Vortritt lassen musste?«

Beate Wahlner hob abwägend die Hand. »Vielleicht war es ihm einfach zu riskant. Und … Sascha mag keine Veränderungen.« Sie unterdrückte ein Schmunzeln. »Allein deshalb fand er diese Lösung wohl auch ganz beruhigend. Natürlich unter der Prämisse, dass Jan und ich eben nur noch auf dem Papier verheiratet sind.«

»Das Baby …«, begann ich.

»Lara ist von Sascha«, antwortete sie mit einer Abgeklärtheit, die angesichts ihrer zarten, beinahe naiv wirkenden Art ziemlich absurd daherkam. »Ganz genau.«

»Und Herr Hoyer«, Raphael beugte sich weiter vor, »wollte Ihren Mann wirklich nicht loswerden? Ich meine … Sie haben ein Kind zusammen!« So fassungslos hatte ich ihn selten gesehen.

»Ich weiß, Sie suchen Jans Mörder«, antwortete sie ruhig, »aber ich muss Sie enttäuschen: Sascha hat nicht unter der Situation gelitten. Wir haben uns alle ganz gut daran gewöhnt, auch wenn die Konstellation vielleicht etwas ungewöhnlich war.« Wieder lächelte sie.

Nein, nach Leid und emotionaler Hochspannung sah das wirklich nicht aus. Aber wer wusste schon, wie Sascha Hoyer wirklich darüber dachte? »Nun gut«, kommentierte ich lax, um Beate Wahlner nicht in Alarmbereitschaft zu versetzen. »Wer hatte denn Ihrer Meinung nach ein Interesse am Tod Ihres Mannes?«

Sie lachte trocken auf, als wäre diese Frage völlig absurd. »Wollen Sie mich nicht lieber fragen, wer nicht?« Das Baby fing an, leise zu wimmern, und sofort stand Beate Wahlner auf, nahm es aus der Wiege und setzte es sich auf den Schoß.

»Bei HEUREKA gibt es so viele Leute, die für ihre Karriere über Leichen gehen würden: Leo Wollenschläger, die Geier – mit den beiden hatte ich auch größere Probleme damals –, dann diese Jessica am Empfang, die komplette Technikabteilung … Aber Jan hat diese Mentalität immer geschürt, angeblich, weil nur Konkurrenzdenken das Beste aus den Leuten herausholt.« Wieder dieses leise und bittere Lachen. Das Baby wimmerte weiter. »Ich persönlich glaube, genau das ist ihm jetzt zum Verhängnis geworden.«

***

Celia drehte sich mit einem behaglichen Schnurren in ihrem Bett um. Sie war in der Nacht nur einmal aufgestanden, um eine Tablette gegen die Magenschmerzen zu nehmen, die sie geweckt hatten, aber dann hatte sie endlich selig durchgeschlummert, ohne Angstzustände, ohne mitten in der Nacht aus dem Schlaf zu schrecken, weil sie geträumt hatte, in der Arbeit etwas Wichtiges vergessen zu haben. Jetzt zog sie sich die Decke halb übers Gesicht, seufzte wohlig, blinzelte durch die noch schweren Lider und schloss die Augen wieder. Vielleicht noch eine Stunde schlafen. Oder zwei. Oder auch drei, heute war schließlich Samstag, und dieses Wochenende hatte sie sich hart genug verdient.

Sie wusste nicht, wie lange sie noch vor sich hin gedöst hatte, als das Schrillen des Handys auf ihrem Nachttisch sie endgültig aus dem Schlaf riss. Sofort fing ihr Herz an, hart gegen den Brustkorb zu schlagen. Ein Blick auf das Display ließ sie aber beruhigt aufatmen. André. Der würde sie bestimmt wie so oft fragen, ob sie denn nicht Lust hätte, abends mit ihm ins Kino zu gehen. Gewohnheitsmäßig dachte sie vorsorglich über eine Ausrede nach, aber als ihr auf die Schnelle nichts einfiel, entschied sie sich anders. Vielleicht war das ja mal ganz nett – André, der sie umsorgte, ein lustiger Film …

»Hallo, André«, murmelte sie ins Telefon.

»Hi, Celi, ich bin gerade in der Firma.« André schluckte schwer.

Er arbeitete manchmal auch am Wochenende, wo hauptsächlich die Studenten damit beschäftigt waren, die Kundenbetreuung am Laufen zu halten. Aber weshalb er sich so aufgebracht anhörte, verstand sie nicht. »Leo ist gerade hier reingefegt. Du hast ihm doch gestern die Texte ins Fach gelegt, oder?«

»Ja, natürlich«, antwortete Celia, setzte sich eilends auf und griff nach der Bettdecke, die im Begriff war, auf den Boden zu rutschen.

»Er behauptet, dass in seinem Fach keine Texte waren! Und jetzt hat er einen Riesenaufstand gemacht und ist in Saschas Büro gestürmt.«

»Aber …«, stammelte Celia. Natürlich hatte sie die Texte in Leos Fach gelegt! »Was machen denn die beiden in der Firma? Heute ist doch Samstag?«, fragte sie stattdessen.

»Sascha macht Bürokram, und Leo hat behauptet, er wollte dir noch eine Chance geben bis heute früh.«

»Aber ich habe die Texte –«

»Das glaube ich dir ja«, fiel André ihr ins Wort. »Aber das hilft jetzt nichts. Wo hast du die Texte gespeichert?«

»Auf meinem Desktop«, antwortete Celia kläglich. »Ein Word-Dokument, ›Seitensprung.doc‹. Und auf dem Laufwerk, auf das wir alle zugreifen können, habe ich eine Sicherungskopie mit dem gleichen Namen. Im Projektordner, wie immer.«

Sie hörte André wild mit der Maus klicken. »Auf dem Desktop, bist du sicher?«

»Ja, natürlich.« Ihre Stimme versagte beinahe vor Anspannung.

»Da ist nichts, Celia! Hast du sie versehentlich gelöscht?« André klang aufgebracht. »Nein, kann nicht sein, der Papierkorb ist auch leer.«

»Das kann nicht sein«, versuchte sie André und sich selbst zu beruhigen. »Den habe ich schon ewig nicht mehr geleert.« Die Panik schnürte ihr die Luft ab, während sie noch versuchte zu verstehen, was hier vor sich ging.

»Und im Projektordner auf dem Sammellaufwerk ist auch nichts. Verdammte Scheiße!«

Sie hörte, wie André mit der flachen Hand auf den Tisch schlug, und brach in Tränen aus.

»Celia«, sagte er beschwörend, »nicht weinen … Uns fällt schon was ein.«

»Wie kann das sein?«, schluchzte sie. Das war einfach zu viel. Sie hatte diese Datei gespeichert, das wusste sie genau! Wer sabotierte sie hier auf diese hinterhältige Art und Weise?

»Ich weiß es nicht«, antwortete André erbittert. »Irgendwer zieht hier eine ganz miese Show ab. Aber jetzt müssen wir erst mal zusehen, dass wir Leo beruhigen.«

Plötzlich ereilte sie ein Geistesblitz. »Wanja hat mich gesehen, als ich die Texte in Leos Fach gelegt habe. Wanja aus der Technik.«

»Ich glaube, der hat heute Dienst … Bleib mal in der Leitung.«

Celia hörte ein Knacken, dann ertönte die dynamische Verbindungsmelodie und raubte ihr den letzten Nerv. Immer noch strömten ihr die Tränen übers Gesicht, sie versuchte mit fahrigen

Händen, sie wegzuwischen, aber schließlich gab sie es auf. Nach einer gefühlten Ewigkeit hörte sie wieder Andrés Stimme.

»Wanja sagt, dass er dich zwar bei den Fächern gesehen hat, aber nicht, wie du etwas in Leos Fach gelegt hast.«

Celia schluchzte auf, die Kehle tat ihr weh, aber sie konnte sich nicht bremsen.

»Und«, fuhr André zögerlich fort, »er kann die Datei nicht rekonstruieren. Die Datensicherung ist gestern Abend nicht durchgelaufen, sagt er. Zurzeit gibt es da öfter irgendwelche technischen Schwierigkeiten …«

»Und jetzt?«, würgte sie hervor.

»Ich weiß es nicht, Celi. Ich komm gleich zu dir, okay?« André atmete tief durch, auch er schien reichlich mitgenommen. »Keine Ahnung, was wir jetzt noch machen können. Aber du hast doch am Montagmorgen den Termin bei Sascha … Vielleicht kannst du alles erklären?«

»Glaubst du?«, fragte sie mit Grabesstimme. »Was hat Leo gesagt, bevor er zu Sascha ins Büro gestürmt ist?«

André zögerte.

»Sag schon, André. Bitte.«

Wieder hörte sie ihn lautstark einatmen, als müsste er sich erst sammeln. »Dass er dich jetzt endgültig feuern lässt.«

***

Nach ein paar Stunden öder Schreibarbeit im Büro, in denen wir kollektiv versuchten, die bürokratischen Versäumnisse der letzten Woche nachzuholen, hatte ich gerade noch ausreichend Zeit, mich von Raphael nach Hause befördern zu lassen und meinen Rucksack zu packen, ehe Nicole – wie üblich – Sturm klingelte.

»Komme schon«, rief ich gehetzt in die Gegensprechanlage.

»Auf geht's! Zumba!«, quietschte Nicoles Stimme völlig übermotiviert aus dem Lautsprecher.

»Ja, genau. Zumba«, murmelte ich vor mich hin und warf mir den Rucksack über die Schulter. Anscheinend war Nicole wieder mal vor dem ersten Vollkontakt bereits mit dem Trend-Virus infiziert.

Als ich zu ihr in den Wagen stieg, lächelte sie mir erwartungsfroh entgegen. »Na, freust du dich auch schon so?«

»Erst mal angucken, den Quatsch«, antwortete ich in meiner gewohnt enthusiastischen Art. »Und falls du's vergessen hast: Ich mache nicht aus Begeisterung Sport, sondern aus purer Notwendigkeit.«

»Pff«, machte sie nur und fuhr schwungvoll los. Aus den Lautsprechern dröhnten – wohl zur Einstimmung – lateinamerikanische Rhythmen, während wir uns durch den samstäglichen Shoppingverkehr quälten.

Unweigerlich kehrten meine Gedanken wieder zurück zu Beate Wahlner und damit auch zu Sascha Hoyer. Raphael beharrte darauf, dass sich kein Mann damit abfinden würde, seine angeblich große Liebe in trauter, wenn auch nur vorgetäuschter Familienidylle mit dem Nebenbuhler zu wissen. Aber Raphael hatte, auch wenn ich das früher nicht geglaubt hätte, doch sehr strikte Vorstellungen von Beziehungen. Früher hatte ich ihn für einen oberflächlichen Aufreißer gehalten, aber mit dieser Einschätzung hatte ich mich gründlich getäuscht. Mit Haut und Haar hatte er sich auf unsere Beziehung eingelassen, und das Gleiche forderte er auch von mir. Was mir, nach Jahren des Singledaseins, immer noch ein bisschen schwerfiel. Allerdings –

»Willst du mich denn gar nicht wegen München um Rat fragen?«, platzte Nicole mit beleidigtem Unterton heraus und sah die rote Ampel, an der wir standen, vorwurfsvoll an.

Hätte ich mir ja denken können, dass Hannes seine Klappe nicht gehalten hatte. »Doch, das hätte ich schon noch. Aber ...« Ich seufzte. »Ich bin selbst so unentschlossen. Und vollkommen unmotiviert, überhaupt richtig darüber nachzudenken. Ich habe das Gefühl, je mehr Leute Bescheid wissen, umso widersprüchlicher sind die Meinungen. Dabei habe ich ohnehin keine Ahnung, was ich tun soll.«

Mit etwas milderem Gesichtsausdruck nickte Nicole und trat aufs Gas, als die Ampel endlich umschaltete. »Verstehe ich. Wie sehr interessiert dich dieser Job eigentlich wirklich im Vergleich zu deinem jetzigen?«

Das hatte immerhin noch niemand gefragt. Noch nicht mal ich

mich selbst. Unschlüssig zuckte ich die Achseln. »Die Stellenbeschreibung klingt schon gut. Aber es wäre halt ein reiner Bürojob, ich würde die Leute an der Front nur noch koordinieren.«

Nicole warf mir einen skeptischen Seitenblick zu.

»Ich weiß auch nicht, ob das was für mich ist«, stimmte ich zu. »Ich meine, manchmal habe ich schon das Gefühl, dass mir diese ganzen verkorksten Leute, mit denen ich ständig reden muss, zu viel werden. Aber meistens macht es mir Spaß, trotz aller Tragik. Nur: Wie lange noch?«

»Das weiß man doch nie, Sarah. Du kannst doch keinen Job annehmen, von dem du nicht weißt, ob er dir gefällt, nur weil du Angst hast, dass du in zehn Jahren keinen Bock mehr auf deinen jetzigen Job hast!«

»Natürlich nicht«, gab ich ihr zerknirscht recht. »Aber es wäre eben auch ein richtig gutes Karrieresprungbrett.«

»Ich wusste gar nicht, dass du Polizeipräsidentin werden willst«, antwortete sie augenzwinkernd. »Im Ernst, Sarah. Bis jetzt hatte ich das Gefühl, dass dir dein Job zwar wichtig ist und du auch weiterkommen willst, aber ich hatte nie den Eindruck, dass du Ambitionen hast, der Oberboss zu werden und allen zu zeigen, was eine Harke ist.«

»Aber«, wandte ich ein, »darf man das überhaupt ablehnen, wenn einem die Chance darauf angeboten wird? Ich meine, wie viele Frauen in meinem Alter bekommen in einer Männerdomäne schon so eine Möglichkeit?«

»Aha«, sagte Nicole und steuerte den Wagen rasant auf den Parkplatz des Fitnessstudios. »Daher weht der Wind. Du fürchtest um die weibliche Emanzipation insgesamt und um deine ganz besonders, wenn du dein berufliches Vorwärtskommen nicht über alles andere stellst. Richtig?«

Damit hatte sie gar nicht so unrecht, auch wenn das natürlich nicht der einzige Punkt war. Also neigte ich abwägend den Kopf, stieg aus und verfluchte das LKA wieder einmal dafür, ausgerechnet mich so in die Bredouille zu bringen.

»Und dafür«, fuhr sie fort, während sie neben mir zum Eingang trabte, »überlegst du ernsthaft, einen Job aufzugeben, den du magst. Deine Wohnung, in der du dich rundum wohlfühlst.

Deine Heimatstadt, an der dein Herz hängt, in der deine Familie lebt, deine Freunde und der Mann, den du liebst.« Die letzten Worte hatte sie mit Nachdruck gesprochen. »Und das ist das Hauptproblem, oder?«

Wir eilten an der schwitzenden Horde vorbei, die verbissen die Crosstrainer, Ergometer, Laufbänder und sonstigen Foltergeräte malträtierte. Nicole erhob die Stimme, um gegen die Geräuschkulisse anzukommen. »Gäbe es Raphael nicht, könntest du dich viel leichter *gegen* diesen Job entscheiden. So hat es den faden Beigeschmack von ›Kaum hat sie einen Freund, verzichtet sie auf die Karriere‹. Und diesen Schuh willst du dir partout nicht anziehen. Stimmt's?« Sie drückte mit Schwung die Tür zu den Umkleiden auf, erschlug dabei beinahe eine mollige Mittfünfzigerin, die den Raum gerade verlassen wollte, entschuldigte sich hastig und warf mir einen prüfenden Blick zu.

Mit dieser Aussage hatte sie, obwohl mir das selbst vorher nicht richtig bewusst gewesen war, nun leider vollends ins Schwarze getroffen.

Anscheinend war mir das mal wieder nur allzu deutlich anzusehen. Zufrieden nickte sie, bevor sie ihren Pulli über den Kopf streifte und, wie ich erstaunt registrierte, in ein knallgelbes T-Shirt mit der blauen Aufschrift »ZUMBA« schlüpfte. Vor allem in der Kombination mit ihrer leuchtend lilafarbenen Sporthose erschien mir das doch sehr gewagt.

»Wusste ich's doch. Aber ich sag dir mal was, Sarah«, fuhr sie bedeutungsschwanger fort und kramte in ihrer Sporttasche. »Emanzipiert ist es, das zu tun, was du tun willst. Nicht das, was die Gesellschaft – welche Gesellschaft auch immer – von dir erwartet.«

Das erschien mir nun beinahe weise: Sowohl Nicoles plötzliche Fähigkeit, sich in meinen manchmal etwas verquer funktionierenden Kopf zu denken, als auch ihre Haltung zu meinem Dilemma. Darüber würde ich nachdenken müssen.

Eilends schlüpfte ich aus der Winterjacke, während Nicole in ihrer Tasche kramte und schließlich ein HEUREKA-orangefarbenes Stück Stoff zutage förderte, das sie sich zu allem Überfluss um den Kopf band. Mit gelinder Verzweiflung registrierte ich, dass somit nun auch über ihrer Stirn der ZUMBA-Schriftzug prangte. Nicole machte keine halben Sachen, so viel stand fest.

Seufzend öffnete ich endlich meinen Rucksack und holte das übliche graue Top und die schon leicht ausgewaschene schwarze Sporthose hervor, was nun im Gegenzug von Nicole skeptisch beäugt wurde.

»Ach Mann, Sarah. Immer dieses Grau in Grau. Zumba ist fröhlich!«, quietschte sie und erntete dafür ein zustimmendes Nicken von den umstehenden Damen, die sich nach und nach in ähnlich interessante Farbkombinationen wie Nicole hüllten.

»Sorry. Beim nächsten Mal dann«, antwortete ich und stellte fest, dass sie es tatsächlich geschafft hatte, mich wieder ein wenig aufzuheitern. »Aber bei dir fehlt mir irgendwie noch der Grünton im Outfit. So ist das einfach zu dezent.«

Nicole grinste, schob die Beine ihrer Sporthose bis zu den Knien nach oben und band sie dort an der Seitenlasche fest. Dann zog sie ihre hohen Stiefel aus und wackelte mit den Füßen. Die mir, in grellgrüne Kniestrümpfe gehüllt, munter entgegenleuchteten.

***

Sie grübelte schon wieder. Das ganze Wochenende war Sarah ziemlich geistesabwesend gewesen, hatte in jeder stillen Minute angestrengt die Zähne zusammengepresst und war zusammengezuckt, sobald Raphael sie unerwartet angesprochen hatte. Auch jetzt stand sie reglos in seinem Badezimmer, die Wimperntusche unbeachtet in der rechten Hand, und starrte gedankenverloren auf ihr Spiegelbild.

Es war nicht schwer zu erkennen, dass der Gedanke an München und das LKA sie auf Schritt und Tritt verfolgte, sobald sie nicht durch eine wie auch immer geartete andere Aktivität abgelenkt war. Zu gern hätte er ihr die Entscheidung abgenommen – und damit natürlich auch seine eigenen Sorgen eliminiert. Er wollte sich einfach kein Leben vorstellen ohne ihre Gegenwart, ohne all das, was er in den letzten Monaten so lieb gewonnen hatte. Und es war doch auch einfach nicht fair, schon jetzt! Wo er sich noch nicht einmal richtig daran gewöhnt hatte, sie auch in seiner Freizeit um sich zu haben. Denn in manchen Momenten konnte er sein Glück immer noch nicht fassen.

Manchmal wachte er in der Nacht davon auf, dass ihn ihre wuscheligen dunklen Haare im Gesicht kitzelten, weil sie sich so eng an ihn kuschelte. Vielleicht würde das sogar irgendwann anfangen zu nerven. Vielleicht würde sie auch in ein paar Monaten nicht mehr ganz so viel Lust auf engsten Körperkontakt haben. Aber er wollte einfach noch die Chance haben, das herauszufinden! Jetzt, an diesem Punkt, wo er nachts lächelnd seine Nase in ihrem duftenden Haar vergrub, es dann glatt strich und selig wieder einschlummerte, fühlte sich die Vorstellung, dass all das wohl schon bald ein Ende haben würde, wie ein mörderischer Schlag in die Magengrube an.

Sarah zuckte zusammen, als sie Raphael, der am Türrahmen lehnte, bemerkte. Im Spiegel suchte sie seinen Blick, dann lächelte sie ihm zu. Er liebte dieses Lächeln. Und er liebte dieses Gesicht, das ihn so faszinierte, weil es oft innerhalb von Sekunden so unterschiedlich wirkte. Ja, man konnte beinahe jede Gefühlsregung ablesen, sofern sie das nicht mit aller Macht zu verhindern versuchte. Manchmal wirkte sie mit ihren hellbraunen Augen und den vollen, fast trotzig aufgeworfenen Lippen mädchenhaft, beinahe unschuldig. Im nächsten Moment, meistens im Job, konnte sie aber so tough und knallhart wirken, dass er meinte, eine andere Frau vor sich stehen zu haben. Oft hob sie dann skeptisch eine ihrer schwarzen, schön geschwungenen Augenbrauen und feuerte Blicke ab, die durchdringender nicht sein konnten. Eines war ihr Gesicht aber für ihn immer: unglaublich anziehend. Nur im Augenblick trotz des Lächelns ziemlich betrübt.

»Bist du noch deprimiert, weil du gestern nicht mit einem spektakulären Zumba-Outfit aufwarten konntest?«, fragte er. Meine Fresse, Jordan. Du warst aber auch schon mal witziger.

Trotzdem grinste Sarah dankbar und schraubte endlich das Wimperntusche-Fläschchen auf. »Ach, das Outfit macht mir eigentlich weniger Sorgen. Es ist eher der Hüftschwung. Irgendwie ist der noch nicht ganz konkurrenzfähig.« Sie riss die Augen auf, öffnete leicht den Mund und fing an, mit enormer Konzentration zu tuschen.

»Ich find deinen Hüftschwung ziemlich gut«, antwortete er.

Sie unterbrach ihre Bemühungen um ihre Wimpern und zwinkerte ihm zu. Prompt blieben unter dem Auge schwarze Tuschekleckse zurück. »Mist, verdammter.« Sie zerrte ein Kleenex aus der Box und fuhrwerkte damit grob im Gesicht herum. Schließlich war die Tusche weg, dafür ihre Haut knallrot.

Normalerweise hätte sie ihn jetzt gerügt, weil er wieder einmal ignoriert hatte, dass sie nicht in der Lage war, sich ohne größere optische Schäden gleichzeitig die Wimpern zu tuschen und mit ihm zu reden. Heute aber schien ihr nichts ferner zu liegen, als zu meckern. Stattdessen räumte sie die Wimperntusche und das Make-up zurück in ihre Kosmetiktasche, legte sie achtlos auf die Waschmaschine und lehnte sich dann an ihn.

»Willst du dich eigentlich nicht langsam anziehen?«, fragte sie und sah zu ihm auf. »Oder meinst du, du solltest Hannes mal was Gutes tun und mit nacktem Oberkörper aufkreuzen?«

»Das mache ich dann im Sommer«, antwortete Raphael. Wie immer am Sonntagabend stand der obligatorische Wochenausklang mit Sarahs Freunden im »Palletti« an. Meistens schloss er sich Sarah an, nachdem ihre Freundinnen und Hannes der Meinung waren, dass ein heterosexueller Mann in der Runde die doch recht oft männerlastigen Gespräche um eine interessante Sicht bereicherte. Heute aber hatte er sich anders entschieden. »Ich bleibe zu Hause, okay?«

Sie nickte, allerdings nicht halb so erfreut, wie er das erwartet hatte. »Bist du doch noch sauer?«

»Quatsch«, antwortete er, beugte sich zu ihr hinab und küsste sie auf die Stirn. »Ich dachte … vielleicht willst du ungestört mit den anderen über München und das LKA reden. Ohne despotischen Mann neben dir, der dich am liebsten in Regensburg festketten würde.« Ach, was bist du wieder edel, Jordan. Dabei spekulierte er doch auf Sarahs Freunde, die ihr hoffentlich klarmachen würden, dass eine glückliche Beziehung wichtiger war als jeder noch so tolle Job.

»Das ist lieb von dir.« Sie stellte sich auf die Zehenspitzen und drückte ihm einen flüchtigen Kuss auf die Lippen.

Lieb? Eher ganz schön hinterhältig, wenn er so darüber nachdachte. Irgendwann in den letzten Jahren hatte er sich anscheinend zu einem ziemlichen Egoisten entwickelt.

»Und was machst du?«, fragte sie und schlüpfte in die Stiefel.

»Notfalls schau ich mir den ›Tatort‹ an.« Er antwortete betont beiläufig, ganz so, als nähme er heroisch einen grauenvoll langweiligen Abend in Kauf, um sie in seiner selbstlosen Art nur ja nicht in der Entscheidungsfindung zu beeinflussen.

»Heute ermitteln die Münchner«, antwortete sie mit Grabesstimme und nahm den Anorak vom Garderobenhaken.

Auch das noch. »Soll ich die zukünftigen Kollegen von dir grüßen?«, fragte er mit deutlicher Schärfe und verfluchte sich im nächsten Moment selbst dafür. Scheiße, das hatte nicht dem Plan entsprochen, ihr zu demonstrieren, dass man so einen einfühlsamen und vor allem rücksichtsvollen Traummann wie ihn definitiv nicht wegen eines Jobs allein in der Provinz sitzen lassen konnte. »Sorry«, fügte er noch schnell hinzu, aber Sarah winkte ab.

»Die beiden arbeiten bei der Kripo, nicht beim LKA.« Sie klang eher müde als wütend. Langsam öffnete sie die Tür und trat hinaus ins Treppenhaus. »Aber grüß sie ruhig trotzdem.«

Er starrte noch ein paar Minuten auf die geschlossene Wohnungstür, bevor er die angebrochene Schachtel Zigaretten aus dem Versteck im Kleiderschrank holte.

SIEBEN

Es war zehn Minuten vor neun, als Celia am Montagmorgen die Glastür zur Firma aufstieß. Jessica thronte wie üblich am Empfang, grüßte aber nicht, sondern schüttelte nur pikiert den Kopf und wandte sich wieder ihrer Arbeit zu.

Celia eilte ebenso grußlos an ihr vorüber und beschwor sich selbst, sich nicht zu ärgern. Das war doch hier immer so, das war doch altbekannt – wer in Ungnade gefallen war, brauchte auf die Sympathie der Kollegen nicht mehr zu hoffen. Sei nicht ungerecht, vergiss André nicht, schalt sie sich im nächsten Augenblick selbst. Und Simone natürlich; die war wenigstens einigermaßen neutral.

Wie auf Kommando öffnete sich Simones Bürotür. »Na endlich! Sascha fragt schon seit einer halben Stunde, wann du dich endlich mal in sein Büro bequemst.« Der strafende Blick, mit dem sie Celia musterte, wäre gar nicht mehr nötig gewesen.

Aber … »Wir hatten doch neun Uhr vereinbart, oder?« Ihre Stimme klang selbst in ihren eigenen Ohren unangenehm schrill. Schon wieder zuckte ein stechender Schmerz durch Celias Magengrube. Sie brauchte unbedingt noch eine Tablette, wenn sie diesen Termin überstehen wollte.

»Ja«, antwortete Simone kühl, »aber in ein paar Minuten steht schon wieder die Polizei auf der Matte. Und wir sind davon ausgegangen, dass du wenigstens heute mal ein paar Minuten früher da bist als sonst.«

Celia schluckte die Wut zusammen mit dem sauren Geschmack in ihrem Mund hinunter. Zu erwähnen, dass sie die ganze vergangene Woche jeden Tag vor acht Uhr an ihrem Schreibtisch gesessen war, lohnte jetzt auch nicht mehr. Plötzlich fühlte sie sich unendlich müde, wie erschlagen, und die Aussicht, gleich bei einem ungeduldigen Sascha ihren Job retten zu müssen, bewirkte nur, dass sie sich am liebsten wieder ins Bett verkrochen und die Firma nie wieder betreten hätte. »Warum hast du nicht angerufen?«, fragte sie und verfluchte sich für das Zittern in ihrer Stimme.

»Weil du deswegen auch nicht schneller gewesen wärst beim Aufbrezeln. Aber egal, es wird sowieso nicht lange dauern.« Mit einem letzten abweisenden Blick öffnete Simone ihre Bürotür wieder. »Ich melde dich direkt an. Sei so gut und beeil dich ausnahmsweise mal.«

Die Tür schloss sich hinter Simone, und Celia sank entmutigt gegen die Wand. Warum bloß war nun auch noch Simone so gehässig? Es ging ihr nicht um Simone selbst, an deren Freundschaft hatte sie nach wie vor kein allzu großes Interesse. Es ging einfach nur darum, ein wenig moralische Unterstützung zu bekommen, jetzt, wo sie sie so dringend brauchte. Wieder krampfte sich ihr Magen zusammen. Sie wühlte in ihrer Tasche nach den Tabletten und fand sie endlich, als sie im eigenen Büro angelangt war, wo André schon am Schreibtisch saß. Sofort sprang er auf.

»Hey, das schaffst du«, flüsterte er und knuffte sie zart in die Seite. Wenigstens er hatte nicht die Seiten gewechselt. Aber das hatte sie ja ohnehin gewusst.

»Simone hat mich gerade angeblafft. Sascha wollte die Audienz spontan vorverlegen. Und ausgerechnet heute …« Sie brach ab und versuchte, gegen die Tränen anzukämpfen. Warum nur war sie so eine verdammte Heulsuse geworden?

»Schhh«, machte André. »Nicht weinen. Das ist doch nur wieder eine kleine Schikane am Rande. Neun Uhr war vereinbart, du bist pünktlich da, also ist alles bestens. Und jetzt auf in den Kampf!« Er nahm sie mit einer kurzen, unentschlossenen Geste in den Arm, lächelte noch einmal aufmunternd zu ihr herunter und nahm ihr dann die Jacke ab.

Ja, auf in den Kampf. Nur dass sie sich leider absolut nicht bereit fühlte zu kämpfen.

Mühsam unterdrückte sie das Zittern ihrer Hände, als sie an Saschas Tür klopfte und sein leises, aber bestimmtes »Herein« vernahm. Keine Schwäche zeigen, Celi. Wer sich wie ein Opfer benimmt, wird auch zum Opfer!

Mit vorgerecktem Kinn betrat sie das Büro und bemühte sich um einen forschen Schritt zum Besucherstuhl. Sascha sah sie nicht an, sondern fixierte den mittleren Monitor mit einer Miene, die darauf schließen ließ, dass sich vor seinen Augen gerade immens wichtige Dinge abspielten. Weitaus wichtiger als Celias Zukunft bei HEUREKA natürlich. Lass dich nicht aus dem Konzept bringen, beschwor sie sich selbst.

»Guten Morgen, Sascha. Toll, dass es jetzt doch noch geklappt hat!«

»Äh, ja«, antwortete er, riss den Blick mühsam vom Monitor los und sah sie, wohl ob ihres fröhlichen, dynamischen Tonfalls, verwundert an. Wahrscheinlich hielt er sie jetzt endgültig für durchgeknallt. »Ach, stimmt ja, du wolltest ja auch schon vor diesem Desaster mit den Texten mit mir sprechen.« Begeisterungslos deutete er auf den Besucherstuhl.

Celia setzte sich schwungvoll, auch wenn sie lieber einfach nur ermattet zusammengesunken wäre. Hatte er wirklich vergessen, dass dieser Termin auf ihre Initiative hin stattfand? Erwartete er sie nur, um ihr die Kündigung zu übergeben? Ihr Mund wurde trocken. Reiß dich zusammen, Celia!

»Also, was wolltest du?«, fragte Sascha kühl. Er sah ihr nicht in die Augen, sondern knetete wie üblich seine Hände und fühlte sich sichtlich unwohl. Wie ein Mann mit seiner mangelnden Sozialkompetenz es schaffte, Boss einer so großen Firma zu sein, leuchtete ihr wirklich nicht ein. Aber gut, bis jetzt hatte er ja auch Jan gehabt, der ihm die leidige Sache mit den Personalangelegenheiten abgenommen hatte.

Sollte sie jetzt ihr eigentliches Anliegen vorbringen? Oder sich lieber verteidigen? Schließlich schien ihm die Sache mit den Texten wirklich unter den Nägeln zu brennen. Also entschied Celia sich für Letzteres. »Ich weiß nicht, wie die Texte aus Leos Fach verschwunden sind, aber Fakt ist …«

Sascha hob abwehrend die Hand, aber Celia sprach einfach weiter. Es war ihre einzige Chance. »Ich habe sie dort hineingelegt. Sie waren fertig, André hat sie gesehen.«

»Ja«, antwortete Sascha und ließ seinen Blick zur Uhr schweifen. Auf seiner Stirn bildeten sich zarte Schweißperlen. »Das hat er mir am Samstag auch gesagt. Aber ein paar Leute meinen, André würde auch von der Steinernen Brücke springen, wenn es dir helfen würde.« Wieder knetete er seine Hände.

Celia hasste ihn für seine letzte Bemerkung. Hatte er denn

schon vergessen, wie Jan gestorben war? »Es stimmt aber«, antwortete sie automatisch. Ihre Stimme klang jetzt endlich fest, das hörte sie selbst, aber wahrscheinlich gelang ihr das nur, weil alles um sie herum wie ein Film ablief. Ein ziemlich böser Film. »Leider ist die Datei von irgendjemandem gelöscht worden, sodass ich es dir nicht beweisen kann. Aber ich habe die Texte ja erst am Freitag fertiggestellt, ich kann mich noch gut erinnern. Bis heute Abend habe ich alles rekonstruiert, versprochen.« Sie bemühte sich um einen gleichermaßen flehenden wie zuversichtlichen Blick. Leider sah Sascha sie immer noch nicht an. Warum erniedrigte sie sich eigentlich selbst so für diesen Scheißjob?

Er atmete tief durch, sodass sein dicker Bauch anfing zu wabbeln. »Ich will ehrlich sein«, sagte er. Dabei war klar, dass er das nicht wollte. Viel eher wollte er sie rasch wieder aus seinem Büro bugsieren und sich nicht mit solch unerfreulichen Angelegenheiten herumschlagen müssen, das war völlig offensichtlich. »Ich habe deine Kündigung hier in der Schublade liegen«, sagte er, und Celia blieb das Herz stehen. Sie wollte zu einer Erwiderung ansetzen, aber wieder hob Sascha die Hand wie einen Schutzschild und brachte sie so zum Schweigen.

»Es geht nicht nur um die Texte«, fuhr er fort und ließ sich jetzt von dem rechten der drei Monitore ablenken. »Vielmehr halte ich allgemein nicht besonders viel von deiner Arbeit. Das war einer der Punkte, in denen Jan und ich nicht einer Meinung waren, aber wie so oft hat er sich durchgesetzt. Nur jetzt …« Er zuckte die Achseln und klickte unsicher auf seiner Maus herum.

Ja, jetzt saß sie hier, vollkommen schutzlos. Warum konnte Jan verdammt noch mal nicht mehr am Leben sein?

»Die Arbeit, die du ablieferst, ist unter aller Kanone, sagt Leo«, fuhr Sascha fort. »Allein wie lange du für die Kalkulationen brauchst, ist grenzwertig. Und –«

In Celia explodierte die unterdrückte Wut wie ein Feuerball. »Aber das ist doch gar nicht meine Arbeit!« Sie wusste, dass sie mit diesem Temperamentsausbruch wohl alle Chancen verspielt hatte, aber jetzt war es endgültig um ihre Selbstbeherrschung geschehen. Und zu verlieren hatte sie ja ohnehin nichts mehr. »Ich bin Marketingassistentin, Sascha! Ich sollte eigentlich Marketingkonzepte ausarbeiten oder wenigstens bei der Ausarbeitung unterstützen, so wie ich das für Jan gemacht habe! Aber Leo lässt mich den ganzen Tag nur irgendwelche Zahlenkolonnen verarbeiten, obwohl er weiß, dass mir das überhaupt nicht liegt!« Sie war laut geworden, aber jetzt konnte und wollte sie nicht mehr zurückrudern.

Zu ihrem Erstaunen sah Sascha ihr jetzt erstmalig in diesem Gespräch wirklich in die Augen. »Willst du jetzt Leo schlechtmachen?«, fragte er und versuchte, süffisant zu klingen. Mit leiser Verachtung stellte Celia fest, dass ihm dafür die natürliche Arroganz fehlte. Und der Biss, den Jan gehabt hatte. »Hat er vielleicht auch die Datei gelöscht?«, fuhr Sascha fort.

»Das weiß ich nicht.« Celia war plötzlich ruhig. Der Befreiungsschlag hatte ihr gutgetan. »Aber er will mich loswerden, das steht fest. Und anscheinend«, sagte sie und deutete vage auf Saschas Schreibtischschublade, »hat er damit ja auch Erfolg.«

Sascha wedelte mit der Hand, als wären ihm all diese Querelen so lästig wie Schmeißfliegen. »Na gut ...« Er faltete die Hand vor der Nase. »Ich will nicht unfair sein. Und ich will mir auch nicht nachsagen lassen, dass ich unfair bin. Du kriegst noch eine Chance, dich zu beweisen – mit einer Aufgabe, die eindeutig in dein Ressort fällt. Bring mir heute um sechs Uhr abends die Texte für die Webseite persönlich vorbei – nicht, dass sie wieder aus irgendeinem Fach verschwinden –, dann gebe ich dir Bescheid, welches Projekt wir dir übertragen.«

Celia nahm dumpf zur Kenntnis, dass er soeben auf die sofortige Kündigung verzichtet hatte. Sie sah ihn an und wartete auf das Gefühl der Erleichterung, erkannte aber im selben Moment, dass der Kampf einfach weitergehen würde. Und sie Kraft brauchte, für alles, was jetzt noch kommen sollte.

Das Hochgefühl, das sie nach ihrem kurzen Ausbruch noch verspürt hatte, war verflogen.

***

Vor unserer nächsten Audienz bei Sascha Hoyer blieb noch Zeit, uns in der HEUREKA-Küche einen weiteren dieser unglaublich leckeren Milchkaffees zuzubereiten. Mit dampfenden Tassen ließen wir uns an dem sonst so schmählich vernachlässigten Esstisch nieder. Moritz starrte mit tranigen Augen vor sich hin – wahrscheinlich war das Wochenende wieder anstrengend gewesen –, Raphael wibbelte nervös mit den Füßen – klar, der Zigarettenentzug war beim Kaffeetrinken besonders grauenvoll –, und ich musterte beide strafend, was leider wie üblich ignoriert wurde.

In unser einträchtiges frühmorgendliches Schweigen platzte André König. Auch ohne das Foto auf der Mitarbeiterliste hätte ich ihn erkannt, seit die Flüstertüte vom Empfang uns von seiner unerwiderten Liebe zu Celia Kleingrün erzählt hatte. Schließlich war er es gewesen, der Celia bei der großen Verkündigung von Wahlners Tod so fürsorglich getröstet hatte.

Einen Augenblick überlegte ich, ob wir ihn gleich in ein Gespräch verwickeln sollten, schließlich war er einer der noch nicht abgearbeiteten Punkte auf unserer To-do-Liste, und zudem konnte so ein kleiner Plausch am Rande oftmals ergiebiger sein als ein ausführliches Gespräch. Andererseits kam sein »Morgen« reichlich knapp über die Lippen, er war blass und hatte die Stirn sorgenvoll gefurcht. Raphael sah mich verwundert an. Es war offensichtlich, dass für André König der Morgen ganz und gar nicht gut war.

»Guten Morgen«, erwiderte ich mit einem aufmunternden Lächeln, aber König stand schon am Kaffeeautomaten und stellte mit fahrigen Bewegungen eine Tasse unter. Als die Maschine lautstark zu tosen anfing, wackelte auch er ungeduldig mit der Ferse seines rechten Fußes auf und ab. Noch einer von der Sorte. Wahrscheinlich gewöhnte er sich auch gerade das Rauchen ab. Und sicher interessierte er sich ebenfalls nicht für meinen vorwurfsvollen Blick.

Er zuckte zusammen, als Celia Kleingrün mit klackernden Absätzen in die Küche stürmte, und drehte sich sofort um. »Celi, endlich! Was –«

Celia Kleingrün sah sich wie gehetzt um, erkannte uns, stufte uns anscheinend als harmlos ein und nickte André König mit einem vorsichtigen Lächeln zu. »Alles okay. Ich kann die Texte bis heute Abend nachreichen, und er will mir dann ein Projekt übertragen, so als –« Sie brach ab und sah wieder vorsichtig in unsere Richtung.

André König atmete erleichtert auf, strahlte mit einem Mal übers ganze Gesicht und riss Celia voller Begeisterung in seine Arme, mit einem Temperament, das ich ihm angesichts seiner eher zurückhaltenden Art gar nicht zugetraut hätte. Aber vielleicht unterschätzte man ihn auch bloß, weil er mit seiner Brille und dem Allerweltsgesicht so unscheinbar wirkte. »Ich hab's ja gewusst«, sagte er überschwänglich. »Gott sei Dank.«

Ich hätte zu gern noch weiter zugehört und herausgefunden, worüber König denn so unglaublich erleichtert war, aber Raphael tippte auf seine Uhr. Den viel beschäftigten Sascha Hoyer sollten wir nicht warten lassen.

Celia Kleingrün wand sich ein wenig verlegen aus Königs Umarmung, als ich an den beiden vorbei zum Geschirrspüler ging und unsere Tassen einräumte – fast fühlte ich mich schon als Teil der glücklichen HEUREKA-Familie.

Sie lächelte mich an, ihre Wangen changierten leicht ins Rötliche. Nanu, bahnte sich da jetzt, so kurz nach Wahlners Ableben, etwa doch eine Liaison mit ihrem größten Fan an? Ich lächelte zurück und verließ, mit gespitzten Ohren, hinter Raphael die Küche.

»Es ist noch nichts sicher, André.« Zum Glück war Celias tiefe Stimme außerordentlich gut zu verstehen. »Dieses Projekt ist meine allerletzte Chance.«

Sascha Hoyer war schlau genug gewesen, sich mit Beate Wahlner abzustimmen. Vielleicht sagten beide aber auch einfach die Wahrheit, sodass eine Absprache unnötig gewesen war. Nur Raphael konnte immer noch nicht glauben, dass Hoyer die Situation akzeptiert oder sogar gutgeheißen hatte.

»Erklären Sie mir bitte«, sagte er und sah Hoyer unverwandt an, »wie Sie das einfach so hinnehmen konnten. Ich dachte, Sie waren schon seit Ewigkeiten verliebt in Frau Wahlner, Sie haben ein gemeinsames Kind – da will man doch klare Verhältnisse, eine Scheidung, mit dieser Frau zusammen sein, so ganz offiziell, oder?«

»Zunächst wollte ich das auch, da haben Sie recht«, antwortete Hoyer bedächtig und faltete die Hände über dem Bauch. »Aber ich war ja irgendwie schon daran gewöhnt, nicht die Nummer eins zu sein, verstehen Sie? Und nach einigem Nachdenken –« Er brach ab und zuckte die Achseln. »Ich bin eigentlich ein eingefleischter Junggeselle. Die einzige Frau, die ich je wollte, hat einen anderen geheiratet, und so habe ich mir mein Leben eben ohne Frau eingerichtet. Ich arbeite sechs Tage die Woche, mindestens zehn Stunden täglich. Ich wohne in einer Wohnung, die nicht kindersicher ist und deren Einrichtung zur Hälfte aus technischem Equipment besteht. Beate zuliebe würde ich versuchen, mich auf eine andere Rolle einzustellen, aber so war es einfach –«

»Bequemer?«, fiel Raphael ihm ins Wort.

»Wahrscheinlich, ja. Ich bin bei Bea und Jan ein und aus gegangen, wie ich wollte, auch wenn Jan zu Hause war. Ich konnte meine Tochter ebenso regelmäßig sehen wie Beate, Lena ist von klein auf an alles gewöhnt und findet die Situation ganz normal. Und Jan hat sogar ab und an auf die Kinder, auch auf Lara, aufgepasst, sodass Beate und ich Zeit füreinander hatten …«

Irgendwie konnte ich Raphael verstehen: Die Konstellation war tatsächlich sehr unkonventionell. Und auch ich konnte mir schwerlich vorstellen, so zu leben. Aber wenn es bei den Beteiligten nun mal funktioniert hatte? Und selbst wenn nicht, konnten wir das im Moment leider kaum beweisen.

»Gibt es derzeit eigentlich Probleme mit Celia Kleingrün?«, wechselte ich übergangslos das Thema.

Hoyers Augen hinter der Brille vergrößerten sich kaum merklich. »Wie kommen Sie darauf?«

»Wir haben gerade ein paar Gesprächsfetzen aufgeschnappt«, antwortete ich. »Rein zufällig.«

Hoyer schüttelte aufgebracht den Kopf. »Abgesehen davon, dass sie schlecht arbeitet, außer einem hübschen Gesicht nicht viel zu bieten hat und jetzt zu allem Überfluss auch noch behauptet, sie werde hier sabotiert, ist alles in bester Ordnung.«

Ich erinnerte mich daran, dass Celia bereits über spitze Kommentare ihrer Kollegen geklagt hatte, als wir uns das erste Mal mit ihr unterhalten hatten. Hatte sich die Situation in den letzten Tagen so zugespitzt? »Sabotiert? Von jemandem hier in der Firma?«

»Das sagt sie zumindest, ja. Aber vermutlich will sie nur ihren Intimfeind Leo Wollenschläger in Misskredit bringen.«

»Und wie soll diese Sabotage genau aussehen?«, fragte Raphael interessiert.

»Angeblich hat jemand eine Datei von ihrem Computer gelöscht. Eine Datei mit wichtigen Arbeitsergebnissen.« Hoyer schnaubte, dass die Brille auf seiner Nase zitterte. »Aber wenn Sie mich fragen, hat diese Datei nie existiert.«

Nach einem leisen Klopfen öffnete sich die Tür, und Moritz, den wir wie üblich vor Wahlners Geschäftsunterlagen geparkt hatten, steckte sein Gesicht ins Zimmer. »Kommt ihr bitte? Ist dringend.«

Alarmiert nickte ich. Wurde ja auch Zeit, dass unser Newbie endlich einen brisanten Fund zu verzeichnen hatte.

Raphael verabschiedete sich eilig von Hoyer und verließ das Büro.

»Sie glauben, dass Frau Kleingrün lügt?«, fragte ich Hoyer und erhob mich halb aus dem Stuhl. »Halten Sie die Kleingrün für eine Betrügerin?«

»Nun ja«, antwortete Hoyer gedehnt. »Ich glaube, sie würde viel tun, wenn es nur einen Vorteil für sie bringt. Oder was glauben Sie, weshalb sie mit Jan ins Bett gestiegen ist?«

»Vielleicht fand sie ihn ja ganz gut«, antwortete ich leichthin. »Frau Wahlner hatte ja vor einiger Zeit auch Gefallen an ihm gefunden, *obwohl* er der Chef war. Oder?«

Hoyer lief rot an. Was für mich natürlich die Theorie bestätigte, dass sein lapidares »Wir waren alle Freunde und eine große glückliche Familie« so doch nicht ganz richtig war.

Leider blieb nun wirklich keine Zeit mehr, das Gespräch zu vertiefen – Raphael hatte sich leise mit Moritz ausgetauscht und warf mir durch die geöffnete Tür einen ungeduldigen Blick zu. Eilig dankte ich Hoyer für seine Kooperation und trat hinaus auf den Flur.

»Herbert hat Moritz angerufen. Es hat sich jemand auf den Zeugenaufruf gemeldet.«

Dieser »Jemand«, das erzählte mir Raphael, als wir durch den Schnee über den Neupfarrplatz stapften, hatte sich leider weder freiwillig noch in persona gemeldet.

Die Anruferin, eine junge Frau namens Jenny Schauer, hatte angegeben, dass ihr Freund Dennis Wunderlich in besagter Nacht Zeuge eines Streits auf der Steinernen Brücke geworden war. »Das hat er schon in der Nacht damals erwähnt, dass sich da zwei auf der Brücke fast gekloppt haben«, erklärte Raphael. »Das Mädchen hat dann vorgestern die Zeitung gekauft, um die Stellenanzeigen zu durchforsten, und ist dabei auf den Zeugenaufruf gestoßen. Sie konnte sich gleich erinnern und hat diesen Wunderlich nochmals darauf angesprochen. Aber er hat gesagt, er hat bestimmt keinen Bock, die Bullen anzurufen.«

Die übliche Reaktion darauf, dass wir bei weiten Teilen der Bevölkerung nicht mehr über den Freund-und-Helfer-Status verfügten, der vor ein paar Jahrzehnten, dem Hörensagen nach, noch Standard gewesen war.

»Aber«, fuhr Raphael fort, »zum Glück hat diese Jenny hinter seinem Rücken angerufen. Und Herbert hat den jungen Mann dann natürlich überprüft. Angesichts seines Vorstrafenregisters wundert es mich nicht, dass er keinen Bock hat, sich bei uns zu melden.«

»Oho«, antwortete ich bloß. Das klang interessant.

»Genau«, antwortete Raphael und griff nach meiner Hand, als wir nach rechts in die Tändlergasse mit ihren kleinen Kramläden und vollgestopften Schaufenstern einbogen.

Es hatte wieder angefangen zu schneien, und meine Hände hatten sich trotz der Handschuhe wieder einmal in Eiszapfen verwandelt. Trotzdem fühlte ich mich, wie immer im Dienst, nicht besonders wohl mit dieser körperlichen Nähe, auch wenn es dafür keinen rationalen Grund gab: Die Kollegen wussten ohnehin allesamt Bescheid, und den anderen Leuten konnte es schließlich egal sein, welches Verhältnis wir persönlich zueinander pflegten. Dennoch fühlte ich mich auf seltsame Weise bloßgestellt, sobald während der Dienstzeit öffentlich sichtbar wurde, dass ich nicht nur Kripobeamtin, sondern auch ein Mensch mit Privatleben war. Andererseits wollte ich Raphael, der das alles weitaus lockerer sah, nicht kränken.

Der Widerstreit meiner Gefühle hatte sich anscheinend wie immer auf meinem Gesicht abgezeichnet. Raphael ließ meine Hand los und sah mit zusammengezogenen Augenbrauen zu mir herunter. »Sorry. Ich dachte, es wäre verständlich, dass ich dich festhalten will, solange du noch hier bist. Denn wenn erst mal die große Karriere in München ihren Lauf nimmt …«

Warum muss er denn jetzt wieder damit anfangen? Verstehen Sie das? Wir haben mehr als genug Arbeit, zwar immerhin endlich einen Zeugen, aber dafür einen ungeduldigen Chef, der uns im Nacken sitzt – und er hat nichts Besseres zu tun, als mir ständig auch noch ein schlechtes Gewissen zu machen, verdammt noch mal! Ich habe jetzt keine Zeit, mich mit dem LKA zu befassen!

Na, und Lust auch nicht, stimmt schon … Sie haben mich wieder mal durchschaut.

Nein, natürlich kann ich Raphael nicht verdenken, dass er das Damoklesschwert namens LKA nicht ausblenden kann. Aber hören will ich trotzdem nichts davon! (Nicht zuletzt, weil der Vorabend im Kreis meiner Freunde lediglich eine Erkenntnis gebracht hatte, nämlich die, dass die Entscheidung tatsächlich schwierig ist. Das habe ich allerdings auch schon vorher gewusst.)

»Aus welchen Gründen ist dieser Wunderlich denn vorbestraft?«, fragte ich schnell.

»Ein paar Diebstähle, Körperverletzung, Drogen – der junge Mann hatte vor ein paar Jahren noch einen grünen Daumen.«

»Gras?«

»Ja, kurioserweise auf dem Balkon seiner Eltern. Die natürlich angeblich nicht gerafft haben, dass die Pflänzchen nicht nur hübsch aussehen, sondern auch noch breit machen.«

Raphaels Blick schwenkte nach links, in das Schaufenster eines Fotografen, in dem sich die Hochzeits- und Babybauchfotos in Anzahl und Leuchtkraft gegenseitig zu übertrumpfen versuchten.

»So was interessiert dich überhaupt nicht, oder?«, fragte er und deutete mit einer schnellen Bewegung auf ein besonders großes Foto eines besonders verliebt lächelnden Brautpaars.

»Im Augenblick nicht, um ehrlich zu sein«, antwortete ich kühl.

Himmel, wir haben hier einen Mord aufzuklären! Erwartet er wirklich, dass ich verzückt vor dem Schaufenster stehen bleibe und davon träume, wie wir uns in Anzug und Schleier inmitten blühender Frühlingsblümchen ewige Liebe und Treue schwören?

Diese Illusionen bewahre ich mir für die Momente auf, in denen ich nichts Besseres zu tun habe. Und dann erfahren, wie Sie ja sicher wissen, auch nur Sie davon.

Wie, Sie meinen, es wäre aber mal an der Zeit für ein liebes Wort, wo er doch so offensichtlich leidet? Pah. Der leidet nicht. Der will einfach nur, dass alles nach seinem Kopf geht, vor allem, wo ich doch so leicht formbar bin …

Aber da hat er sich geschnitten.

»Seit zwei Jahren hat er sich aber nichts mehr zuschulden kommen lassen. Oder wenigstens nichts, was aufgeflogen wäre.« Raphaels beiläufiger Tonfall lenkte mich nicht von seinem grimmigen Gesicht ab.

»Was hältst du von der Sache mit Celia Kleingrün?«, fragte ich ebenso beiläufig. »Die angebliche Sabotage?«

Er zuckte die Achseln und warf einen begehrlichen Blick auf die Fassade des Baumburger Turms. Der »Dampfnudel-Uli«, das Traditionslokal im Erdgeschoss, stand seit Wochen auf Raphaels Liste der zu besuchenden Regensburger Sehenswürdigkeiten, nachdem er auf dem Christkindlmarkt seine Begeisterung für Dampfnudeln, rücksichtslos ertränkt unter einer Flut Vanillesoße, entdeckt hatte.

»Ruhetag«, zerstörte ich grausam jegliche Hoffnung. »Also?«

»Keine Ahnung«, antwortete er und riss den Blick mühsam von der hellroten Fassade des schmucken Patrizierturms los, »aber auf mich hat sie eigentlich einen recht aufrichtigen Eindruck gemacht. Falls sie nicht lügt, klingt das eindeutig nach Mobbing.«

»Ob es jemanden gibt, der *die beiden* loswerden wollte? Celia *und* Wahlner?« Dieser Gedanke war mir gerade erst gekommen, aber bei genauerer Überlegung fand ich die Vorstellung gar nicht so abwegig.

»Und du meinst«, antwortete Raphael und zog sich die Kapuze über den Kopf, »dass er dafür so unterschiedliche Methoden wählt? Einmal Mord, einmal Mobbing?«

Ich zuckte unentschlossen die Achseln, schließlich war ich mir selbst nicht sicher. Andererseits hatte ich gerade erstmalig dieses unbestimmte Kribbeln im Bauch, das sich meistens einstellte, wenn mir plötzlich ein Gedanke kam, den ich nicht ignorieren sollte. »Vielleicht war der Tod von Wahlner ja wirklich nicht geplant, sondern ist aus dem Affekt heraus passiert. Jetzt bereut der Täter das also und bemüht sich darum, Celia auf subtilere – und vor allem weniger lebensfeindliche – Art und Weise loszuwerden.«

»Mobbing ist hinterlistig, der Mord an Wahlner hingegen war ein offensiver Angriff.« Er zuckte die Achseln. »Ich bin da skeptisch, das passt nicht zusammen.«

Wahrscheinlich sagte er das jetzt nur, um mir nicht recht geben zu müssen.

»Aber wenn du meinst, können wir uns Celia ja noch einmal vornehmen«, fügte er versöhnlich hinzu. »Nachdem wir den polizeischeuen Kleinkriminellen interviewt haben.«

Dennis Wunderlich wohnte in Stadtamhofs Hauptstraße, der Verlängerung der Steinernen Brücke, direkt über einer Kneipe, die zwar geöffnet war, doch das Licht darin funzelte äußerst schummrig. Durch das Fenster sah ich nur einen einsamen Gast am Tresen sitzen. Die Toiletten waren gegenüber der Eingangstür, auf der anderen Seite eines schmalen Hauseingangs untergebracht – trotz der Kälte schlug mir ein stechender Geruch in die Nase. Auch die separate Tür zu den Wohnungen in den oberen Stockwerken sah reichlich heruntergekommen aus.

Beherzt drückte ich den Klingelknopf neben Wunderlichs Namensschild. Nichts passierte. Ich drückte erneut, Raphael trat wieder hinaus auf die Straße und sah zu den Fenstern über der Kneipe hoch.

»Wird wohl nicht zu Hause sein«, mutmaßte ich und drückte ein drittes Mal.

»Laut Jenny Schauer hat er diese Woche Urlaub und sitzt den ganzen Tag vor der Playstation«, antwortete Raphael, und ich war mir sicher, einen Anflug von Neid in seiner Stimme zu bemerken. Nach ein paar Sekunden erhellte ein Lächeln seinen finsteren Blick. »Dacht ich's mir doch.«

»Was?«

»Da hat jemand runtergeguckt.« Er kramte in seiner Jeanstasche. »Jemand, der exakt so aussieht, wie ich mir Dennis Wunderlich vorgestellt hatte.« Er zog das Handy aus der Tasche und wählte. »Diese Jenny hat Herbert die Handynummer unseres jungen Freundes gegeben. Dann wollen wir doch mal sehen.«

Mit angespannter Miene presste Raphael sich das Handy ans Ohr. Wahrscheinlich überlegte Wunderlich gerade verzweifelt, wer da versuchte, ihn zu behelligen. Oder seine Freundin hatte ihm ihren Anruf bei der Polizei schon gebeichtet, und Wunderlich reagierte jetzt mit der einzigen adäquaten Möglichkeit: Er stellte sich tot.

Schließlich schien er doch endlich abzuheben. »Raphael Jordan, Kripo Regensburg«, hörte ich Raphael sagen. »Ihre Freundin Jenny hat uns Ihre Nummer gegeben …« Raphael hielt das Handy etwas weiter vom Ohr weg und runzelte die Stirn. Selbst ich hörte die Männerstimme aus dem Telefon dröhnen. Da schien jemand ein kleines Aggressionsproblem zu haben. »Nein, nein, Sie haben nichts getan, Herr Wunderlich. Vielmehr haben Sie etwas *nicht* getan. Wir brauchen Ihre Zeugenaussage. … Laut Frau Schauer wissen Sie genau, weshalb – … Ach, keine Zeit? Haben Sie nicht diese Woche Urlaub?« Raphael grinste spöttisch. Seine Begeisterung für solche Situationen würde ich nie verstehen.

»Sie brauchen nicht aufs Präsidium zu kommen«, fuhr Raphael genüsslich fort. »Machen Sie uns einfach die Tür auf, das reicht schon. … Ach ja? Das würde ich Ihnen zwar nicht empfehlen, aber notfalls kommen wir auch ohne Ihre Unterstützung ins Haus, keine Sorge.« Mit diesen Worten legte er auf. Es dauerte keine fünf Sekunden, bis der Türöffner surrte.

»Irgendwie ist das ja schon sexy«, sagte ich grinsend, schüttelte den Schnee von meinen Stiefeln und betrat das Treppenhaus.

»Was meinst du?«

»Dass du so ein Arschloch sein kannst.«

Raphael sah mit hochgezogenen Augenbrauen zu mir hinunter, bevor er den Weg zur breiten Holztreppe einschlug, die in den ersten Stock führte. »Deine Komplimente sind echt immer wieder verblüffend.«

Im ersten Stock lehnte Dennis Wunderlich, einen betont gelangweilten Gesichtsausdruck zur Schau tragend, schon im Türrahmen. Die Langeweile wandelte sich jedoch in Erstaunen, als wir uns näherten. »Sie sind Bullen?«, fragte er halb ungläubig, halb bewundernd. Er musterte Raphaels lange Haare, seinen Fünf-bis-sieben-Tage-Bart, den geöffneten Kapuzenparka und die auf der Hüfte sitzenden Jeans, dann schwenkte sein Blick auf meine Ringelmütze.

Dabei trug er selbst eine schräg aufgesetzte Kappe, eine schmutzige Jogginghose in Übergröße, die zudem beinahe auf Halbmast hing, und ein T-Shirt mit einer nackten Farbigen in skurril-lasziver Pose mit monströsen Brüsten und einem noch monströseren Hinterteil darauf. Ich hatte eigentlich gedacht, die Spezies der Ich-lebe-zwar-in-Regensburg-aber-für-mich-ist-das-wie-die-Bronx-Männer wäre irgendwann nach meiner Jugend weitgehend ausgestorben, aber anscheinend hatte ich beim Altern einfach nur die Weiterentwicklung verpasst.

»Ja, und sogar welche von der ganz fiesen Sorte«, antwortete Raphael trocken und zeigte seinen Dienstausweis. »Also, was ist? Können wir reinkommen, oder sollen die Nachbarn alles mitkriegen?«

Widerwillig trat Wunderlich einen Schritt zur Seite. Sehr zu meinem Erstaunen war das kleine Ein-Zimmer-Apartment, abgesehen von einem riesigen Klamottenberg auf dem Boden, in einem verhältnismäßig sauberen Zustand. Auf einem Sideboard stand ein Flachbildfernseher, der davon kündete, dass wir Wunderlich gerade beim Spielen von »Call of Duty« unterbrochen hatten.

Raphael ließ seinen Blick über die ansonsten eher spartanische

Einrichtung schweifen, dann setzte er sich unaufgefordert auf einen der beiden Stühle, die zusammen mit einer Couch und einem verschlissenen Sessel den Glastisch umrahmten. Dennis Wunderlich musterte ihn unsicher, dann lächelte er mich zu meinem Erstaunen an und bot mir mit einer knappen Bewegung ebenfalls Platz an.

»Sie wissen, weshalb wir hier sind«, eröffnete Raphael das Gespräch, nachdem sich Wunderlich betont lässig auf die Couch gefläzt hatte. »Ihre Freundin Jenny hat uns informiert, dass Sie am Abend des 19. Dezember Zeuge einer Auseinandersetzung auf der Steinernen Brücke geworden sind. Ist das richtig?« Raphael klang barsch – wahrscheinlich trug er ihm immer noch nach, dass er gezögert hatte, uns in die Wohnung zu lassen.

Wunderlich nickte.

»Um wie viel Uhr war das ungefähr?«, fragte ich freundlich. Vielleicht war er wirklich nicht so unzugänglich, wenn man ihn nett behandelte.

»So zwischen zwölf und ein Uhr vielleicht?«, antwortete er.

Raphael wollte dazwischenfunken, aber Wunderlich kam ihm zuvor: »So genau weiß ich das aber nicht mehr. Ein Kumpel war bei mir, wir haben ein bisschen gek-« Für den Bruchteil einer Sekunde riss er erschrocken die Augen auf, dann korrigierte er sich hastig. »Alkohol getrunken. Ein paar Bier. Der Kumpel ist dann heim, wohnt gleich zwei Häuser weiter, und ich bin noch in die Stadt gegangen.«

»Über die Steinerne Brücke«, folgerte ich.

»Richtig. Und da habe ich die beiden Männer dann gesehen.«

»Und was haben Sie genau gesehen?«, fragte Raphael ungeduldig.

»Nicht viel«, antwortete Wunderlich. »Ich war ziemlich besoffen. Wenn nicht einer der beiden so scheiße gelacht hätte, hätte ich mir das alles wahrscheinlich überhaupt nicht gemerkt.«

»Gelacht?«, fragte ich. »Ich dachte, Sie hätten einen Streit beobachtet.«

»Ja«, antwortete er. »Aber der Kleine hat den Größeren gepackt, und dann hat der Größere ihn ausgelacht.«

»Wie sahen die beiden aus?«, fragte ich.

»Den Kleineren habe ich nur von hinten genauer gesehen«, sagte Wunderlich. »Kurze Haare, ich glaube, irgendwie braun. Oder dunkelblond. Und eine Brille, das habe ich gesehen, als ich mich nochmals kurz umgedreht habe. Aber mehr weiß ich nicht mehr, ehrlich.«

Raphael warf mir einen schnellen Blick zu. Sascha Hoyer trug eine Brille und war kleiner, als Wahlner gewesen war. Ganz im Gegensatz zu Leo Wollenschläger.

»War er dick?«, fragte ich.

Dennis zuckte die Achseln. »Nicht richtig fett zumindest. So mittel vielleicht.«

»Und der Größere?«, fragte ich.

»Der war schlank. Hatte längere Haare. Dunkel. Und eine Zigarette in der Hand.«

»Sah der vielleicht so aus?«, fragte Raphael und zog das Foto von Wahlner aus seiner Brusttasche.

Wunderlich betrachtete es nachdenklich und nickte dann. »Ja, das könnte er gewesen sein.«

»Warum haben Sie nicht eingegriffen?«, fragte Raphael streng.

Wunderlich zuckte schuldbewusst zusammen, aber im nächsten Moment setzte er sich auf und verschränkte die Arme vor der Brust. »Weil das nicht besonders krass aussah«, sagte er. »Hier gibt's doch ständig irgendwelche Schlägereien, oder? Der Kleine sah nicht so aus, als hätte er gegen den Größeren wirklich eine Chance. Und der Große hat gelacht.« Er schnippte lässig mit dem Finger und schlug die Beine übereinander. »Würden Sie da eingreifen?«

Nach einem auffordernden Blick zu Raphael beantwortete er seine Frage gleich selbst. »Ja, wahrscheinlich würden Sie das. Aber ich nicht. Erstens war ich dicht, und zweitens war es mir ehrlich gesagt auch scheißegal.«

»Tolle Einstellung, Kumpel«, antwortete Raphael und tippte mit den Fingerknöcheln auf das Foto von Wahlner. »Jedenfalls ist dieser Mann jetzt tot.«

Wunderlich biss sich auf die Unterlippe. Er war blass geworden. Angestrengt rückte er seine Kappe gerade und zog sie tiefer in die Stirn. »Ja, hab ich gehört. Aber was kann ich dafür?«

»Warum wollten Sie sich nicht selbst bei uns melden?«, fragte ich und versuchte, nicht vorwurfsvoll zu klingen. Ein beleidigter Zeuge half uns schließlich auch nicht weiter.

»Weil ich genau wusste, dass das passiert!«, brauste er auf und starrte Raphael anklagend an. »Dass die Bullen behaupten, ich wäre schuld! Oder mir sonst was in die Schuhe schieben. Ist doch immer die gleiche Scheiße!«

Wütend fegte er einen zusammengeknüllten Pulli von der Armlehne der Couch.

»Langsam, Kumpel.« Raphael funkelte ihn an, und tatsächlich hob Wunderlich den Pulli vom Boden auf und legte ihn wieder auf die Lehne. »Hier schiebt Ihnen niemand was in die Schuhe.«

»Das kommt bestimmt noch«, unkte Wunderlich finster. »Ist doch immer so, ich kenn die Scheiße schließlich zur Genüge.«

»Ach«, gab Raphael zurück, »an Ihren Vorstrafen sind auch nur die Bullen schuld, oder wie?«

»Das habe ich nicht gesagt.«

»Sondern?«

»Ja, Mann, ich hab früher viel Scheiße gebaut!« Wunderlich jaulte beinahe. »Aber das ist vorbei, echt!«

»Das würde ich an Ihrer Stelle auch behaupten«, bemerkte Raphael. »Woher der Sinneswandel?«

»Weil ich jetzt eine Ausbildung mache. Und wegen Jenny«, antwortete Dennis trotzig.

»Süß. Wegen Jenny.« Raphaels Ton klang höhnisch.

Ich warf ihm einen Halt-jetzt-endlich-die-Klappe-Blick zu, hoffte, dass er ihn verstand und befolgte, und ergriff das Wort: »Bitte ziehen Sie sich an und kommen Sie mit, Herr Wunderlich.«

»Verhaften Sie mich jetzt?«, fragte er und riss schockiert die Augen auf.

»Warum sollten wir?«

»Weil …« Unsicher brach er ab.

Ob er die Auseinandersetzung Wahlners nicht nur beobachtet hatte, sondern doch darin verwickelt gewesen war? Hatte er uns deshalb nicht selbst kontaktiert? Ich hoffte, dass wir das gleich herausfinden würden. »Also, was ist jetzt, kommen Sie mit?«

Wunderlich nickte, murmelte ein »Moment noch« und verschwand im Badezimmer.

»Hier ungefähr war es.« Wunderlich blieb auf Höhe des zweiten Brückenpfeilers stehen und bestätigte damit in etwa unsere Vermutungen.

»Okay, dann spielen wir jetzt doch mal die Situation nach«, sagte ich. »Herr Wunderlich, Sie sind der Angreifer, Herr Jordan übernimmt die Rolle des Opfers.«

»Ich soll ihn angreifen?«, fragte Wunderlich und sah mich entrüstet an. »Und danach stecken Sie mich in den Bau, oder was?«

»Sie scheinen ja ganz erpicht darauf zu sein«, konterte ich. »Also, können wir jetzt anfangen?«

Raphael grinste, Wunderlich sah mich immer noch skeptisch an, nickte dann aber gnädig. »Okay. Also, die beiden standen in etwa hier.« Er positionierte sich mit dem Blick Richtung Salzstadel einen halben Meter neben der Brückenbrüstung. »Der Große gegenüber.«

Folgsam stellte sich Raphael ihm gegenüber mit Blick nach Stadtamhof. »Ich bin von zu Hause gekommen und hab die beiden zwar schon länger da stehen sehen, aber so richtig bewusst wahrgenommen habe ich sie erst, als ich ungefähr dort war.« Er deutete auf einen Punkt etwa zehn Meter entfernt, und ich nahm ebenfalls folgsam Position ein.

»Wie groß war in etwa der Größenunterschied zwischen den beiden, Herr Wunderlich?«, rief ich gegen das Rauschen der Donau an.

Sofort drehte er sich zu mir um. »Schwer zu sagen. Der Große war vielleicht eins fünfundachtzig, der andere zehn Zentimeter kleiner?« Er zuckte die Achseln. »Aber beschwören kann ich das wirklich nicht.«

Trotzdem, die Größe von eins fünfundsiebzig passte auch in etwa auf Sascha Hoyer. »Und was genau haben Sie gesehen, als Sie ungefähr hier standen?«, fragte ich.

»Ein Gerangel. Der Kleine hat den Großen gepackt –«

»Wo?«, fragte Raphael. »Keine Scheu, bitte. Zur Not kann ich mich wehren.« Er schickte ein Grinsen hinterher.

»Also, ungefähr da«, antwortete Wunderlich und griff mit der rechten Hand, wenngleich etwas zaghaft, nach Raphaels Jacke – etwa in Höhe der Brusttasche.

»Der Täter hat also an der Jacke des Opfers gerissen«, sagte ich laut.

Wunderlich hielt inne. »Nein. Nein, ich glaube … Ich glaube, die Jacke war offen. Die Jacke war dunkel, aber das Hemd war weiß.« Wieder biss er sich auf die Unterlippe. »Ich glaube, er hat am Hemd gerissen.« Bingo. Das klang nach einem Volltreffer.

»Angesichts der Tatsache, dass Sie betrunken waren, ist Ihr Erinnerungsvermögen bemerkenswert«, sagte Raphael und öffnete seine Jacke. »Was hatte der Kleine an?«

Dennis zuckte die Achseln. »Keine Ahnung. Nichts Auffälliges.«

»Eher was Schickes?«, versuchte ich ihm zu helfen.

»Ich weiß es wirklich nicht. Wahrscheinlich eher dunkel, sonst wäre es mir aufgefallen. Aber mehr kann ich echt nicht sagen.«

»Also, dann weiter im Programm«, sagte Raphael, während ich langsam näher kam. »Der Täter reißt hier dran herum, oder?« Nach einer auffordernden Handbewegung Raphaels krallte Dennis Wunderlich sich fest, dieses Mal in Raphaels Pulli und etwas beherzter. »Was dann?«

»Der Kleine hat gezerrt, sah etwas ungeschickt aus. Der Große hat dann ein bisschen gewankt, aber nur kurz«, sagte Wunderlich.

Ich ging ein paar Schritte weiter und beobachtete Dennis' Zerren und Raphaels Wanken. Ein älteres Ehepaar mit Dackel tippelte an uns vorbei, verlangsamte die Geschwindigkeit auf maximal drei Schritte pro Minute und beäugte uns neugierig.

»Dreharbeiten«, sagte Raphael todernst. »Hollywood. Wir warten nur noch auf Steven Spielberg, der bringt heute die Kamera mit.«

Schnell gingen die beiden weiter, Wunderlich lachte. Sieh einer an, dachte ich, der hat ja sogar Humor. »Und dann?«

»Als ich fast auf Höhe der beiden war«, fuhr Wunderlich fort, und ich stellte mich wie angewiesen in Position, »hatte sich der

Große gefangen und losgerissen. Und dann hat er gelacht, irgendwie so …«

»Wie?«

»Na ja«, antwortete Wunderlich. »So, als würde er den Kleinen nicht ernst nehmen.«

»Also, bitte einmal verächtlich lachen, Mister Hollywood.«

Wunderlich grinste, Raphael versuchte sich an einem verächtlichen Lachen.

»Hohoho«, sagte ich. »Du klingst wie der Weihnachtsmann.«

»Für zwei Bullen sind Sie ziemlich lustig«, stellte Wunderlich fest.

»Verlassen Sie sich lieber nicht darauf«, erwiderte Raphael. »Also, wie ging's dann weiter?«

»Der Große hat dann noch etwas gesagt, aber das habe ich nicht verstanden, da war ich schon weitergegangen. Klang aber irgendwie so nach ›Du machst dich lächerlich‹ oder so.« Wunderlich hob zweifelnd die Achseln. »Und als ich dann da vorn war«, sagte er, und ich ging ein paar Meter weiter, »da hab ich mich noch einmal zu den beiden umgedreht. Der Große hatte sich auch umgedreht und zog ziemlich cool den Reißverschluss seiner Jacke nach oben. Den Kleinen hab ich nicht mehr gesehen, den hat er verdeckt. Na ja, und dann bin ich weitergegangen, ohne noch mal zurückzugucken.«

Ich sah mich zu den beiden um, winkte Wunderlich ein wenig weiter nach rechts, sodass er von Raphael, der sich ebenfalls umgewandt hatte und seine Jacke schloss, verdeckt wurde. Ja, das klang alles plausibel. Fieberhaft suchte ich Wunderlichs Geschichte nach Logiklücken ab, doch Raphael kam mir zuvor.

»Und an welcher Stelle in der Geschichte«, sagte er langsam, als wir wieder einträchtig beieinanderstanden, »haben Sie gesehen, dass der Kleine eine Brille trug?«

Wunderlich zuckte zusammen. Nachdenklich fixierte er einen Punkt zwischen mir und Raphael, dann antwortete er zögerlich: »Ich weiß nicht genau. Ich hab da nur noch dieses Bild vor Augen, wie die Brillengläser im Licht der Laterne aufblitzen. Auf das Gesicht habe ich dann aber irgendwie gar nicht so genau geachtet.« Er biss sich nervös auf die Unterlippe.

»Wahrscheinlich habe ich ihn kurz angeguckt, als ich auf Höhe der beiden war. Als der andere so laut gelacht hat. Diese Lache war echt fies, Mann«, ereiferte er sich. »Wahrscheinlich wäre ich da auch ausgeflippt!«

»Ja, wären Sie das?«, fragte ich plötzlich interessiert. Vielleicht wusste er ja auch genau deshalb so viele Details – weil er selbst auf Wahlner losgegangen war? Vielleicht blieb ausgerechnet die Täterbeschreibung deshalb so vage, weil er auf die Schnelle einen Täter erfinden musste, der ihm noch dazu selbst nach Möglichkeit nicht ähnlich sah. Zu seiner plötzlichen Nervosität passte das. Zu dem Gefühl, das ich hatte, aber leider nicht.

Es dauerte einen Moment, bis Wunderlich den Sinn meiner Frage verstand. Dann aber explodierte er. »Scheiße, ich wusste doch, dass das eine Falle ist!« Er sah wie gehetzt von mir zu Raphael. »Sie glauben wirklich, ich habe mit dieser Scheiße was zu tun!«

»Keine Ahnung. Haben Sie?« Raphael setzte seinen Einschüchterungsblick auf, der trotz seiner attraktiven Züge standardmäßig irgendwo zwischen John Rambo und Hannibal Lecter lag.

»Nein, Mann!« Er wirkte ehrlich entsetzt. Vielleicht war er aber auch nur ein guter Schauspieler.

»Würden Sie den Kleinen erkennen, wenn Sie ihn sehen?«, fragte ich.

»Vielleicht. Ich könnte es versuchen.« Entmutigt ließ er die Schultern sinken. »Aber es gibt viele Leute, die mittelgroß und mittelschlank sind und eine Brille tragen, oder?«

»Seltsam, dass Sie sich ausgerechnet an den Täter nicht so genau erinnern können.«

»Er stand mit dem Rücken zu mir!«, setzte Wunderlich zu einer Verteidigungsrede an. »Und ich habe echt nicht kapiert, dass die Situation so ernst ist, okay? Ich bin zwar kein Idiot, aber ich war nicht nüchtern, verstehen Sie? Wäre der Kleine mit dem Gesicht zu mir gestanden, könnte ich Ihnen viel mehr sagen, ehrlich.«

Das klang plausibel, musste ich mir eingestehen. »Nun gut, das war's fürs Erste. Aber halten Sie sich zu unserer Verfügung, Herr Wunderlich. Das nächste Mal will ich nicht wieder wie ein trauriger Vorwerk-Vertreter in der Kälte stehen.«

Zunächst ungläubig, dann erleichtert sah er mich an, bevor er mir knapp zunickte, sich umdrehte und den Heimweg über die Brücke antrat.

»Und?«, fragte Moritz, der sich gerade bei einer Zigarette die Beine vertrat, als wir um die Ecke auf den HEUREKA-Parkplatz bogen.

»Praktischerweise hat Wunderlich Jan Wahlner erkannt«, erklärte Raphael. »Unpraktischerweise ist seine Täterbeschreibung hingegen eher mangelhaft.«

»Weil er vielleicht selbst damit zu tun hat?« Moritz rieb sich aufgeregt die Nase. »Könnte das sein?«

»Alles schon durchdacht.« Ich winkte ab. »Möglich ist das schon, auch wenn seine Erklärungen insgesamt ganz schlüssig klingen. Na, wir werden sehen. Immerhin können wir jetzt davon ausgehen, dass die Auseinandersetzung direkt auf der Brücke stattgefunden hat.«

»Und dass der Täter angesichts Wahlners arroganter Reaktion erst so richtig in Rage geraten ist, erscheint mir auch ziemlich logisch«, fügte Raphael hinzu. »Und bei dir, Moritz? Irgendwelche neuen Erkenntnisse?«

Moritz sah betroffen drein. »Na ja …« Er grinste verlegen. »Ich bin über einem der Ordner eingepennt.« Er zuckte verlegen die Achseln. »Also bin ich erst mal eine rauchen gegangen.«

Ich hatte damit gerechnet, dass Raphael ihn wenigstens mit einem strafenden Blick bedenken würde, stattdessen lachte er wie in kumpelhafter Verbrüderung. »Gestern wieder unterwegs gewesen?«

Moritz nickte mit einem schelmischen Grinsen.

Anscheinend musste man hier wirklich alles selbst machen. Sogar die Leute erziehen, die Raphael ins Boot holte. »Find ich scheiße«, tat ich also kund und ignorierte Moritz' um Vergebung heischenden Blick.

»Und was macht ihr jetzt?«, fragte er, als er seinen Schock angesichts meiner rüden Ansage überwunden hatte und neben uns ins Treppenhaus trabte.

»Noch einmal mit Celia Kleingrün reden«, antwortete Raphael mit gedämpfter Stimme. »Die scheint in der Firma ein paar Probleme zu haben. … Sarah meint, das könnte interessant sein.«

»Kann ich dabei sein?« Moritz' Augen leuchteten plötzlich. Sieh einer an, die Aussicht auf spannendere Arbeit konnte sogar die Katertrübung auf der Linse vertreiben. »Ich könnte die Ordner doch auch im Besprechungsraum durchsehen und nebenbei zuhören, was sie so zu sagen hat?«

Raphael nickte sofort.

Nach kurzer Zeit tat ich es ihm gnädig nach. »Immerhin kann ich dir dann direkt eine auf den Deckel geben, wenn du wieder einpennst.«

»Wie kommen Sie darauf?«, fragte Celia Kleingrün störrisch, doch das Zittern ihrer Hand verriet sie. Sie wirkte ohnehin enorm angespannt, wie gehetzt. Entweder es gab die Sabotage, die Hoyer angedeutet hatte, tatsächlich, oder die Frau hatte wohl auf jeden Fall mit anderen, sicher nicht geringfügigeren Sorgen zu kämpfen.

»Sie haben bereits letzte Woche erwähnt, dass Sie unter den spitzen Kommentaren Ihrer Kollegen zu leiden haben«, antwortete ich. »Und jetzt hat Herr Hoyer uns davon erzählt, dass Sie hier sabotiert werden. Eine gespeicherte Datei soll verschwunden sein.«

Celia atmete mit enormer Erleichterung auf. »Heißt das, er glaubt mir jetzt?«

Ich zuckte nur die Achseln, schließlich wollte ich sie nicht gleich wieder entmutigen.

»Na, dann erzählen Sie mal«, forderte Raphael sie mit einem freundlichen Lächeln auf.

»Jetzt hab ich mich schon wieder verplappert, oder?« Celia seufzte. »Na gut. Ja, es stimmt. Es sind Texte verschwunden, die ich am Freitag ausgedruckt in Herrn Wollenschlägers Fach gelegt hatte. Und dann ist auch noch die ganze Datei verschwunden, dabei hatte ich sie nicht nur auf dem Firmenlaufwerk, sondern auch lokal auf meinem Computer abgespeichert.«

»Wer hat auf Ihren Computer Zugriff?«, fragte ich.

Sie zuckte die Achseln. »Einige Leute. Zum Beispiel jeder,

der schon mal meine Urlaubsvertretung gemacht hat. Leo selbst, Simone Geier, Frau Egerjahn vom Empfang … Dann natürlich André König, mit dem ich im Büro sitze – wenn ich im Urlaub bin, checkt er meine Mails. Alle aus der Technik können darauf zugreifen. Und die Geschäftsführung.«

»Gibt es kein Passwort?«, fragte ich entgeistert.

»Doch, natürlich. Aber das muss in der Technik hinterlegt werden – für den Fall, dass –« Sie zögerte, fing sich jedoch schnell wieder. »Dass jemand ausfällt, so wie Jan zum Beispiel. Dann könnten wenigstens die Daten noch gerettet werden.«

»Das ist ja in so einem Fall auch das Wichtigste«, kommentierte Raphael trocken.

Celia lächelte und wirkte plötzlich weitaus entspannter als noch zu Beginn des Gesprächs. »Ja, so sind eben die Prioritäten hier«, sagte sie schlicht.

»Haben Sie eine Vermutung«, setzte Moritz an, der bis jetzt ein paar Meter weiter stumm über einem Ordner gebrütet hatte, »wer dahinterstecken könnte?« Wahrscheinlich wollte er jetzt mit exzessiver Mitarbeit verlorenen Boden wiedergutmachen.

Ich sah ihn warnend an. Zwei neugierige Polizisten waren in diesem Gespräch schließlich völlig ausreichend.

Celia schien Moritz erstmalig zu bemerken. Sie sah ihn überrascht an und bedachte ihn dann mit einem bezaubernden Lächeln, das ihn prompt rot anlaufen ließ. »Nein, leider nicht«, sagte sie und fuhr dann an mich gewandt fort: »Ich meine, Leo zum Beispiel … Er … Er hasst mich. Und er nutzt jede Chance, um mich fertigzumachen. Aber er schreit dann, ist cholerisch, stellt mich wie einen Idioten hin und macht meine Arbeit schlecht.« Wie vor unterdrückter Wut biss sie die Zähne zusammen. »Und das reicht ihm wohl auch. Immerhin sitzt er am längeren Hebel, seit …«

»Seit Herr Wahlner nicht mehr lebt?«, vervollständigte Raphael ihren Satz.

»Ja.« Sie nickte betrübt. »Aber ich kann mir nicht vorstellen, dass er sich die Mühe macht, meinen Rechner zu durchsuchen, verstehen Sie? Vielleicht war es ja doch einfach ein technischer Defekt.«

»Unwahrscheinlich, oder?« Raphael klang skeptisch, und ich gab ihm eindeutig recht.

Frustriert zuckte sie die Achseln. »Ja, das sagt auch die Technikabteilung. Aber ich habe einfach keine andere Erklärung. Außer … Vielleicht hab ich die Datei vor lauter Nervosität selbst gelöscht oder was weiß ich … Mein Konzentrationsvermögen ist nicht gerade optimal im Moment.«

»Gab es vorher schon ähnliche Vorfälle, Frau Kleingrün?«, hakte Raphael nach. »Wie kommen Sie normalerweise mit Ihren Kollegen klar?«

»Na ja«, antwortete sie zögerlich. »Es ist nicht immer ganz einfach, muss ich zugeben. Und seit mein Verhältnis mit Jan bekannt ist, ist eigentlich kaum noch jemand besonders freundlich zu mir.« Sie versuchte, gleichgültig abzuwinken. »Das ist aber ganz normal hier: Es hat sich herumgesprochen, dass ich die derzeitige Persona non grata bin, und schon behandeln einen alle Kollegen so schlecht, wie sie es zuvor nicht gewagt haben.«

»Wie äußert sich das?«, fragte ich.

Wieder zuckte sie die Achseln und ließ sich tiefer in den Stuhl sinken. »Es wird ziemlich viel hinter meinem Rücken gelästert, vermute ich. Und dann hagelt es eben gehässige Kommentare. Oder ich werde ignoriert. Solche Sachen halt. Nichts Schlimmes«, erklärte sie mit einem tapferen Lächeln. »Das gibt's hier öfter. Jetzt bin eben ich das Opfer des Monats.«

»Sie wissen«, sagte ich ernst, »dass das Mobbing ist, oder?«

»So schlimm ist es nicht.« Sie winkte wieder ab.

Das klang für mich ganz anders. Ein cholerischer Chef, der sie und ihre Arbeit lautstark niedermachte, bösartige Kommentare, gelöschte Arbeitsergebnisse – was war das sonst, wenn nicht schlimm? Und vor allem: Wer konnte dahinterstecken? »Seit wann geht das so?«

Sie rutschte auf dem Stuhl zurück und straffte sich wieder. »Ich war hier wahrscheinlich noch nie besonders beliebt. Aber das ist in dieser Firma ja fast niemand.« Ein ironisches Lächeln zuckte um ihre Mundwinkel. »Allerdings … So richtig fällt mir das natürlich erst auf, seit Jan nicht mehr hier ist. Und seit wir wissen, dass er auch nicht zurückkommen wird, ist es noch ein wenig schlimmer geworden. Ist ja auch logisch – davor hätte er nie zugelassen, dass ich terrorisiert werde.«

Für mich bestand kein Zweifel mehr daran, dass sie die Wahrheit sagte – auch wenn Hoyer sie nicht für glaubwürdig hielt. Aber da er ohnehin nicht den besten Draht zu seinen Mitarbeitern zu haben schien, entschied ich mich, seine Meinung in diesem Fall getrost zu ignorieren. »Wenn Ihnen noch etwas einfällt ...«, setzte ich an, das Gespräch zu beenden.

»Vielleicht ...«, sagte sie spontan, verstummte aber sofort wieder.

»Ja?«

»Ach nein.« Sie tat ihren Einwurf mit einem Kopfschütteln ab. »Wahrscheinlich seh ich schon Gespenster.«

»Was ist Ihnen noch eingefallen?«, fragte ich eindringlich.

Sie nickte schließlich. »Aber bitte bewerten Sie das nicht über – ich bin mir nämlich selbst nicht ganz sicher ... Wir hatten hier zwischen den Feiertagen einen Diebstahl, aus der Kasse bei der Rezeption sind dreißig Euro verschwunden.«

Sofort erinnerte ich mich an Moritz' Bericht zu Beginn der Ermittlungen über den Diebstahl Ende Dezember, den Hoyer damals prompt angezeigt hatte. Ich warf Raphael einen alarmierten Blick zu.

»Jessica war zu dieser Zeit im Urlaub«, fuhr Celia fort, »also wurde der Schlüssel an der Rezeption versteckt. Nur ein paar Leute wussten Bescheid, wo er war ... Und dann hat Simone eben bei der Abrechnung festgestellt, dass Geld fehlt.«

»Muss das zwangsläufig Diebstahl gewesen sein?«, fragte ich. »Vielleicht ist ja auch nur ein Beleg verschlampt worden oder so?«

»Ja«, antwortete Celia zögerlich, »das habe ich eigentlich auch gedacht.« Sie warf einen schnellen Blick zur Wanduhr, entspannte sich dann aber wieder. »Simone wollte die Polizei rufen ... Sie hatte wohl Angst, dass die Angelegenheit auf sie zurückfällt. Aber Sascha meinte, wegen dreißig Euro wäre das nicht nötig, und wenn Jessica aus dem Urlaub zurück wäre, würde der Schlüssel ja ohnehin wieder sicher verwahrt an ihrem Schlüsselbund hängen.«

Natürlich hatte Sascha Hoyer nicht publik gemacht, dass er

gewisse Vorkehrungen getroffen hatte, um den Dieb bei erneuter Selbstbedienung zu überführen.

»Das Seltsame war nur …« Celia sah uns zweifelnd an.

»Ja?«, fragte Raphael ungeduldig. Offensichtlich hielt er diesen eventuellen Diebstahl nach wie vor nicht für besonders interessant.

»Ich habe das Geld nicht genommen, das müssen Sie mir glauben«, sagte Celia und sah flehend von mir zu Raphael. »Aber ich hatte danach den Eindruck, dass ich plötzlich mehr Geld in meinem Portemonnaie hatte. Rund dreißig Euro.«

»Sie meinen, jemand hat das Geld aus der Kasse genommen und bei Ihnen deponiert, um Ihnen einen Diebstahl anzuhängen?«, fragte ich schockiert.

Celia zuckte unschlüssig die Achseln. »Ich bin mir wirklich nicht sicher. Aber ich hatte kurzzeitig den Gedanken, ja.«

Raphael sah skeptisch drein, ich allerdings hielt das durchaus für möglich – eine weitere Intrige in einem perfiden Spiel mit dem Ziel, Celia Kleingrün mürbe zu machen (und aus der Firma) zu vertreiben? »Wer wusste vom Versteck des Schlüssels, Frau Kleingrün?«

»Offiziell nur Simone, André, Leo, Sascha und ich. Inoffiziell aber wahrscheinlich die halbe Belegschaft – wenn jemand einen Beleg einlösen will, sagt man demjenigen eben schon mal, wo der Schlüssel versteckt ist, um nicht aufstehen und nach vorn zur Rezeption laufen zu müssen«, erklärte sie mit entschuldigender Miene.

»Kann man nachvollziehen, wer in der relevanten Zeit Belege eingelöst hat?«

»Eher nicht. Das merkt sich doch keiner so genau. Die Azubis zum Beispiel werden ständig losgeschickt, um fürs Frühstück einzukaufen oder so. Und, wie gesagt, ich bin mir wirklich nicht sicher mit der ganzen Sache. Vielleicht habe ich mir auch nur eingebildet, dass das Geld plötzlich in meinem Geldbeutel lag – dreißig Euro hin oder her, was ist das schon?«

Moritz schluckte. Wahrscheinlich rechnete er die dreißig Euro gerade in Biereinheiten um.

Natürlich konnten wir Celia Kleingrün nicht darüber informieren, dass Sascha Hoyer doch zur Polizei gegangen war. Warnen wollte ich sie aber trotzdem. »Sie sollten in Zukunft besser aufpassen, dass niemand Zugriff auf Ihren Geldbeutel hat, okay?«

Celia nickte pflichtbewusst, aber ich hatte trotzdem nicht das Gefühl, dass sie meine Worte sonderlich ernst nahm.

»Nun gut«, sagte Raphael und wischte die Sache mit einer schnellen Handbewegung vom Tisch. »Sie und Herr König teilen sich ja ein Büro ... Was haben Sie beide denn für ein Verhältnis zueinander?«

»Ein gutes«, antwortete Celia ohne nachzudenken. »André ist der Einzige, auf den ich mich hier wirklich verlassen kann«, fügte sie mit einem warmen Lächeln hinzu. »Er hilft mir, wo es nur geht.«

»Gibt es dafür einen bestimmten Grund?« In meiner Stimme lag leise Ironie.

»Nun ja«, antwortete Celia. »Es stimmt schon. Er ist ziemlich verliebt in mich, glaube ich. Aber das ist sicher nicht der einzige Grund, Frau Sonnenberg!« Mit einem Mal wirkte sie aufgebracht. »Er ist einfach ein guter Mensch. Gutmütig. Und hilfsbereit. Wie er es schon so lange in dieser Firma hier aushält, verstehe ich sowieso nicht.«

»Wie ging er mit Ihrem Verhältnis zu Herrn Wahlner um, Frau Kleingrün? War er eifersüchtig?« Raphael durchbohrte Celia mit seinem Blick.

Sie schien seine Hintergedanken nicht zu durchschauen. »Ich glaube nicht. Wissen Sie, das hat ja nichts daran geändert, dass ich André zwar mag, aber ...« Sie strich sich eine seidige Strähne aus dem Gesicht. »Mehr kann ich mir mit ihm einfach nicht vorstellen, glaube ich. Und ich denke, André akzeptiert das.«

»Seltsam«, konstatierte Raphael.

»Vielleicht«, stimmte Celia ihm zu. »Aber so ist André nun mal: Er weiß, dass er nicht alles haben kann. Und das nimmt er eben auch so hin.«

***

Es war schon fast halb sechs, als Celia aus dem Besprechungsraum eilte und den Weg zu ihrem Schreibtisch einschlug. Noch eine gute halbe Stunde, bis sie Sascha die Texte endgültig vorlegen musste. Ihr blieb gerade noch genügend Zeit, um einmal Korrektur zu lesen. Zum Glück war ihr die Arbeit, wie erwartet, gut von der Hand gegangen. Kein Wunder, war ja auch schon der zweite Durchgang.

»Und, wie war's?«, fragte André, als sie das Büro betrat.

»Ganz okay.«

Eigentlich war es in dem Gespräch mit den Kommissaren ja kaum um Jan gegangen, oder? Seltsam. Stattdessen schienen die beiden plötzlich ein auffälliges Interesse an ihr zu entwickeln. Ach, sei's drum. Celia wischte den Gedanken beiseite und öffnete stattdessen die Textdatei. Mit einem schnellen Seitenblick vergewisserte sie sich, dass die Kontrolllampe ihres Tischdruckers leuchtete, bevor sie den Druck auslöste. Das Gerät röhrte, wie immer, wenn es warm lief, gab dann aber nur ein ersticktes Geräusch von sich. »Verdammter Mist!« Was war mit diesem elenden Ding denn nun schon wieder los? Immer dann, wenn man es gerade gar nicht brauchen konnte.

Celia öffnete die hintere Klappe. Kein Papierstau. Hektisch schaltete sie das Gerät aus und wieder ein. »Warum druckst du denn nicht, du verdammtes Ding?«, knurrte sie.

»Was ist denn los?«, fragte André und stand schon über den Drucker gebeugt an ihrer Seite. »Mag er mal wieder nicht?« Mit einer entschlossenen Geste zog er den Stecker. »Einundzwanzig, zweiundzwanzig … Lies doch die Texte auf dem Monitor Korrektur, und ich kümmer mich einstweilen um die Technik.«

Er warf sich übertrieben heldenhaft in die Brust, und Celia kicherte. Ja, so würde es gehen. Das war ihr in ihrer ersten Panik gar nicht eingefallen. Und falls ihr Drucker sich nicht reparieren ließe, würde sie die Texte einfach bei André ausdrucken. Alles kein Problem. Sie atmete auf, wandte sich endlich den Texten zu und ließ sich von Andrés Geklapper nicht stören.

»Das gibt's doch nicht!« Mit einer Mischung aus Wut und Unverständnis drehte André sich zu Celia um und riss sie wieder aus der Konzentration. »Sie dir das an!« Er deutete auf den geöffneten Drucker. »Es sind keine Patronen drin!«

»Was?« Celia versuchte zu verstehen.

André sah aufgebracht von ihr zum Drucker. »Celi«, sagte er unheilschwanger, »musstest du kürzlich die Patronen wechseln?«

Sie schüttelte nur stumm den Kopf. Nein, das war schon eine Weile her.

»Jetzt wird's wirklich albern.« Er sprang auf, holte neue Patronen aus dem Sideboard und legte sie in Windeseile ein. Sofort legte der Drucker los und spuckte die heiß ersehnten Seiten aus. André bündelte sie, während Celia überlegte. Vielleicht hatte die Putzfrau –

»Du kannst dir das nicht mehr gefallen lassen, Celi«, sagte André, und obwohl sich Celias Gedanken immer noch auf der Suche nach einer einfachen Erklärung überschlugen, war sie erstaunt angesichts der Leidenschaft, die plötzlich in seiner Stimme durchklang. Er beugte sich zu ihr herab und packte sie fest an den Oberarmen. »Irgendwer macht das alles mit Absicht, verstehst du? Du darfst das nicht hinnehmen. Sonst wird derjenige immer dreister. Du musst dich wehren!«

Eigentlich wusste sie das selbst schon längst, fühlte sich aber wie von plötzlicher Schwärze umhüllt, als sie diese Erkenntnis aus Andrés Mund hörte. Ja, so war es tatsächlich. Jemand spielte ihr übel mit. Jemand hatte es auf sie abgesehen. Jemand. Doch Leo? Aber warum? Sie war ohnehin so angreifbar und schutzlos, und ihr Gegner kämpfte auf hinterhältige Weise. Und auch wenn verschwundene Druckerpatronen natürlich kein Drama waren – was würde beim nächsten Mal passieren?

»Wie soll ich mich wehren«, fragte sie und hörte selbst, wie ihre Stimme zitterte, »wenn ich doch noch nicht mal weiß, wer das tut? Und warum?«

André sah sie prüfend an, dann zog er sie in seine Arme. Er roch gut, nach Mann und einem dezenten Aftershave, und Celia lehnte sich erschöpft an seine Schulter, während er sich leicht versteifte und ihr ungeschickt über den Rücken streichelte.

»Das finden wir heraus«, murmelte André leise in ihr Haar. »Ich helfe dir.« Sein Herz hämmerte so stark gegen seine Rippen, dass Celia es nicht nur hörte, sondern auch fühlte. Und obwohl sie wusste, dass es nicht fair war, beruhigte es sie, dass wenigstens er zu ihr halten würde. Wenigstens auf ihn konnte sie sich verlassen.

»Ich habe Angst«, flüsterte sie.

»Ich helfe dir«, murmelte er zurück. »Immer.«

***

Sarah starrte wie hypnotisiert in ihr Notizbuch, wo Raphael – zwischen wirren Pfeilen und Fußnoten – nur eines entziffern konnte: *»ZUSAMMENHANG ZWISCHEN MORD UND MOBBING?«*, stand da in großen Lettern und ließ Sarah augenscheinlich nicht zur Ruhe kommen.

»Gib's auf«, sagte er und hoffte, dass er nicht zu sehr von oben herab klang. »Es passt einfach nicht zusammen. Und vor allem: Aus welchem Grund sollte jemand erst Wahlner eliminieren und dann die Kleingrün rausekeln wollen? Sie ist ohne ihn sowieso schutzlos – und somit so klein mit Hut …« Die Distanz zwischen seinem Daumen und seinem Zeigefinger betrug maximal einen Zentimeter. »Das ergibt keinen Sinn, Sarah!«

»Irgendwas übersehen wir …«, murmelte Sarah störrisch. Wahrscheinlich hatte sie ihm gar nicht zugehört.

»Sarah«, schaltete sich nun auch Moritz ein, »das ist doch unlogisch! Der Mörder würde sich doch ruhig und unauffällig verhalten, wenn die Kripo gerade Stammgast in der Firma ist, oder? Und nicht anfangen, die Kleingrün zu terrorisieren!« Moritz sah triumphierend in die Runde.

Ja, davon war Raphael auch überzeugt. »Der einzige Zusammenhang zwischen Wahlners Tod und den Attacken auf Celia besteht darin, dass der große Beschützer Wahlner jetzt weg ist – und sich die Person, die es auf die Kleingrün abgesehen hat, somit ungehindert austoben kann.«

Sarah sah endlich auf, schüttelte dann zu Raphaels Leidwesen eigensinnig den Kopf. »Da muss es noch was anderes geben. Irgendwas kapieren wir hier noch nicht.«

Einen Moment war Raphael versucht, darüber nachzudenken, ob sie nicht doch recht haben konnte. Immerhin war sie mit ihrem Bauchgefühl schon einige Male richtiggelegen. Und immerhin ermutigte er sie ja, genau darauf zu hören – auf die Intuition, die ihm oft genug fehlte. Andererseits beschlich ihn das Gefühl, dass die Anschaffung des Notizbuches sie dazu verleitete, kuriose Zusammenhänge zu konstruieren. Als wäre sie unter Zugzwang, den Seiten irgendetwas unheimlich Bedeutungsvolles zu entlocken.

Das Klingeln von Sarahs Handy schreckte ihn aus seinen Gedanken.

»Herbert«, tat sie kund, bevor sie den Anruf entgegennahm. »Hi. … Ja. … Dann bitte erst die gute …« Sie lauschte gespannt, dann erhellte sich ihr Gesicht. »Ja. … Ja? … Na, das ist ja … Wie?«

Meine Fresse. Konnte sie Herbert nicht wenigstens ein paar aufschlussreichere Antworten geben, wenn Raphael schon zum Warten verdammt war?

»Wow, Herbert, das ist ja …«, fuhr sie wenig hilfreich fort und strahlte übers ganze Gesicht. »Du bist einfach der Beste!«

Moritz grinste angesichts von Raphaels Schnauben.

»Ach, die schlechte Nachricht hätte ich jetzt fast vergessen«, sagte Sarah vergnügt. »Aber wenn's unbedingt sein muss … Was?« Der Ausdruck auf ihrem hübschen Gesicht verfinsterte sich schlagartig. »Wir sind doch noch nicht mal eine Woche an der Sache dran! Hast du ihm erzählt, was du mir gerade gesagt hast?«

Wieder schnaubte Raphael. Ob sie sich wohl heute noch dazu herablassen würde, auch Moritz und ihn einzuweihen?

»Kannst du ihn nicht noch hinhalten, Herbert? … Bitte! … Ich verstehe. Na gut.« Mit einem trübsinnigen Seufzen beendete sie das Telefonat. »Scheiße.«

»Hättest du die Güte –?«, setzte Raphael an, doch Sarah unterbrach ihn mit einer raschen Handbewegung.

»Die Ergebnisse der Obduktion sind da: Wahlner hatte zum Zeitpunkt seines Todes keinen Tropfen Alkohol im Blut. Und Melchior ist mit seinen Vermutungen richtig gelegen: Die Kratzer an der Brust sind kurz vor Wahlners Tod entstanden, wahrscheinlich tatsächlich durch Fingernägel, und auch die Verletzung am linken Oberschenkel ist prämortal. Sie stammt von einem dumpfen Aufprall.« Ein triumphierendes Lächeln erhellte ihre Züge für einen Augenblick. »Herbert hatte sofort den Gedanken, dass diese Verletzung entstanden sein könnte, als Wahlner mit Wucht über die Brückenbrüstung gestoßen worden ist. Er hat organisiert, dass die Höhe der Brüstung gemessen wird.«

»Und?«, fragte Raphael gespannt.

»Volltreffer. Die Höhe der Brüstung entspricht exakt der Stelle von Wahlners Verletzung, und der Melchior hat bereits bestätigt, dass Herberts Vermutung gut zutreffen kann. Und somit können wir Folgendes festhalten«, monologisierte sie geschäftsmäßig weiter und fixierte die weiße Wand, als versuchte sie hoch konzentriert, keine der erwähnenswerten Fakten unberücksichtigt zu lassen. »Der Täter greift Wahlner auf der Brücke an und bringt ihm die Verletzungen an der Brust bei. Wahlner nimmt ihn nicht ernst, dreht sich um und schließt seine Jacke. Der Täter dreht durch und stößt den unvorbereiteten Wahlner hinterrücks über die Brüstung – deshalb auch die Verletzung am linken Oberschenkel, nicht am rechten: Wahlner hatte sich schon längst wieder umgedreht und den Weg zurück zum Salzstadel eingeschlagen, genau wie Wunderlich gesagt hat.« Sie atmete tief durch. »Was schließen wir daraus?«

»Dass Wunderlich einigermaßen glaubwürdig ist. Und dass Wahlner seinem Mörder einen Mord absolut nicht zugetraut hat«, schloss Moritz folgerichtig und lächelte zufrieden, als Sarah und Raphael bestätigend nickten.

»Und«, fügte Sarah hinzu, »dass an meiner Theorie doch was dran sein könnte. Mobbing ist hinterlistig, wie du heute schon ganz richtig festgestellt hast.« Sie lächelte Raphael beschwichtigend an, um ihre Worte abzumildern. »Und wie würdest du es bezeichnen, wenn jemand einen anderen hinterrücks in die Donau stößt?«

»Ja, ja, schon gut«, brummte Raphael ohne große Begeisterung. »Vielleicht sollten wir noch mal darüber nachdenken.«

»Ich befürchte, dazu haben wir keine Gelegenheit mehr«, erwiderte Sarah mit einem plötzlich wütenden Kopfschütteln. »Das war nämlich Herberts schlechte Nachricht: Der Schneck tobt, anscheinend hat der Stadtparkvergewaltiger wieder versucht zuzuschlagen – zum Glück erfolglos. Aber bei der Kälte, das muss man sich mal vorstellen! Und bei der Gelegenheit ist dem Chef natürlich eingefallen, dass wir zu viert an diesem – ich zitiere – ›hirnrissigen‹ Fall arbeiten, der ohnehin nach nirgendwo führt. Daran hat auch Herberts Schilderung der Obduktionsergebnisse nichts geändert.« Genervt strich sie sich eine widerspenstige Strähne aus dem Gesicht. »Und jetzt will der Chef mit uns reden, und zwar *pronto*.«

»Scheiße.« Raphael verabscheute es, Ermittlungen ohne den geringsten Erfolg abzubrechen. »Aber vielleicht kriegen wir's ja mit ein bisschen Diplomatie wieder hingebogen?«

Wenigstens noch ein paar Tage rausschinden. Denn wenn sie jetzt aufhörten, würde sich eine eventuelle Spur, so es sie denn gab, nur noch mehr verwischen. Und er hatte noch einen zweiten, weit weniger rationalen Grund dafür, dass ihn der Gedanke an das Ende der Ermittlungen beinahe mit Panik erfüllte. Er wusste, dass mit dem Ende der Arbeit an diesem Fall unweigerlich eine Entscheidung anstand. Sarahs Entscheidung. Und damit eine Entscheidung über sein ganz persönliches Glück. Mochte es noch so unlogisch klingen: Solange sie an der Aufklärung von Wahlners Tod herumlaborierten, konnte er sich wenigstens vorgaukeln, dass in seinem Leben Stillstand herrschte, dass sich nichts verändern würde, und genau das war das Einzige, was er wollte. Selbst wenn er dafür bis an sein Lebensende bei HEUREKA ermitteln musste.

»Diplomatie?«, fragte Moritz skeptisch. »Dann lässt du aber besser die Sarah reden.«

***

Kaum waren wir aus dem Hauseingang und um die Ecke auf den HEUREKA-Parkplatz getreten, schon steckte sich Moritz eine Zigarette an. Angesichts von Raphaels sehnsüchtigem Blick zerriss es mir beinahe das Herz.

»Dann rauch halt auch eine«, sagte ich und fing schon in der Tasche zu kramen an. »Als Einstimmung auf das Gespräch mit dem Schneck, hm?«

Raphael griff nach der Schachtel Lucky Strike in meiner Hand. »Scheiße, verdammte. So schwer kann das doch eigentlich gar nicht sein!« Trotzdem legte sich ein Ausdruck der Zufriedenheit über seine Züge, als die Zigarette eine Sekunde später aufglomm.

»Du brauchst eben eine ordentliche Ersatzbefriedigung«, feixte Moritz und lehnte sich ein paar Meter weiter an die Hauswand.

»Aha. Und an was hast du dabei gedacht? Soll ich stattdessen zu saufen anfangen?«

»Das habe ich jetzt eigentlich nicht gemeint.« Mit einer lässigen Bewegung deutete Moritz auf mich. »Hast doch eine scharfe Freundin. Da würd ich nicht mehr ans Rauchen denken an deiner Stelle … Aber vielleicht ist das ja im fortgeschrittenen Alter schon anders.«

Raphael wollte zu einer Erwiderung ansetzen, vermutlich im bewährten Sich-verarschende-Kumpels-am-Tresen-Stil, aber ich kam ihm zuvor: »Lieber Moritz, das Wort ›scharf‹ in Verbindung mit meiner Person streichst du bitte mit sofortiger Wirkung aus deinem Wortschatz. Ist das klar?«

Er nickte folgsam, und ich versuchte, den Gedanken, mich doch ein klein wenig geehrt zu fühlen, beiseitezuschieben. Scharf. Na ja. Es gab definitiv Schlimmeres. Das Geräusch der zufallenden Eingangstür vertrieb meine eitlen Gedanken.

»Und jetzt sitzt sie wirklich bei Sascha, oder was? Hoffentlich sind die Texte scheiße.«

War das Jessica Egerjahn, die Celia Kleingrün so offen einen Misserfolg gönnte? Ich bedeutete Raphael und Moritz, leise zu sein – was überflüssig war, denn die beiden waren schlagartig verstummt und trugen exakt den gleichen konzentrierten Gesichtsausdruck zur Schau.

»Glaube ich nicht«, antwortete eine zweite, leisere Frauenstimme. »Wenn sie auch sonst nichts kann, aber ihre Werbetexte sind eigentlich immer gut.«

Wer war das?

»Mann, Mann, Mann, echt. Ich habe die Schnauze so voll davon, mir jeden Tag ihre überschminkte Fresse, ihr Arschgewackel und ihr selbstgefälliges Grinsen reinzuziehen. Dieser elenden Bitch würde ich einen Dämpfer dermaßen gönnen, echt wahr.«

Ja, das war der Empfangsdrachen, ganz sicher. Ihre boshafte

Wortwahl in Kombination mit ihrem hohen Sprechtempo ließ keinen anderen Schluss zu.

»Du weißt doch, wie das ist«, seufzte die zweite Stimme. »Solche Leute fallen immer wieder auf die Füße. Auch wenn sie es nicht verdient haben.« Simone Geier trat um die Ecke auf den Parkplatz und zuckte zusammen, als sie uns dort stehen sah.

Jessica Egerjahn reagierte weitaus abgebrühter. »Schönen Feierabend«, wünschte sie und stieg in ihren VW Polo. Simone Geier nickte nur knapp, bevor sie sich am Steuer ihres Range Rovers niederließ. Ein brandneuer Wagen, den durchwegs stattlichen Gehältern hier entsprechend. Andererseits: Wer in diesem Hexenkessel arbeitete, hatte irgendwie auch ein Anrecht auf Schmerzensgeld.

»Die Geier?«, sagte Raphael erstaunt, als Simone die Tür hinter sich geschlossen hatte. »Dabei dachte ich, sie käme mit der Kleingrün einigermaßen gut klar.«

»Das dachte ich auch«, antwortete ich. »Allerdings klang sie ja nicht halb so hasserfüllt wie die Giftspritze vom Empfang. Eher resigniert, oder?«

Raphael nickte, Moritz hingegen sah Jessica Egerjahns Polo, der gerade durch den Schnee vom Parkplatz stob, nachdenklich nach. »Und wenn doch sie …? Ich meine, solche Intrigen wie gelöschte Dateien, das ist doch eigentlich eher Frauensache, oder?«

»Gleich setzt's was«, versuchte ich mich wieder in angemessener Autorität. »Und jetzt bete lieber für die arme Taube dahinten.« Mit dem Kopf deutete ich in Richtung des nächsten Vogelkadavers, der vor der Hauswand lag. »Und drück vor allem uns die Daumen, dass wir wenigstens den König morgen noch verhören dürfen.«

Drei Stunden später klingelte ich – wenigstens einigermaßen zufrieden – an Raphaels Tür. Raphael hatte Moritz' Rat beherzigt und sich tatsächlich weitgehend aus dem Gespräch mit dem Chef herausgehalten. Dass es keinen Sinn hatte, Schneck von der Dringlichkeit dieser Ermittlung zu überzeugen, war mir von vornherein klar gewesen, und so hatte ich ihm einen

Kuhhandel vorgeschlagen: Sollten wir bis zum Ende der Woche keine nennenswerten Ergebnisse haben, würden Raphael, Herbert und ich uns widerspruchslos der zwischenzeitlich wieder ins Leben gerufenen »SOKO Stadtpark« anschließen und Moritz wieder ins K3 entlassen. Bei einer heißen Spur hingegen – und hier lag meine ganze Hoffnung traurigerweise auf dem angeblichen Gutmenschen André König – würden wir uns nochmals absprechen.

Schneck hatte ein wenig gezögert und gezaudert, aber mein über alle Maßen aufrichtiges Lächeln zusammen mit Raphaels Schweigsamkeit als Kontrast zu seinem sonstigen Gepolter hatten ihn immerhin dazu bewogen, sich meine Bitte durch den Kopf gehen zu lassen – er wollte uns morgen früh über seine Entscheidung informieren.

Lächelnd öffnete Raphael mir endlich die Tür und hielt mir eine kleine Plastikdose entgegen. »Tadaa! Ein neues Testprodukt!«

Ich drückte ihm einen schnellen Kuss auf die Lippen, stellte nebenbei fest, dass er barfuß in Jeans einfach zum Anbeißen aussah, und beäugte dann skeptisch das Cremedöschen. »Was ist das?«, fragte ich und dachte an die Inkontinenzeinlagen zurück. »Hämorrhoidensalbe?«

»Ich hoffe nicht, immerhin hab ich mir das Zeug gerade ins Gesicht geklatscht. ›Antifaltencreme‹, stand auf der Packung. ›Hautstraffend und zellerneuernd, mit der Kraft tropischer Blüten‹«, las er vor und strahlte wie ein kleiner Junge, der gerade mit dem neuen Chemiebaukasten hantiert. »Ich glaub, ich spür schon, wie sie wirkt.«

»Ganz bestimmt«, erwiderte ich lässig. Wenn es um Kosmetika ging, glaubte ich schon längst nicht mehr an das prompte Eintreten der versprochenen Wirkung. »Und welche Falten willst du damit bekämpfen, wenn ich fragen darf?«

»Ich hab's mir prophylaktisch mal um die Augen geschmiert, da kann's ja jeden Moment losgehen«, sagte er mit – hoffentlich gespielter – Panik in der Stimme. »Immerhin habe ich die dreißig schon längst überschritten.« Tatsächlich zeichneten sich nun rund um seine Augen feine Fältchen ab, als er sich endlich das Grinsen nicht mehr verkneifen konnte. »Und ganz besonders dick hab ich sie mir auf meine Sarah-Sorgenfalte geklatscht.« Mit vorwurfsvoller Miene deutete er auf seine Stirn.

»Sarah-Sorgenfalte?« Ja, da war eine zarte Querfalte. Aber sicher nicht erst, seit er mich kannte.

»Klar«, antwortete er. »Erst hältst du mich ewig hin, dann krieg ich dich endlich rum, und schon willst du wieder weg ... Das macht dem stärksten Mann Kummerfalten.«

Würde er jetzt nicht dazu lächeln, dann würde ich die Gelegenheit direkt wieder zum Lästern nutzen, liebe Leser. Allerdings ... Wenn er seine Befürchtungen, mich nach München gehen lassen zu müssen, so zum Ausdruck bringt, bin ich machtlos. Nur mühsam kann ich mich davon abhalten, mit einem gehauchten »Vergiss das LKA, glätte deine Falten, ich bleibe hier« willenlos in seine Arme zu sinken.

Wie, dann soll ich's doch endlich tun? Hören Sie mal, meinen Sie das wirklich ernst? Wollen Sie etwa die Verantwortung dafür tragen, dass ich der großen LKA-Karriere hier und jetzt adieu sage?

Ach, so haben Sie das dann doch nicht gemeint ...?

Dacht ich's mir doch.

»So, dem stärksten Mann ...«, antwortete ich spröde. »Und dir wohl auch?«

»Frechheit. So, zur Strafe musst du die Creme jetzt auch ausprobieren.« Er hielt mir die Dose schon wieder unter die Nase. »Dann kann ich live beobachten, wie sich die Zellen erneuern, ohne ständig in den Spiegel schauen zu müssen. Es wird schließlich allerhöchste Zeit für meinen ersten ›Pioniertaler‹.«

»Na, gib schon her.« Seufzend nahm ich ihm die Creme ab. »Du gibst ja sonst doch keine Ruhe.«

***

»Danke«, flüsterte Celia und schenkte André ein besonders hinreißendes Lächeln. »Ohne dich wäre ich mit diesem Serviceleitfaden wirklich aufgeschmissen.«

»Ist doch selbstverständlich«, murmelte er und schlug verlegen die Augen nieder.

Wenn er doch nur ein wenig selbstsicherer wäre … Dieser Gedanke schoss Celia nicht zum ersten Mal durch den Kopf, aber gerade in diesem Augenblick, bei gedimmtem Licht, auf ihrer Couch, mit dem engen T-Shirt, das seine sportliche Statur mit dem flachen Bauch und den breiten Schultern betonte, tat es ihr wirklich leid, dass André so gar nicht über die Macher-Aura verfügte, auf die sie normalerweise stand. Er war einfach … zu nett. Zu selbstlos. Nicht dominant genug. Zu unauffällig.

Wirklich schade. Auch, weil er ihr heute Abend eine echte Hilfe gewesen war.

Selbst Sascha hatte nämlich vorhin nicht leugnen können, dass ihre Texte wirklich gut waren, und so hatte er ihr zähneknirschend ein absolut schwachsinniges Projekt übertragen: einen Arbeitsleitfaden für die Mitarbeiter der Kundenbetreuung. Den Celia natürlich schreiben konnte, ganz klar, nur fehlte ihr leider das technische Know-how für die Inhalte. Selbstverständlich hatte André ihr sofort wieder seine Hilfe angeboten – schließlich war das viel eher sein Aufgabenbereich als ihrer. Und so hatte er, wenn man ehrlich war, heute Abend das komplette Konzept ausgearbeitet. Die nötigen Screenshots würde er ihr in den nächsten Tagen noch zur Verfügung stellen, und damit blieb Celia nur noch das Schreiben. Ach, André war wirklich ein Goldschatz!

Er streckte sich und erhob sich halb von der Couch. »Also dann …«

Plötzlich ergriff Celia wieder die Panik. Sie wollte nicht allein sein und sich in Grübeleien ergehen, darüber nachdenken, wer die Patronen aus ihrem Drucker genommen und in ihren Dateien herumgefuhrwerkt hatte, nur um ihr zu schaden. Sie wollte nicht darüber nachdenken, wer sie so hasste. So hassen konnte. Und sie wollte sich nicht schlaflos und allein im Bett hin und her wälzen. »Warte«, stieß sie hervor, ohne darüber nachzudenken. »Magst du … magst du vielleicht noch ein Glas Wein?«

Er sah sie prüfend an, als könnte er kaum glauben, dass sie das jetzt wirklich vorgeschlagen hatte. Oder als überlegte er, ob mit »Glas Wein« auch wirklich nur das gemeint war: ein Glas Wein. Und wenn Celia ehrlich war, dann überlegte sie das auch selbst. Sie fühlte sich allein, jeden Abend, jede Nacht, die ganze Zeit schon, seit Jan weg war. Und sie sehnte sich nach Nähe, nach jemandem, der sie festhielt, sie beschützte, sie begehrte. André? Dass er sie begehrte, daran ließ sein Blick keinen Zweifel.

»Gern.« Er nickte verhalten. »Ein Glas Wein haben wir uns wirklich verdient.« Er sank zurück in die Polster, während sie beflissen in die Küche eilte, um eine Flasche Rotwein zu öffnen. Mit André – ginge das? Celia, komm schon. Du hast dir doch früher nicht so viele Gedanken gemacht. Lass es doch einfach auf dich zukommen.

Zehn Minuten später, nach drei Schluck Wein und zwei vorsichtigen Küssen von André, die Celia in ihrer Unschuld an ihre Kindergartenromanze erinnert hatten, konnte sie es nicht. Sie löste sich von ihm und schenkte ihm ein bedauerndes Lächeln. Der Grund war ihr zunächst selbst nicht ganz klar, doch als André verletzt aufsprang, wusste sie, weshalb: Es wäre nicht fair gewesen. Er hatte es nicht verdient, benutzt zu werden.

André sah sie verwirrt an, dann biss er fest die Zähne aufeinander, schlüpfte wortlos in seinen Anorak und schlug den Weg zur Wohnungstür ein.

Scheiße, Celi. Sofort wurde sie wieder von Panik erfasst. Was hast du jetzt bloß angestellt? Hast du jetzt alles kaputtgemacht? Und auch noch deinen letzten Freund verloren? Ihre Augen füllten sich mit Tränen, als André die Hand nach dem Türgriff ausstreckte, doch dann schien er sich plötzlich eines Besseren zu besinnen.

Er drehte um und kam mit eiligen Schritten und wutverzerrtem Gesicht zurück. »Hör auf«, zischte er zwischen immer noch zusammengepressten Zähnen hervor und baute sich vor ihr auf, »mit mir zu spielen, okay?« Er machte einen weiteren drohenden Schritt auf sie zu, und Celia rutschte automatisch weiter zurück, doch die Couchlehne bremste sie. Jegliche Zuneigung war mit einem Mal aus seinem Blick verschwunden. »Ich tue doch alles für dich, oder?« Jetzt schrie er sie an, seine Stimme dröhnte in ihrem Kopf. »Ich tue doch alles! Ich habe alles für dich getan! Und du?« Er beugte sich zu ihr herunter, und sie drückte sich an die Lehne und machte sich klein, während sie sich zum Atmen zwang und versuchte, das Klopfen ihres Herzens mit reiner Willenskraft zu beruhigen. Sein Schreien dröhnte in ihren Ohren. Er hatte sie noch nie zuvor angeschrien. Noch nie …

André griff nach ihren Handgelenken und drückte zu. Celia schrie leise auf – wenn auch eher vor Schock denn vor Schmerzen. »Spiel nie wieder mit mir«, zischte er. Hinter ihrer Angst flammte Erstaunen darüber auf, dass sogar André bedrohlich wirken konnte. Aber zurzeit wirkte ja ohnehin so vieles bedrohlich. So vieles.

Andrés blaue Augen hinter der Brille waren ganz nah vor ihren, funkelten sie wütend an, und sie spürte seinen Atem auf ihren Lippen. Dann drehte er sich um, rannte mit eiligen Schritten aus der Wohnung und schmetterte die Tür hinter sich zu.

Celia kauerte sich auf der Couch zusammen. Sie wusste nicht, wie lange sie so lag, mit zitternden, feuchten Händen und von Tränen brennenden Augen.

Allein.

ACHT

»Guten Morgen, Spatzl«, murmelte Raphael, stellte den Wecker ab und knipste die Nachttischlampe an.

»Guten Morgen.« Ich versuchte mühsam, die Augenlider zu öffnen. Nanu, so spät war es doch gestern Abend gar nicht geworden?

»Huch«, hörte ich Raphael erschrocken sagen, bevor er glucksend ein Lachen unterdrückte.

»Was, ›huch‹?« Ich rieb vorsichtig über meine Augen. Was aus unerfindlichen Gründen außerordentlich wehtat.

»›Huch‹ im Sinne von ›Was ist denn hier passiert?‹«, sagte Raphael und gluckste noch einmal. »Sarah, du musst jetzt sehr stark sein.«

Angestrengt schlug ich nun doch endlich die Augen auf, ohne meine kühlenden Hände von den Unterlidern zu nehmen. Irgendwie fühlten sich die heute anders an. Und weshalb war mein Gesicht so heiß? Fieber? Das fehlte mir gerade noch. »Was ist?«, fragte ich.

»Deine Augen sehen nicht nach Zellerneuerung aus«, sagte er und streichelte mir mitleidig übers Haar. »Eher nach Zellverzehnfachung.«

»Das ist nicht witzig«, blökte ich Herbert an, der sein dröhnendes Lachen nach unserer Schilderung des Anti-Falten-Experiments kaum mehr unter Kontrolle brachte. »Und wenn du nicht sofort aufhörst zu lachen, verpass ich dir eine Abreibung mit dieser Spezialcreme.«

Das wirkte. Herbert atmete tief durch und beruhigte sich endlich wieder. »Aber warum siehst du eigentlich nicht so aus, als hätte man deine Augäpfel durch Tennisbälle ersetzt?«, wandte er sich an Raphael.

Darüber hatte ich mich auch schon geärgert. Und den Verdacht geäußert, dass er selbst auf das Experiment verzichtet und mich unter Vorspiegelung falschen Eigenengagements als

Versuchskaninchen missbraucht hatte. Das hatte Raphael aber vehement abgestritten.

»Weil ich sowieso schon so gebeutelt bin. Eine mit der Landeshauptstadt liebäugelnde Karrierefrau als Freundin, da wollte mich die Kosmetikindustrie nicht noch zusätzlich zum Gespött der Leute machen«, antwortete Raphael. »Obwohl du natürlich immer noch bezaubernd und ganz und gar nicht nach Gespött aussiehst, Spatzl.«

»Gleich setzt's was«, schimpfte ich und fuhr dann an Herbert gewandt fort: »Der hat doch immer so ein Glück. Dem könntest du wahrscheinlich Säure ins Gesicht kippen, ohne dass was passiert. Und jetzt wäre es schön, wenn wir zur Tagesordnung übergehen könnten. Hat sich der Schneck schon gemeldet?«

»Freilich«, antwortete Herbert mit mühsamem Ernst. »Er erwartet dich in seinem Büro. Nimm aber lieber deinen Dienstausweis mit, für den Fall, dass er dich nicht gleich erkennt.«

Mit einem Schnauben stapfte ich aus dem Büro.

Schneck erwartete mich mit einem freundlichen Lächeln, was ich vorsichtig als gutes Omen auffasste. Kaum hatte ich mich gesetzt, nickte er nachsichtig. »Also gut, Frau Sonnenberg. Die ›SOKO Stadtpark‹ ist einigermaßen stark besetzt, sodass ich Ihnen im Fall Wahlner noch ein bisschen Zeit einräumen kann.«

Ich atmete auf und lächelte ihn dankbar an.

»Aber«, fuhr er fort, »wirklich nur bis zum Ende dieser Woche. Sollte es dann keine bahnbrechenden Erkenntnisse geben, müssen wir diesen Fall auf Eis legen. Das ist Ihnen klar?« Sein strenger Blick täuschte nicht darüber hinweg, dass er das nur betonte, um nicht allzu nachgiebig zu wirken.

»Natürlich«, antwortete ich. »Kein Problem. Bis dahin wissen wir sicher mehr.« Ich schickte ein verbindliches Lächeln hinterher.

Er nickte begütigend. »Ich vertraue da auf Ihre Intuition, die hat uns ja schon oft genug gute Dienste erwiesen.«

Ich verkniff mir den Hinweis, dass meine Intuition momentan zum einen von Raphael und Moritz schlichtweg ignoriert wurde und zum anderen auch nicht wirklich Bahnbrechendes zutage förderte. Dabei war ich mir sicher –

»Und wenn Sie in dieser Ermittlung nicht mal wegen einer solch schlimmen Bindehautentzündung fehlen wollen, dann …«, unterbrach Schneck meine Gedanken und sah mich mitfühlend an.

»Äh … ja«, antwortete ich und verkniff mir den Hinweis auf das Faltencreme-Experiment.

»Haben Sie sich eigentlich schon entschieden?« Plötzlich durchbohrte er mich mit seinem Blick.

Verlegen schlug ich die verquollenen Augen nieder. »Dazu ist noch keine Zeit gewesen. Geben Sie mir noch bis Ende der Woche, okay? Dann liefere ich Ergebnisse im Fall Wahlner und eine Entscheidung in Bezug auf das LKA. Versprochen.« Im selben Augenblick verfluchte ich mich dafür, den Mund so voll genommen zu haben. Reichte ja noch nicht der Zeitdruck bei den Ermittlungen. Eine tolle Idee, sich auch noch persönlich unter Druck zu setzen.

Schneck entließ mich mit einer Abschiedsgeste aus der Audienz. »Gute Besserung!«, rief er mir noch nach.

Schnurstracks schlug ich den Weg in die Teeküche ein, wo die Sportbegeisterten unter den Kollegen im Gefrierfach eine stattliche Anzahl Kühlpads horteten. Irgendwie musste der Mutation meiner Augenlider schließlich beizukommen sein. Ich hoffte sehr, dass man dazu nicht ein Gegengift aus tropischen Blüten entwickeln musste.

Kaum hatte ich – zur Erheiterung der beiden anwesenden Herren angetan mit einem gepunkteten Kühlbeutel – im Büro die frohe Kunde über Schnecks Entgegenkommen verbreitet, schrillte mein Telefon. Die Nummer kam mir bekannt vor, wenigstens die ersten fünf Ziffern. War das nicht HEUREKA?

»Sonnenberg, Kripo Regensburg«, ließ ich den Anrufer wissen und warf Raphael einen alarmierten Blick zu.

Zuerst erklang nur ein tonloses Schluchzen, dann endlich sagte eine mühsam unter Kontrolle gehaltene Frauenstimme: »Sie müssen herkommen, bitte … Sie müssen mir helfen.«

Das klang dramatisch. Unweigerlich legte ich den Kühlbeutel ab. »Wer spricht da?«

Raphael beobachtete mich besorgt.

»Entschuldigung, ich …«, schluchzte die Frau in den Hörer. Endlich erkannte ich sie, obwohl ihre Stimme unverhältnismäßig schrill klang. »Celia Kleingrün. Es ist nur … er ist tot … und …«

Der Schock ließ mein Herz einen Schlag aussetzen. Oh mein Gott – ein weiterer Toter? Oder … Vielleicht sprach sie auch nur von Wahlner, dessen Tod sie erst jetzt vollumfänglich erfasst hatte? So neben der Spur, wie sie klang, wäre das nicht weiter erstaunlich. Keine Panik, Sarah. »Wer ist tot?«, fragte ich dennoch hektisch, und Raphael rumpelte von seinem Schreibtisch auf.

»Der Vogel«, schluchzte sie wieder und bemühte sich hörbar um eine klare Artikulation.

»Welcher Vogel?« Gingen die Nerven jetzt vollends mit ihr durch?

»Er liegt da und starrt mich an, und …« Ich hörte, wie sie von Schluchzern geschüttelt wurde, dann vernahm ich eine Männerstimme, die ihm Hintergrund auf sie einsprach.

»Werden Sie gerade bedroht, Frau Kleingrün?«, fragte ich sofort. Horrorszenarien von einem durchgedrehten Leo Wollenschläger, der erst einen Hahn geopfert hatte und ihr nun mit dem Messer zu Leibe rückte, nahmen vor meinem inneren Auge Gestalt an.

»Nein, es ist nur der Vogel … Er liegt da in meiner Schublade.« Sie schniefte und räusperte sich, dann klang ihre Stimme wieder etwas fester. »Es wäre gut, wenn Sie sich das ansehen könnten.«

»Wir sind sofort da«, antwortete ich, schmiss den Hörer auf die Gabel und wedelte motivierend in Raphaels Richtung. »Los, pack deinen Kumpel Moritz ein. Wir müssen zu HEUREKA.«

»Was ist passiert?«, fragte Raphael und stand schon am Garderobenständer.

»Ein Vogel«, antwortete ich achselzuckend und schnappte mir den Kühlbeutel.

»Was?«, fragte Herbert entgeistert.

»Nix für dich. Er ist vermutlich nicht gebraten, und es gibt wohl auch keine Knödel dazu. Bis später.«

»Ich habe die Schublade geöffnet, um den Locher herauszuholen, und dann lag sie da …« Celia Kleingrüns Augen waren vor Schock weit aufgerissen, als ihr Blick wieder auf die Taube fiel, die dort pittoresk drapiert zwischen einem Päckchen Tampons, besagtem Locher und einer Packung Schmerztabletten lag. Ihre Hände zitterten. Schnell wandte sie den Blick wieder ab und sah sich hilfesuchend nach André König um, der mit betroffenem Gesichtsausdruck neben ihr stand und sofort bekräftigend nickte.

»Celia hat natürlich sofort geschrien wie …«

»Am Spieß«, kam ihm Raphael wenig feinfühlig zu Hilfe. Angesichts der blutigen, wenn auch eher kleinen Bauchverletzung des toten Tiers, die wieder einmal auf die Taubenspikes zurückzuführen war, hätte ich persönlich eine andere Formulierung gewählt.

Ich beugte mich wieder über die Schublade. Der Kopf des Vogels war wie vor Erschöpfung zur Seite geneigt, die Augen trübe und das helle Gefieder glanzlos. »Wann haben Sie diese Schublade zuletzt geöffnet, Frau Kleingrün? Ich meine, vor heute Morgen.« Unter der Taube entdeckte ich ein lose zusammengefaltetes Stück Papier, auf dem sich kleine Pfützen gebildet hatten – der Vogel musste, von der winterlichen Kälte gefroren, direkt vom Parkplatz hierhergebracht worden sein. In meiner Handtasche kramte ich nach den Einmalhandschuhen und den Plastiktüten.

»Gestern«, antwortete Celia. »Ich weiß nicht mehr, wann genau. Aber sicher gestern irgendwann.«

»Ich mach das schon.« Heroisch nahm Raphael mir die Handschuhe ab, schlüpfte hinein und verstaute die widerspenstige, starre Taube mit sichtlichem Widerwillen in einem durchsichtigen Plastikbeutel.

»Gehört das Ihnen?«, fragte Raphael und griff nach dem Blatt Papier.

Celia Kleingrün betrachtete es verwundert. »Nein. Nein, ich glaube nicht.«

Raphael faltete das Blatt auf und las. »Da scheint jemand wirklich ein gewaltiges Problem mit Ihnen zu haben, Frau Kleingrün«, sagte er sanft, bevor er uns die durch das Tauwasser leicht lädierte

Computerschrift auf dem Papier zeigte: »*GIB ENDLICH AUF, SONST …*«

Celia schluchzte wieder ungläubig auf, bevor sie sich in André Königs Arme warf, der zögerlich, dafür aber umso zärtlicher über ihren Rücken streichelte. Unter der Maske offensichtlicher Besorgnis glaubte ich, die Spur eines Lächelns auf seinem Gesicht zu erkennen, das sofort verschwand, als er meinen prüfenden Blick bemerkte.

Celia Kleingrün presste sich haltsuchend an ihn. Aber es half nichts, dass sie sich hier in ihrem Unglück erging. Nun wurde die Bedrohung greifbar, und ich war mehr denn je davon überzeugt, dass es zwischen Kleingrüns Mobber und Wahlners Mörder einen Zusammenhang gab. Allein der Inhalt des Briefs, die implizierte, wenn auch nicht klar ausgesprochene Todesdrohung – wer, wenn nicht jemand, der wusste, dass er zu töten imstande war, würde genau damit drohen?

»Moritz«, sagte Raphael alarmiert, »sei so gut und hol Herrn Hoyer. Sofort.«

Moritz, der die Szenerie stumm beobachtet hatte, machte auf dem Absatz kehrt.

»Und«, fügte Raphael hinzu, »erkundige dich, was der Erkennungsdienst braucht, um möglichst schnell herauszufinden, aus welchem Drucker dieser Ausdruck stammt.« Er wedelte mit dem Drohbrief.

»Wird gemacht.« Mit einem knappen Nicken verschwand Moritz aus dem Büro.

»Nicht dass ich etwas dagegen hätte, Frau Kleingrün«, wandte ich mich aufmunternd an die völlig verstörte Celia, »aber weshalb haben Sie eigentlich direkt mich angerufen? Wäre das nicht ein Grund gewesen, sofort mit Sascha Hoyer zu sprechen?«

André König kam ihr zuvor. »Das habe ich ihr auch gesagt. Damit hätte sie nun endlich einen Nachweis, dass sie hier wirklich terrorisiert wird. Aber Celi meinte, Sie hätten gestern ja schon miteinander über all diese Probleme gesprochen.« Er zuckte die Achseln. »Und Sie glauben ihr wenigstens.«

Ja, ich glaubte ihr. Nach dieser Sache und ihrem offensichtlichen Schock konnte man nun auch wirklich nicht mehr an ihr

zweifeln. Trotzdem gut zu wissen, dass Celia Kleingrün sich selbst an die Polizei wenden wollte – und nicht André König ihr dazu geraten hatte. Ob er über unsere Anwesenheit glücklich war?
»Wer hat Zugang zu diesem Büro, Frau Kleingrün? Wer könnte hier unbemerkt etwas in Ihrer Schublade deponieren?«

Sie zuckte die Achseln und starrte erschöpft durch mich hindurch. »Im Prinzip jeder, solange André und ich nicht im Büro sind. Es gibt keinen Schlüssel zur Tür oder zur Schublade …«

»Und wann haben Sie beide heute angefangen zu arbeiten?«

»Um neun«, antworteten sie wie aus einem Mund. »Und gestern«, fügte König nach einer kurzen Pause hinzu, »sind wir gegen halb acht gegangen, oder?«

Celia Kleingrün nickte.

»Wer war da noch im Haus?«, fragte Raphael. »Und wer ist heute Morgen vor Ihnen beiden da gewesen?«

König sah ihn ratlos an. »Ganz ehrlich, das dürfte kaum nachzuvollziehen sein. Neun Uhr ist vergleichsweise spät, da ist fast die ganze Firma schon da. Und gestern Abend … Keine Ahnung, aber es war schon noch einiges los, oder?«

Wieder nickte Celia folgsam. Hilfreich war das allerdings nicht.

»Wer steckt denn Ihrer Meinung nach hinter diesen Attacken, Herr König?«, fragte Raphael beiläufig. Zu beiläufig, um mich täuschen zu können.

König schüttelte ratlos den Kopf. »Wenn ich das wüsste … Ursprünglich hatte ich Herrn Wollenschläger im Verdacht, aber …«

Sofort dachte ich an die Begegnung mit Wollenschläger auf dem Parkplatz und seine lapidaren Kommentare über die toten Tauben. Konnte das sein? Würde er sich die Mühe machen, ein totes Tier vom Parkplatz zu bergen, einen Drohbrief zu schreiben und sich heimlich in Celias Büro zu schleichen, um seiner ungeliebten Mitarbeiterin den Rest zu geben? Ein derartig perfides Verhalten traute ich ihm kaum zu.

»Ich glaube, das wäre nicht seine Art«, schloss nun auch André König und rieb sich nachdenklich die Nasenspitze. »Er macht die Leute lieber direkt zur Schnecke. Ansonsten … ich weiß es nicht.« Er sah erst Raphael, dann mich an. »Wirklich nicht.«

Er hatte sowohl souverän als auch folgerichtig reagiert. Trotzdem nahm der vage Gedanke in meinem Kopf endlich Gestalt an. »Wir würden uns gerne später etwas ausführlicher mit Ihnen unterhalten, Herr König.« Ich überlegte fieberhaft, ob meine Argumente Raphael und Moritz jetzt endlich überzeugen würden.

Er nickte gleichgültig, aber sein Adamsapfel hüpfte, wie zur Bestätigung. Nervös flatterte sein Blick zu der sich öffnenden Bürotür, durch die ein sichtlich ungehaltener Sascha Hoyer hereinstürmte.

»Was ist denn jetzt schon wieder los?« Seine Stimme bebte vor Ungeduld. Er betrachtete erst Celia, dann Raphael und mich mit deutlicher Missbilligung. »Ich habe eigentlich zu tun.«

»Das hier ist los«, antwortete Raphael nüchtern und wedelte mit den beiden Plastikbeuteln. »Einer Ihrer Mitarbeiter hat eine tote Taube und einen Drohbrief in Frau Kleingrüns Schublade deponiert.«

Angeekelt musterte Hoyer das tote Tier. »Drohbrief?«

»Eine nicht besonders freundliche Aufforderung, das Feld zu räumen, ja.«

»Und was«, sagte Hoyer achselzuckend, »soll ich jetzt bitte schön Ihrer Meinung nach tun?«

»Herrgott noch mal.« Langsam hatte meine Geduld wirklich ein Ende. »Versuchen Sie, den Übeltäter zu finden. Oder stellen Sie sich öffentlich vor Frau Kleingrün, um weitere Attacken zu unterbinden. Schicken Sie eine Rundmail, in der Sie diese Gemeinheit verurteilen. Tun Sie irgendwas, um diese vergiftete Atmosphäre hier endlich zu verbessern, Herr Hoyer!«

Als ich seinen Gesichtsausdruck sah, wusste ich, dass nichts dergleichen geschehen würde. Mit fest zusammengepressten Lippen warf er einen weiteren Blick auf die Taube, dann auf die hoffnungslos wirkende Celia Kleingrün. »Dafür fehlt mir die Zeit«, sagte er schließlich. »Wenn Sie wissen wollen, wer dahintersteckt, müssen Sie das wohl selbst herausfinden.« Mit diesen Worten drehte er sich um und verließ fluchtartig das Büro.

»Ich glaub, es hackt.« Das durfte doch wohl nicht wahr sein! Einen derartig unfähigen, untätigen Chef hatte ich ja noch nie erlebt! Und ich hatte schon einiges erlebt, zweifellos. Wie konnte er dermaßen illoyal und gleichgültig sein? Ich ignorierte Raphael, der mich bremsen wollte, und stürmte hinter Hoyer hinaus auf den Flur. »Herr Hoyer!«

Er blieb abrupt stehen, als hätte er schon damit gerechnet, dass ich ihn nicht so einfach von dannen ziehen lassen würde. Aus der Nähe erkannte ich feine Schweißperlen auf seiner Stirn.

»Sie haben verdammt noch mal die Pflicht, Ihre Angestellten vor solchen Übergriffen zu schützen!« Es gelang mir nicht mehr, sachlich und gelassen zu wirken. Zu sehr brachte mich der Gedanke an die verängstigte Celia Kleingrün und seine völlige Ignoranz auf. »Sie können das doch nicht einfach ausblenden!«

Er musterte mich kühl. »Ich kann, Frau Sonnenberg. Und vielleicht sollten Sie das auch tun. Ich hatte es schon einmal erwähnt ... Verdrängen Sie die Möglichkeit, dass Frau Kleingrün das alles selbst inszenieren könnte?«

»Das können Sie nicht wirklich glauben«, konterte ich fassungslos. »Sie sehen doch, wie fertig die Frau mit den Nerven ist!« Ich verstand nicht, weshalb er Celia Kleingrün in diesem Ausmaß ver- und missachtete. Aber vielleicht musste ich das auch nicht verstehen: Womöglich reichte es aus, dass Hoyer ihre Affäre mit dem ungeliebten Geschäftspartner vor Augen hatte. Vielleicht war sein Hass auf Wahlner ja doch größer gewesen, als er uns glauben machen wollte? Seufzend stellte ich fest, wie schwierig es war, in einem Fall zu ermitteln, in dem naturgemäß keiner der Verdächtigen ein hieb- und stichfestes Alibi hatte.

Erst jetzt bemerkte ich Simone Geier, die uns aus sicherem Abstand von ihrer Bürotür aus beobachtete. Sie versuchte, unbeteiligt zu wirken, aber ihr konzentrierter Gesichtsausdruck verriet ihre Neugier. »Alles okay?«, fragte sie.

Sascha Hoyer setzte zu einer Antwort an, aber ich schnitt ihm das Wort ab. »Alles bestens«, flötete ich. »Bei dem reizenden Betriebsklima hier aber ja auch kein Wunder.«

***

»Moritz, lass den Ordner jetzt mal Ordner sein. Wir haben was zu besprechen«, sagte Raphael und schwang sich rittlings auf den Stuhl. Er schnappte sich die Personalliste, die vor ihm auf dem

Tisch lag. Natürlich. Natürlich gab es jemanden, der Interesse daran hatte, sowohl Wahlner hopsgehen zu sehen als auch Celia mürbe und anlehnungsbedürftig zu machen. Und es war nicht Leo Wollenschläger.

»Denkt ihr, was ich denke?« Die Idee, die ihm vorhin durch den Kopf geschossen war, als André König die verängstigte Celia mit sichtlichem Genuss in die Arme geschlossen hatte, konnte nicht ignoriert werden. Auch wenn genau diese Idee bedeutete, dass Sarah mit ihrem ominösen Bauchgefühl doch richtiggelegen war. Warum war ihm dieser Gedanke eigentlich nicht früher gekommen?

»Endlich«, sagte Sarah mit einem zufriedenen Grinsen.

»Hä?«, kommentierte Moritz verständnislos. Der hatte also noch nicht Lunte gerochen. »Um das zu beurteilen, wäre es hilfreich, wenn du uns einfach verrätst, was du denkst.«

Sarahs Augen hingegen blitzten, und Raphael verliebte sich sofort noch ein wenig mehr in sie. *Fuck*, warum musste sie eigentlich zu allem Überfluss auch noch clever sein? Ihr Gehirn war das absolute K.-o.-Kriterium; für hübsche Frauen mit Köpfchen hatte er schon immer eine viel zu große Schwäche gehabt. Da konnte er sogar großzügig darüber hinwegsehen, wenn sie reichlich rechthaberisch waren … »Tja«, sagte sie gedehnt. »Könnte sein, dass wir da was haben, oder?«

»Jetzt mal langsam und zum Mitschreiben.« Moritz kratzte sich am Hinterkopf und fühlte sich sichtlich unwohl in der Rolle desjenigen, der die interessante Spur noch nicht entdeckt hatte. »Die Kleingrün selbst, oder was?«

»Eher nicht«, antwortete Sarah grinsend. »Erstens suchen wir einen Mann, wenn wir Wunderlichs Aussage Glauben schenken dürfen. Zweitens hätte sie keinen Grund gehabt, Wahlner umzubringen. Drittens bezweifle ich nicht, dass sie hier ziemlichen Psychoterror aushalten muss. Und viertens glaubt jetzt endlich auch Raphael, dass derjenige, der Celia tote Vögel in die Schublade legt, ebenso den Wahlner auf dem Gewissen hat.« Ihr triumphierendes Lächeln war jetzt doch ein wenig zu viel des Guten.

»Ja, wer denn?«, fragte Moritz mit zunehmender Verzweiflung.

»Jetzt sagt schon.« Er sah entnervt von Raphael zu Sarah. »Oder ich zeig euch wegen Mobbings an.«

»Untersteh dich.« Sarahs Augen leuchteten, als sie auflachte. »Also, pass auf: Wenn wir wirklich davon ausgehen, dass es sich bei Wahlners Mörder und Celias Saboteur um ein und dieselbe Person handelt, dann kommt eigentlich nur einer in Frage: ihr Bürokollege André König. Und im Gegensatz zu Wollenschläger hat er sogar Fingernägel.«

Zufrieden lehnte Raphael sich zurück. Ja, Sarah hatte die gleichen Rückschlüsse gezogen wie er selbst.

»Hä?«, fragte Moritz leicht debil. »Der steht doch auf die Kleingrün, dachte ich? Warum sollte er sie da mobben?«

»Eben genau deswegen«, erklärte Sarah. »Schließlich braucht sie, wenn ihr so übel mitgespielt wird, eine starke Schulter zum Ausheulen, oder? Und da bietet er sich eben gleich selbst an, verstehst du? Und kriegt sie so vielleicht doch noch irgendwann rum. Hofft er.«

»Er mobbt sie, um sich dann als ihr Retter aufspielen zu können?« Moritz riss die Augen auf. »Das ist ziemlich krank, oder?«

»Willkommen im K1«, antworteten Raphael und Sarah unisono.

***

»Wir sollten es ruhig angehen lassen und erst mal sein Vertrauen gewinnen«, mahnte ich die beiden Herren und fühlte mich wieder einmal wie die Leiterin einer Schwererziehbarengruppe. »Schließlich haben wir nichts in der Hand außer einem schnöden Verdacht.«

»Aber König ist der Einzige, der für beides ein Motiv hat«, sagte Moritz, nun mit einem Mal vorbehaltlos überzeugt. Der war ja schnell rumzukriegen.

»Nach unserem derzeitigen Kenntnisstand, ja. Aber …« Ich bedachte ihn mit einem bedeutungsschwangeren Blick. »Wir wissen nicht …«, Kunstpause, »was wir nicht wissen.« Schnell nahm ich meinen dozierend erhobenen Zeigefinger wieder nach unten.

»Danke für dieses philosophische Statement, Sarah.« Raphaels

Mundwinkel zuckten. »Aber stimmt natürlich: Wir sollten nicht riskieren, dass er gleich dichtmacht. Nur ein bisschen vorfühlen, und danach schließen wir uns wieder kurz.«

Wie auf Kommando öffnete sich die Tür, und André König trat beinahe zaghaft in den Besprechungsraum. Ebenso schüchtern lächelte er, als er den Platz uns gegenüber einnahm. »Es tut mir leid, dass Sie kurz warten mussten, aber Celia …« Er hob hilflos die Schultern. In seinen Augen spiegelte sich die Sorge um seine Angebetete.

Leider musste ich feststellen, dass er mir in seiner zurückhaltenden Art wirklich ziemlich sympathisch war, trotz unseres Verdachts – der endlich meine Theorie bekräftigte. »Hat sie sich wieder etwas beruhigt?«, fragte ich mitfühlend.

Er nickte niedergeschlagen. »Ja, es geht wieder. Aber ich bezweifle, dass sie es heute schafft, sich auf die Arbeit zu konzentrieren.«

»Vielleicht sollte sie sich doch einen Tag freinehmen?«, überlegte ich laut. »Um sich von dem Schock zu erholen. Und wenigstens mal einen Tag aus der Schusslinie zu sein.«

»Das macht sie sicher nicht«, widersprach König. »Sie hat einfach zu viel zu tun im Moment. Und …« Er brach ab und sah nachdenklich aus dem Fenster. »Wer hier bestehen will, muss kämpfen. Ich verstehe zwar nicht, weshalb Celia sich so an diesem Job festbeißt, aber sie tut es nun einmal. Und somit wäre ein freigenommener Tag – zu diesem Zeitpunkt – ein Desaster.«

»Sie finden«, fragte Raphael interessiert, »Frau Kleingrün sollte nicht kämpfen? Und stattdessen ihren Job hier aufgeben?«

König nickte bedächtig. »Ehrlich gesagt: ja. Ich finde, das ist es einfach nicht wert.«

»Wäre das für Sie persönlich«, fragte Raphael und senkte vertraulich die Stimme, »nicht ziemlich schade?«

Ich hörte König unter dem Tisch mit den Füßen scharren. Er blickte fragend zu Raphael, so als hätte er die Frage nicht richtig verstanden. Als Raphael nickte, antwortete er: »Für mich ganz persönlich schon. Aber ich will, dass es ihr gut geht. Und momentan ist das nicht der Fall. Ehrlich gesagt ist das ziemlich schwer zu ertragen.«

Raphael und Moritz tauschten einen skeptischen Blick, der mir nicht entging. Anscheinend glaubten die beiden Herren nicht an Königs Selbstlosigkeit. Und ich? War unsicher. Ob er wohl so edelmütig blieb, wenn man noch ein wenig tiefer in der Wunde stocherte? »Ihnen ist bekannt, dass Frau Kleingrün ein Verhältnis mit Jan Wahlner hatte, oder?«

André König zuckte zusammen, als hätte ich ihm eine Ohrfeige verpasst. Dann nickte er stumm.

»Seit wann wissen Sie davon?« Raphaels Augen funkelten, wie immer, wenn eine bestimmte Reaktion sein Misstrauen weckte.

»Gemunkelt wurde das schon monatelang«, räumte König ein und fuhr sich mit einer fahrigen Geste durchs dunkelblonde Haar. Eine widerspenstige Strähne blieb senkrecht stehen. »Sogar wenn man versucht, sich rauszuhalten, ist man hier gegen all diesen Tratsch chancenlos. Also habe ich versucht, das auszublenden, verstehen Sie?«

Ich nickte, Raphael schüttelte den Kopf. Es ging doch nichts über Einigkeit im Team.

»Wie kann man das bitte schön ausblenden?« Raphael beugte sich vor und musterte König verständnislos. Da war er wieder, mein Alles-oder-nichts-Mann. »Die Frau der Wahl hat direkt vor der eigenen Nase was mit einem anderen am Laufen, und Sie blenden das mal eben ganz locker aus?«

Unter dem Tisch trat ich warnend auf Raphaels Fuß.

»Dass das ganz locker ging, habe ich nie behauptet«, antwortete König mit einem traurigen Lächeln. »Aber ich empfinde ja nicht erst seit ein paar Tagen mehr für Celia als sie für mich. Irgendwann muss man sich einfach an die Situation gewöhnen, oder? Und da hat sich eben die Verdrängung als das Mittel der Wahl erwiesen.« Er strich sich mit der flachen Hand über den Kopf und glättete so die vorwitzige Haarantenne. Dann lehnte er sich mit einem stoischen Achselzucken im Stuhl zurück. »Was bleibt mir auch anderes übrig?«

Vielleicht war ich wieder einmal zu gutgläubig, aber mir erschien er aufrichtig. Und ernsthaft betrübt, auch wenn ihm die derzeitigen Vorkommnisse seine Traumfrau beinahe täglich zu Trostzwecken in die Arme trieben.

»Haben Sie nie versucht, herauszufinden, ob an den Gerüchten was dran ist?«, bohrte Raphael weiter.

»Schon … Vor ein paar Tagen erst.« Mit einer beinahe triumphierenden Geste hob er die Hände. »Jetzt weiß ich, dass es stimmt. Besser geht's mir deswegen aber auch nicht, und Celia will immer noch nix von mir. Hat mir also wahnsinnig viel gebracht.« Zum ersten Mal mischte sich ein wenig Wut in seine Enttäuschung.

»Aber aufgeben werden Sie deswegen noch lange nicht, oder?« Raphaels Stimme klang gefährlich gedämpft. »Insgeheim hoffen Sie doch immer noch, dass Frau Kleingrün Sie erhört? Wenn Sie nur nett genug zu ihr sind?«

André König sah ihn irritiert an. »Man wird ja wohl noch träumen dürfen«, antwortete er schließlich. »Aber eigentlich habe ich die Hoffnung aufgegeben. Ich bin ihr wohl einfach *zu* nett.«

Mit dieser Theorie konnte er durchaus richtigliegen. Wobei es für mich eigentlich kein »*zu* nett« gab. Im Laufe der Zeit (oder der Beziehung) kehrten die meisten Männer ohnehin frohen Mutes und ungeniert den Rüpel heraus.

Davon kann ich schließlich ein Lied singen … Nicht dass Raphael seinen inneren Haudrauf jemals, wenigstens anstandshalber, verschleiert hätte; so offen und ehrlich war er dann doch von Beginn an. Aber manchmal geht mir das ganze Auf-den-Tisch-Gehämmere und Zeugen-Angeschnauze und Markige-Sprüche-Geklopfe doch gehörig auf meinen zartbesaiteten Geist. Wie angenehm wäre es hingegen, Tag und Nacht von einem Feingeist, einer empfindsamen Künstlerseele gar umgeben zu sein, die mir Gedichte vorliest und hauptsächlich damit beschäftigt ist, ihre Liebe und Verehrung für mich in blumige Wort zu fassen? Hach …

Wie, Sie meinen, das würde mir ziemlich schnell auf die Nerven fallen? Und ich müsste dann wohl für zwei Leute Getränkekisten schleppen und IKEA-Möbel aufbauen, und da möchten Sie mich mal sehen? Und überhaupt glauben Sie nicht, dass mich ein Feingeist länger als fünf Stunden am Stück ertragen würde? Ja, ja, ist ja gut, vielen Dank für Ihre Ausführungen. Ich denke, ich habe verstanden.

Im Übrigen fehlt mir jetzt ohnehin die Zeit, darüber nachzudenken.

André König starrte trübsinnig vor sich hin, und am liebsten hätte ich ihn tröstend in die Arme genommen. Insgeheim hoffte ich bereits, dass er nicht aus unerfüllter Liebe einen – oder gleich mehrere – folgenschwere Fehler begangen hatte. Sogar auf das Risiko hin, dass das unsere Ermittlungen endgültig an einen toten Punkt bringen würde.

»Wie standen Sie eigentlich zu Jan Wahlner, Herr König?«, fragte Raphael beiläufig.

Der misstrauische Ausdruck in Königs Augen bewies, dass er dieses Mal genau durchschaute, worauf Raphael hinauswollte. »Auch wenn Sie sich das nicht vorstellen können: völlig neutral«, antwortete er betont sachlich. »Wir hatten nicht viel miteinander zu tun – Carola Bloch stand ja als Puffer zwischen uns. Und Carola hat ihre Abteilung gut genug im Griff, sodass Jan keinen Grund hatte, selbst mitzumischen. Bei den wenigen Gelegenheiten, wo es eine direkte Zusammenarbeit gab, hat aber alles problemlos geklappt.«

»Kein geheimer Groll?«, fragte Raphael weiter. »Keine Eifersucht?«

»Eigentlich nicht«, antwortete König mit ausdruckslosem Gesicht. »Wie ich schon sagte: Verdrängung.«

»Wie lang kann man denn verdrängen, Herr König?« Raphael klopfte bedächtig mit den Fingerknöcheln auf den Tisch. »Bis sich das Verdrängte gewaltsam einen Weg bahnt?«

Wieder trat ich Raphael unter dem Tisch auf den Fuß, dieses Mal weitaus weniger zärtlich.

André Königs Augenlider flatterten nervös, aber unter den Umständen konnte ich ihm das auch nicht verdenken. Er besaß sicher genug Sensibilität, um Raphaels Absichten zu durchschauen. »Ich weiß nicht«, antwortete er schließlich. »Aber falls ich irgendwann nicht mehr verdrängen kann, werde ich es Sie gerne wissen lassen.«

Diese für seine Verhältnisse ungewöhnlich forsche Antwort schien endlich auch Raphael davon zu überzeugen, dass König wenigstens über einen Mindestgehalt an Testosteron verfügte – jedenfalls erhob er endlich keinen Einwand mehr.

Eines wollte ich noch abklären, bevor wir König fürs Erste

wieder entließen. »Wie erklären Sie sich eigentlich, dass sich Frau Kleingrün so an ihren Job hier klammert?«

König seufzte. »Ich glaube, sie hat große Angst, nichts anderes zu finden – ihr Abschluss war nicht gerade eine Glanzleistung, sie hat außer ihrem Job hier keine Berufserfahrung, und unser Tätigkeitsfeld bei HEUREKA ist so speziell, dass man in einer anderen Firma wohl wieder bei null anfangen müsste. Und davor scheut sie sich natürlich. Außerdem ...« Er machte eine Pause, wie um nach den richtigen Worten zu suchen. »Auch wenn sie momentan mit den Nerven ziemlich runter ist: Sie ist nun mal eine Kämpferin. Vielleicht denkt sie sogar manchmal darüber nach, aber ich bin mir sicher, sie würde nie klein beigeben.«

***

Wenigstens war dieses tote Tier endlich aus ihrem Blickfeld verschwunden.

Celia hatte eine Tablette gegen die Magenschmerzen genommen, dumpf aus dem Fenster gestarrt und darauf gewartet, dass endlich die Wirkung einsetzte. Bald hatten die Krämpfe aufgehört, nur noch ein flaues Gefühl war geblieben, aber das kam wohl weniger vom Magen als vielmehr von dem Wissen, dass es jemanden gab, der sie wirklich über alle Maßen hasste. *»GIB ENDLICH AUF, SONST ...«* Sonst was? Sie spürte das Prickeln in ihrem Nacken, als sich die feinen Härchen aufstellten. Sonst ... würde es ihr ergehen wie der Taube? Oder wie ... Jan?

Sie schnappte unwillkürlich nach Luft, als ihr ein Gedanke kam. Weshalb hatte sich die Kripo so für die Anschläge auf sie interessiert? Oh mein Gott ... War derjenige, der Jan auf dem Gewissen hatte, jetzt hinter ihr her? Aber weshalb? Wer sollte ihr nach dem Leben trachten? Ihr wurde heiß und kalt gleichzeitig. Trotz der Tablette schlug ihr eine eiserne Faust in den Magen.

Celia, beruhig dich. Du siehst Gespenster.

Kein Wunder, so angespannt, wie sie war.

Keine Panik, sie war bestimmt in Sicherheit. Daran durfte sie gar nicht zweifeln, wenn sie nicht endgültig durchdrehen wollte.

Mit einer unwirschen Geste fegte Celia ihre Paranoia vom Tisch. Dennoch, ein kleiner, mit spitzen Zähnen nagender Zweifel blieb.

Aber es half nichts, die Show musste weitergehen. Sie beschloss, zunächst die Texte für das Seitensprung-Portal nach Saschas Wünschen zu überarbeiten, damit die Webseite endlich online gehen konnte; an ein paar – zum Glück sehr wenigen – Formulierungen hatte er sich gestern noch gestoßen. Und danach konnte sie sich endlich mit vollem Engagement der ihr auferlegten Bewährungsprobe widmen.

Tatsächlich ging ihr die Arbeit erstaunlich gut von der Hand. Vielleicht, weil André zuerst vernommen worden war und dann ein Abteilungsmeeting hatte – und sie so nicht durch seine Anwesenheit und seine betroffenen Blicke ständig an die tote Taube und das Desaster des gestrigen Abends erinnert wurde. Nur ab und an schweiften ihre Gedanken ab, zu Andrés erst enttäuschter, dann verärgerter Miene. Und natürlich zu den trüben Augen der Taube. Aber nach jedem tiefen Durchatmen rückten diese Schrecken zum Glück weiter in den Hintergrund, und so klopfte sie bereits nach einer knappen Stunde an Leos Tür.

»Herein.« Ruppig wie eh und je. Mittlerweile reichte der Gedanke an Leo aus, um ihr schweißnasse Hände zu bereiten, der Klang seiner Stimme bescherte ihr zusätzlich einen trockenen Mund, und dieses lästige Zittern, das sie in den letzten Tagen ständig befiel, hatte sie auch nicht unter Kontrolle.

Ganz ruhig, Celi!

Mit einem knappen Nicken trat sie ein und ignorierte Leos genervtes Schnaufen. »Ich bin nur … äh … ich habe die Texte für das Seitensprung-Portal jetzt fertig und wollte … äh … damit du noch mal gucken kannst.« Scheiße. Mit diesem Gestammel provozierte sie ja geradezu, dass Leo gleich wieder auf ihr herumtrampelte!

»Meine Fresse, Celi, ich kann diese Scheiße nicht mehr sehen!« Er lehnte sich zurück und musterte sie verächtlich von oben bis unten.

»Ich dachte nur … Sascha wollte noch ein paar Kleinigkeiten umformuliert haben, und das hab ich jetzt gemacht, aber vielleicht soll das noch einmal geprüft werden, weil –«

»Sag mal, kriegst du eigentlich irgendwas allein auf die Reihe?« Leo stand auf, ging um seinen Schreibtisch herum und baute sich vor ihr auf.

Intuitiv wich Celia einen Schritt zurück.

»Mach den Bockmist allein, und zwar dalli. Du wirst es doch wohl schaffen, endlich dieses Fremdfick-Portal online zu bekommen.«

»Okay«, sagte sie und verfluchte sich selbst dafür, dass ihre Stimme zitterte. Die Technikabteilung hatte längst alles vorbereitet, wartete nur noch auf die Inhalte – das würde sie wirklich allein schaffen. Es sah Leo zwar nicht ähnlich, ihr freie Hand zu lassen, aber …

»Ist doch genau dein Thema, oder?« Er grinste süffisant auf sie herunter.

Arschloch. Gottverdammtes Arschloch. Mit einem letzten, ziemlich kläglichen Nicken öffnete Celia die Tür in ihrem Rücken.

***

»Also, ich weiß nicht. Auf mich macht er einen aufrichtigen Eindruck. Er ist halt schüchtern.«

»Das sind die Schlimmsten«, knurrte Raphael.

»Ach, Sarah. Es ist doch alles sonnenklar!« Moritz' begeistertes Grinsen strahlte mit der sich nach gefühlten zehn Jahren erstmalig wieder durch die Wolkendecke kämpfenden Sonne, die plötzlich den Besprechungsraum erhellte, um die Wette. »König ist der festen Überzeugung, dass die Kleingrün eh nicht klein beigibt. Also spielt er auf Zeit: Irgendwann wird sie Dankbarkeit mit Liebe verwechseln und unter orgiastischem Stöhnen in seine Kiste sinken!«

»Entspricht das deinen einschlägigen Erfahrungen mit Frauen?« Ich konnte kaum glauben, dass Raphael und Moritz trotz – oder gerade wegen – Königs zurückhaltender, bescheidener Art keinerlei Zweifel an seiner Täterschaft hegten.

»Jetzt bist du also plötzlich nicht mehr überzeugt?«, fragte Raphael enttäuscht und erstickte Moritz' Antwort auf meine Frage mit einer ungeduldigen Handbewegung im Keim.

»Nein, irgendwie nicht«, antwortete ich zögerlich. »Ich glaube, er ist einfach ein netter Kerl. Ein kleiner Pechvogel zwar, aber auch nicht so sehr vom Schicksal benachteiligt, dass er plötzlich durchdreht und zum Mörder und Saboteur mutiert.« Ich ignorierte Moritz' zweifelnden Blick. »Und ich glaube, er liebt sie wirklich und leidet selbst darunter, dass es ihr so schlecht geht.«

Schweigen.

»Aber vielleicht bin ich auch nur zu gutgläubig«, fügte ich schließlich hinzu.

Keiner der anwesenden Herren schien diese Äußerung eindeutig bestätigen zu wollen.

Allerdings widersprach auch niemand.

»Vielleicht hat er eine gespaltene Persönlichkeit? Vielleicht will er sich an ihr rächen, wenn die dunkle Macht von ihm Besitz ergreift, und weiß dann nachher nichts mehr davon?«, phantasierte Moritz mit Begeisterung.

»Sag mal, hast du gestern Abend schon wieder gesoffen?«, fragte Raphael nur.

»Vielleicht sollten wir anders an die Sache herangehen«, antwortete Moritz eifrig, ohne auf Raphaels Frage einzugehen. »Auf wen passt Wunderlichs Täterbeschreibung?«

Raphael verzog skeptisch das Gesicht, wie immer, wenn es um Wunderlichs Glaubwürdigkeit ging. »Mittelgroß, mittelbreit, kurzes blondbraunes Haar, Brille. Ich würde sagen, auf circa drei Millionen Deutsche?«

»In der Firma, Mann«, knurrte Moritz.

»Auf Sascha Hoyer«, antwortete ich schnell, um abzulenken. Leider vergeblich.

»Und auf André König«, fiel Raphael mir sofort in den Rücken. »Wie wir's drehen und wenden, er hat das stärkste Motiv. Alles passt zusammen.«

»Nachdem ihr so überzeugt seid«, entschied ich, »will ich eine Gegenüberstellung.« Jetzt war Aktivität gefragt, die Zeit lief uns ohnehin schon davon.

»Mit dem bekifften Wunderlich?« Raphael sah mich entgeistert an.

»Als Beweis wird seine Aussage wahrscheinlich nicht reichen«, erwiderte ich. »Aber wenn wir dann wenigstens eine Ahnung haben, ob wir weiter gegen König ermitteln sollen …«

»Gar wankelmütig ist das Weib.« Raphael grinste. »Du *willst* doch plötzlich, dass er unschuldig ist, oder?«

»Ja«, antwortete ich frei heraus. »Auch wenn uns das leider keinen Schritt weiterbringt. Und genau deshalb fragen wir Wunderlich.«

»Scheißegal«, stimmte Raphael endlich zu. »Versuchen können wir's.«

»Holen wir den Hoyer auch mit dazu?«, fragte Moritz mit leuchtenden Augen. Endlich war mal was los hier, das schien ihm zu gefallen.

»Das kannst du nicht bringen«, antwortete Raphael, und ich atmete auf. In Gedanken hatte ich mich schon wieder mühsam diskutieren sehen. »Das wäre ein psychologisches Desaster – Chef und Angestellter, die bei der Gegenüberstellung feststellen, dass sie anscheinend beide die Hauptverdächtigen sind … Das gäbe nicht nur bei der HEUREKA böses Blut und Probleme. Irgendeiner der beiden ist mit Sicherheit unschuldig, aber es wird trotzdem was haften bleiben, verstehst du? Und mehr Misstrauen braucht es hier nun wirklich nicht mehr.«

Moritz zuckte wenig überzeugt die Achseln.

»Für den Hoyer denken wir uns was anderes Hübsches aus«, beruhigte ich ihn. »Aber was ist eigentlich mit dem Drohbrief?«

»Ist schon für den Erkennungsdienst abgeholt worden, zusammen mit der Taube«, antwortete Moritz beflissen.

»Nein, ich meine … Kann man irgendwie rausfinden, ob der Schrieb aus einem Drucker von hier stammt?«

»Eigentlich ist das ein Fall für die Kriminaltechniker im LKA, aber das kann bekanntlich dauern. Allerdings haben unsere Erkennungsdienstler gesagt, sie können es – mit Vergleichsproben aus allen Druckern – zumindest versuchen.« Moritz schien wenig überzeugt. »Dann würde man womöglich anhand der Unregelmäßigkeiten im Druckbild eine Übereinstimmung erkennen.«

»Na also.« Ich versuchte, den Schatten, der bei der Nennung

des LKA über Raphaels Gesicht gefallen war, auszublenden. »Worauf warten wir noch?«

Einige enervierende Stunden später klingelte ich endlich an Raphaels Tür. Feierabend. Fast zu schön, um wahr zu sein.

Wir hatten Ausdrucke sämtlicher HEUREKA-Mitarbeiter gesammelt, zur Bestürzung der Erkennungsdienstler den kompletten Stapel im Labor abgeladen, klargemacht, dass die Zeit drängte und die Ergebnisse bereits gestern vorliegen mussten, von Herbert – der immer noch mit der Sichtung der Ordner beschäftigt war – erfahren, dass dies der langweiligste Job seiner Polizeilaufbahn war, und ihm deshalb (und in der Hoffnung auf einen spektakulären Fund) ein paar Stunden unterstützend unter die Arme gegriffen. Neue Erkenntnisse hatten sich bedauerlicherweise nicht eingestellt. Das einzig Positive des Tages war somit, dass meine Augenlider wieder zur Normalform zurückgefunden hatten.

Endlich öffnete Raphael die Tür. Oberkörperfrei, nur mit Jeans bekleidet, die Haare verwuschelt. Das machte der Kerl doch mit Absicht.

»Ein neues Testprodukt ist da!«, sagte er mit einem strahlenden Lächeln.

Ich stöhnte verzweifelt auf. »Dieses Mal probier ich aber nichts aus, ist das klar?«

Er grinste, antwortete aber nicht.

»Was ist es denn?« Verdammte Neugier. Ich schlüpfte aus meinen Stiefeln und bemühte mich um einen gleichgültigen Blick.

»Eine Packung Bio-Chappi. Mit bestem Rindfleisch.«

»Toll«, antwortete ich. »Du kannst ja Hoyer fragen, ob er dir den dazu passenden Hund kauft.«

Kopfschüttelnd zog er mich in seine Arme. »Muss nicht sein. Aber vielleicht sollte ich mir selbst einen zulegen, wenn du mich erst sitzen gelassen hast.« Obwohl er mir zuzwinkerte, sah er traurig aus.

Oh nein, bitte nicht. Ich wollte heute einfach nicht daran denken, dass ich mir diese Chance einfach nicht guten Gewissens entgehen lassen konnte. Wieder blieb mir beim Blick in Raphaels grüne Augen nur die bittere Erkenntnis, dass es mir das Herz zerreißen würde, wenn ich ihn verließe.

»Ich habe übrigens gekocht«, riss Raphael mich endlich aus meinen Gedanken.

»Ui, was gibt's denn?«

»Bio-Gulasch. Mit bestem Rindfleisch.«

***

Es war beinahe halb elf, als Celia – ein allerletztes Mal – alle Seiten des neuen Seitensprung-Portals überprüft hatte. Alles passte. Endlich. Nur noch schnell eine Mail an Wanja aus der Technik schicken, der morgen mit einem Klick die Seite online stellen konnte, und dann, endlich, der wohlverdiente Feierabend. Ab morgen würde sie sich ausschließlich um Saschas Sonderaufgabe kümmern und ihm beweisen, was sie draufhatte – sofern es nur nichts mit Zahlen zu tun hatte.

Sie verschickte die Mail, fuhr mit einem erlösten Seufzer den Computer herunter und löschte ihre Schreibtischlampe.

Der Flur vor dem Büro lag in völliger Dunkelheit da, alle anderen waren schon längst zu Hause – auch André, der sich vor zwei Stunden mit einem nachdenklichen Blick von ihr verabschiedet hatte. Wie üblich suchte sie in der Finsternis den Lichtschalter. Hier war er doch irgendwo gewesen! Ein knackendes Geräusch ließ sie zusammenzucken. War da gerade eben eine Tür zugefallen?

Ach Quatsch, Celi. Du siehst wieder mal Gespenster – das alte Parkett knarrte doch ständig! Trotzdem war ihr wohler, als sie den vermaledeiten Lichtschalter endlich gefunden hatte. Es dauerte eine Sekunde, bis die ersten Leuchter aufflackerten.

Wieder knarrte es, doch dieses Mal tat Celia es mit einem Schulterzucken ab und eilte zur Glastür. Sie wühlte im seitlichen Innenfach ihrer Handtasche. Wo war bloß dieser verdammte Schlüssel? Mit einem Seufzen begann sie, das Fach zu leeren. Ihr Handy. Der herzförmige Anhänger mit ihrem Wohnungs- und Briefkastenschlüssel. Ein Päckchen Kaugummi. Vom Büroschlüssel, der an einem Anhänger mit HEUREKA-USB-Stick baumelte, keine Spur. Wider besseres Wissen rüttelte Celia am Griff der Glastür. Natürlich war abgeschlossen. Und selbst wenn nicht, konnte sie kaum aus den Büroräumen verschwinden, ohne hinter sich zuzusperren.

Irgendwo musste dieses verdammte Ding doch sein! Ein leises Quietschen aus einem der Büros ließ sie zusammenfahren. Was war das gewesen? War hier noch jemand außer ihr?

»Hallo?«, fragte sie zögerlich. Keine Antwort.

Wahrscheinlich war der Schlüssel aus dem Seitenfach gefallen und lag jetzt irgendwo am Grund der Tasche. Sie verfluchte sich für das frauentypische Chaos aus Taschentüchern, Einkaufstüten und Kosmetiktäschchen. Hier war ihr Portemonnaie. Und das war der Regenschirm. Ein Lippenstift. Ihr iPod. Nur … der Schlüssel blieb verschwunden.

Da, schon wieder knarrte es! Kam das etwa aus der Küche? »Hallo?«

Stille.

Celia spürte, wie ihr die Luft knapp wurde. Sie versuchte, ruhig einzuatmen. Gleichzeitig fing sie an, die Tasche komplett auszuräumen, und ihr Handy fiel mit einem lauten Poltern auf den Parkettboden. Nur der Schlüssel blieb unauffindbar. Sie hob das Handy auf und lauschte konzentriert in die Stille. Als die Kaffeemaschine in der Küche zu rumpeln anfing, schrie sie auf. Wer war hier?

»Hallo?« Und warum antwortete ihr diese Person nicht?

Das Bild der Taube erschien vor ihrem inneren Auge. *»GIB ENDLICH AUF, SONST …«* Sonst würde man sie einfach aus dem Weg räumen? Jetzt? Wer war dort an der Kaffeemaschine? Sollte sie nachsehen? Und demjenigen, der hinter ihr her war, somit direkt in die Arme laufen? Sie schluckte, ihre ausgedörrte Kehle schmerzte.

Aber vielleicht gab es ja doch eine ganz einfache Erklärung. Wahrscheinlich war ihr der Schlüssel einfach im Büro aus der Tasche gefallen, als sie sie heute Morgen mit Schwung auf den Boden neben ihren Rollcontainer geworfen hatte. So musste es sein.

So leise sie konnte, rannte sie den Flur entlang zurück zum

Büro. Erst als sie dort wieder das Licht einschaltete, fiel ihr ein, dass sie jetzt in der Falle saß, wenn dort draußen wirklich jemand war, der ihr Böses wollte. Sie brauchte diesen verdammten Schlüssel, jetzt sofort! Fieberhaft suchte sie den Boden ab. Nichts. Sie sank auf die Knie und suchte unter dem Schreibtisch. Auch hier – nichts. Verdammter Mist! Sie schluchzte leise auf, doch dann hielt sie inne. Waren das Schritte, draußen auf dem Flur? Oder bildete sie sich das ein?

Sie sprang auf und klemmte den Besucherstuhl unter den Türgriff. Was jetzt? Sie musste jemanden anrufen. Irgendeinen der Kollegen, der schnell hier sein und sie befreien konnte. Wenn sich die Person, die es auf sie abgesehen hatte, wirklich hier aufhielt, dann war sie eindeutig in Gefahr. Und … wenn es wirklich dieselbe Person war, die auch Jan auf dem Gewissen hatte?

Mit einem unterdrückten Schluchzen griff Celia nach ihrem Handy. Sollte sie André anrufen? Konnte sie ihn schon wieder um Hilfe bitten, nach dem, was gestern Abend vorgefallen war? Nein, beantwortete sie sich die Frage selbst. Besser Simone. Die konnte innerhalb von fünf Minuten hier sein, wenn sie ihren zu breit geratenen Hintern in den Jeep wuchtete.

Es dauerte, bis sie mit ihren schweißnassen, zitternden Händen die Nummer gefunden hatte. Draußen auf dem Flur war es still. Endlich wählte sie die Nummer und hörte auf das nervenzerreißende Tuten des Freizeichens. »Geh schon ran!«

Doch Simone tat ihr den Gefallen nicht. Warum ging sie ausgerechnet jetzt nicht ans Handy? Sie war doch sonst rund um die Uhr erreichbar!

Also doch André? Mit einem Ziehen in der Magengegend gestand sich Celia ein, dass sie keine Alternative hatte. Zum Glück hatte sie André im Kurzwahlspeicher, und tatsächlich hob er schon nach dem ersten Klingeln ab.

»André, du musst mir helfen«, beschwor sie ihn flüsternd. »Mein Schlüssel ist weg, ich komm nicht aus der Firma raus. Und ich glaube, hier ist noch jemand …«

»Wenn noch jemand da ist, kann der dir nicht aufschließen?«, fragte André zögerlich. Natürlich war er noch gekränkt. Natürlich wollte er ihr noch die kalte Schulter zeigen.

»Ich …«, schluchzte Celia auf. Ihr war so kalt. Was, wenn André ihr nicht zu Hilfe kam? »Ich habe Angst, André! Bitte … komm.«

»Okay, ich bin gleich da.« Mit diesen Worten legte er auf, und Celia versuchte, ihr stampfendes Herz zu beruhigen. Nur noch ein paar Minuten, dann würde André sie befreien. Nur noch ein paar Minuten, dann wäre sie nicht mehr allein. Dann wäre sie endlich in Sicherheit.

NEUN

Aufgebracht warf Raphael den Hörer zurück auf die Gabel. Es wäre eindeutig besser gewesen, Herbert den Anruf annehmen zu lassen, aber der hatte beim Klingeln von Sarahs Apparat natürlich nur wieder unbeteiligt aus dem Fenster gesehen.

Fuck. Vor der ersten Tasse Kaffee daran erinnert zu werden, dass er kurz davorstand, Sarah an das LKA zu verlieren, war ein denkbar beschissener Start in den Tag. Dabei kreisten seine Gedanken ohnehin die meiste Zeit um diesen Mist, legte er jedes von Sarahs Worten auf die Goldwaage, um eine Tendenz erkennen und sich mental auf ihre Entscheidung einstellen zu können. Verdammte Scheiße, Jordan, kehrt denn in deinem Leben nie Ruhe ein? Denn das war es, wonach er sich am meisten sehnte: Ruhe. Das sichere Wissen, dass er abseits seines Jobs endlich für eine Weile aufhören konnte, mit Herausforderungen zu kämpfen. Magere zwei Monate fielen leider nicht unter seine Definition von »eine Weile«.

»Sogar der Schneck findet, dass wir die Gegenüberstellung machen sollten!« Sarah kam schwungvoll und mit einem strahlenden Lächeln ins Büro gepoltert. Als sie Raphael ansah, erstarb das Lächeln jedoch schlagartig. »Hey, was ist?«

»Dein Vater hat angerufen«, antwortete er. Herbert warf ihm einen erstaunten Blick zu, aber Raphael war einfach nicht in der Lage, die Kühle in seiner Stimme zu verbergen. »Ich soll seiner Tochter, der – ich zitiere – ›Karrierefrau‹, ausrichten, dass er einen guten Makler in München kennt, der nach einer Wohnung für dich sucht. Und über die Provision brauchst du dir selbstverständlich keine Gedanken zu machen.«

Wenigstens hatte Sarah den Anstand, blass zu werden. »Spinnt der? Und woher weiß er überhaupt –?«

»Anna.« Sarahs kleine Schwester sorgte zuverlässig dafür, dass jedes Mitglied der Familie Sonnenberg stets auf dem neuesten Stand war. Das schien wohl überall das Vorrecht der kleinen Schwestern zu sein – Miriam hielt seine Eltern schließlich auch über jede noch so unwichtige Wendung in Raphaels Leben auf dem Laufenden. Wobei die nun von Anna verbreitete Wendung in Sarahs Leben natürlich alles andere als unwichtig war. Leider.

Sarah sank auf ihren Drehstuhl und starrte geistesabwesend auf ihren Monitor. Keine Anzeichen dafür, dass sie ihren Vater zurückrufen und diese voreilige Wohnungssuche stoppen wollte. War ihre Entscheidung vielleicht doch schon gefallen? Und sollte er wieder mal als Letzter davon erfahren?

Jordan, hör auf mit der Grübelei und mach endlich deinen Job. »Herbert, übernimmst du Wunderlich und organisierst uns sieben bebrillte, kräftige Kollegen mit kurzem blondbraunen Haar und dunklen Jacken für die Gegenüberstellung?«

»Wenn's sein muss«, antwortete Herbert ohne jeden Enthusiasmus, aber heute konnte Raphael sich noch nicht einmal darüber aufregen.

Sarah hatte immer noch nicht nach dem Hörer gegriffen, starrte nur trübsinnig vor sich hin. Überlegte sie jetzt, wie sie es ihm schonend beibringen sollte? Er hielt das einfach nicht mehr aus. »Bin gleich wieder da«, murmelte er und sprang auf. Sarahs Blick prickelte in seinem Nacken, als er das Büro verließ und den Weg zu den Räumen des K3 einschlug.

Moritz sah mit missmutiger Miene von einem Stapel Papier auf, als Raphael sein Büro betrat.

»Ich wollte gerade zu euch«, sagte er und hieb mit der flachen Hand auf den Schreibtisch. »Das ist der Bericht vom Erkennungsdienst. Keine Übereinstimmung des Drohbriefs mit einer der HEUREKA-Druckerproben, keine Spuren auf dem Brief und der toten Taube und ein pampiger Kommentar von dem Kollegen, der sich für nix und wieder nix die Nacht mit dem Abgleich der Ausdrucke um die Ohren geschlagen hat.« Er sank entmutigt in seinen Drehstuhl zurück. »Ich wusste doch, dass das nichts bringt.«

»Also hat derjenige den Liebesbrief für die Kleingrün anderswo vorbereitet«, folgerte Raphael. »Wenn ich ehrlich bin, hatte ich nichts anderes erwartet.«

»Und weshalb haben wir dann gestern diese ganzen Scheißausdrucke eingesammelt?« Moritz bedachte Raphael mit einem vorwurfsvollen Blick.

»Weil das ein Klacks ist gegen die Scheiße, in der wir sitzen würden, falls sich im Nachhinein herausstellt, dass der Drohbrief mit dem Mord an Wahlner zu tun hat und noch dazu aus einem der Firmendrucker stammt.« Raphael lächelte ihm nachsichtig zu. Wenigstens hatte Moritz ihn mit seinen Neuigkeiten für ein paar Sekunden abgelenkt. »Kann man denn vielleicht anhand des Ausdrucks mehr über den Drucker herausfinden?«

»Man kann versuchen, die Tinte genauer zu untersuchen und so Rückschlüsse auf das Gerät zu ziehen. Das ist dann aber wirklich ein Fall fürs LKA, dauert also wohl länger«, antwortete Moritz mit betrübter Miene.

»Hast du das schon in Auftrag gegeben?«

»Ja … Äh, nein.« Moritz sah ihn für einen Moment ungläubig an, dann fing er sich wieder. »Mach ich gleich«, fügte er beflissen hinzu.

»Gut«, antwortete Raphael knapp. »Aber weshalb ich eigentlich hier bin: Hast du eine Zigarette für mich?«

»In der Jacke dort drüben. Warum, rückt Sarah etwa keine raus?«, feixte Moritz.

»Mir war gerade nicht danach, sie anzubetteln.« Schlechte Antwort. Sein Privatgedöns hatte in der Arbeit schließlich nichts verloren.

»Ärger?«, fragte Moritz prompt. »Hast du Bock, zur Aufheiterung heute Abend mit ins ›da Silva‹ zu kommen?«

Einen Moment war Raphael versucht, zuzusagen. Hatte Miriam ihm nicht auch kürzlich erst vorgeschlagen, mal wieder ein bisschen Party zu machen? Andererseits würde das weder sein Problem lösen, noch fand er den Gedanken an die klassische Regensburger Party-Einheitsmusik und eine Horde feierwütiger Zwanzigjähriger besonders reizvoll.

»Frischfleisch«, fügte Moritz grinsend hinzu.

Tatsächlich brachte das die Entscheidung. »Kein Interesse«, antwortete Raphael und hob die Hand mit der Zigarette. »Aber danke.«

Als er endlich vor dem Eingang der Dienststelle stand und einen ersten tiefen Zug inhalierte, breitete sich wieder ein wenig Ruhe in ihm aus. Er wollte Sarah nicht gehen lassen, und kampflos schon gar nicht. Aber es musste doch irgendeine Lösung geben, mit der verdammt noch mal alle leben konnten, oder?

Dass die Distanz zwischen Regensburg und München auf die Dauer zu groß war, um eine Beziehung zu führen, lag für Raphael genauso auf der Hand wie für Sarah, auch wenn sie darüber nicht explizit gesprochen hatten. Die Entfernung war zu groß, um zu pendeln, beide Jobs bedeuteten häufig genug erheblich mehr Arbeitszeit als eine schnöde Vierzig-Stunden-Woche, und die Anzahl der gemeinsamen freien Tage würde sich wohl irgendwo zwischen null und Nicht-der-Rede-wert einpendeln. Insgeheim wussten sie beide, dass das auf die Dauer einfach zu wenig war. Aber wenn er …

Zum ersten Mal ließ Raphael den Gedanken zu, den er seit dem Wochenende konsequent wegschob. München. Konnte er sich vorstellen, wieder zurückzukehren?

Wenn er ehrlich zu sich selbst war: ja. Seine Eltern und ein großer Teil seiner Freunde lebten dort, er war in München aufgewachsen, kannte die Stadt in- und auswendig und hatte sich immer wohlgefühlt. Bis … Ja, er hatte dort auch die schlimmste Zeit seines Lebens verbracht. Aber irgendwie hatte der Gedanke daran in den letzten Monaten seinen Schrecken verloren. Wenn er sich an Isa erinnerte, versetzte es ihm immer noch einen Stich, aber er hatte ihren Tod endlich akzeptiert. Und er hatte aufgehört, sich selbst deswegen zu bedauern.

Herzlichen Glückwunsch, Jordan. Jetzt bedauerst du dich wegen Sarah. Das ist natürlich viel besser.

Aber was würde Sarah zu diesem Vorschlag sagen? Wo er es doch noch nicht einmal wagte, ihr endlich seinen Wohnungsschlüssel in die Hand zu drücken, aus Angst davor, dass sie sich dann wieder bedrängt fühlte und in Panik ausbrach. Dabei hätte er das am liebsten schon längst getan, nicht nur wegen ihres chronischen Zuspätkommens. Aber solange sich die Abwehr in ihren Augen abzeichnete, wenn es bloß darum ging, seine Eltern kennenzulernen, war das wahrscheinlich keine gute Idee. Und dann ein gemeinsamer Umzug nach München? Undenkbar.

Vielleicht mit getrennten Wohnungen? Dieser Super-Hecht von Makler, den Sarahs Vater da an der Hand hatte, konnte trotz Immobilienknappheit und Wuchermieten bestimmt auch, locker-flockig aus der Hüfte schießend, zwei bezahlbare Wohnungen in München auftreiben, dachte Raphael bitter. Auch wenn er im Gegensatz zu Sarah die Provision wohl selbst bezahlen musste.

Mit geschlossenen Augen lehnte Raphael sich an die kalte Hauswand. Warum nur war das alles so kompliziert? Im Alltag, egal ob vor den Kollegen, ihren Freunden oder ihrer Familie, ließ Sarah doch keinen Zweifel daran, dass sie ihn liebte. Dass sie glücklich mit ihm war. Und dass sie zu ihm gehörte. Aber sobald es darum ging, ihn wirklich in ihr Leben mit einzubeziehen, ein bisschen weiter in die gemeinsame Zukunft zu planen als nur bis zum nächsten Wochenende, kränkte sie ihn ein ums andere Mal. Raphael verstand es einfach nicht, sosehr er sich auch darum bemühte. War das die Bindungsangst der langjährigen Singlefrau? Die übermäßige Vorsicht des Scheidungskindes? Oder nur eine ganz persönliche Sarah-Macke?

Oder war vielleicht sogar er derjenige, der eine Macke hatte? Jagte er jetzt, endlich wieder verliebt, so verzweifelt der Situation nach, in der er vor ein paar Jahren schon einmal gewesen war – glücklich liiert, werdender Vater, fast verheiratet –, dass er jegliches Gefühl für ein angebrachtes Tempo verloren hatte?

Wahrscheinlich lag die Wahrheit, wie so oft, irgendwo dazwischen.

Raphael drückte die Zigarette aus. Die Aussicht darauf, König über die bevorstehende Gegenüberstellung informieren zu müssen, hob seine Laune kein bisschen.

***

»Guten Morgen!« André lächelte Celia fröhlich entgegen, als sie wie gerädert das Büro betrat.

Ein bisschen zu fröhlich für die Schrecken des gestrigen Abends, fand Celia. André war wirklich innerhalb von drei Minuten da gewesen, hatte sie aus dem Büro geholt und genug Mut bewiesen, um sämtliche Büroräume abzusuchen, während Celia zitternd hinter ihm hergeschlichen war. Umso dämlicher war sie sich vorgekommen, als André ihr zeigte, dass die nächtliche Aktivität der Kaffeemaschine auf das automatische Reinigungsprogramm zurückzuführen war, das um halb elf startete. Trotzdem war sie erschöpft gewesen und völlig aufgebracht und hatte wie erwartet die ganze Nacht kein Auge zugetan. Umso mehr wunderte sie sich nun über Andrés gut gelaunte Miene.

»Schau mal, was ich gefunden hab!« Das knallorangefarbene HEUREKA-Logo blitzte ihr von dem USB-Stick entgegen, den er in der Hand hielt, der Schlüssel daran schwenkte fröhlich hin und her.

»Das gibt es nicht. Wo war er?«

»Unter deinem Schreibtisch.« André lächelte nachsichtig. »Ich hab mir gedacht, dass das Ding ja nicht einfach verschwinden kann … Deshalb habe ich einfach mal den Boden abgesucht. *Et voilà.*«

Das konnte doch nicht wahr sein! War es möglich, dass sie den Schlüssel in ihrer Panik gestern wirklich einfach übersehen hatte?

»Dieses Mal war es also kein Angriff auf dich«, schloss André. »Zum Glück.«

Fieberhaft versuchte Celia, sich zu erinnern. Sie hatte doch unter dem Schreibtisch nachgesehen, oder nicht? War sogar darunter herumgekrabbelt? Plötzlich war sie sich nicht mehr sicher. Mit einem verwirrten »Danke« nahm sie den Schlüssel entgegen und verstaute ihn ganz unten im Seitenfach ihrer Tasche.

Sie hatte kaum ihren Computer zum Leben erweckt, als ihr Tischtelefon klingelte. Die Geier. Wollte sich wohl entschuldigen, dass sie gestern nicht erreichbar gewesen war.

»Guten Morgen, Simone!« Mühsam versuchte sie, motiviert und gut gelaunt zu wirken und sich die Strapazen des Vorabends nicht anmerken zu lassen.

»Ich glaube nicht, dass das ein sonderlich guter Morgen ist.« Simone klang, als würde sie ein unartiges Kindergartenkind rügen. Was war denn nun schon wieder los?

»Was gibt's?«, fragte Celia und klang so entnervt, wie sie sich fühlte. Es war einfach keine Kraft mehr übrig, Fröhlichkeit vorzutäuschen.

»*Du* hast Wanja gestern spätabends den Auftrag gegeben, das Seitensprung-Portal zu aktivieren, oder?«

»Klar. Leo hat –«

»Sascha tobt«, schnitt Simone ihr das Wort ab. »Und du weißt, das will was heißen. Du hast wohl noch irgendwelche Textstellen geändert, und die passen ihm nicht. Leo hat gesagt, du hättest sie ihm nicht mal mehr gezeigt? Ganz ehrlich, Celia, langsam fehlt selbst mir jegliches Verständnis für –«

»Leo hat doch gesagt, er will sie nicht mehr sehen! Und ich soll zusehen, dass ich die Webseite endlich online bekomme!« Die Verzweiflung brachte Celias Stimme zum Überschlagen. Dass sie Leo die Änderungen sogar noch hatte zeigen wollen, ließ sich bestimmt schnell klarstellen. Dieses Mal traf sie eindeutig keine Schuld.

»Das klang gerade bei Sascha im Büro aber noch ganz anders. Dieses Mal ist es kritisch, Celia«, orakelte Simone. »Leo wird übrigens gleich bei dir aufschlagen. Ich wollte dich nur schon mal vorwarnen.«

Leo stritt alles ab? War das möglich? »Simone, ich muss mit Sascha reden. Bitte!« Sie hörte sich selbst kläglich flehen und fragte sich, was diese Firma noch aus ihr machen würde. Andrés fragenden Blick nahm sie nur am Rande wahr.

»Keine Chance, tut mir leid«, antwortete Simone, ohne jedoch besonders bedauernd zu klingen. »Die Polizei ist gleich wieder da. Und gerade spricht er sowieso mit Wanja, damit der die Seite wieder aus dem Netz nimmt.«

In diesem Moment öffnete sich die Bürotür, und Leo, bebend vor Zorn, erschien im Türrahmen. Wortlos legte Celia auf.

»Bist du eigentlich von allen guten Geistern verlassen?«, donnerte er los. »Wie kommst du dazu, diese Seite online zu stellen, ohne mir die letzten Änderungen zu zeigen?«

»Du hast doch gesagt, du willst sie nicht mehr –«

»Ach, jetzt bin ich schuld? Hast du dir das jetzt in deinem jämmerlichen kleinen Hirn so zurechtgebastelt, oder was?« Mit zwei schnellen Schritten stand er vor ihr und blickte mit hassverzerrten Zügen auf sie herab. »Damit kommst du nicht durch. Das war's endgültig, Püppchen. *Game over.*«

Celia wollte sich verteidigen, alles in ihr schrie und wehrte sich gegen diese unfassbare Ungerechtigkeit, aber kein Laut entrang sich ihrer Kehle, alles war nur voller Übelkeit, die ihr die Luft abschnürte, die in ihren Schläfen pochte, die ihr den Magen wie einen Schwamm auspresste. Nur raus, raus hier. Sie stürzte an Leo vorbei aus dem Büro und rannte auf den Flur.

***

Wir hatten gerade die heiligen Hallen von HEUREKA betreten, als Celia Kleingrün mit bleichem Gesicht und verzerrtem Mund aus ihrem Büro rannte und, ohne uns zur Kenntnis zu nehmen, den Flur in Richtung Toilette weiterhastete.

Raphael und Moritz tauschten einen alarmierten Blick, und ich folgte Celia und hoffte verzweifelt, dass man ihr dieses Mal nicht eine überfahrene Katze in die Schreibtischschublade gelegt hatte.

Kaum im Waschraum angekommen, hörte ich schon ihr verzweifeltes Schluchzen aus einer der Kabinen. »Frau Kleingrün?«

Sie antwortete nur mit einem erstickten Würgen.

»Frau Kleingrün, Sarah Sonnenberg hier. Ist etwas passiert?«

Ich hörte, wie sie Toilettenpapier abrollte. »Einen Moment, bitte«, sagte sie mit zittriger Stimme, bevor sie sich lautstark schnäuzte.

In gespannter Erwartung lehnte ich mich gegen das Waschbecken. Celia tat mir von Herzen leid, aber je aggressiver ihr Peiniger vorging, umso größer war die Chance, dass er einen Fehler machte.

Es dauerte noch eine Minute, bis die Spülung rauschte, sich die Tür öffnete und Celia herauswankte, bleich, mit verschmierter Wimperntusche und einem angespannten Zug um den Mund. »Haben Sie vielleicht einen Kaugummi für mich?«

In den Untiefen meiner Handtasche wurde ich nach kurzem Suchen fündig. »Haben Sie sich übergeben?«

Sie zuckte verlegen die Achseln. »Diese ganze Sache schlägt mir ziemlich auf den Magen.« Ja, das war offensichtlich. Auch ihre Jeans saß nicht mehr ganz so knackig eng wie noch vor einer guten Woche. Es musste schrecklich sein, so tyrannisiert zu werden.

»Ich glaube«, sagte sie und stützte sich auf dem Waschbecken neben mir ab, »ich muss meine Einschätzung revidieren.« Sie beugte sich vor und inspizierte ihr Gesicht im Spiegel. »Es ist doch Leo, der mir all das antut.«

Damit hatte ich nun nicht gerechnet. »Wie kommen Sie darauf?«

»Es passt alles zusammen«, antwortete sie, befeuchtete ein Papierhandtuch und fing an, die Wimperntusche aus ihrem Gesicht zu entfernen. »Er hat mir gestern einen Auftrag erteilt, heute weiß er plötzlich nichts mehr davon – und behauptet, ich hätte eigenmächtig gehandelt und wieder einmal alles verkehrt gemacht. Und …« Sie brach ab und atmete tief durch.

»Ja?«

»Und er wusste, dass ich wegen des Auftrags gestern bis spätabends hier sein musste.« Sie sah mich an. »Bitte halten Sie mich nicht für verrückt, okay?«

»Das tue ich nicht, Frau Kleingrün.« Das tat ich wirklich nicht. Sie war nervlich am Ende, aber trotzdem strahlte sie zeitweilig noch eine Stärke aus, die ich aller Wahrscheinlichkeit nach nicht an den Tag gelegt hätte.

»Gut«, fuhr sie fort. »Ich war gestern Abend also noch hier, nachdem alle anderen schon Feierabend gemacht hatten. Die Glastür wird abends verriegelt, aus Sicherheitsgründen, sodass man den Büroschlüssel braucht, um rauszukommen. Und als ich dann gehen wollte, gegen halb elf, war mein Schlüssel weg.«

»Vielleicht hatten Sie ihn verlegt?«, wandte ich ein. Dabei ahnte ich schon, dass die Geschichte noch nicht zu Ende war.

»Das habe ich zuerst auch gedacht und meinen Schreibtisch abgesucht, auch darunter nachgesehen, die Manteltaschen durchwühlt … Der Schlüssel war weg. Schließlich habe ich André angerufen, damit er mich befreit.« Ein dankbares Lächeln erhellte ihre ebenmäßigen Züge. »Und heute Morgen hat André dann den Schlüssel unter meinem Schreibtisch gefunden.«

Natürlich. Der große Retter befreite sie. Und der große Retter fand auch noch den Schlüssel! Sollte ich Celia von unserem

Verdacht erzählen? Ich war nach wie vor skeptisch, André König wirkte einfach zu aufrichtig, mein Gefühl sprach eindeutig dagegen – aber ich konnte die Indizien trotzdem nicht vom Tisch wischen.

»Verstehen Sie«, sagte sie, griff nach meinem Arm und durchbohrte mich fast mit ihrem Blick. »Leo wusste, dass ich länger arbeiten würde. Er hat den Schlüssel aus meiner Handtasche genommen. Und heute Morgen war er früh genug da, um ihn unter meinen Schreibtisch zu werfen! Ich weiß nicht, weshalb, aber er hasst mich! Das hat er gerade mal wieder eindrücklich bewiesen!«

Auch wenn Celia überzeugt war: Ich war es nicht. Das war nicht die Vorgehensweise eines temperamentvollen Cholerikers. War es stattdessen die eines schüchternen, zurückhaltenden Menschen, der gern mal übersehen wurde? Ich musste es ihr einfach sagen, schon allein zu ihrer eigenen Sicherheit. Nicht auszudenken, wenn König dahintersteckte und irgendwann einsehen musste, dass auch seine vorgebliche Hilfsbereitschaft nicht zum Ziel führte.

Würde er dann durchdrehen? War er auch bei Wahlner einfach durchgedreht?

»Frau Kleingrün, wusste sonst noch jemand davon, dass Sie gestern länger bleiben wollten?«

Einen Augenblick lang biss sie sich nachdenklich auf die Unterlippe. »André natürlich«, antwortete sie schließlich. »Und Simone habe ich es nebenbei erzählt, weil ich gehofft habe, sie würde es Sascha gegenüber erwähnen. Ich kann ein bisschen Positivpropaganda nämlich gut gebrauchen im Moment.« Sie lächelte verhalten, als wollte sie sich selbst ermutigen. »Ansonsten … keine Ahnung. Es weiß eigentlich jeder, dass ich mit einem Internetportal beschäftigt bin, das kurz davorsteht, online zu gehen. Und es weiß auch jeder, dass das immer Überstunden bedeutet.«

»Aber Herrn König haben Sie selbst von den geplanten Überstunden erzählt, richtig?«

Sie nickte, dann stutzte sie. »Was wollen Sie damit sagen?«

»Ist Ihnen schon einmal der Gedanke gekommen«, fragte ich

vorsichtig, »dass er vielleicht hinter den Anschlägen auf Sie stecken könnte?«

»André?« Sie lachte ihr tiefes, melodisches Lachen. Ja, sie hatte sich wohl wirklich wieder gefangen. »Nie im Leben«, fügte sie voller Überzeugung hinzu. »Warum sollte er?«

»Weil«, setzte ich an, doch Celia, aus deren Gesicht mit einem Schlag wieder alle Farbe gewichen war, griff Halt suchend nach dem Waschbecken. »Oh mein Gott«, flüsterte sie. »Glauben Sie das wirklich?«

»Es wäre möglich, oder?«

»Er hat auch … Vorgestern ist er ziemlich ausgeflippt.«

»Inwiefern ausgeflippt?«

»Wir waren bei mir, und ich habe …« Sie biss sich verlegen auf die Unterlippe. »Ich wollte dann nicht, weil … Wir sind einfach Freunde, verstehen Sie?«

Ja, das verstand ich. Und was sie unerwähnt gelassen hatte, konnte ich mir zusammenreimen.

»Er ist richtig wütend geworden … So habe ich ihn noch nie gesehen. Ich …«

»Hatten Sie Angst vor ihm?«, fragte ich vorsichtig.

Sie nickte. »Und am nächsten Tag …«

»Lag die tote Taube in Ihrer Schublade«, vervollständigte ich den Satz.

Sie kämpfte gegen die Tränen der Erschütterung, die ihr in die Augen traten. »Aber ich will das nicht glauben, Frau Sonnenberg. Er ist mein einziger Freund hier.«

Zur Beruhigung legte ich meine Hand auf ihre Schulter und drückte sie. »Es ist nur ein Verdacht. Noch ist nichts bewiesen. Aber …« Ich legte eine bedeutungsvolle Pause ein. Sie musste den Ernst der Lage trotzdem begreifen. »Seien Sie vorsichtig. Und geben Sie um Himmels willen endlich besser auf Ihre Handtasche acht.«

Nachdem ich Raphael und Moritz von dem Gespräch mit Celia erzählt hatte, beschlossen wir hinsichtlich André König ein etwas anderes Vorgehen. Er sollte noch einmal die Chance bekommen, von sich aus eine Verwicklung in die Anschläge auf Celia und den Mord an Wahlner, so es sie denn gab, einzuräumen. Dass er wütend auf Celias Abweisung reagiert hatte, bestärkte Raphael und Moritz natürlich in ihrer Überzeugung.

»Ich sag doch: Die Stillen sind die Schlimmsten.« Mit einem triumphierenden Grinsen lehnte Raphael sich im Stuhl zurück und schlug lässig die langen Beine übereinander. Fehlte nur noch, dass er sich selbstzufrieden die Eier kraulte. »Und es würde mich sehr wundern, wenn sich dieser König nicht doch ein bisschen provozieren ließe.«

Moritz' Augen leuchteten in freudiger Erwartung.

»Übertreib's nicht«, antwortete ich. »Nicht dass du dir mit deinen Rüpeleien mal wieder Ärger einhandelst.«

Das Leuchten in Moritz' Augen erlosch.

»Warum Ärger?« Raphael wackelte anzüglich mit den Augenbrauen. »Insgeheim stehst du doch drauf.«

Wieder leuchteten Moritz' Augen auf – im Gegensatz zu meinen, die von der Überdosis an Männlichkeitswahn, die mich umschwirrte, getrübt wurden. Trotzdem schaffte ich es, vage mit dem Kopf in Moritz' Richtung zu deuten. »Pst. Nicht vor den Kindern«, rügte ich Raphael.

Das Klopfen an der Tür brachte Moritz um eine mögliche Revanche.

König wartete unsere Aufforderung ab und trat ein. Unsicher ließ er seinen Blick von Raphael zu Moritz schweifen, schließlich wandte er sich jedoch an mich. »Ich verstehe nicht ganz«, sagte er. Wir haben doch erst gestern –«

»Es haben sich noch ein paar Fragen ergeben«, unterbrach Raphael ihn forsch und forderte ihn mit einer knappen Geste auf, Platz zu nehmen.

Mit nervös hüpfendem Adamsapfel leistete André König ihm Folge.

»Herr König«, sagte ich mit beruhigender Stimme und fühlte mich wie die Mutter Teresa der bayerischen Polizei. »Frau Kleingrün hat uns von dem verlorenen Büroschlüssel erzählt. Sie haben sie ja gestern aus den Büroräumen hier befreit, richtig?«

Er nickte und warf mir einen fragenden Blick zu.

»Frau Kleingrün hat Ihnen auch erzählt, dass sie voraussichtlich bis spät am Abend hier sein würde, nehme ich an. Wissen Sie denn, wo sie ihren Büroschlüssel aufbewahrt?«

Verwirrt ließ er seinen Blick wieder über uns drei schweifen. Anscheinend hatte er wirklich nicht mit Fragen zu Celia gerechnet. »Keine Ahnung«, antwortete er schließlich. »In ihrer Handtasche, vermute ich?«

»Vermuten Sie oder wissen Sie?«, fragte Raphael mit spöttisch hochgezogenen Augenbrauen.

»Vermute ich. Die meisten Frauen tragen doch ihre Schlüssel in der Handtasche durch die Gegend, oder?« Wie König es trotz Raphaels nicht besonders höflichem Ton schaffte, selbst freundlich zu bleiben, war mir jetzt schon ein Rätsel. Vielleicht hatte er ja tatsächlich, als eines der wenigen Relikte einer längst vergangenen Ära, noch Respekt vor der Polizei? Leider brachte ihm das bei mir direkt einen weiteren Sympathiepunkt ein.

»Und mit Frauen kennen Sie sich aus, nehme ich an?«, pöbelte Raphael weiter.

König zuckte nur unentschlossen die Achseln.

»Sie haben den Schlüssel heute Morgen gefunden, Herr König … Wo genau?«

Mit sichtlicher Erleichterung wandte er sich wieder an mich. »Unter dem Schreibtisch.«

»Gut sichtbar?«

»Ja«, sagte er ohne eine Sekunde des Zögerns. »Er lag einfach mitten drunter …«

»Frau Kleingrün hat bereits gestern Abend nach dem Schlüssel gesucht – und ihn nicht gefunden, obwohl sie ebenfalls unter dem Schreibtisch nachgesehen hat. Wie erklären Sie sich das? Ein Schlüssel mit Tarnumhang?«, fragte Raphael mit beißender Ironie in der Stimme. Himmel, was konnte dieser Mann ätzend sein.

»Sie war völlig runter mit den Nerven«, wandte sich König um Verständnis heischend an mich. »Total durch den Wind und unglaublich verängstigt – sie dachte, es wäre noch jemand in den Räumen hier, weil die Kaffeemaschine plötzlich losging! Dabei war das nur das Reinigungsprogramm … Wahrscheinlich hat sie den Schlüssel in ihrer Panik einfach übersehen.«

»Warum haben Sie denn gestern nicht mehr mit ihr zusammen nach dem Schlüssel gesucht?«, fragte Moritz mit strenger Miene.

»Vielleicht, weil Sie wussten, dass das sinnlos gewesen wäre, wo Sie doch den Schlüssel zu Hause hatten?«, ätzte Raphael wieder dazwischen.

»Was unterstellen Sie mir hier eigentlich?« Endlich wirkte auch König aufgebracht, wenigstens ein wenig. »Celi war völlig fertig! Ich wollte mich davon überzeugen, dass niemand außer ihr hier in den Räumen war, und danach ging es mir nur noch darum, sie möglichst schnell heimzubringen!« Er schluckte. »Und … was soll das mit dem Schlüssel?«

Raphael ignorierte seine Frage. »An dem Morgen, an dem die tote Taube in der Schublade entdeckt wurde – waren Sie da zufällig früher als Frau Kleingrün im Büro? Oder am Vorabend länger?« Sein höhnischer Tonfall sprach Bände. Mittlerweile musste André König einfach klar sein, worauf wir hinauswollten.

»Am Vorabend haben wir gemeinsam Feierabend gemacht, aber am Morgen war ich tatsächlich früher als Celi hier.« Trotzig schob er die Unterlippe vor. »Und jetzt?«

»Jetzt, Herr König«, antwortete Raphael mit provozierender Gelassenheit, »könnten Sie langsam mal zugeben, dass Sie selbst es sind, der Frau Kleingrün schikaniert.«

König riss ungläubig die Augen auf. »Was? Wie kommen Sie darauf? Und weshalb …?« Ungläubig schüttelte er den Kopf. »Weshalb sollte ich das tun?«

»Ganz einfach«, antwortete Raphael mit einem triumphierenden Lächeln. »Weil Sie hoffen, Frau Kleingrün auf diese Art und Weise weichkochen zu können.« Sein Lächeln wandelte sich zu einer bedauernden Miene. »Funktioniert nur leider nicht so ganz, oder?«

»Das stimmt doch alles nicht!« König wirkte zunehmend hilf- und ratlos. Sein Adamsapfel hüpfte immer noch – oder schon wieder –, seine Hände untermauerten seine Worte mit fahrigen Gesten. »Ich würde Celi nie etwas tun!«

»Da hat Frau Kleingrün aber etwas anderes erzählt«, sagte ich betont ruhig und versuchte, auf diese Art und Weise Raphaels

Drohgebärden ein wenig von ihrer Schärfe zu nehmen. »Vor zwei Tagen hatten Sie beide eine kleine Auseinandersetzung, richtig?«

»Einmal, Frau Sonnenberg.« Eindringlich sah König mich an. Seine Augen hinter der Brille flehten beinahe. »Ein einziges Mal bin ich wütend geworden, aber doch nur, weil ...«

»Weil?« Moritz' Miene war immer noch streng wie die eines Oberstudienrats.

André König seufzte und sah dann wieder mich an. Anscheinend war ihm die Lust auf ein Gespräch mit Waldorf und Statler vergangen. »Weil Celi mich an diesem Abend ziemlich angebaggert hat. Hätte sie das nicht getan, wäre ich nie im Leben wütend geworden, aber so ... Wir haben uns geküsst, und dann –« Er brach ab, als wolle er selbst nicht mehr daran denken.

»Und dann?«

»Dann hat sie es sich doch anders überlegt«, fuhr er fort und sank auf seinem Stuhl zusammen wie ein geprügelter Hund. »Ich meine, ich verstehe das: Sie ist zurzeit so unter psychischer Anspannung, da macht man schon mal etwas, was man bei genauerer Überlegung nicht tun würde ... Aber an diesem Abend war das einfach zu viel für mich. Verstehen Sie?«

»Natürlich«, antwortete Raphael an meiner Stelle. »Erst heißgemacht, dann abgeblitzt. Tragisch.«

Unter dem Tisch trat ich ihm leicht vors Schienbein. Natürlich ließ sich König – vielleicht – mit Provokation aus der Reserve locken. In diesem Augenblick tat er mir aber einfach nur leid.

»Deshalb bin ich dann also ziemlich ausgeflippt«, erklärte König niedergeschlagen. »Und einfach gegangen. Aber kurz darauf habe ich das schon wieder bereut.«

Mit einem mitfühlenden Nicken nahm ich seine Erklärung zur Kenntnis, Raphael und Moritz hingegen gaben unisono ein verächtliches »Pfff« zum Besten.

»Aber was ich nicht verstehe«, fuhr König fort. »Ich dachte, Sie ermitteln wegen Jan? Sie sind doch bei der Mordkommission, oder? Weshalb interessieren Sie sich dann so für die Attacken auf Celia?«

»Das würden wir gerne von Ihnen wissen, Herr König«, antwortete ich freundlich. Bei aller Sympathie durfte ich nicht vergessen, dass er unser Hauptverdächtiger war. Auch wenn er mich mit seinem freundlichen und ruhigen Wesen längst um den Finger gewickelt hatte. »Könnte es einen Zusammenhang geben?«

»Oh mein Gott.« Langsam schien die Erkenntnis, weshalb wir dieses Gespräch mit ihm führten, in seinen Gehirnwindungen anzukommen. »Sie glauben …?« Mit einem ungläubigen Kopfschütteln brach er ab.

»Ganz recht«, erwiderte Raphael forsch. »Wir glauben, dass Sie erst den unliebsamen Konkurrenten aus dem Weg geräumt haben und jetzt der Angebeteten auf hinterhältigste Art und Weise zusetzen, um sie doch noch rumzukriegen.«

»Das …« König wurde bleich, seine Hände klammerten sich an den Armlehnen fest. »Das ist doch völlig absurd. Glaubt Celia das etwa auch?« Erstaunlich, dass Celia Kleingrün sogar in dieser Situation seine größte Sorge war.

»Das dürfte im Moment Ihr geringstes Problem sein, Herr König«, antwortete Raphael kühl. »Es gibt nämlich einen Zeugen.« Der Triumph in seiner Stimme war kaum zu überhören. Ob er wirklich so felsenfest von Königs Schuld überzeugt war, wie es jetzt den Anschein hatte? Oder war das nur ein neuerlicher Beweis dafür, dass der böse Cop einfach seine Paraderolle war? So wie meine die Mutter Teresa, fügte ich reichlich ernüchtert in Gedanken hinzu.

»Und dieser Zeuge«, Raphael grinste jetzt süffisant, »hat Sie in der Tatnacht mit Wahlner beobachtet. Und demzufolge wird er Sie bei der geplanten Gegenüberstellung identifizieren, Herr König. Möchten Sie nicht doch noch irgendetwas dazu sagen?«

»Das stimmt einfach nicht!« Königs Stimme wurde laut vor Panik. Hilfesuchend sah er mich an. »Ich würde nie … Ich hatte nichts gegen Jan! Ich hätte ihn nie umbringen können!«

»Sie wollen uns allen Ernstes weismachen, Ihr Chef vögelt vor Ihren Augen die Frau, auf die Sie seit Ewigkeiten abfahren, und Sie haben nichts gegen ihn?« Raphaels Stimme donnerte durch das Besprechungszimmer. »Wollen Sie uns verarschen, oder sind Sie Masochist?« Herausfordernd starrte er André König an.

König holte tief Luft. »Weder noch«, antwortete er schließlich.

»Ich bin nur daran gewöhnt, nicht alles zu bekommen, was ich will.«

»Ach, sollen wir jetzt etwa Mitleid mit Ihnen haben?« Raphael stand mit einer schnellen Bewegung auf und beugte sich drohend nach vorn. Prompt zog König den Kopf ein. »Und weil Sie nicht das bekommen, was Sie wollen«, fuhr Raphael nun mit leiser Stimme fort, »spielen Sie jetzt den edlen Retter in der Not – obwohl Sie die Not selbst verursachen. So ist es doch, oder?« Er schnaubte verächtlich. »Ihnen ist aber schon klar, wie beschissen armselig das ist?«

Das sollte reichen – König war auf seinem Stuhl zusammengesunken und hatte den Blick unter halb geschlossenen Lidern starr auf die Tischplatte geheftet. Als würde er sich in aller Stille abschirmen gegen diese Fülle an Vorwürfen. Ich räusperte mich leise, was Raphael veranlasste, mich anzusehen.

Zum Glück verstand er meinen durchdringenden Blick prompt. »Dieses Elend kann ich mir nicht mehr mit ansehen«, zischte er und ging zur Tür, nur um sich dort nochmals mit drohendem Blick zu König umzudrehen. »Wir sprechen uns noch.« Krachend fiel die Tür hinter ihm ins Schloss.

Im selben Augenblick atmete König sichtlich auf. »Ich bin unschuldig, Frau Sonnenberg. Bitte glauben Sie mir.«

Ich nickte begütigend. Am liebsten hätte ich ihm wirklich geantwortet, dass ich ihm glaubte. Stattdessen sagte ich: »Dann wird sich das bei der Gegenüberstellung schon herausstellen, Herr König.«

Ich hoffte tatsächlich darauf, dass Dennis Wunderlich ihn entlastete. Gewisse Zweifel an der Urteilsfähigkeit des Zeugen konnte jedoch auch ich nicht leugnen.

»Ob das wirklich was bringt?« Moritz warf einen skeptischen Blick durch den Einwegspiegel in den Nebenraum, in dem André König und sieben Kollegen, weitgehend von der Streife abkommandiert, warteten – alle tatsächlich den optischen Vorgaben entsprechend und ebenfalls angetan mit Brillen und dunklen Jacken. »Auf den Wunderlich kann man doch nichts geben, oder?«

Die Schreibkraft, die alles mitprotokollieren sollte, war anwesend, und Moritz, Raphael und ich hatten uns in gespannter Erwartung vor dem venezianischen Spiegel postiert. Sogar Herbert demonstrierte durch seine körperliche Anwesenheit wenigstens ansatzweise Interesse und fläzte sich auf den Bürostuhl im hinteren Teil des Raumes. Nur Dennis Wunderlich ließ auf sich warten.

»Mit den Obduktionsergebnissen stimmen seine Aussagen immerhin perfekt überein. Und Moritz, überleg doch.« Ich konnte nicht umhin, ihn mit einem Blick der Marke Oberlehrer zu bedenken. »Wir stochern blind im Nebel, die Zeit läuft uns davon, und wie schwierig es jetzt schon ist, in diesem Fall noch irgendetwas nachzuweisen, dürfte dir ja bekannt sein. Die Chancen, Wahlners Mörder zu finden, steigen also nicht, wenn wir die Ermittlungen erst mal ein halbes Jahr zu den Akten legen.«

»Und wenn sogar der Schneck zustimmt«, sagte Raphael und lehnte sich lässig gegen den Spiegel, »spricht doch zumindest nichts dagegen.«

»Außer der Zeit, die wir verlieren.« Moritz warf Herbert einen um Unterstützung heischenden Blick zu, aber wie immer, wenn es darauf ankam, war auf Herbert Verlass: Er inspizierte desinteressiert den Kalender an der Wand und wirkte nicht so, als hätte er uns überhaupt zugehört. Langsam machte ich mir ernsthafte Sorgen – mit jedem Tag wurde er teilnahmsloser. Dabei war mehr Schonung kaum mehr möglich.

»Und was würdest du mit der Zeit stattdessen anfangen?«, fragte Raphael. »König gesteht nicht, wir werden heute noch mit der Sichtung der Firmenunterlagen fertig, haben bereits jeden der Verdächtigen in die Mangel genommen und sind mit unserem Latein ziemlich am Ende, oder? Dass wir jetzt noch einen Beweis aus dem Nichts zaubern oder der König sich freiwillig, ohne weiteres Druckmittel, zu einem Geständnis aufrafft, ist eher unwahrscheinlich.«

Insgeheim war ich beeindruckt davon, welche Geduld Raphael hatte, wenn es darum ging, Moritz von unseren Aktivitäten zu überzeugen. »Und wenn König unser Mann ist«, fügte ich hinzu und bemühte mich, ebenfalls pädagogisch wertvoll zu klingen, »dann ist er gefährlich – selbst wenn er Celia nur von sich überzeugen und nicht töten will. Dann sollten wir somit zusehen, ihn schleunigst aus ihrer Umlaufbahn zu befördern.«

Raphael warf mit kritisch gefurchter Stirn einen Blick auf die Wanduhr. »Wenn der Kerl nicht gleich da ist, schick ich eine Streife.«

Wie auf Kommando klingelte das Tischtelefon. Erleichtert griff Raphael nach dem Hörer. »Jordan? … Na, endlich. … Ja, ich hol ihn gleich ab.«

»Also, Herr Wunderlich: Ist der Mann, den Sie am Abend des 19. Dezember mit dem Opfer auf der Steinernen Brücke gesehen haben, unter den Personen dort drüben?«

»Ich weiß nicht«, antwortete Dennis Wunderlich, der auch heute wieder nicht auf die obligatorische schräg aufgesetzte Kasperl-Kappe verzichtet hatte, nach einem kurzen Blick durch den Spiegel zögerlich. »Sehen mich die da drüben denn wirklich nicht?«

Raphael seufzte, während ich ungeduldig verneinte. Dafür, dass Wunderlich so eine große Klappe hatte, war er ganz schön ängstlich. Schon am Telefon hatte er verzweifelte Bedenken geäußert, vor dem mutmaßlichen Täter in Erscheinung zu treten, und so hatten wir vorsichtshalber, um unseren einzigen Zeugen nicht zu demotivieren, von einer offenen Gegenüberstellung abgesehen.

»Also«, fuhr ich barsch fort, »noch mal: Ist der Mann, den Sie am Abend des 19. Dezember zusammen mit Jan Wahlner auf der Steinernen Brücke gesehen haben, unter den Personen?«

»Ich habe Ihnen doch gesagt, dass ich das Gesicht nicht genau gesehen habe«, antwortete Wunderlich und sah mich flehend an. »Kann ich jetzt wieder gehen?«

»Wenn Sie es geschafft haben, die acht Männer dort drüben genauer anzusehen als uns: gern.«

Wunderlich seufzte, ließ dann seinen Blick aber folgsam nochmals in das Nebenzimmer schweifen. André König wirkte leider eindeutig nervös. Wie üblich hüpfte sein Adamsapfel auf und ab, immer wieder sah er sich wie gehetzt um. Haltsuchend klammerte er sich an seinem Nummerntäfelchen fest. Einer der

Kollegen, die als Verdächtigen-Doubles agierten, hatte seine Aufregung zum Glück bemerkt und tat sein Bestes, um mittels angespannter Miene und nervösen Trommelns auf die Nummer in seinen Händen ebenfalls so zu wirken, als wäre ihm diese ganze Angelegenheit nicht geheuer. Für uns war Königs Nervosität natürlich nicht uninteressant, für einen genau beobachtenden Zeugen konnte seine Aufregung allerdings den Ausschlag für eine Fehlidentifikation geben. Dabei hatte ich durchaus Verständnis dafür, dass ein gesetzestreuer Bürger in einer solchen Situation eine gewisse Aufregung an den Tag legte.

»Das ist echt schwierig«, sagte Wunderlich, ohne den Blick abzuwenden. »Die sehen sich alle viel zu ähnlich.«

»Das ist das Prinzip einer Gegenüberstellung«, antwortete Raphael mit dem Anflug eines Grinsens. »Würden da drüben ein bebrillter Weißer und sieben Japaner stehen, hätten wir was verkehrt gemacht.«

Auch Wunderlich grinste, bevor er ein weiteres Mal prüfend den Blick über die acht Männer schweifen ließ.

Moritz beobachtete ihn immer noch gespannt, Raphael hingegen warf mir bereits einen Blick der Marke »Man kann nicht immer gewinnen« zu. Und Herbert war vermutlich schon eingeschlafen. Ein eindeutiges Erkennen, von dem ich nicht so genau wusste, ob ich es erhofft oder nicht doch vielmehr befürchtet hatte, war ausgeblieben. Und die Gegenüberstellung somit gelaufen; der obligatorische zweite Durchgang war nur noch Formsache, wenn Wunderlich jetzt nicht noch vom Blitz der Erkenntnis ereilt wurde.

»Können die sich vielleicht mal umdrehen? Ich hab die Rückseite von dem Kerl ja viel länger gesehen als das Gesicht.« Seltsam, dass sich Dennis Wunderlich zu Beginn schon wieder beharrlich gesträubt hatte, nun aber plötzlich doch eine gewisse Motivation an den Tag legte. Vielleicht war ja noch nicht alles verloren.

Moritz gab die entsprechende Anweisung durch, und die Männer drehten sich um – König in Windeseile, die anderen leider weitaus gemächlicher.

Wieder seufzte Wunderlich. »Am ehesten noch der mit der Nummer eins«, sagte er schließlich und warf mir einen zweifelnden Blick zu. »Der sieht so ein bisschen schlaff aus, und ich glaube, das war bei dem Typen auf der Brücke auch so. Die anderen sind fast ein bisschen zu sportlich, glaube ich.«

Ich würde den Teufel tun und Hugo von der Polizeiinspektion am Protzenweiher darüber informieren, dass unser einziger Augenzeuge ihn zwar nicht zweifelsfrei identifiziert, dafür aber seine Statur für schlaff befunden hatte.

Wie erwartet führte auch der zweite Durchgang, mit vertauschten Stehpositionen und Nummerntäfelchen der acht »Verdächtigen«, zu keinem anderen Ergebnis, auch wenn Königs Nervosität sich mittlerweile in hektischen Flecken manifestiert hatte, die sich über das ganze Gesicht bis zum Hals erstreckten. Also ließen wir die Herrschaften schließlich wegtreten.

»Ich bin keine große Hilfe, oder? Sorry.« Fast kläglich sah Wunderlich von Raphael zu mir.

»Was nicht ist, kann ja noch werden«, antwortete Raphael und schaltete den Beamer ein, der sofort das erste Foto auf die vorbereitete Leinwand warf. Leider war es wieder Hugo, der da auf uns heruntergrinste. »Weiter geht's. Erneut acht verschiedene Männer, nur dieses Mal eben auf Leinwand«, erklärte Raphael das Prinzip. »Alles klar?«

Wunderlich nickte, studierte brav das Bild, schüttelte den Kopf. Raphael klickte zum nächsten Foto, Wunderlich studierte es, schüttelte den Kopf. Und das nächste. Und das nächste. Dieses Mal hatten wir auch ein paar Fotos aus unserer Verbrecherkartei daruntergemischt, sofern die Herren im Bereich Körperverletzung oder Raubüberfall auffällig geworden waren und ins optische Raster passten, aber anscheinend war es uns nicht vergönnt, einen Glückstreffer zu landen.

Als Raphael das an sechster Stelle positionierte Bild von Sascha Hoyer, das Moritz dem HEUREKA-Boss auf beeindruckende Art und Weise abgeluchst hatte und auf dem er eindeutig ein bisschen schlaff aussah, aufrief, hielt ich unweigerlich den Atem an und beobachtete Wunderlich genau. Und gleich darauf enttäuscht. Nicht einmal der Funke eines Erkennens.

Schließlich landeten wir wieder bei Hugo, und Raphael schaltete desillusioniert den Beamer aus.

»Tut mir echt leid«, sagte Wunderlich so betrübt, als hätte er uns persönlich enttäuscht. »Aber diese Gesichter habe ich wirklich noch nie zuvor gesehen. Irgendwie war das Gesicht von dem Kerl auf der Brücke anders. Noch ein bisschen runder. Und …« Nach einem entschuldigenden Achselzucken fügte er hinzu: »Irgendwie weicher. So an den Wangen. Glaube ich.«

»Muss ja ein attraktiver Kerl gewesen sein«, antwortete ich trocken. »Trotzdem vielen Dank Ihnen.«

»Dabei dachte ich, ich könnte bei euch meine Aufklärungsquote verbessern«, sagte Moritz, nachdem wir auch Dennis Wunderlich wieder in die Freiheit entlassen hatten. »Wo zum Henker kriegen wir jetzt jemanden mit schlaffer Figur und rundem, weichem Gesicht her?«

Raphael deutete mit halb belustigter, halb verärgerter Miene auf Herbert, der zu allem Überfluss just in diesem Moment beherzt zu schnarchen anfing. »Im absoluten Notfall verhaften wir einfach ihn.«

Es war schon spätnachts, doch wir saßen immer noch auf meiner Couch, starrten wortlos auf den Bildschirm des Fernsehers, der, wie ich gerade erst zu meiner Erschütterung bemerkt hatte, seit ungefähr einer halben Stunde eine Dokumentation über afrikanische Wüstengrillen zeigte, und hingen unseren wenig erfreulichen Gedanken nach – wenigstens vermutete ich, dass auch Raphael das tat, denn seine Sarah-Sorgenfalte, die in Wahrheit wohl eher eine Wahlner-Sorgenfalte war, hatte sich schon seit Längerem nicht mehr geglättet.

»Und jetzt?« Ich verdonnerte den Fernseher zum Stand-by-Modus und warf Raphael einen ratlosen Blick zu. Rette mich, mein Prinz. Oder noch besser: Rette diese aussichtslosen Ermittlungen. Bitte.

»Danke. Ich hatte schon befürchtet, dieser Kram interessiert dich wirklich.« Mein Prinz erweckte nicht den Anschein, irgendetwas retten zu wollen. Stattdessen lächelte er mich erleichtert an und zog mich an sich. »Nach dem nächsten Werbeblock wäre es immerhin um das Paarungsverhalten der namibischen Wüstengrille gegangen.«

»Das muss ich sehen«, antwortete ich in gespielter Begeisterung. »Wo war noch mal die Fernbedienung?«

»Stell dir doch mal vor«, sagte er und wackelte mit den Augenbrauen, »wie das Grillenmännchen dem Grillenweibchen verliebt in die Ohren zirpt, während es –«

»Du hast aber schon mitbekommen, dass Grillen ihre Ohren an den Vorderbeinen tragen, oder?«

»Klar. Ich war ja auch noch nicht fertig mit der Schilderung der Details.«

Genug der Grillen. Eigentlich hatten wir Dringenderes zu besprechen. »Also, was machen wir jetzt? Dir geistert dieser Fall doch auch ständig im Kopf herum.«

»Ehrlich gesagt geistert mir etwas ganz anderes im Kopf herum.«

»Was denn?«

Er sah mich prüfend an und strich sich mit der flachen Hand über das stoppelige Kinn. Seine markanten Züge waren endlich entspannt, trotzdem wirkte er unruhig. »Kannst du dir das wirklich nicht vorstellen?«

Wenn er so fragte … Ich konnte schon. Die Frage war, ob ich wollte. »Um ehrlich zu sein: Ich nutze jede sich bietende Gelegenheit, um nicht darüber nachzudenken«, antwortete ich wahrheitsgemäß. »Vielleicht finde ich deswegen André Königs Erklärung mit der Verdrängungstaktik so nachvollziehbar.« Ich hoffte, das Thema LKA damit fürs Erste wieder zu den Akten legen zu können.

»Ich kann das einfach nicht.« Er zog das Zopfband aus den Haaren, versuchte, die welligen dunkelblonden Strähnen mit den Fingern zu glätten, und band das Haar ebenso achtlos wie streng wieder zusammen. »Das konnte ich noch nie, verdammt. Ich schaffe es vielleicht gerade noch eine Weile, nicht darüber zu reden, aber ich denke ständig darüber nach. Wie besessen.«

»Soll ich einen Exorzisten rufen?« Immerhin war die Vatikan-Connection Regensburgs nicht allzu schlecht, da durfte die Organisation von ein bisschen katholischer Teufelsaustreibung doch nicht besonders schwierig sein.

»Dafür ist es zu spät.« Der ernste Blick aus Raphaels grünen

Augen traf mich bis ins Mark. »Ich habe nachgedacht, Sarah. Aber all meine Überlegungen führen ins Nichts, solange –« Mit einem hilflosen Achselzucken brach er ab.

Ich gab auf. Anscheinend hatte ich keine Chance, diesem Gespräch zu entrinnen. Und insgeheim wusste ich, dass ich auch kein Recht dazu hatte. »Na gut«, seufzte ich schicksalsergeben. »Solange was?«

»Solange ich das Gefühl habe, bei deiner Entscheidung absolut keine Rolle zu spielen.« Da war sie wieder, die Sorgenfalte. Und ich dumme Kuh war schuld daran.

»Aber das stimmt doch nicht«, widersprach ich lahm.

Kapiert er denn wirklich nicht, dass er eine viel größere Rolle spielt, als er nach nur zwei Monaten Beziehung sollte?

So geknickt, wie er mich ansieht: nein.

Ja, ich weiß, Sie finden jetzt wieder, ich sollte ihm das doch endlich mal sagen. Aber das kann ich nicht! Es ist, als säßen alle Feministinnen des 20. und 21. Jahrhunderts auf meiner linken Schulter, alle Erinnerungen an unentschlossene Männer, unter denen ich oder eine meiner Freundinnen jemals zu leiden hatte, auf meiner rechten, und alle raunen mir zu: »Mach dich nicht lächerlich! Hast du immer noch nicht kapiert, was wir dir seit Jahren einzutrichtern versuchen? Schließlich ist eine Frau ohne Mann wie ein Fisch ohne Fahrrad, nicht wie ein Fisch ohne Flossen!«

Und zu allem Überfluss gesellt sich nun auch noch meine Großmutter mit erhobenem Zeigefinger dazu: »Willst du was gelten, mach dich selten, Mädchen!«

Argh, irgendwie hilft mir diese ganze Bagage gerade gar nicht weiter.

Raphael löste sich von mir, stand auf und holte sich eine Zigarette aus meiner Handtasche und den Aschenbecher aus der Küche. Mein schlechtes Gewissen wuchs ins Unermessliche.

»Tust du mir bitte einen Gefallen?«, fragte er, als er wieder neben mir saß und die Zigarette brannte. »Sag mir bitte, wie du dich entschieden hast, bevor es sich herumspricht. Geht das?«

Ich nickte betroffen und betrachtete sein Profil, die kräftigen Wangenknochen, den kaum sichtbaren kleinen Höcker auf der

Nase, der noch von der Fraktur im letzten Herbst zeugte, das markante Kinn, die vollen Lippen, die so wundervoll küssen konnten, und die sonst so strahlenden Augen, die müde die Zigarette in seiner Hand fixierten.

Ich hatte ihm mit meinem Schweigen wehgetan, wieder einmal. Und kapierte erst jetzt, wie sehr. Dabei hatte ich mir doch geschworen, dass das nie wieder passieren sollte. »Versprochen«, flüsterte ich.

Er zog mit einer Intensität an seiner Zigarette, die er sich normalerweise für die schlimmsten Stresssituationen aufsparte.

Es half wohl nichts, ich musste ehrlich sein. Und ich wusste wirklich nicht, ob ihn das beruhigen würde. Aber ich war es ihm einfach schuldig, ihn endlich teilhaben zu lassen, wenigstens ein wenig. »Es ist nur so«, fing ich an, »dass sich jede Entscheidung falsch anfühlt, verstehst du? Weil ich jetzt schon weiß: Irgendwann werde ich sie bereuen, egal wie sie ausfällt!«

Es war so frustrierend, und ich hasste es. Und ich hasste das LKA und den Chef dafür, mich in diese Zwickmühle gebracht zu haben, die einfach keinen guten Ausgang nehmen konnte. Mühsam zwang ich die Wuttränen hinunter, die sich ihren Weg in meine Augen bahnten. »Gehe ich nach München, und wir trennen uns, dann werde ich mich am ersten Tag, an dem mich mein Job nervt, dafür hassen, dass mir meine Karriere wichtiger war als mein Privatleben! Und bleibe ich hier und lasse diesen Job sausen, dann werde ich mich ab dem Tag, an dem wir uns trennen, auf ewig dafür verfluchen, wegen meiner verdammten Gefühlsduselei hiergeblieben zu sein!« Weshalb ich plötzlich aufschluchzte, wusste ich selbst nicht so genau. Vielleicht, weil mir mit erschreckender Klarheit bewusst wurde, wie belastend ich die Situation wirklich fand.

Raphael drückte mit einem erschütterten Seitenblick auf mich die Zigarette aus und zog mich in seine Arme. »Hey … nicht weinen …«

»Das sagst du so leicht …« Ich vergrub mein Gesicht in seiner duftenden Halsbeuge, ließ mich tätscheln und trösten und kam mir schon wieder schlecht vor. Eigentlich wollte ursprünglich doch er getröstet werden, oder?

»Wir müssen uns nicht trennen«, hörte ich Raphael leise sagen. »Übergangsweise kriegen wir das schon hin mit der Entfernung, für ein paar Wochen oder so. Und dann … Ich wollte eigentlich nicht mehr zurück nach München, aber …«

Ich löste mich von ihm und wischte mir die Tränen aus dem Gesicht. Meinte er das ernst?

Einen Moment sah er mich nachdenklich an, dann fuhr er fort: »Ich würde trotzdem versuchen, mich an den Gedanken zu gewöhnen. Wenn du das möchtest … Selbst auf die Gefahr hin, dass unser Brötchengeber mich in die Klapse einweisen lässt, wenn ich schon wieder einen Versetzungsantrag stelle.« Angespannt versuchte er sich an einem Grinsen, das ziemlich schief ausfiel. »Es muss nicht zu Ende sein, nur weil du den Job annimmst.«

Er will nach München mitkommen? Wirklich?

Jetzt schauen Sie nicht so, als wäre ich unglaublich begriffsstutzig. Ich meine … Panik!!! Natürlich freue ich mich ein bisschen, vor allem darüber, dass er im Gegensatz zu mir so wild entschlossen ist. Aber: Panik!!! Sogar die Herrschaften auf meinen Schultern sind übrigens vor Schock verstummt. Wie zum Henker soll ich mit dieser Verantwortung leben? Panik!!! (Ich weiß, ich wiederhole mich.) Das geht doch nicht!

Ja, ich kann's mir schon denken, für Sie klingt das wieder mal wahnsinnig romantisch. Und Sie wundern sich vielleicht, was es da zu überlegen gibt … Aber das Leben ist nun mal kein Roman, in dem sich mit Romantik alles retten und bewerkstelligen lässt, das wissen Sie doch!

Dafür bin ich einfach nicht bereit, befürchte ich. Weiß ich. Und ich muss sofort versuchen, ihm diese hirnrissige Idee wieder auszureden.

»Du würdest nach München zurückkehren – meinetwegen?«, fragte ich, nur um sicherzugehen, und versuchte, mir meine widersprüchlichen Gefühle nicht allzu sehr anmerken zu lassen.

Raphael nickte stumm.

»Das wäre riskant«, antwortete ich und kam mir mit dieser Phrase schrecklich banal vor. »Sogar sehr riskant.« Die Steigerung machte es auch nicht besser.

»Was mir wiederum völlig egal ist, Sarah«, antwortete er ernst und sah mich mit einem Blick an, der mir durch und durch ging.

»Ich will dich nicht verlieren. Und ich werde dich nicht verlieren, wenn du mich nicht dazu zwingst.«

Wieder traten mir Tränen in die Augen, dieses Mal vor Rührung. Alles oder nichts, wie immer. Und auch wenn ich selbst leider um ein so Vielfaches halbherziger war, liebte ich ihn dafür umso mehr.

»Nur«, sagte Raphael und zog mich wieder an sich, »warum kannst du nicht endlich auch so an uns beide glauben wie ich?«

ZEHN

»Ich könnt euch den ganzen Schmarrn auch selbst lesen lassen, aber ich will mal nicht so sein.« Mit einem zufriedenen Grunzen klappte Herbert seine Notizen zu und kratzte sich den durch das obligatorische Karohemd, heute in Rot-Grün, verhüllten Bauch. »Also, ich mach's kurz.« Mit einem verschmitzten Blick sah er in die Runde. »Nix.«

Moritz, der auf meinem Schreibtisch saß und mit den Beinen baumelte, kicherte, ich konnte nur noch den Kopf schütteln, und Raphael verdrehte die Augen. »Danke für diese detaillierte Analyse, Herbert. Ist doch schön, wenn man die Arbeit von knapp zwei Wochen in einem einzigen Wort zusammenfassen kann.«

»Ist doch bei euch auch nix anderes«, gab Herbert zurück.

Damit hatte er nun zu meinem Bedauern auch wieder recht. Aber ich hätte die getane Arbeit wenigstens in ein paar blumigere Formulierungen gepackt.

Raphael anscheinend auch. »Herbert, bitte. Wenn du keinen Bock mehr hast, mit uns zu kommunizieren, ist das deine Sache, solange es nicht um die Arbeit geht. Aber ich will wissen, was du dir da die letzten Tage reingezogen hast. Klar?«

Ich war der festen Überzeugung, dass Herbert nach dieser Ansage seine Unterlagen auf Raphaels Schreibtisch schmeißen und auf eine Tasse Kaffee zu Erna pilgern würde. Stattdessen brummte er irgendetwas vor sich hin und schlug das erste Blatt seiner Notizen auf. »Also.« Geschäftsmäßiges Räuspern. Nanu? Wollte er sich jetzt wirklich die Mühe machen, einen Bericht abzuliefern? Das grenzte ja an ein Wunder.

»Da der Wahlner ja dafür zuständig war, die ganzen Auftraggeber für HEUREKA zu rekrutieren, habe ich damit angefangen, alle Verträge zu überprüfen und sämtliche Korrespondenz nachzulesen und so weiter. Keine Auffälligkeiten.« Wieder kratzte Herbert sich am Bauch, bevor er sich die Brille zurechtrückte. »Nachdem ihr euch so sicher wart, den Täter in der Firma zu finden, habe ich mir dann als Nächstes die gesammelte interne Korrespondenz mit seinen Kollegen vorgenommen.«

»Auch die E-Mails?«, fragte Moritz skeptisch. Sein Vertrauen in Herberts technische Fähigkeiten schien – wie meines – begrenzt zu sein.

Zu meinem Erstaunen wedelte Herbert mit einem USB-Stick. »Freilich, ich bin ja kein Hanswurscht«, brummte er. »Welche Korrespondenz denn bitte schön sonst?«

»Woher –?«, setzte ich an, aber Herbert ließ mich nicht ausreden.

»Hat mir der Erkennungsdienst gegeben. Die hatten eh keine Zeit, alles zu lesen.«

»Wow.« Raphael musterte Herbert erstaunt. Allein die Verwendung eines USB-Sticks – in Herberts Wortschatz normalerweise »Teufelszeug« – wäre noch vor ein paar Wochen undenkbar gewesen.

»Ja, ja, schon gut«, brummte Herbert wieder. »Also, leider war auch hier nichts Auffälliges zu finden. Mit Leo Wollenschläger ist er schriftlich ein paarmal aneinandergeraten, aber das ist ja nichts Neues. Ab und an war sein Ton seinen Mitarbeitern gegenüber ein bisschen pampig, aber insgesamt durchaus vertretbar. Und außer Wollenschläger gab es niemanden, den er bevorzugt auf dem Kieker hatte, scheint mir.«

»Wie war die Korrespondenz mit Celia Kleingrün?«, fiel Moritz ein.

»Sehr sachlich«, antwortete Herbert prompt. »Sie hatten zwar im Laufe der Zeit immer mehr miteinander zu tun – klar, wenn Celia so viele Projekte von ihm übertragen bekommen hat –, aber die beiden wollten anscheinend wirklich nicht riskieren, dass ihre Affäre in der Firma bekannt wird. Also auch hier – leider – keine Erkenntnisse.«

Raphael und ich wechselten einen schnellen Blick. Dafür, dass uns Herbert gerade noch mit einem »Nix« hatte abspeisen wollen, zeigte er sich jetzt erstaunlich kooperativ.

»Dann«, fuhr die Überraschung des Tages fort, »hab ich mir natürlich noch die Finanzen vorgenommen. Die Firma steht gut da, steigert stetig ihren Umsatz und trägt die Fixkosten mühelos. Es gibt zwar immer wieder unfreiwillige Abonnenten, die die Abbuchungen rückbelasten, aber das sind natürlich absolute Peanuts.«

Raphael klatschte sich auf die Stirn, Moritz und ich konnten uns beim Gedanken an sein noch immer ungekündigtes Produktpionier-Abo ein Grinsen nicht verkneifen.

»Unterm Strich«, sagte Herbert und blätterte in seinen Notizen weiter, »ist HEUREKA äußerst lukrativ. Und so weit läuft auch alles sauber – mir sind zumindest keine ungewöhnlichen Transaktionen aufgefallen. Auch auf den Privatkonten nicht. Ansonsten hat Wahlner für den Hausbau einen Kredit aufgenommen, den er aber recht lässig zurückzahlen kann beziehungsweise jetzt natürlich seine Frau, die durch seinen Tod zwar nicht reich wird, aber auf jeden Fall abgesichert ist.«

Herbert blickte von den Notizen auf. Als er meinen anerkennenden Blick auffing, grinste er spitzbübisch. »Bleibt noch der Kleinkram, die Versicherungen der Firma, Rechtsstreitigkeiten und so weiter. Da haben wir natürlich ein paar wütende Kunden, die bis zum Letzten prozessiert haben, aber soweit das aus den Unterlagen hervorgeht, ist Wahlner vor Gericht nie persönlich in Erscheinung getreten – dafür gab es natürlich einen Anwalt. Das war's.«

Trotz dieser ernüchternden, wenn auch ausführlichen Bilanz sah Herbert zufrieden drein. Unweigerlich lächelte ich ihm zu. Endlich lief er wenigstens wieder ein wenig zu seiner alten Form auf!

Moritz und Raphael sahen weniger zufrieden aus. Herbert hatte gründlich gearbeitet, aber selbst das brachte keinen neuen Ansatzpunkt. Moritz stellte schließlich die Frage, die mir im Kopf herumspukte, sobald sich die Begeisterung über den plötzlich reanimierten Herbert gelegt hatte.

»Und jetzt?«

»Jetzt«, sagte Herbert und zwinkerte aufmunternd in die Runde, »überlegen wir uns, an welcher Stelle wir was übersehen haben. Sind doch noch zwei Tage Zeit.«

In seine Worte hinein schrillte mein Telefon. Nur widerwillig hob ich ab, zu sehr freute ich mich über Herberts Aktivität.

»Kripo Regensburg, Sonnenberg?«

»Hallo, Frau Sonnenberg, Celia Kleingrün hier.« Dabei hätte ich sie heute sofort an ihrer Stimme erkannt. »Ich weiß nicht, ob es Sie interessiert«, fuhr sie fort, »aber ich bin soeben fristlos entlassen worden.«

Obwohl sie erstaunlich gefasst klang, schrillten bei mir die Alarmglocken. »Weshalb?«

»Sie erinnern sich doch noch daran, was ich Ihnen über das fehlende Geld in der Kasse erzählt habe, oder?« Sie klang beinahe amüsiert.

»Ja, natürlich.«

Ich hörte ihren tiefen Atemzug, bevor sie antwortete. »Heute Morgen war wieder Geld aus der Kasse verschwunden, vierzig Euro. Und anscheinend hat Sascha nach dem letzten Mal doch dafür gesorgt, dass die Nummern der obenauf liegenden Scheine bei der Polizei hinterlegt wurden. Auf jeden Fall kamen dann zwei Polizisten und haben unsere Portemonnaies durchsucht.«

»Und die markierten Scheine bei Ihnen gefunden?«, fragte ich atemlos. Moritz und Raphael sahen auf, und auch Herbert hing gebannt an meinen Lippen.

»Genau. Aber Frau Sonnenberg, ich war's nicht! Wirklich nicht.«

»Sind Sie jetzt zu Hause?«, fragte ich. »Dann sind wir sofort bei Ihnen.«

»Wir haben Scheiße gebaut«, lautete Raphaels erster Satz, als wir im Wagen saßen und Richtung Osttangente steuerten. »Oder besser gesagt: Ich habe Scheiße gebaut.«

»Wie meinst du das?« Erstaunt sah ich ihn an, und auch Moritz, der auf dem Rücksitz saß, beugte sich nach vorn.

»Mit Herbert.« Sein Grinsen fiel ziemlich betrübt aus. »Wenn er sich nicht in die Bedeutungslosigkeit abgeschoben fühlt, ist er durchaus noch ganz brauchbar, oder?«

»Sag ich doch.« Ich grinste mit leisem Triumph zurück. Gleichzeitig war ich wieder einmal überrascht von Raphaels Feinfühligkeit. Während ich mich noch über Herberts plötzlich wiedererwachte Einsatzfreudigkeit gewundert hatte, hatte er schon längst durchschaut, dass es einen Auslöser gab: Wir hatten Herbert endlich wieder einmal gebraucht. Und ihn nicht nur mit unbedeutenden Aufträgen, Desinteresse und blöden Kommentaren abgekanzelt. Ob er sich sehr darüber geärgert hatte, dass wir Moritz mit ins Team geholt hatten? War das der Auslöser für diese totale Unlust gewesen?

Vielleicht fing so Mobbing an, obwohl zunächst keinerlei böse Absicht dahintersteckte. Drängte man jemanden einfach in eine Rolle, bis derjenige keinen anderen Ausweg mehr sah, als die Rolle wirklich anzunehmen und somit die Erwartungen zu erfüllen? In Herberts Fall also: in völlige Lethargie zu versinken und den jungen, dynamischen Kollegen aus Protest bei jeder sich bietenden Gelegenheit klarzumachen, dass man auf ihren Aktivismus keinen Bock mehr hatte und ihn deshalb einfach boykottierte?

Und in Celias Fall? Ohne zu wissen, wer hinter diesen Attacken steckte, ließ sich die Frage kaum beantworten. Aber es gab jemanden, der Celia unbedingt leiden sehen wollte, zusehen wollte, wie sie alles verlor. Und der jetzt, zu guter Letzt, gewonnen hatte.

Mit ein bisschen Glück hatte dieser Jemand – endlich – zu viel gewagt.

Celia Kleingrün wohnte in einem Mehrparteienhaus am Oberen Wöhrd, unweit des RT-Bades, das die Innenstadt-Regensburger jeden Sommer bis zum letzten Quadratmeter mit quirligem Leben erfüllten. Wehmütig dachte ich an meine Stammliege direkt am Schwimmerbecken, von der aus man so wunderbar Leute beobachten konnte, über die es sich wiederum, sofern Hannes auf der Liege nebenan lag, noch wunderbarer lästern ließ. Missmutig stapfte ich durch den Schneematsch – wenigstens war es etwas wärmer geworden. Trotzdem sehnte ich mich nach dem Geruch von Sonnencreme auf der Haut und Chlor in der Luft. Und sogar nach meinem Bikini … Bis mir einfiel, dass mir wohl noch ein paar Zumba-Stunden bevorstanden, bevor ich ihn wieder tragen konnte, ohne verschämt den Bauch einzuziehen.

Als Celia uns die Wohnungstür öffnete, sah ich sofort, dass sie geweint hatte. Die Augen waren rot und verquollen, gleichzeitig strahlte sie aber eine Ruhe aus, die ich in den letzten Tagen nicht an ihr bemerkt hatte. Im Gegenteil, sie hatte immer wie gehetzt und getrieben gewirkt.

Sie bat uns ins Wohnzimmer, wo wir gerade so auf der Ledercouch Platz fanden, setzte sich uns gegenüber in den zugehörigen Sessel und lächelte schließlich entspannt. »Ja, so schnell kann's also gehen«, sagte sie nur und zuckte die Achseln.

»Sie wirken gar nicht so traurig«, sagte ich und ließ meinen Blick durch den Raum schweifen. Offensichtlich hatte sie bei HEUREKA nicht schlecht verdient. Die Wohnung war zwar klein, das geschmackvolle Interieur aber sicher nicht billig gewesen.

»Ehrlich gesagt, Frau Sonnenberg …« Celia warf sich lässig das braune Haar hinter die Schultern. »Ich bin vor allem erleichtert. Erst jetzt, wo es vorbei ist, merke ich, wie mir all das zugesetzt hat.«

»Trotzdem müssen wir Sie noch einmal daran erinnern, Frau Kleingrün.« Raphael beugte sich vor und sah sie prüfend an. »Wer hatte Ihrer Meinung nach Gelegenheit, das gestohlene Geld in Ihrem Geldbeutel zu deponieren?«

Celia seufzte. »Ehrlich gesagt: fast jeder der Kollegen. Oder besser Exkollegen.« Ihr Lächeln wirkte beinahe verschmitzt. Nein, Trauer um ihren Job war ihr wirklich nicht anzumerken. Noch nicht einmal Wut über die ihr widerfahrene Ungerechtigkeit. Aber das würde nach der ersten Erleichterung noch kommen, da war ich mir sicher.

»Meine Handtasche steht ja neben meinem Schreibtisch«, fuhr sie fort, »und gestern Abend, so gegen fünf, halb sechs, bin ich mit André eine halbe Stunde in der Küche gesessen.« Sie stand auf und nahm vier Gläser aus der Vitrine. »Er hat mir von der Gegenüberstellung erzählt. Und beteuert, dass er nichts mit den Anschlägen auf mich oder mit Jans Tod zu tun hat.« Mit ruhiger Hand schenkte sie Mineralwasser in die Gläser. »In dieser Zeit hatte jeder freien Zugang zu unserem Büro – und somit zu meinem Geldbeutel.« Entschuldigend zuckte sie die Achseln und setzte sich wieder. »Ich weiß, das war natürlich unvorsichtig, aber ich kann ja nicht ständig die Handtasche durch die Gegend schleppen.«

An mir nagte das schlechte Gewissen. Hätte ich ihr doch von Hoyers Diebstahlsanzeige erzählen sollen? Hätte sie dann meine Warnungen, ihre Handtasche nicht unbeaufsichtigt zu lassen, ernster genommen? Wahrscheinlich nicht, beruhigte ich mich selbst. Und selbst wenn: Ich durfte keine vertraulichen Informationen weitergeben, ganz einfach.

Moritz räusperte sich. »André König hätte doch sicher auch die Möglichkeit gehabt –«

»Ja, hätte er«, fiel Celia ihm plötzlich aufgebracht ins Wort. »Jedes Mal, wenn ich auf der Toilette war, zum Beispiel. Oder hätte ich da die Handtasche auch mitnehmen sollen? Aber bitte hören Sie endlich auf damit, André zu beschuldigen! Er war es nicht, okay?« Ihre Augen funkelten wütend. »Er könnte mir das nie antun. Das weiß ich einfach.«

Es beeindruckte mich, wie unerschütterlich sie König vertraute. Und wie sehr sie sich für ihn ins Zeug legte. Ob sich da wohl doch etwas anbahnte, das über bloße Freundschaft hinausging? Celia war felsenfest von seiner Unschuld überzeugt. Und: Sie war nicht dumm und kannte ihn zweifelsohne besser als wir. In Gedanken legte ich die Möglichkeit, dass König zwar nicht Wahlners Mörder, aber doch immerhin Celias Peiniger war, endgültig zu den Akten.

»Sie haben also gestern Abend den Inhalt Ihres Geldbeutels nicht mehr überprüft, richtig?«, wechselte Raphael das Thema.

»Genau.« Celia entspannte sich wieder. »Es muss aber gestern passiert sein. Heute Morgen bin ich gegen neun Uhr in der Firma gewesen, und um Viertel nach neun stand schon die Polizei auf der Matte.«

»Die Frage lautet also nicht«, sagte Raphael und rieb sich nachdenklich über das Kinn, »wer Gelegenheit hatte, Ihnen das Geld anzudrehen, sondern …«

»Wer wusste, dass diese Geldscheine in Ihrem Portemonnaie dieses Mal ein handfester Beweis sind?«, beendete ich Raphaels Überlegung. »Wer wusste, dass die Scheinnummern bei der Polizei hinterlegt wurden?«

»Sascha natürlich«, antwortete Celia, ohne zu zögern. »Und Jessica Egerjahn. Die musste ja schließlich aufpassen, dass die erfassten Scheine auch wirklich in der Kasse bleiben.«

»Verdammter Mist«, fluchte ich, als wir wieder im Auto saßen. »Das ergibt doch alles keinen Sinn!«

Sascha Hoyer hatte absolut keinen Grund, einen derartig hinterhältigen Weg einzuschlagen, um Celia loszuwerden. Er war der Boss; er konnte entlassen, wen er wollte. Also war es Jessica Egerjahn gewesen? Sie war auf Celia Kleingrün nicht gut zu sprechen und verfügte zudem sicher über ausreichend Bösartigkeit, um Celia das Geld, Drohbriefe und tote Vögel unterzuschieben. Aber als diejenige Person, die Wahlners Ableben zu verschulden hatte, kam sie nun mal partout nicht in Frage. Mist, Mist, Mist. Da hatte ich mich ja mit meinem angeblichen Zusammenhang ordentlich verrannt.

»Ich hab dir doch gleich gesagt, dass Mord und Mobbing nichts miteinander zu tun haben«, stellte Raphael wenig hilfreich fest. »Und jetzt?« Er tätschelte aufmunternd mein Knie und zwinkerte mir zu. »Verhaften wir die Egerjahn, legen den Fall Wahlner zu den Akten und knobeln aus, wer dem Chef beibringen muss, dass wir uns zukünftig auf Mobbing spezialisieren wollen?« Grinsend startete er den Motor.

»Sehr witzig.«

Wenigstens hatte Moritz den Anstand, sich schlaue Kommentare zu verkneifen. Stattdessen hatte er die Stirn in Falten gezogen und sah nachdenklich aus dem Fenster.

Ich wollte einfach immer noch nicht glauben, dass nur aufgrund eines seltsamen Zufalls nahezu zeitgleich der Geschäftsführer umgebracht und seine Geliebte aus dem Betrieb geekelt wurde. Wieder einmal kreisten meine Gedanken wie ein lästiger Schwarm Fliegen um die immer gleichen Fragen. Wem hatte die Affäre der beiden geschadet? Wem hatte Wahlner geschadet? Und wer hatte auch nach Wahlners gewaltsamem Ende einen unbezähmbaren, völlig irrationalen Hass auf Celia?

In die Stille platzte das Klingeln meines Handys. Herbert. Wahrscheinlich wollte er uns wieder einmal beauftragen, auf dem Rückweg in die Dienststelle ein paar Stück Käsesahne mitzubringen.

»Ja?« Ich klang so genervt, wie ich mich fühlte.

»Hallo, Mädel«, brummte er wie üblich ins Telefon. »Mir ist noch was eingefallen. Der Wahlner war doch öfter mal auf Geschäftsreise und hatte in letzter Zeit meistens die Kleingrün mitgenommen, oder?«

»Ja, und?«, brummte ich zurück. Vielleicht machte ja Jessica Egerjahn mit irgendjemandem gemeinsame Sache? Vielleicht hatte ein männlicher Verbündeter es übernommen, Wahlner aus dem Weg zu räumen, während sie selbst sich auf Celia konzentrierte? Aber weshalb? Es half nichts, wir mussten noch einmal mit dieser wandelnden Klatschzeitung sprechen.

»Da war nämlich nix dabei, bei den Unterlagen«, fuhr Herbert fort. In Erinnerung an unser mieses Verhalten der vergangenen Tage zwang ich mich dazu, Herbert zuzuhören.

»Also, keine Flugtickets, keine Hotelrechnungen, gar nix …«

»Aha«, antwortete ich lahm. »Du, Herbert, sei mir nicht böse, aber –«

»Das interessiert dich nicht«, fiel er mir beleidigt ins Wort. »Schon recht.«

»Doch, grundlegend schon. Aber es war wahrscheinlich die Egerjahn, die –«, versuchte ich zu erklären. Doch Herbert hatte einfach aufgelegt.

»Beleidigte Leberwurst«, schimpfte ich, als ich das Handy wieder in meiner Handtasche verstaute. »Der benimmt sich wie eine Hollywood-Diva, echt.«

»Du schimpfst doch nicht über Herbert?«, fragte Raphael mit süffisant hochgezogener Augenbraue. »Was wollte er?«

»Er vermisst die Unterlagen zu Wahlners Geschäftsreisen.«

»Ach, da war nichts dabei?« Raphael warf mir einen schnellen Seitenblick zu und bog nach rechts auf die Nibelungenbrücke ab.

»Nein. Keine Hotelrechnungen, keine Flugbuchungen. Aber warum sollte der Wahlner sich auch selbst darum kümmern? Für so was hatte er schließlich Personal.« Ich kramte, praktisch als letzte Verzweiflungstat, mein Notizbuch aus der Tasche. Missmutig schlug ich es auf und schnaubte angesichts des Gewirrs aus Notizen, Pfeilen und Fragezeichen. Kein Wunder, dass diese Ermittlungen ein einziges undurchsichtiges Gewirr waren.

»Ist nicht durch eine Hotelrechnung bekannt geworden, dass die Kleingrün und der Wahlner ein Verhältnis hatten?« Raphael starrte nachdenklich auf die Ampel, die uns zum Halten zwang.

Eine Erinnerung blitzte in meinem Gehirn auf, aber ich bekam sie nicht zu fassen. »Ja, das hat die Egerjahn erzählt.« Ich blätterte langsam durch das Notizbuch. Leo Wollenschläger. Angesichts des *»ARSCHLOCHs«* musste ich immer noch grinsen. Sascha Hoyer. Eine lange Liste mit Stichpunkten zu seinem verworrenen Privatleben und Anmerkungen über seine außergewöhnlich unsichere Art. Das hätte ich nicht notieren müssen, so präsent war sein Bild in meinem Kopf. Und überhaupt hingen mir all diese Namen langsam zum Hals heraus.

»Also hat die Egerjahn die Unterlagen bei sich am Empfang?«, fragte Moritz.

Es war schwer zu beurteilen, ob es ihn wirklich interessierte oder ob er nur mühsam versuchte, sich an diesem toten Punkt, an dem wir uns befanden, verzweifelt noch einmal in den Kampf zu stürzen.

Carola Bloch. Keine einzige Notiz unter ihrem in Versalien geschriebenen Namen; so vergleichsweise normal und vertrauenswürdig war sie mir sofort erschienen. Schnell blätterte ich weiter. Simone Geier. Die fehlte mir gerade noch. Widerwillig überflog ich die Notizen unter ihrem Namen trotzdem.

»Ich dachte eigentlich«, setzte Raphael an, als ich plötzlich stutzte. *»Präsentationen, Termine, Geschäftsreisen für J. W. und S. H.«* stand da. Blau auf weiß. Direkt unter der Notiz *»reagiert sehr schockiert auf W.s Tod«* und über dem Vermerk *»zusätzlich auch noch eigene Projekte – Workaholic?«*.

»… das macht die Geier«, antworteten Raphael und ich wie aus einem Munde. Hatte Simone die verräterische Hotelrechnung erhalten? War sie die Erste gewesen, die von der außerehelichen Affäre Wahlners gewusst hatte? Beim Gedanken an ihre derbe, beinahe maskuline Statur und ihr kurzes hellbraunes Haar schrak ich zusammen. »Oh mein Gott …«, entfuhr es mir.

Raphael starrte mich mit aufgerissenen Augen an. »Denkst du das Gleiche wie ich?«, fragte er.

Im nächsten Moment zuckten wir beide zusammen, als es hinter uns ungeduldig hupte. Raphael trat hektisch aufs Gas und würgte den Motor ab. Das war ihm in der ganzen Zeit, die wir schon zusammenarbeiteten, noch kein einziges Mal passiert.

»Dann hätte sie gelogen, als sie behauptet hat, sie wüsste nicht sicher, ob zwischen Celia und dem Wahlner privat was läuft«, sagte ich tonlos.

»Was ist denn los?«, fragte Moritz irritiert.

Raphael schaffte es mit fahrigen Händen, den Wagen zu reanimieren. Endlich fuhr er los. »Und sie hat dieses vermaledeite runde, weiche Gesicht, von dem Wunderlich gesprochen hat.« Er sah mit versteinerter Miene zu mir herüber.

»Sie versteht sich gut mit der Egerjahn«, fiel mir ein. »Kannst du dich noch an das Getuschel auf dem Parkplatz erinnern? Und wenn die ihr das mit den Geldscheinen in der Kasse nicht gesteckt hat, könnte es immer noch der Hoyer gewesen sein.«

»Geht's noch kryptischer?«, nölte Moritz wieder dazwischen.

In meinem Gehirn arbeitete es so fieberhaft, dass ich ihm nicht antworten konnte.

»Auf der Weihnachtsfeier hat sie einen Hosenanzug getragen. Das geht als Männerkleidung durch, oder?«, fragte Raphael.

Ich nickte. »Und sie war in Wirklichkeit nicht so unglaublich schockiert, weil Wahlner tot war, Raphael!« Ich hörte selbst, dass ich schon beinahe hysterisch klang. »Sie war schockiert, weil man ihn gefunden hatte!«

»Außerdem hatte sie die Möglichkeit, sich ein Duplikat des Kassenschlüssels anfertigen zu lassen.« Raphaels Nicken zufolge gab es für ihn keinen Zweifel mehr. Entschlossen trat er aufs Gas.

»Etwa die Geier?«, eierte Moritz wieder los.

»Sie hat auf alles Zugriff und weiß, wer an welcher Aufgabe arbeitet.« Ich sammelte immer noch Fakten, um mich selbst zu überzeugen.

»Und«, sagte Raphael, schon wieder die Ruhe selbst, »sie ist meistens die Erste, die morgens kommt, und eine der Letzten, die abends gehen. Sie hatte genug Gelegenheit, ihr Unwesen zu treiben und tote Tauben zu verstecken.«

»Die Geier«, erkannte Moritz endlich eindeutig. »Heilige Scheiße.«

»Die Frage ist nur«, Raphael seufzte angesichts der nächsten roten Ampel, »warum das alles?«

»Dieser Job ist Simone Geiers Leben«, antwortete ich tonlos. »Ihr Mann hat sie verlassen, weil sie zu viel arbeitet … Aber für ihn beruflich kürzerzutreten, darüber hat sie anscheinend nicht einmal nachgedacht.«

Raphaels Blick war undefinierbar, ging mir aber trotzdem durch und durch.

»Also hatte sie einfach Angst?« Mit einem Minimalabstand zum Vordermann fuhr er sichtlich erleichtert wieder los.

»Dass Celia ihr den Rang abläuft, ja.« Endlich war ich mir sicher. »Wahlner hat Celia *ihre* Projekte übertragen. Wahlner hat Celia auf Geschäftsreise mitgenommen – an *ihrer* Stelle. Vielleicht hätte Wahlner Celia als Nächstes *ihren* Job gegeben?«

»Aber warum hat sie nach Wahlners Tod angefangen, Celia zu mobben?«, fragte Moritz, der sich die Zusammenhänge zwischenzeitlich zum Glück selbst erschlossen hatte.

Ich versuchte, Simone Geier zu verstehen. Ihr Festklammern am Beruf, weil es sonst nichts gab, woran sie sich festklammern konnte. Die wegen Celia durchlittenen Qualen, die Eifersucht. Ja, die vor allem. Die Eifersucht auf diese schöne, charmante Frau, der die Männerherzen ebenso zuflogen wie die Karriere. Während sie, Simone, nichts hatte außer ihrem Fleiß und ihrer Qualifikation und hilflos zusehen musste, wie sich die vom Schicksal und von den Genen begünstigte Rivalin scheinbar mühelos unter den Nagel riss, was ihr selbst doch viel wichtiger war. Und wer hätte ihr schon garantiert, dass das nicht wieder passierte? Dass sich Sascha Hoyer nicht doch noch erweichen ließ?

»Weil sie Angst vor Celia hat. Weil sie sie endlich loswerden musste«, antwortete ich schließlich. Simone hatte gelitten. Und deshalb musste auch Celia leiden. »Und weil sie sich rächen wollte. So irrational das auch ist.« Nur so ergab es einen Sinn.

»Es muss so sein«, schloss Raphael.

»Und wir Idioten suchen die ganze Zeit einen Mann«, stöhnte Moritz auf.

»Solange am Ende der Suche ein überzeugtes ›Heureka‹ steht, ist mir das wurscht.« Raphael konnte schon wieder grinsen, aber ich war noch zu schockiert von den plötzlichen Erkenntnissen. »Blaulicht?«, fragte er.

»Verschone mich.« Meine angegriffenen Nerven sagten dazu eindeutig Nein.

»Alte Spaßbremse.« Mit quietschenden Reifen bog Raphael Richtung Innenstadt ab.

Auf unser Klingeln hin öffnete Jessica Egerjahn mit angespannter Miene die Glastür. »Einen Moment bitte«, sagte sie, wies auf die Wartestühle und flitzte den Gang entlang zu Hoyers Büro, bevor jemand von uns Einspruch erheben konnte.

»Wir kommen wohl nicht gerade gelegen«, flüsterte Moritz und lehnte sich an den Empfangstresen.

»Wann kommen wir schon gelegen?« Raphael trommelte ungeduldig mit den Fingerkuppen auf seinen Oberschenkel, und ich fixierte Simone Geiers Bürotür, als hätte ich Röntgenaugen. Keiner von uns wollte sich setzen.

Vielleicht war es nur meiner eigenen Anspannung zuzuschreiben, aber die Stimmung bei HEUREKA wirkte heute noch gedämpfter als sonst. An der Abzweigung zur Küche standen leise tuschelnd drei Mitarbeiter – wahrscheinlich der namenlosen Horde von Kundenbetreuern entsprungen –, ansonsten ließ sich niemand in der Halle blicken, und aus den geöffneten Bürotüren drang kein Laut.

Es dauerte nicht lange, bis Jessica Egerjahn wieder aus Hoyers Büro hetzte und forschen Schrittes hinter den Empfang steuerte. »Bitte?«, sagte sie schließlich atemlos.

»Wir haben von Frau Kleingrüns fristloser Entlassung gehört.« Ich bemühte mich um einen wertungsfreien Ton.

»Ja, schlimm, oder? Ich meine, ich hab Celia ja noch nie über den Weg getraut, aber dass sie ihren Job für ein paar Kröten riskiert, das hätte selbst ich ihr nicht zugetraut«, sprudelte sie wie gewohnt hervor. Mit einem gehässigen Gesichtsausdruck blickte sie zum Ende des Ganges, wo Celias und Andrés Büro lag. »Na ja, was will man erwarten? Die Hellste ist sie ja nun mal wirklich nicht. Aber egal, es geht heute ohnehin drunter und drüber, deshalb –«

»Es war wirklich ein guter Entschluss von Herrn Hoyer«, schnitt Raphael ihr das Wort ab, »die Nummern der Scheine bei der Polizei zu hinterlegen.«

»Ja, nicht wahr?« Ein triumphierendes Lächeln schlich sich auf ihr Gesicht. »Dabei wollte er zuerst nicht. Hat sogar noch behauptet, wir hätten die Kasse einfach nicht ordentlich geführt. Na ja, aber zum Glück konnte ihn Simone doch noch überzeugen, zu Ihren Kollegen zu gehen.«

Volltreffer. Wenn man all die unnützen Informationen und Gehässigkeiten ignorierte, war Jessica Egerjahn wirklich eine äußerst praktische Gesprächspartnerin. »Ach, Frau Geier hat ihn davon überzeugt?« Immer schön dumm stellen. »Dann wusste sie auch davon, dass die Nummern der betreffenden Scheine bei der Polizei hinterlegt waren?«

»Klar, das habe ich ihr dann natürlich erzählt«, antwortete Jessica eifrig. »Sie wollte halt wissen, wie die Polizei in diesem Fall vorgeht, verstehen Sie? Ist ja logisch, nachdem Celia auch sie mit ihrem ersten Diebstahl in Verdacht gebracht hat. Aber das ist ja jetzt vom Tisch, zum Glück.« Wie zur Bestätigung atmete sie erleichtert auf.

Diese freiwillige Sprechpause konnte ich mir nicht entgehen lassen. »Herr Wahlner war doch ab und an geschäftlich verreist«, sagte ich und achtete verzweifelt darauf, selbst wiederum keine Pause zu machen, um ihr nur ja nicht die Gelegenheit zu geben, weiterzuquasseln. »Wenn eine Hotelrechnung eintraf, bei wem ist die dann gelandet?«

»Bei Simone natürlich«, antwortete Jessica ohne zu zögern. »Sie hat alles Organisatorische für Jan und Sascha übernommen. Na ja, für Jan zumindest bis zu Celias wundersamem Aufstieg.« Sie schaffte es tatsächlich, gleichermaßen anzüglich wie pikiert zu lächeln. »Dann hat Celia sich natürlich die Rosinen herausgepickt. Aber die Tippsenarbeiten, also die Reiseplanung und

Rechnungsprüfung und so, die *durfte* Simone natürlich auch noch weiterhin machen.«

»Sie hatten bei unserem ersten Gespräch eine Rechnung über ein Doppelzimmer erwähnt, die zum Bekanntwerden der Affäre zwischen Frau Kleingrün und Herrn Wahlner geführt hat«, erinnerte Moritz betont sachlich. »Das heißt also, die Erste, die davon wusste, war Frau Geier?«

Jessica Egerjahn beäugte ihn misstrauisch, nickte aber dennoch. »Ja, klar. Ich meine, schön blöd von Jan, oder? Simone hat natürlich immer zwei Einzelzimmer für Jan und Celi gebucht, aber er hat anscheinend regelmäßig vor Ort umgebucht und den Hotels gesagt, sie sollen trotzdem die zwei Einzelzimmer berechnen. Nur im November in Hamburg hat er's wohl vergessen. Na ja, und dann war natürlich alles klar. Wir hatten's ja ohnehin längst vermutet – weshalb hätte er sonst Celia die besten Projekte übergeben sollen, wenn nicht dafür, dass sie zum Dank die Beine breitmacht. Typisch, echt. Dabei –«

»Also hat Frau Geier hier verbreitet, dass die beiden ein Verhältnis hatten?«, funkte Raphael wieder rigoros dazwischen.

»Was heißt schon *›verbreitet‹*?« Jessica Egerjahn schien irritiert. »Sie hat's mir halt einfach erzählt.« Was zweifellos auf das Gleiche herauskam. Mit dieser Antwort hatte sie nun also auch den letzten Zweifel zerstreut.

»Wir müssen mit Frau Geier sprechen«, sagte ich also. »Jetzt sofort.«

»Das geht nicht«, antwortete Jessica und sah mit weit aufgerissenen Augen von Raphael zu mir. »Simone ist vor einer Viertelstunde nach Hause gegangen. Sie hat sich für den Rest des Tages krankgemeldet. Na ja, kein Wunder nach dem Schock.« Sie zuckte mitleidslos die Achseln. »Aber was ist? Warum schauen Sie so komisch? Hab ich was Falsches gesagt?«

»Sie hatte einen Schock wegen der Entlassung von Frau Kleingrün?«, fragte Raphael, ohne auf Jessicas Fragen einzugehen.

»Nein, doch nicht deswegen.« Sie winkte ab, als wäre Celias Jobverlust lediglich ein winziges Krümelchen in den firmeninternen Geröllhalden. Aber wahrscheinlich war es das auch. »Viel schlimmer«, fuhr sie fort, »wenigstens für Simone: Beate Wahlner kommt zurück in die Firma, das wurde gerade eben bekannt gegeben. Sie übernimmt Jans Posten in der Geschäftsleitung.« Jessica nickte theatralisch wie eine drittklassige Schauspielerin der Laienspieltruppe Wanne-Eickel Süd.

»Und wo liegt das Problem?«, fragte Moritz.

Ich hingegen erinnerte mich vage daran, dass Beate Wahlner nicht besonders gut auf Simone Geier und Leo Wollenschläger zu sprechen war.

»Die beiden verbindet eine alte Feindschaft«, erklärte Jessica mit einem gleichgültigen Achselzucken, »noch aus der Zeit vor Beas Babypause. Das wird nicht einfach für die liebe Simone.« Warum Jessica Egerjahn schadenfroh klang, verstand ich beim besten Willen nicht. Wahrscheinlich war das einfach wieder ihre ureigene Boshaftigkeit, die sich gegen alles und jeden richtete.

»Leo hat Sascha vor ein paar Minuten seine Kündigung auf den Tisch geknallt. Wenigstens sind wir den also auch bald los ... Obwohl, ich weiß nicht, ob Bea besser ist.« Sie gluckste. Der Lästerstoff würde ihr also nicht ausgehen. »Na ja, aber Simone ... Die räumt ihren Posten sicher nicht freiwillig.«

Ob sie sich da nicht täuschte? Simone hatte also, kurz nach ihrem Triumph über Celia, erfahren, dass der Kampf um ihren Job noch nicht zu Ende war. Im Gegenteil, man setzte ihr jemanden vor die Nase, der nicht nur jemand anderen vorzog, sondern sie mit großer Wahrscheinlichkeit gar nicht erst in der Firma haben wollte. Ihr Stuhl bei HEUREKA war mit Beas Rückkehr also sogar wackliger als zuvor. Und das, nachdem sie so viel Energie investiert hatte, so viele Risiken eingegangen war! Sie musste sich fühlen, als hätte sich die ganze Welt gegen sie verschworen. Als wäre alles für die Katz gewesen, als hätte sie einfach keine Chance, zu gewinnen.

Es sah Simone Geier nicht ähnlich, sich krankzumelden. Vielleicht hatte sie es ausnahmsweise doch getan, um zur Ruhe zu kommen und diesen Rückschlag zu verdauen. Vielleicht dachte sie aber auch schon über den nächsten Schlachtplan nach. »Wo ist Beate Wahlner jetzt?«, fragte ich alarmiert.

»Noch in Saschas Büro.« Jessica verdrehte die Augen. »Mit ihren kreischenden Kids.«

Gut. Beate Wahlner und ihre Kinder waren somit in Sicherheit.

Und wenn Simone Geier beschlossen hatte, den Kampf endgültig aufzugeben? War sie nach Hause gegangen, um sich selbst zu bedauern und in Ruhe ihre Wunden zu lecken? Möglich. Oder … Natürlich bestand die Gefahr, dass ich mich täuschte. Aber ich hatte so eine Ahnung, dass wir Simone Geier an dem Ort finden würden, an dem für sie das Ende begonnen hatte. Und wenn ich recht hatte, dann durften wir keine Zeit mehr vergeuden.

»Moritz, du lässt dir die Adresse von Frau Geier geben und fährst direkt dorthin. Falls sie da ist, holst du dir Verstärkung und gehst rein – zur Not mit Gewalt.«

Moritz nahm beflissen den Autoschlüssel, den Raphael ihm ohne weiteres Nachfragen in die Hand drückte.

»Und wir beide machen einen kleinen Spaziergang«, sagte ich an Raphael gewandt und zerrte ihn mit mir durch die Glastür nach draußen. Ich hoffte, dass mich das mulmige Gefühl in meinem Bauch trog. Trotzdem wollte ich lieber keine Zeit mehr verlieren.

Ich sah sie schon an der Brückenbrüstung stehen, als wir im Laufschritt die Thundorferstraße erreichten. Mit hängenden Schultern und geneigtem Kopf starrte Simone Geier in die Strömung. Es taute, der Donaupegel stieg, und die Strudel unter der Brücke waren heute mit Sicherheit noch um ein Vielfaches stürmischer als an jenem Abend im Dezember, an dem Jan Wahlner an exakt derselben Stelle in den Fluten verschwunden war. Mühsam versuchte ich, meinen Atem unter Kontrolle zu bekommen.

Wir überquerten die Straße, trabten am Salzstadel vorbei und unter dem Brückturm hindurch. Simone Geier regte sich nicht, stand nur da und wandte ihren Blick nicht von der Donau ab.

»Du machst das, oder?«, flüsterte Raphael. Dabei konnte sie uns bei der Lautstärke, mit der die Donau unter der Brücke hindurchdonnerte und sich an den Pfeilern brach, ohnehin nicht hören.

Ich nickte knapp, ignorierte das Stechen in meiner Seite und atmete noch einmal tief durch. »Geh bitte an ihr vorbei. Ich rede mit ihr, du kommst von hinten. Für den Fall, dass …« Für den Fall, dass ich Simone in Panik versetzte und sie sich kurz entschlossen doch noch über die Brüstung stürzen wollte? Sollte ich vorsichtshalber gleich die Wasserrettung verständigen? Aber bis die hier waren … Mir fehlte die Geduld, und ebenso bezweifelte ich, dass Simone Geier sie hatte, falls sie tatsächlich plante, ihrem verkorksten Leben ein Ende zu setzen. Ich nickte Raphael ein letztes Mal zu, er schlug schnellen Schrittes den Weg an Simone Geiers Rücken vorbei ein und achtete sorgsam darauf, sie in weitem Bogen zu umgehen.

Ich kramte fieberhaft in meinem Gehirn, mit welchen Worten ich ihr gegenübertreten wollte. Was konnte ich tun, um sie einerseits nicht so sehr in die Enge zu treiben, dass es doch noch zu einer Kurzschlussreaktion kam, sie andererseits aber zum Eingestehen der Wahrheit zu bewegen? Würde sie alles abstreiten? Noch immer ohne konkreten Plan trat ich langsam auf sie zu und hoffte, dass sie mich wegen des donnernden Flussrauschens nicht bemerkte, bis ich sie erreicht hatte.

Ich hatte Pech. Sie musste gespürt haben, dass ich hinter ihr war, jedenfalls drehte sie sich um – dabei trennten mich noch mindestens zwei Meter von ihr. Ihr Gesicht war nass von Tränen, die Augen hinter der Brille gerötet. Ansonsten zeigte ihr Gesicht keine Regung, keine Panik, kein Erschrecken; noch nicht einmal ein Erkennen ließ sich an ihren Zügen ablesen. Nur ihre Lippen bewegten sich in einem fort wie in einem stummen Gebet.

Ich ging einen Schritt auf sie zu, wusste nichts zu sagen, wusste auch gar nicht, ob es sinnvoll war, sie anzusprechen. Sie wich zurück und drängte sich an die Brüstung, also blieb ich stehen. Immer noch murmelte sie vor sich hin und starrte durch mich hindurch. Schließlich musste ich etwas sagen. Ich hatte sie durchschaut und vorausgeahnt, wo wir sie finden würden. Nun würde ich auch die richtigen Worte finden. Hoffte ich.

»Genau hier war es, Frau Geier.« Die Aufregung presste mir die Kehle zusammen, aber erstaunlicherweise hörte man das meiner Stimme kaum an. »Genau an dieser Stelle, oder?«

Simone Geier nickte langsam, wie in Trance.

Einen weiteren kleinen Schritt ging ich auf sie zu, dann jedoch zuckte sie zusammen und schien aus ihrer Erstarrung zu erwachen. »Es war alles umsonst«, sagte sie leise und wischte sich mit der flachen Hand über die tränen- und rotzverschmierten Lippen. »Es war alles umsonst.« Sie lachte hysterisch auf, und ich machte einen weiteren Schritt auf sie zu. Beinahe hatte ich sie erreicht.

»Bleiben Sie stehen!« Ihre Stimme überschlug sich, die Gesichtszüge wirkten nun fast schmerzverzerrt. »Alles war umsonst, verstehen Sie? Die schlaflosen Nächte. Die Angst um meinen Job! Die ermüdenden Auseinandersetzungen mit meinem Mann, die Trennung, das Durchbeißen und Kämpfen, alles umsonst!« Sie starrte mich an, mit einer Mischung aus kalter Wut und verzehrender Trauer. »Die Mühe, alles doch noch geradezurücken. Die Angst, entdeckt zu werden. Wissen Sie, wann ich das letzte Mal einfach glücklich war?«

Ich schüttelte stumm den Kopf.

»Nein?« Sie nickte. »Ich weiß es nämlich auch nicht. Immer werde ich bedroht. Nie kann ich mich sicher fühlen! Erst Bea, dann diese Schlampe von Celia, jetzt wieder Bea. Können Sie sich vorstellen, wie das ist?« Sie lachte auf, mit einer Bitterkeit, die all ihr Leid zum Ausdruck brachte – so absurd es auch sein mochte.

»Nein«, sagte sie und lehnte sich ein wenig weiter über die Brüstung. »Nein, wahrscheinlich können Sie das nicht. Dafür ist Ihr Gesicht zu hübsch, dafür sind Sie zu niedlich und klein.« Aus ihren Augen strömten die Tränen. Das höhnische Lächeln auf ihrem Gesicht wollte nicht dazu passen. »Aber wenn man nicht hübsch ist, dann ist es ein einziger Kampf, immer und immer wieder. Dann darf man nicht zu viel wollen und muss froh sein, wenn man überhaupt etwas bekommt, oder?«

Ich setzte zu einer Antwort an, von der ich selbst noch nicht wusste, wie sie lauten sollte. Mein Gehirn war wie leer gefegt, wahrscheinlich gelähmt von der Angst, sie im nächsten Augenblick über die Brüstung stürzen zu sehen. Wäre ich dann schnell genug? Aus dem Augenwinkel sah ich eine Bewegung. Raphael? Aber auch er war noch zu weit entfernt, wollte sie sicher nicht noch zusätzlich in Bedrängnis bringen.

»So ist es doch immer noch«, fuhr Simone Geier fort. Erst jetzt sah ich, dass sie trotz ihrer dunklen Winterjacke zitterte. »So ist es doch immer noch, trotz angeblicher Emanzipation und der ganzen Scheiße.«

Plötzlich schien ein Ruck durch sie zu gehen. »Aber ich habe gekämpft, verstehen Sie? Ich habe diesem Miststück von Celia gezeigt, wie es sich anfühlt, machtlos zu sein und ungerecht behandelt zu werden.«

»Sie haben ihr das gestohlene Geld untergejubelt«, sagte ich. Es war keine Frage.

»Nicht nur das«, antwortete Simone mit einer kuriosen Mischung aus Verzweiflung und Triumph in der Stimme. So, als wüsste sie, dass sie Unrecht begangen hatte, aber könnte es dennoch nie im Leben bereuen. »Schließlich war sie an allem schuld.«

»Und was war mit Jan Wahlner?«, fragte ich und hoffte im selben Augenblick, dass ich mit dieser Frage keinen Fehler gemacht hatte.

Sie schluchzte wild auf, und ich nutzte die Gelegenheit, um die letzte Distanz zu ihr zu überbrücken. Fest griff ich nach ihrem linken Arm. Sie versuchte nicht, mich abzuschütteln.

»Ich wollte Jan klarmachen, dass ich mich nicht für dumm verkaufen lasse. Ich bin vielleicht hässlich, aber dumm bin ich nicht!« In ihrem verzerrten Gesicht zeigte sich wilde Entschlossenheit, auch wenn es dafür jetzt zu spät war. »Ich habe ihm gesagt, dass niemand von seiner Affäre mit Celia erfahren wird, wenn er aufhört, mir Kompetenzen wegzunehmen.« Ihre Augen wurden groß. »Und wissen Sie, was er dann getan hat? Er hat gelacht! Er hat mich ausgelacht! Also bin ich auf ihn losgegangen …«

Endlich spürte ich Raphael neben mir, der behutsam nach Simone Geiers rechtem Arm griff. Ich befürchtete, dass seine Anwesenheit sie davon abhalten würde, weiterzusprechen, aber tatsächlich schien sie ihn noch nicht einmal zu bemerken.

»Aber nicht einmal dann hat er aufgehört zu lachen«, fuhr sie leise fort. »Er hat sich lachend losgerissen und mich einfach stehen lassen.«

»Und deshalb musste er sterben?«, fragte ich.

Sie nickte ohne zu zögern. »Ich wollte das nicht. Zuerst. Aber dann war ich so wütend!« Sie atmete tief durch, der starre Blick verlor sich. Beinahe erstaunt sah sie mir in die Augen. »Da habe ich ihn von hinten gerammt. Und als er ins Taumeln geraten ist, habe ich ihm den Rest gegeben.«

Als wir am Nachmittag in die Dienststelle zurückkehrten, hatten sich die News natürlich längst herumgesprochen.

»Also, wie ihr das dann doch immer noch hinkriegt!«, rief uns Erna aus ihrem Büro zu und strahlte übers ganze Gesicht. »Glückwunsch!«

»Ja, ja, danke …« Ich zwang mich zu einem Lächeln. Dabei steckte mir Simone Geiers blinde, zerstörerische Verzweiflung noch in den Knochen.

Auch Moritz, der es sich auf meinem Schreibtisch bequem gemacht hatte, und Herbert grinsten uns zufrieden entgegen. »Na also«, sagte Herbert und kratzte sich gemütlich die Wampe.

»Geht doch.« Belustigt lehnte sich Raphael mit verschränkten Armen an seinen Schreibtisch.

Eigentlich war mir danach, auf meinen Drehstuhl zu sinken und meinen trüben Gedanken nachzuhängen. Oder mich gleich zu Hause im Bett zu verkriechen. So ging es mir immer, wenn ich erkannte, was einen Menschen dazu bewog, das Leben eines anderen auszulöschen, aber Simone Geiers Komplexe, die sich im Laufe ihres Lebens manifestiert haben mussten, zusammen mit ihrem blindwütigen Ehrgeiz fand ich persönlich noch schockierender als einen geplanten Mord aus Habgier, Rachsucht oder purer Boshaftigkeit. In meinen Augen war sie ursprünglich genau das nicht gewesen: eine bösartige Mörderin. Unterdrückte Wut, verzweifelte Angst und eine fast wahnhafte Fixierung auf das Einzige, worauf sie stolz war – ihre Intelligenz und Aufopferungsbereitschaft, die zwingend zu einer großen Karriere zu führen hatten –, hatten sie so weit gebracht.

Ich seufzte – und besann mich dann doch eines Besseren. Herberts zunächst verblüffter, dann erfreuter Blick, als ich ihm ein schmatzendes Bussi auf die Wange drückte, lenkte mich zum Glück von meinen eigenen tristen Gedanken ab.

»Wofür war das?«, fragte er und kratzte sich den haarlosen Hinterkopf.

»Hättest du mich nicht mit den verschollenen Geschäftsreise-Unterlagen genervt, würden wir immer noch im Trüben fischen. Und ab Montag unverrichteter Dinge die SOKO ›Stadtpark‹ verstärken und dabei deprimiert über Wahlners Mörder nachgrübeln. Danke, mein Bester.«

Raphael schlug ihm anerkennend auf die Schulter. »Ohne dich hätten wir das glatt übersehen.«

»Äh, ja …«, brummelte er verlegen, aber trotzdem strahlend. »Ihr sollt übrigens zum Chef. Er wusste ja, dass ihr das hinkriegt, blablabla, das Übliche.« Verschmitzt zwinkerte er mir zu.

»Eben, das Übliche.« Raphael ließ sich an seinem Schreibtisch nieder und fuhr seinen PC hoch. »Magst du dir das Lob zusammen mit Moritz abholen, Spatzl? Ich weiß ja eh im exakten Wortlaut, was ich verpasse.«

»Kein Problem. Was machst du in der Zwischenzeit?«

Mit einem Lächeln lehnte er sich zurück. »Ich? Ich habe ein Abo zu kündigen.«

Herbert und Raphael sollten recht behalten.

»Und deshalb … Es war ja klar, dass … Hätte mich auch gewundert, wenn … Schließlich kann man sich auf Sie verlassen …«

Blablabla. Während Moritz mit stolzgeschwellter Brust neben mir saß und von Sekunde zu Sekunde größer wurde, hatte ich Mühe, mich auf Schneckmayrs Worte zu konzentrieren. Wahrscheinlich hatte ich sie einfach schon einmal zu oft gehört.

»… und ab Montag sind Sie und Herr Jordan dann mit der SOKO ›Stadtpark‹ im Einsatz, Frau Sonnenberg. Wäre ja gelacht, wenn wir mit Ihnen beiden nicht schnell zu einem Ergebnis kommen würden.« Schneck bedachte mich mit einem motivierenden Lächeln.

Dass der aber auch immer gleich so übertreiben musste.

»Und Sie, Herr Lochbihler«, fuhr er ungebremst fort, »haben sich wohlgefühlt im Team?«

Moritz' Augen strahlten. »Sehr. Und es war halt auch eine etwas größere Herausforderung als –«

»Ich weiß, ich weiß«, fiel Schneck ihm ins Wort und winkte ab. »Ich werde bei Gelegenheit mal ansprechen, wie und in welchem Kommissariat es mit Ihnen weitergeht.«

Hatte er Moritz etwa insgeheim schon als meinen Nachfolger auserkoren?

»D… Danke«, stammelte Moritz gleichermaßen überrascht wie begeistert.

»Also dann«, sagte Schneck abschließend. »Vielen Dank für die geleistete Arbeit. Sie können stolz auf sich sein.«

Darüber war ich wie üblich noch im Zweifel.

Schneck stand auf, und ich hätte mich nicht gewundert, wenn er nun zu allem Überfluss in seiner grenzenlosen Begeisterung auch noch die Hänschen-Rosenthal-Nummer abgezogen hätte. Er war anscheinend wirklich der Meinung, das war spitze. »Und sagen Sie das bitte auch Herrn Jordan«, fügte er zum Glück stattdessen weitaus gemäßigter hinzu.

Als wir uns zum Gehen wandten, rief er mich noch einmal zurück. Mir war klar, weshalb, aber ausnahmsweise geriet ich deshalb nicht in Panik.

»Morgen brauche ich wie besprochen Ihre Rückmeldung, Frau Sonnenberg«, sagte er bedeutungsschwanger. »Länger kann ich das LKA nicht mehr hinhalten.«

»Das brauchen Sie auch nicht«, antwortete ich. Denn endlich wusste ich, was ich tun würde. »Ich habe mich bereits entschieden.«

»Schau mal, da vorn …« Ich drückte Raphaels Hand, die mit meiner zusammen in seiner Jackentasche steckte, und kniff die Augen zusammen, um trotz der grell strahlenden Sonne zu sehen. »Sind das die Kleingrün und der König?«

Es half nichts, die beiden eng umschlungenen Gestalten blieben bloße Schemen, die in Größe und Statur in etwa mit Celia und André übereinstimmten.

Raphael war schlau genug gewesen, eine Sonnenbrille aufzusetzen, als wir zu unserem Spaziergang aufgebrochen waren. Freitagnachmittag, Schlendern durch den am Oberen Wöhrd gelegenen Inselpark … Vor ein paar Monaten hätte mir der bloße Gedanke ob seiner außerordentlichen Spießigkeit noch Übelkeit bereitet. Heute aber, nach diesem enervierenden, immer trüben Winter, hatte ich es weder im überheizten Büro noch zu Hause ausgehalten. Und anscheinend ging es nicht nur mir so: Waren die Straßen und Gehwege Regensburgs in den letzten Wochen wie ausgestorben gewesen und hatten diejenigen, die gezwungenermaßen durch die dustere Kälte stapfen mussten, neben Mütze und Schal auch immer ein überaus griesgrämiges Gesicht als Accessoire dabeigehabt, so schienen die zahlreichen Spaziergänger heute wie befreit aufzuatmen. Endlich Sonne.

»Könnte sein«, antwortete Raphael, bevor die beiden, dem Weg folgend, nach links aus unserem Sichtfeld verschwanden. Vor uns lag das Wasserkraftwerk, die Donau toste die Staustufe hinab. »Dann hat sich seine Beharrlichkeit ja doch noch ausgezahlt.«

»Vielleicht weiß sie jetzt nach dem ganzen Drama auch einfach, worauf es ihr ankommt«, gab ich zu bedenken.

»Und du?« Raphael blieb stehen und zog mich in seine Arme. »Weißt du das auch?«

Mir war selbst nicht ganz klar, inwiefern Simone Geier mit der Antwort auf diese Frage zu tun hatte und ob ich das, was aus ihrem Ehrgeiz entstanden war, so abschreckend fand oder mich nur darüber wunderte, wie man die Karriere so uneingeschränkt über das private Glück stellen konnte.

Vielleicht wurde der Wille zum bedingungslosen Erfolg nur manchen Leuten in die Wiege gelegt. Oder sorgte die persönliche Umgebung dafür, dass man sich mit voller Kraft auf das konzentrierte, was man vermeintlich als Einziges schaffen konnte? War Simone Geier ihr Mangel an liebreizendem Wesen und hübschem Äußerem so oft vermittelt worden, dass sie glaubte, ausschließlich mit Intellekt, Fleiß und Erfolg punkten zu können oder sogar zu müssen? Oder war es die Gesellschaft, die diktierte, was man zu wollen hatte? Früher hatten Frauen eine Hochzeit oder Kinder zu wollen, heute war es stattdessen die Karriere, wenn man nicht rückständig sein wollte?

Ich hatte keine Antwort auf diese Fragen. Aber meine ganz persönliche Antwort hatte ich immerhin schon gefunden. Und was in Schnecks Büro noch eine ganz spontane Entscheidung aus dem Bauch heraus gewesen war, hatte in der Zwischenzeit auch allen rationalen Überlegungen standgehalten.

Lächelnd beobachtete ich das alte Paar, das Hand in Hand an uns vorübertrippelte.

»Du wirst mit jedem Tag langsamer«, schimpfte sie unter ihrem Trachtenhut hervor, den sie mit Pattex festgeklebt haben musste – anders konnte ich mir nicht erklären, wie er trotz ihrer stark nach vorn gebeugten Haltung nicht vom Kopf fiel.

»Bloß weil du so rennst«, gab er grinsend zurück, ohne zu beschleunigen. »Aber würd ich auch, wenn ich ständig nur den Boden sehen würd.«

»Wenigstens besteh ich noch aus Originalteilen«, sagte sie, ließ seine Hand los und klopfte zärtlich gegen seine Hüfte. »Und jetzt schick dich endlich, ich will einen Kaffee.«

Er brummelte eine Antwort, die ich nicht verstand, und griff sofort wieder nach ihrer Hand.

Raphael war meinem Blick gefolgt und sah den beiden belustigt nach.

Und ich war mir sicher: Ich hatte mich richtig entschieden. »Ja«, antwortete ich also und sah Raphael fest in die Augen, »jetzt endlich weiß ich das.«

Wahrscheinlich hatte Nicole recht gehabt, wahrscheinlich war genau das emanzipiert: nicht zu tun, was erwartet wurde, sondern das, was man selbst wollte. Ich mochte meinen Job, ich liebte meine Heimatstadt, meine Familie, meine Freunde und den Mann in meinem Leben. Ich war rundum glücklich – und ich hatte nicht vor, das zu ändern.

Wie? Das erstaunt Sie jetzt nicht? Damit hatten Sie gerechnet?

Manchmal finde ich es wirklich ein bisschen unangenehm, dass Sie immer schon im Vorfeld so genau wissen, was ich tun werde … Aber na gut, ich will mal nicht so sein und lasse Ihnen die Freude, schließlich sind Sie mir ja auch den ganzen Fall hindurch treu zur Seite gestanden. Dafür natürlich an dieser Stelle, wie üblich, meinen besten Dank! Übrigens wartet der junge Mann mir gegenüber mit Grand-Canyon-tiefer Sarah-Sorgenfalte auf eine etwas weniger kryptische Aussage meinerseits – es ist also an der Zeit, von Ihnen Abschied zu nehmen. Bis zum nächsten Mal, lassen Sie es sich gut gehen und bleiben Sie mir gewogen!

Zum Abschluss habe ich allerdings noch eine kleine Überraschung für Sie parat. Ja, wirklich – extra für Sie! Na gut, und für Raphael natürlich auch …

Sie ahnen da schon etwas? Ihnen kann man aber auch wirklich nichts vormachen. Mal sehen, ob Sie schon wieder richtigliegen …

Umständlich kramte ich in meiner Handtasche nach dem kleinen Pappschächtelchen. Das verflixte Ding musste doch hier irgendwo sein? Aber war ja auch kein Wunder, bei dem Saustall. Ich hatte gerade beschlossen, zu Hause sofort diese in Leder gehüllte Müllhalde zu entrümpeln, als ich endlich fündig wurde. (Und meinen Beschluss wieder verwarf.)

Gut, das Rosendekor war vielleicht etwas gewöhnungsbedürftig. Und für ein Geschenk für einen Mann sicher auch nur bedingt geeignet. Leider hatte ich auf die Schnelle nichts Passenderes gefunden.

»Das ist für dich«, sagte ich feierlich.

Natürlich beäugte Raphael die quietschrosa Blümchen mit der gebotenen Skepsis, aber da musste er jetzt durch.

★★★

»Was ist das?«, fragte Raphael und nahm Sarah das kleine Etui aus der Hand, das sie ihm entgegenstreckte. »Weihnachten war schon, Geburtstag hab ich erst im April …«

»Mach schon auf«, sagte sie und grinste spitzbübisch zu ihm hoch.

Er konnte nicht widerstehen, beugte sich zu ihr hinunter und küsste sie auf das kleine Grübchen neben ihrem Mundwinkel. Dann löste er den Deckel der Schachtel und sah den Schlüssel, der im Inneren lag. War das ihr Wohnungsschlüssel? Einfach so? Ohne dass er sie dazu genötigt hatte, ihn endlich herauszurücken? Er konnte es kaum glauben.

»Ach … Der Schlüssel zu deinem Herzen?«, fragte er vorsichtshalber flapsig. Und wenn das wirklich ihr Wohnungsschlüssel war, sollte das etwa bedeuten, dass … Stopp. Lieber nicht zu früh freuen, Jordan. Immer schön abwarten.

»Den hast du bereits. Dieser hier«, sagte Sarah und tippte energisch auf den Schlüssel, »öffnet meine Wohnungstür. Und du wirst ihn in Zukunft brauchen –«

»Um deine Pflanzen zu gießen, wenn du in München bist?«, unterbrach er sie. Bitte nicht.

»Quatschkopf.« Sie umschlang seinen Nacken und zog ihn zu sich. »Für das offizielle ›Ich-latsch-einfach-mal-so-rein-Stadium‹ unserer Beziehung, das mit dem heutigen Tag beginnt. Ich bleibe nämlich hier. Bei dir.«

Mühsam unterdrückte Raphael einen Freudenschrei und das Bedürfnis, um eine imaginäre Fußballfeld-Eckfahne zu tanzen. Stattdessen fiel er ihr um den Hals und fühlte die Erleichterung wie eine Welle über sich zusammenschlagen und die Anspannung der letzten Tage endlich vertreiben. »Warum?«, fragte er schließlich, als er sich wieder einigermaßen gefangen hatte.

»Irgendwer muss doch ein Auge auf dich und deinen Zigarettenkonsum haben, oder?«

»Und ernsthaft?« Jordan, halt die Klappe. Ihre Entscheidung, hierzubleiben, und dazu noch der Wohnungsschlüssel … Das ist doch ohnehin schon mehr, als du jemals erwartet hast!

»An uns glauben …«, antwortete sie sinnierend und grinste mit schräg gelegtem Kopf zu ihm nach oben. »Ich finde, die Idee ist gar nicht so schlecht. Fühlt sich noch ein bisschen ungewohnt an, aber das wird schon noch. Versprochen.«

Dank geht an:

- Sigrid und Toni sowie Eva Silberhorn, wie immer für Probelesen, Geduld und Unterstützung in jeglicher Form (ja, Mama, an dieser Stelle endlich auch mal für das allwöchentliche Essen auf Rädern!)
- meine Chef-Testleserinnen Lydia Lang und Lisa Braunert, die zuverlässig den Murks entdecken, für den ich selbst zu blind bin
- meine Lektorin Hilla Czinczoll, die danach ebenso zuverlässig den verbliebenen Rest-Murks aufspürt
- meinen Mann Mike für seine allzeit konstruktive Kritik und die Gelassenheit, mit der er das schwere Los trägt, Ehemann eines Schreiberlings zu sein
- all die wundervollen Menschen, die mir einmalig oder immer wieder bereitwillig und kurzfristig weiterhelfen, wenn ich »mal schnell« eine Frage habe oder Rat brauche – selbst wenn sie wissen, dass »mal schnell« auch eine ganze Weile dauern kann …

SONJA SILBERHORN
Regenwalzer
KRIMINALROMAN
emons: